新
思
THINKR

有思想和智识的生活

中国文学史新讲

第三卷

王国璎 著

中信出版集团 · 北京

目　次

第三卷

第九编

元散曲之兴起发展及后续

第十编

中国戏曲发展之双峰

元杂剧与明清传奇

✦

第十一编

白话短篇小说之发展与后继

✦

第十二编

明清长篇章回小说发展历程

第
九
编

元散曲之兴起发展及后续

第一章

绪　说

✦　｜　一、散曲的名称

"曲"是元代（1271—1368）文学的代表，故亦称"元曲"，因崛兴于北方，又称"北曲"。元曲包括"杂剧"与"散曲"两种文体，杂剧是戏曲，与科介（表情和动作）、宾白（对话和独白）紧密配合，在舞台上演出故事；"散曲"则指金、元以来继"词"之后兴起的一种新诗体，和词一样，也是配合音乐调子填写，以便演唱的长短句歌词。

元人尚无"散曲"的名称，通常指依音乐曲调填写成的歌词为"乐府"，或称"今乐府""北乐府""大元乐府"。直至明初朱有燉（1379—1439）《诚斋乐府》，才称他自己写的小令为"散曲"，以便和"套数"有所区别。因为套数是由数支曲子组织起来的，而小令则是一支支独立的曲子，可以各自分散。爰及明代中叶，论曲者所谓"散曲"，才与"杂剧""传奇"对举，而兼包小令、套数在内。明清以后，散曲还有词余、乐府、乐章、清曲等许多别称。把小令、套曲一概称为"散曲"，则是现代学者吴梅、任中敏（二北）等，为了与戏曲有所区别，而确定下来，并为曲学界普遍接受。

✤ ｜ 二、散曲的体式

散曲中最先产生的乃是小令，继而由小令再发展为套数。小令和套数即是散曲的两种主要形式。

㊀ 小令

"小令"原是民间流行的俗曲小调，经过文学加工润色之后，便成为散曲中的小令。小令又叫"叶儿"，相当于一首单曲调的词。每一首小令属于一个曲调，曲调的名称即"曲牌"，如《人月圆》《山坡羊》《沉醉东风》等。每一曲牌又属于一定的宫调，如《正宫》《仙吕》《中吕》《南吕》等。不同宫调各有不同的音律节奏，因此为配合这些曲调所写的小令，其字数、句式、平仄、押韵，均各有规范。小令由于形式短小，较适合于抒情写景，历来为散曲作家所看重，在散曲中居主要地位。

小令亦可组成联章体，又称"重头小令"，即同一曲调的小令重复使用若干次，以联章组曲的姿态出现。少则几支，多则几十，甚至偶尔还有上百支者。这些联章的小令，不论为数多寡，一般均围绕着同一主题或题材。钟嗣成（1275？—1345 年以后）《录鬼簿》中即记载乔吉

(1280？—1345) 曾有咏西湖的《梧叶儿》一百首。

因小令篇幅短小，倘若填完一曲，意犹未尽，则可于同一宫调中音律恰能相衔接者，再填一不同的曲调，以便延长，于是就产生了"带过曲"。亦即先填一调，再带一调，如《雁儿落带得胜令》《十二月过尧民歌》《沽美酒兼太平令》等。带过曲通常由两支曲组成，偶尔也有三曲组成者，如《骂玉郎带感皇恩、采茶歌》即是。带过曲是小令的变曲，传统分类仍归属小令。由小令、带过曲再发展，连缀起更多的曲子，以表达较为复杂的内容，就成了"套数"。

(三) 套数

"套数"源自宋金时期的说唱诸宫调，是由数支曲子连接成的组曲，其计数以"套"为基本单位，故称"套数"，亦称"套曲"，或"散套"。套数大多由同一宫调中两首以上的曲子组合而成，有一定的规范，是由不同曲牌组合成固定的结构，前后次序也是固定的。

首先，有固定的"首曲"来确定整套音乐的基本节奏旋律。绝大多数元散曲的套数，是以旧有的词调作为首曲，如《醉花阴》《端正好》《点绛唇》等，就是经常用来作为首曲的词调。其次，有一定组合规律的"过曲"。一套套曲中间该用哪些过曲，乃是随着"首曲"的旋律调式而定，如首曲为《点绛唇》，过曲则依次为《混江龙》《油葫芦》《天下乐》《哪吒令》《鹊踏枝》《寄生草》等。再者，每套必有"尾声"，表示首尾完整，全套音乐结束。此外，一套套曲，无论用调之多寡，必须一韵到底。套曲正是由韵脚的一致，从声情上加强曲和曲之间的联系，由此强化一套套曲的完整性。

✤ | 三、散曲的衬字

散曲和词一样，都是按照音乐曲调节拍填写的长短句歌词，但两者在句式结构的灵活性上，颇有差别。曲比词宽松，容许作者有较大的发挥空间，其长短句形式，参差变化，更接近日常口语。

首先，在曲调正格之外，可添加"衬字"，句式可以显得灵活多变。所谓衬字，就是不遵循乐曲音调的增字。当然，就词而言，并非全无使用衬字的现象。如前面章节所举敦煌曲子词中，就不乏使用衬字的例子，但当时属于早期流行民间的歌词，爰及文人正式参与词的创作，词的格律就此定型，并且成为后世文人填词遵行的规范。可是，曲中衬字的运用，从民间到文坛，始终极为普遍，遂使得散曲的句式更富于变化，曲家可以运用衬字，突破曲律的束缚，发挥自己的才情。同时，衬字还可以令曲辞更为爽朗流畅，带有更浓厚的生活气息，形成散曲的特殊风貌。最著名的例子，就是关汉卿（1227？—1297 年以后）所写套曲《南吕·一枝花》的例子。按，此套曲的尾曲，其开端几句之正格字数，应该是：七七三三三三，换言之，两个七言句，四个三言句。但是，且看关汉卿《南吕·一枝花》"不伏老"的尾曲《黄钟尾》：

　　我是个蒸不烂煮不熟捶不扁炒不爆响当当**一粒铜豌豆，**恁**子弟每谁教你钻入他**锄不断砍不下解不开顿不脱慢腾腾**千层锦套头。我玩的是**梁园月，**饮的是**东京酒，**赏的是**洛阳花，**攀的是**章台柳。……

以上凡以粗体显现者，即属衬字。像这样的句子，由于其中添加了"蒸不烂""煮不熟""捶不扁""炒不爆""响当当"之类的衬字，又纯用口语白话，显得语气强势，情绪浓烈，入乐必定急促有力，铿锵动听，而且还增添了一分风趣诙谐、淋漓泼辣的特殊趣味。从修辞的角度看，衬字的加入，对元曲的通俗化及其曲体风格的形成，均意义重大。当然，衬字超过正字如此之多，是相当极端的例子。或许只有关汉卿这样的元曲大家，才胆敢如此。一般而言，衬字以形容词、代词、虚词为主，多用在句首或句中，字数以不超过三字为宜。比较起来，套数用衬字比小令要多，勾栏作家用衬字又比文人士大夫作家多。

四、散曲的用韵

由于曲主要盛行于以大都、平阳为中心的北方地区，故曲家用韵，均依循当时北方民众口头之自然语音为准。元人周德清（1277—1365）就曾整理归纳当时中原一带语音的变化，写成一部《中原音韵》曲韵韵书，供作曲者押韵、审音、辨字之用，至今仍然是学界研究中原音韵的重要资料。按，散曲的用韵与戏曲相同，而与唐宋词有异。首先，词中可以有一词多韵的转换错押现象，而曲，无论小令或套数，均是一韵到底。其次，词韵分平仄，或押平声韵，或押仄声韵，或平仄错押，或平仄通押，或入声单押等多种形式。至于何处押平，何处押仄，绝大多数词牌都有严格的规定。曲则可以平、上、去通押，而且“入派三声”，亦即入声基本上消失，古入声则分派到平、上、去三声之中。绝大多数曲牌是平仄通押。再者，词韵较疏，曲韵则较繁密，不少曲牌还是句句押韵。韵密可令曲辞更富有音乐节奏感，且易产生一泻无遗的气势，更能体现散曲的豪放坦直的特点。

✤ | 五、散曲的语言

通俗自然，活泼生动，可谓是散曲的语言本色。因为元曲本来是流行民间的俗曲小调，而元代的曲家，又不少曾经沦落市井勾栏，难免深受民间通俗讲唱文学的影响，包括诸宫调、赚词、话本小说等，乃至所写散曲的语言，亦大量使用口语、方言，遂形成一种新的文学语言，既通俗自然，又活泼生动。甚至为了投合市民大众的口味，将就一般观众的视听，大凡通行于市井民间口头的一切语料，无论雅俗浑谐，均可取而用之。包括俗语（粗俗、俚俗之语）、蛮语（胡夷用语）、谑语（戏谑调侃之语）、嗑语（唠叨琐屑之语）、市语（行话、隐话、歇后语）、讥诮语（讥讽嘲笑之语），再加上方言。这些当然是诗词中较难以见到的。正如王骥德（？—1623？）《曲律·杂论》的观察：

> 诗与词不得以谐语方言入，而曲则惟吾意之欲至，口之欲宣，纵横出入，无之无不可也。故谓，快人情者，要毋过于曲也。

不过，散曲一旦经文人染指且大量创作之后，作者开始将其熟习的、通常适用于诗词的文雅语言，和民间口语方言配合起来使用，乃至形成一种犹如周德清《中原音韵》中形容的，"文而不文，俗而不俗"的风格。就作者而言，文人士子创作之曲，显得比较文雅；勾栏作家，或无名氏的民间艺人之作，则较为俚俗。就体式而言，则是"令雅套俗"，亦即小令比较雅，套曲则较俗。

✤ | 六、元散曲总集

流行于市井与士林之间的散曲，在元代就已经有人开始收集辑录，并且刊行于世。现存元人编辑之元散曲总集，主要有：

（一）杨朝英（1280？—1351年以后）《乐府新编阳春白雪》（简称《阳春白雪》），是最早的元散曲总集。卷首有贯云石（1286—1324）之序，共收五十余人的小令约五百首，套数约六十套。

（二）杨朝英另外还编《朝野新声太平乐府》（简称《太平乐府》），卷首有邓子晋至正辛卯（1351）之序，共收八十余位散曲作家，小令约一千零七十余首，套数约一百四十套。

（三）无名氏编《梨园按试乐府新声》（简称《梨园乐府》），共收套数三十二套（其中二十套，标出作者姓名），小令约五百一十首（偶尔标出一二作者姓名）。

（四）无名氏编《类聚名贤乐府群玉》（简称《乐府群玉》），入选作家共二十四人，所收小令共七百十五首，多为元代中晚期作家作品，其中约有一半不见于其他曲集。

除此之外，则是明、清人所编之元明清散曲总集。当今最完善的元散曲总集，推隋树森《全元散曲》（中华书局1964年版），共辑录元代二百多位散曲作家，小令三千八百多首，套数四百五十余套。惟比之《全唐诗》四万八千多首，《全宋词》二万余首，数量相当少了。或许因为散曲毕竟乃属通俗小调，往往为"正统文人"所忽视，专攻的人不多，编成集子的作家更少。又或许由于散曲作家，大多以填曲为"戏玩"，随作随弃，不太珍惜，故散佚的也很多。至于民间无名氏的作品，更因为无人收集，而大部分均佚失了。

根据现存的元散曲，大概可以看出其风格之形成与发展的脉络轮廓。

第二章
散曲风格的形成

按，北曲兴起于金、元之际，是多种文艺形式相互影响，彼此渗透而孕育出来的一种综合性的艺术。其中戏曲容后再论。单就散曲而言，无论小令或套数，均是文学与音乐的综合体。因此，展现音乐声情的"曲乐"，以及形成其文学风貌特质的"曲辞"，同样是构成散曲风格形成与发展演变的重要元素。

第一节
散曲曲乐风格之形成

散曲是一种倚声填辞的诗歌形式，与音乐的关系密不可分，音乐的变化，势必会影响其体式的变革。金、元两代均是少数民族入主中原的王朝，是传统中国音乐产生大变化、大融合的时代，与宋代相比，即使宫廷雅乐，也不再一味地舒缓和美，而融入了北曲特有的刚劲豪迈、急躁繁促之音。当然，北曲演唱的音乐实况，以及其乐曲形成的细节，因资料欠缺，已无法确知，姑且根据前人的描述，而略知大概。

✤ | 一、北曲声情的特征

北曲虽然兴起于金、元之际，但金、元人并未留下关于北曲曲乐声情特征之资料。惟根据明人将北曲与南曲对比之下的一些概括性描述，或可得其梗概：

据徐渭（1521—1593）《南词叙录》：

> 听北曲使人神气鹰扬，毛发洒淅，足以作人勇往之志，信胡人之善于鼓怒也，所谓"其声噍杀以立怨"是已。南曲则纤徐绵眇，流丽婉转，使人飘飘然丧其所守而不自觉，信南方之柔媚也，所谓"亡国之音哀以思"是已。

又据王世贞（1526—1590）《曲藻》的观察：

> 凡曲，北字多而调促，促处见筋；南字少而调缓，缓处见眼。北则辞情多而声情少，南则辞情少而声情多。北力在弦，南力在板。北宜和歌，南宜独奏。北气易粗，南气易弱。

再看魏良辅（1522—1572）《曲律》所云：

> 北曲以遒劲为主，南曲以宛转为主，各有不同。

上引资料中所谓"使人神气鹰扬，毛发洒淅""字多而调促""气易粗""以遒劲为主"诸语，已大致概括出北曲音乐声情的一些特征。

✤ | 二、曲乐风格的形成

北曲曲乐风格的形成，有其复杂多元的源头。大约而言，由三个主要源头演变影响而成，包括传统词调的变化、俗谣俚曲的流行以及胡乐番曲的输入。

（一） 传统词调的变化

曲与词一样，都是倚声填辞以备演唱的诗歌形式，与音乐曲调密不可分，从北曲使用的曲调考察，大略可以看出曲乐与传统词乐的渊源关系。据周德清《中原音韵》的整理归纳，曲乐有十二宫三百三十五个曲调。王国维于《宋元戏曲史》则进一步指出，其中出自大曲者十一调，出自词调者七十五调，出自诸宫调者二十八调。这些出自唐宋词调者，又大致可分为三类：曲牌与词牌全同者，如《人月圆》《黑漆弩》等；曲牌与词牌名称虽同，实际形式却不同者，如《六幺令》《醉太平》等；曲牌与词牌名称不同，然而形式却同者，如《双鸳鸯》即词之《合欢曲》，《阅金经》即词之《梅边》等。这些都可以看出曲调有从传统的词调变化而来的痕迹。

（二） 俗谣俚曲的流行

俗谣俚曲之流行，实与词的逐渐衰微有关。南宋以后，词在姜白石、吴梦窗、王沂孙、张炎诸人笔下，已发展至极致，宋末词人，除了因袭前人作品，似已无意另辟新天地。其实，早在两宋时代的城市乡镇，具有地方色彩的俗谣俚曲，始终流行传唱不绝，一直焕发出新的生命力，不断为民间艺人以及一些"识货"文人所欣赏接受，甚至仿效填写。金、元时期，北方大量涌现了具有地方色彩的俗谣俚曲，并且结合一些进入中原的少数民族的音乐，焕发出新的生命特色。同时，有些词的曲调在民间流传过程中，也因其地域性，染上地方色彩，从而发生了若干变化。作曲者、歌者，在旧有的歌曲形式中求变化、出新意，不断产生新的歌谣形式，遂促使曲调日益丰富。这些就是后来所说的"曲"，开始时仍然与词并驾齐驱，并行歌坛，后来便取代词在歌坛上的主流地位。

㊂ 胡乐番曲的输入

曲的兴起，与"胡乐番曲"之输入亦密切相关。这些胡乐番曲，为流行于民间之曲，注入了新血，展现出新的生命力，可以表达一般词难以表达的声情。根据王世贞《艺苑卮言》之观察：

> 曲者，词之变。自金元入主中国，所用胡乐，嘈杂凄紧，缓急之间，词不能接，乃更为新声以媚之。

另外，徐渭《南词叙录》亦尝云：

> 今之北曲，盖辽、金北鄙杀伐之音，壮伟狠戾。武夫马上之歌流入中原，遂为民间之日用。宋词既不可被弦管，南人亦遂尚此，上下风靡，浅俗可嗤。然其间九宫二十一调犹唐、宋之遗也。

由于女真、蒙古、契丹诸民族，长期生活在北方边远的草原、山林之中，往往以狩猎、放牧为生，他们的生活条件与民族性格，表现在诗歌和音乐上，就形成那些"嘈杂凄紧""壮伟狠戾，武夫马上之歌"。这给中原的音乐输送了新血，加上南宋末期的词，过分典雅深奥，很多已经"不可被弦管"，与音乐分离，不能歌唱，仅成为供人阅读的书面文学，这时胡乐番曲的输入，正好为乐坛带来了"新声"，并且促进北曲曲乐的形成。

散曲可说是融合了旧有的"传统词曲"、民间的"俗谣俚曲"，加上外来的"胡乐番曲"，而孕育出的一种时代"新声"，其最显著的标志就是民间风味和地方色彩的增浓。

♣

第二节

散曲文学特质之形成

中国文学史上的诗、词、曲同属诗歌，均以抒发情怀为主调，但三者基本上不但外在的体式风貌有别，而且内在的情味意境，亦各具特色。作为一种配合音乐调子来填写的歌词，曲与词自然比较接近。不过，曲毕竟兴起于金灭宋亡之际的北方，并盛行于蒙古统治的元朝，又与瓦舍勾栏的关系更为密切，因此，自有其"别是一家"的文学特质。试先看历来评家对于曲的文学特质之描述。

✤ ┃ 一、评家对曲的描述

钟嗣成《录鬼簿》对元代散曲戏曲作家之描述：

右所录者，于学问之余，事务之暇，心机灵变，世法通疏，称宫换羽，搜奇索怪，而以文章为戏玩者，诚绝无而仅有也。

值得注意的是，钟氏认为，曲家乃是"于学问之余，事务之暇"而作，其创作的态度，则是"以文章为戏玩"。换言之，写曲并非攸关政治教化的严肃正经之事，不过是休闲娱乐之游戏笔墨而已。这不但是对"曲"的文学特质之卓见，亦是对传统儒家实用文学观的漠视。此外，前面相关章节论及散体古文已引述过的钟嗣成《录鬼簿·序》，强调自己有别于一般"高尚之士，性理之学"的立场，特意表示对曲的"知味"与欣赏：

> 若夫高尚之士，性理之学，以为得于圣门者，吾党且啖"蛤蜊"，别与知味者道。

钟氏以味觉来比喻曲的特质，宣称其偏爱的是"蛤蜊"味。再看明人何良俊（？—1573）《四友斋丛说》评高明《琵琶记》中的曲辞所云：

> 高则诚才藻富丽，如《琵琶记》"长空万里"，是一篇好赋，岂词曲能尽之！然既谓之曲，须要有"蒜酪"，而此曲全无，正如王公大人之席，驼峰、熊掌，肥腯盈前，而无蔬笋、蚬蛤，所欠者，风味耳。

何良俊认为《琵琶记》所撰写之曲辞，虽"谓之曲"，却毫无曲的"蒜酪"味。另外，清人焦循（1763—1820）《剧说》节录《蜗亭杂订》亦云：

> 嘉、隆间，松江何元朗畜家童习唱，一时优伶俱避舍，然所唱俱北词，尚得"蒜酪"遗风。

按，"蛤蜊"，是一种普通水产，寻常人家的食物，故而称"蛤蜊"，应当指的是曲的民间风味、通俗情调。至于"蒜酪"，显然指北方口味。按，"蒜"言其辣，略带冲鼻的刺激，"酪"则言其豪爽，带点蛮气、野味。故"蛤蜊"味与"蒜酪"味，主要是针对曲辞中浓厚的民间风味和鲜明的北方色彩而言，与传统诗词的"中正和平""温柔敦厚""婉媚纤细"的审美趣味，显然有很大的不同。

再看明清之际李渔（1611—1680）《闲情偶寄》对元曲文学的整体印象：

> 元人非不读书，而所制之曲，绝无一毫书本气，以其有书而不用，非当用而无书也；后人之曲，则满纸皆书矣。元人非不深心，而所填之辞，皆觉过于浅近，以其深而出之以浅，非借浅以文其不深也；后人之辞，则心口皆深矣。

所言值得注意的是，元曲貌似浅近，其实则是深入浅出，其曲辞虽然"绝无一毫书本气"，乃是"有书而不用"，并非"当用而无书"。

现代学者对元曲的文学特质，亦不乏精粹的看法。王国维《宋元戏曲史》论"元剧之文章"，虽因元杂剧而言，其实亦含蕴元人散曲：

> 元曲之佳处何在？一言以蔽之，曰："自然而已矣。"

所谓"自然"，当指不刻意雕琢藻饰，也可包括不会"满纸皆书"。亦有学者则将曲与词相提并论，点出曲的文学特质。如任二北《散曲概论·作法》：

> 曲以说得急切透辟，极情尽致为尚，不但不宽弛，不含蓄，且多冲口而出，若不能待者，用意则全然暴露于词面。……此其态度为迫切，为坦率，可谓恰与诗于相反也。……总之，词静而曲动；词敛而曲放；词纵而曲横；词深而曲广；词内旋而曲外旋；词阴柔而曲阳刚；词以婉约为主，别体为豪放；曲以豪放为主，别体为婉约；词尚意内言外，曲竟为言外而意亦外。

此外，郑骞因百师《从诗到曲》文集中收《词曲的性质》一文，论词与曲风格之异同，亦有精妙风趣的比喻：

这兄弟两个的性行都是偏于潇洒轻俊美秀疏放，而缺少庄严厚重雄峻。他们都是能作少爷不能作老爷。所不同者，词是翩翩佳公子，曲则多少有点恶少气味。

以上这些古今学者针对曲的描述评论，虽主要是针对曲的当行本色而言，并未顾及其逐渐诗词化、典雅化之后的曲，但仍然有助于读者对散曲文学特质的掌握。

❖ ｜ 二、散曲的文学特质

综观现存的元散曲，其中最突出的题材，首先就是叹世与归隐。翻开《全元散曲》，可谓俯拾皆是，或慨叹世道人心，埋怨仕途险恶，或鄙视功名富贵，追求恣情任性。其次，乃是流连山水清音、享受田园情趣的逍遥自在。再次，则是咏物怀古、离情相思、城市生活等。其中虽然也不乏风格清丽典雅之作，但基本上仍以通俗浅近、豪放洒脱、泼辣诙谐为本色。

倘若就诗、词、曲的本色概括比照视之，一般是诗"庄"而词"媚"，那么曲，显然可以"俗"字来形容。但此"俗"字，并无贬义，而是指浅近通俗而言，是世俗情味的俗，反映的是，都市生活，市井文化，人间俗世的情或事。即使曲中吟唱的是叹世与归隐之情，也往往浮现着世俗情味。这跟曲的"出身"，或许有一定程度的关系。

当然，曲和词均出身"民间"，同样是配合音乐调子写来传唱的流行歌曲，是为娱宾遣兴、消闲娱乐之用。不容忽略的是，词的传唱者，往往是都市城镇中的歌妓，歌唱所在地，又多为秦楼楚馆，或歌筵酒席，其娱乐的对象通常是文人诗客、官员雅士。但是，曲的传唱则与新兴于市井的戏曲或说唱文学相同，一般是在瓦舍勾栏，或茶楼酒肆，其娱乐的对象主要还是市井小民；作曲者，即使是文人，也多以雅从俗，何况不少曲家混迹瓦舍勾栏，难免不沾上一些市井气息、世俗情味，作品中也往往会浮现一些小市民的心声。因此，曲，基本上属于"勾栏文学""市井文学"，再加上曲原本崛兴于金元统治的北方，故其审美趣味，是以"蛤蜊味""蒜酪味"为正宗。

如果说，一首诗背后的叙述者，通常是一个官员人臣，学士儒生，迁客骚人，或隐者处士，其所面临的场域背景，或是朝廷庙堂，或是山林田园；而一首词背后的叙述者，通常是一个多情公子，风流才子，所处的场域背景，通常或是花间樽前，闺中院内，或秦楼楚馆，歌筵酒席；那么，一首曲背后的叙述者，则往往是一个落魄文人，勾栏作家，或江湖浪子，对政治仕途的态度，或有意排斥，或选择决裂，或故作冷漠，其所处的场域背景，主要是都会市井，瓦舍勾栏。他玩世不恭，愤世嫉俗，不但要扬弃温柔敦厚的诗风，也要摆脱香软婉媚的词风，甚至还会公然鄙视孔门圣学，调侃英雄，嘲笑历史，当然也会调侃自我，嘲笑自我。这些特质，均是诗词作品中罕见的。

与诗相比，词已经是一种可以独立于传统儒家诗教之外的文学，而曲，则是一种敢于和传统儒家推崇的诗教唱反调的文学。

第三章

元散曲发展大势

　　散曲最初只是流行传唱于瓦舍勾栏、茶楼酒馆，由民间艺人创作，民间艺人演唱，与戏曲、说唱诸表演艺术一样，属于市井大众娱乐文化的一环。惟以后因逐渐受到一些文人士子的注意与喜爱，忍不住参与创作，方导致曲的兴盛。大概是金末元初之际，这种通俗小调的创作，已经开始从市井转入士林并跨进文坛。现存的元散曲，当然均属文人作品，至于民间作品的真正面貌，可惜因资料缺乏，已难以确知。

　　根据现存的元散曲，以及当今曲学界对其作家与作品的研究成果，或可将散曲的发展演变，大概划分为四个期段：亦即初起期（1234—1260）、始盛期（1261—1294）、鼎盛期（1295—1332）、衰落期（1333—1368）[①]。

---

① 　赵义山，《元散曲通论》（巴蜀书社 1993 年版）将元散曲的发展演变分为四期：演化期、始盛期、大盛期、衰落期。

♣

第一节

散曲的初起——词曲界限未明，词曲同体

散曲的发展演变乃是一个渐进过程，其具体时限虽难以确指，大概而言，最初应该是从宋、金对峙时期，散曲就已经开始出现。不过，自王国维以来，学界皆以蒙元灭金之年（1234）作为元曲发展的起点。此后二十多年至元世祖中统元年（1260），元散曲在这期间，正处于由词演化到曲的初起阶段。

金元之际的散曲，虽已是一种新兴的流行歌曲，却仍然与词并行歌坛，一时还未能取而代之，成为主流。这时期的曲，最显著的特色就是尚未脱离词的影响，乃至词曲界限未明，甚至往往出现词曲同体的现象。

首先，由于此时期曲调与词调的界限并不明确，才会有词曲一体，词曲同调现象。元末陶宗仪（生卒年不详）《南村辍耕录》卷二十七"杂剧曲名"条，即尝谓："金际国初，乐府犹宋词之流。"例如元好问（1190—1257）现存《人月圆》二首，唐圭璋《全金元词》收之，隋树森《全元散曲》亦收之。

其次，散曲的曲乐已经开始用新声，可是文辞则尚未脱离词体。换言之，作者虽然用的是曲的牌调，却仍然习惯使用词的语言，显得比较文雅清丽。当然，偶尔亦会用较为通俗坦直的语言夹杂其间，予人以雅俗相间的印象，初期尝试的痕迹犹存。

再次，内容方面，元散曲的一些常见的题材，诸如叹世归隐、男女恋情、怀古写景等，已经在这初起期间陆续出现，为以后散曲中同类题材的

盛行开辟先路。不过，其叹世归隐的主要倾向尚不明显。

就整体风格特质视之，由于这时期的作者，均先后经历蒙元灭金、灭宋，两次江山易主的巨大震撼，无奈中，往往通过散曲的创作，抒发避世逍遥、嬉戏玩乐的处世态度和心情，以图忘却丧乱的痛苦，弥补失落的沮丧。于是，散曲中特有的风趣诙谐、活泼俏皮的独特风格，亦随之初露端倪，为元散曲未来的发展，谱出了基调。

这时期的主要作家有元好问、杨果、杜仁杰、刘秉忠等，基本上属于官宦文人，散曲不过是为文写诗填词之余，偶一为之。但是，不容忽略的是，散曲由词之演化，由民间而登上文坛，最终成为一代之文学，则有赖于这些元初作家的参与创作，他们是文人散曲的开创者，一代文学的奠基人，其先导之功，不可磨灭。

试先看元好问《双调·小圣乐》"骤雨打新荷"：

> 绿叶阴浓，遍池亭水阁，偏趁凉多。海榴初绽，朵朵簇红罗。乳燕雏莺弄语，有高柳鸣蝉相和。骤雨过，珍珠乱散，打遍新荷。／人生有几，念良辰美景，休放虚过。穷通前定，何用苦张罗。命友邀宾玩赏，对芳尊浅酌低歌。且酩酊，任他两轮日月，来往如梭。

元好问字裕之，号遗山，太原人，出身于汉化很深的鲜卑族家庭，一直在金朝任官职，直到金为元所灭。入元后则不复出仕，隐居以终。或潜心著述，以诗文自娱，或为后辈讲学，公认是由金入元的一代文宗，无论诗、文、词、曲皆兼善。郝经（1223—1275）《遗山先生墓志铭》中尝称其散曲："用今题为乐府，揄扬新声者，又数十百篇，皆近古所未有也。"可惜其"数十百篇"的散曲作品，如今仅存九首小令。因生当金元之际，正是词演化为曲的初起时期，其作品即展现出由词过渡到曲的一些基本特征，上举《小圣乐》即是一首代表作。

首先，在体制上，乃是翻改词调《小圣乐》而成，明显展现由词向曲过渡的痕迹。全篇分前后两部分，与词体通常分上下两片相若，而且韵脚疏，每隔句或三句一韵，属一般词韵的常格。其次，语言上，前半首显得文雅清丽，近诗似词，后半首则比较接近曲的语言本色，如"人生几何""何用苦张罗""任他两轮日月，来往如梭"诸语，流露出将散文句或通俗语入曲的讯息。再者，题材内容上，对自然美景的欣悦，对人世变迁的无奈，穷通前定的彻悟，以及对任情适意、洒脱逍遥生活的追求，已经开启元散曲中叹世、避世、归隐、写景等主要题材内容的传统。就整体风格视之，虽然尚未达到曲的恣情率直、诙谐风趣的本色程度，但其中蕴含的冲荡之气，叹世之情，已初具曲的韵调。

元遗山的散曲，显然还处在亦词亦曲、词曲界限未明的初起阶段，尚不能以成熟的散曲视之。但其以一代文宗的身份地位，以雅从俗，"揄扬新声"的先导之功，值得重视。就其散曲中表现的玩世超脱意识，已是元散曲这一抒情主调的开启者，是由词到曲文学精神相承接的典型。

再看杨果（1195—1269）《越调·小桃红》"采莲女"：

采莲人和采莲歌。柳外兰舟过。不管鸳鸯梦惊破，夜如何。

有人独上江楼卧。伤心莫唱，南朝旧曲，司马泪痕多。

杨果字正卿，号西庵，祁州人，也是由金入元者，且与元好问交好。不同的是，金朝灭亡后，杨果经人荐举，入仕元朝，且颇受重用，官居显要。《元史》列传说他"性聪敏，美风姿，工文章，尤长于乐府"。可惜现存仅小令十一首，套数五篇。其中十一首小令只用《小桃红》一个曲调，内容主要是写采莲女的活动与情思，颇有民歌风味，但也涂上文人的闲雅。从整体看，表情写意，明白流畅，似曲；惟情韵的闲雅，辞藻的华丽，则又似词；只是没有词的婉约，亦尚无曲的尖新诙谐之趣而已。这亦正是元初散曲作家"以词为曲"的典型。

　　值得注意的是，上举《小桃红》，在体制上已是单调，韵脚也较密，甚至有句句押韵的倾向。语言上，虽自然流畅，但颇为文雅，接近诗词的语言，其中既无衬字，亦无俚词俗语，还不是散曲的本色。题材内容方面，或可归类于离情相思，是词的当行本色，也是曲的重要类型，不过"伤心莫唱，南朝旧曲，司马泪痕多"数句，似乎暗含白居易《琵琶行》中"凄凄不似向来声，满座重闻皆掩泣。座中泣下谁最多，江州司马青衫湿"诸句倾诉的天涯沦落、漂泊流离之意。而"伤心莫唱，南朝旧曲"，又往往引发读者联想到南朝陈后主（553—604）"玉树后庭花，花开不复久"（《玉树后庭花》）的"亡国之音"。也就是这些化用前人诗句诗情之处，遂令整首曲的含义丰富起来，典雅起来，仿佛寄寓着一分亡国之痛与黍离之悲。这正好说明，散曲这种原来流行民间的俗曲小调，一旦经过文人笔墨的润饰，情调和意境就会发生明显的变化。若要令元曲建立自己独特的风格，尚须经过更多文人的尝试与耕耘。率先展现出元曲的质朴诙谐本色风味者，并非小令，而是套曲。

　　试举与元好问大致同时的遗民作家杜仁杰（1196？—1276？）的套曲《般涉调·耍孩儿》"庄家不识勾栏"：

　　　　【耍孩儿】风调雨顺民安乐，都不似俺庄家快活。桑蚕五谷

　　十分收，官司无甚差科。当村许下还心愿，来到城中买些纸火。

　　正打街头过，见吊个花碌碌纸榜，不似那答儿闹穰穰人多。/【六

煞】见一个人手撑着椽做的门，高声的叫："请请！"道："迟来的满了无处停坐。"说道："前截儿院本《调风月》，背后么末敷衍《刘耍和》。"高声叫："赶场易得，难得的妆哈。"／【五煞】要了二百钱放过咱，入得门上个木坡。见层层选迭团圝坐。抬头觑是个钟楼模样，往下觑却是人旋窝。见几个妇女向台儿上坐，又不是迎神赛社，不住的擂鼓筛锣。／【四煞】一个女孩儿转了几遭，不多时引出一伙。中间里一个央人货，裹着枚皂头巾顶门上插一管笔，满脸石灰更着些黑道儿抹。知他待是如何过，浑身上下，则穿领花布直裰。【三煞】念了会诗共词，说了会赋和歌，无差错。唇天口地无高下，巧语花言记许多。临绝末，道了低头撮脚，爨罢将么拨。／【二煞】一个妆做张大公，他改作小二哥，行行行说向城中过。见个年少的妇女向窗儿下立，那老子用意铺谋待娶做老婆。教小二哥相说合，但要的豆谷米麦，问甚布绢纱罗。／【一煞】教太公往前挪不敢往后挪，抬左脚不敢抬右脚，翻来覆去由他一个。太公心下实焦懆，把一个皮棒槌则一下打做两半个。我则道脑袋天灵破，则道兴词告状，划地大笑呵呵。／【尾煞】则被一胞尿，爆得我没奈何。刚挨刚忍更待看些儿个，枉被这驴颓笑杀我。

杜仁杰字仲梁，号止轩，山东济南人。亦是由金入元者，且与元遗山相契。蒙古灭金后，归居山东，元初虽屡被征召，但皆谢表不起，一生未曾入仕。杜仁杰才学宏博，豪宕滑稽，尤以"善谑"著称。平日与歌妓艺人颇有交往，熟悉勾栏演戏情况。但其诗文作品大都佚失，散曲仅存套曲三篇，小令一首而已。存作虽少，在散曲的发展演变过程中，却是对散曲风格的形成，展现出举足轻重的地位。上举以"庄家不识勾栏"点出主题的套曲，即表现其"善谑"的诙谐之风。写的乃是一个庄稼汉初次进城看戏的经验感受。主要是以一般乡下人孤陋寡闻少见多怪的特点，以夸张突出的笔调，将一个庄稼汉进城初入勾栏那种新鲜稀奇和"不识"的感受，可谓描摹得淋漓尽致，焕发出浓郁的市井气息。全曲以初入市井的庄稼汉之眼观物，以庄稼汉之口，描述元代瓦舍勾栏的热闹场面，以及所观戏中角色的化妆和演出情况。用的是纯粹的口语白话，活泼生动，又夹杂市语、方言、歇后语，显得谐趣盎然，可谓俗与趣已融合一体。予人的整体印象是，作者对庄稼汉的调侃嘲弄，是诙谐逗趣的，并无鄙视，更无恶意。

杜仁杰散曲的谐趣作风，成为元散曲滑稽戏谑"蛤蜊""蒜酪"风味的首创者。其后如马致远的《借马》、刘时中的《代马诉冤》、姚守中的《牛诉冤》、睢景臣的《高祖还乡》等，都显然受其影响。从语言运用和曲体风格方面的成就与影响看，杜仁杰乃是真正以曲作家面目出现的第一人，在元初曲坛，是散曲从初起阶段走向当行本色确立的标志。

♣

第二节

散曲的始盛——勾栏作家活跃，本色确立

散曲当行本色确立的时期，可以元曲大家关汉卿（1227？—1297年以后）等活跃于勾栏曲坛为标志。大约是世祖中统年间到至元末（1261—1294），亦即整个忽必烈统治期，或可视为元散曲的初盛期。这时的散曲，基本上已占领了歌坛，取代了词的演唱，正式成为市井消闲娱乐

文化的主流部分，在创作上出现繁荣兴盛的局面，而散曲的当行本色，就在这期间勾栏曲家的笔墨下确立。

这时期的曲，题材内容方面更为广阔，诸如离情相思、叹世归隐、咏物怀古、山水清音、田园闲情，举凡词能写的，曲差不多都写到了。而且，叹世归隐成为散曲主要旋律的倾向已趋明显。语言运用上，则俗语俚词之入曲更为普遍，已从初起时期作品不失典雅，或雅俗并存，变得比较朴实自然，或雅俗交融。整体风格上，市井色调、世俗情味则更加浓厚，已经明显展现散曲特有的，率直潇洒的风韵，风趣诙谐，活泼俏皮的格调。

此外，散曲的作家阵容，亦远比前期浩大。代表作家，包括关汉卿、白朴、胡祇遹、王恽、姚燧、卢挚等，其中有在职官员，有闲居不仕者，还有流落勾栏之失意文人。最引人瞩目的，当然还是勾栏作家关汉卿的出现，对于元曲的发展有相当程度的影响，实与北宋初期柳永出现于词坛，颇有类似之处。按，柳永曾经长期沦落市井，为歌妓乐工填词作曲，或可视为北宋第一位著名的专业词人，关汉卿则是元代第一位著名的专业曲家，无论散曲或戏曲，均是元曲的发展进入成熟与兴盛时期的标志。男女艳情与叹世归隐，则是关汉卿散曲的笔墨重点。

试先举其联章曲重头小令《仙吕·一半儿》"题情"为例：

> 云鬟雾鬓胜堆鸦，浅露金莲簌绛纱。不比等闲墙外花。骂你个俏冤家，一半儿难当，一半儿假。／碧纱窗外静无人，跪在床前忙要亲。骂了个负心回转身。虽是我话儿嗔，一半儿推辞，一半儿肯。／银台灯灭篆烟残，独入罗帏淹泪眼。乍孤眠好教人情兴懒。薄设设被儿单，一半儿温和，一半儿寒。／多情多绪小冤家，迤逗得人来憔悴煞。说来的话先瞒过咱。怎知他，一半儿真实，一半儿假。

关汉卿，号已斋叟，大都人，是元代勾栏作家的代表，后世曲评家尊其为"元杂剧之祖"。一生未尝任官，长期生活在市井之间，与倡优艺人为伍，写了六十多本杂剧，可惜流传下来的只有十八本。关汉卿的散曲创作亦成就斐然，现存小令五十七首，套数十三套，是元散曲前期作家中，创作数量较丰者。其题材内容之广泛也超越前人，大约可分为三类：男女艳情、叹世归隐、城乡风物。整体风格上，自然清新，活泼俏皮，已明显展现元曲的本色，其间洋溢着世俗情味和生活气息，不时浮现着风趣诙谐，偶尔也点缀着潇洒风雅的情趣。

上举小令《一半儿》四首联章曲，总标目"题情"，每首虽可各自独立成章，却以儿女之"情"贯穿全篇。四首的镜头各有侧重，构成一组组曲。写的是一对男女在恋爱中的几个情景，实可视为有情节变化的整体。主要是从女方角度设言，女方的心理状况着笔。从相聚相悦，到别后相思，既坦率又宛转，既慎重又俏皮，显然是世俗社会的儿女之情。前两首的打情骂俏，后二首的孤枕难眠，以及满怀疑虑的相思情怀，均充满世俗情味。语言可谓生动活泼，雅俗兼备，有日常生活的口头语，亦包括市井间的俗语俚词。整首曲的情味显露，却又不失细腻。其中有环境描写，有人物动作和对话，还有心理刻画，读之宛如取自小说情节，也像戏剧情节。郑振铎《中国俗文学史》评这几首小令，即称其"俊语连翩，艳情飞荡"。把一个女子在爱情中的喜悦和忧虑，心潮的波动起伏，如此生动真实地传达出来，全然是一幅写实的世俗风情画，却没有刻意描摹的痕迹。散曲以通俗为美，以自然为本色，或许关汉卿应该是为第一人。

再看关汉卿《四块玉》"闲适"：

适意行，安心坐，渴时饮饥时餐醉时歌。困来时就向莎茵卧。

日月长，天地阔，闲快活。/旧酒投，新醅泼，老瓦盆边笑呵呵。共山僧野叟闲吟和。他出一对鸡，我出一对鹅，闲快活。/意马收，心猿锁，跳出红尘恶风波。槐阴午梦谁惊破？离了利名场，钻入安乐窝，闲快活。/南亩耕，东山卧，世态人情经历多。闲将往事思量过，贤的是他，愚的是我，争什么！

亦属联章体小令，主要表达远离名利场，归隐田园山林的闲适生活与心情。关汉卿这类传达闲情逸趣的作品，也展现出元散曲的当行本色。首先，在语言上，处处可见俗言俚语。如前三首结尾句，不用欢欣、愉悦、欣悦等比较文雅之语，却大声嚷嚷"闲快活"。按，"快活"一词，显然是民间生活用语，而且带有一分市井的粗豪味道。其他如"笑呵呵""他出一对鸡，我出一对鹅""争什么"诸语，纯粹是曲的本色语言，流露出"蛤蜊味""蒜酪味"。此外，曲中衬字的加入，亦增添曲辞的流畅与通俗情味。至于题材内容上，表达作者避世隐居的闲情逸趣，原是诗词中常见者，但诗词中的闲情逸趣，强调的往往是远离俗世的高情雅趣，如独处时，或望白云，看青山，听流水，偶尔与其他高人雅士同处，也不外是饮酒、弹琴、下棋，或吟诗、说禅、论道诸风雅之趣。可是关汉卿此曲中的闲适之趣，却是充满世俗情味的，同时含有山野气息。当然，和其他隐者一样，曲中的主人公，也饮酒吟诗唱和，不过，却是困了就向莎茵卧，又吃鸡又吃鹅，且重复嚷着"闲快活！"整首曲流露的显然是一分玩世的态度和享乐的趣味。另外，其自称看破红尘险恶、饱尝世态人情的结果，亦展现一个失意文人，勾栏作家，愤世嫉俗之余，刻意对官宦文化表示鄙视。这虽然和关汉卿个人的经历，混迹勾栏终身，有相当程度的关系，但也是许多生活在元代的失意文人共同的经验感受。因此，关汉卿的叹世隐逸作品中之世俗情味和玩世态度，是具有时代特色的代表。

除了勾栏作家之外，这时期还有一些刻意选择闲居不仕的文人作家，对散曲文体的臻至成熟，亦有很大的贡献。白朴（1226—1310？）即是一主要代表。

试看其《仙吕·寄生草》"劝饮"：

> 长醉后，方何碍，不醒时、有甚思。糟腌两个功名字。醅淹千古兴亡事。曲埋万丈虹蜺志。不达时皆笑屈原非，但知音尽说陶潜是。

白朴字仁甫，一字太素，号兰谷，隩州（今山西河曲）人，后移居真定（今河北正定）。其父白华任职金朝，与元好问交好。蒙古军攻陷金朝首都南京（今河南开封），白朴方才七岁。这时却遭逢父亲远宦，母亲被虏，是由元好问携抱着他逃难，一起流寓山东。此后，就一直追随元好问左右，受其熏陶教导。白朴因自幼经历伤乱，又仓皇失母，始终无意仕宦，乃至终身闲居。或诗酒风流，放浪形骸，或寄情山水，逍遥自适，或混迹秦楼楚馆，与歌妓乐工为伍，并曾加入大都的"玉京书会"，成为瓦舍勾栏撰写杂剧散曲的书会才人。据称共作有三百一十六本杂剧，可惜流传下来的只有二三本而已。其中《梧桐雨》《墙头马上》最著称，另一《东墙记》，一说非白朴原著。白朴现存散曲，有小令三十七首，套数四篇，成就虽稍逊关汉卿，仍然展现出一种大家风度。就题材内容而言，包括叹世归隐之作，写景咏物之篇，以及男女风情之咏。

按，散曲自初起发展到始盛时期，叹世归隐之作渐增，加上白朴本来即选择闲居不仕，这类题材，自然写得最多，往往反映他优游闲雅的名士生活。上举《寄生草》，题曰"劝饮"，实则是一篇看破世事的宣言，主要是借酒后狂言来表示自己与众不同的清醒与旷达。这种对世事看透的旷达，是元散曲中经常出现的，不过，这支曲子之所以引人瞩目，还在于中间三句的修辞用语，为整首曲涂上风趣诙谐的色调，显示作者是以一种诙谐的态度和风趣的语气，来抒发前人屡次表达过的情怀意趣，于是予人以新鲜感。另外，调侃前贤屈原之非，显然是诗词作品中不可能出现的，却是元人散曲中常见的态度。

　　然而不容忽略的是，白朴在散曲的发展过程中对于后代清丽一派的启示作用。且看其另一首小令《双调·沉醉东风》"渔夫"（或称"渔父词"）：

　　　　黄芦岸白苹渡口，绿杨堤红蓼滩头。虽无刎颈交，却有忘机
　　友。点秋江白鹭沙鸥。傲杀人间万户侯。不识字烟波钓叟。

　　题为"渔夫"或"渔父词"，立意已昭然若揭。因为在中国文学作品里，自《楚辞·渔父》以来，无论渔父、渔夫、渔翁，几乎已成为隐居不仕者的代称，往往引起与隐士生活和隐居态度相关的联想，譬如与世无争、淡泊名利、自由逍遥等。许多前人诗词，都曾以吟咏渔翁的生活来表达隐居之志。最脍炙人口的，或许就是中唐诗人张志和（730—810）的歌词《渔歌子》："西塞山前白鹭飞，桃花流水鳜鱼肥。青箬笠，绿蓑衣，斜风细雨不须归。"此后，以叹世归隐为主调的元代散曲，以渔父或渔隐为题者，更是不可胜数。"渔夫"的吟咏，代表一种理想生活的追求，一种避世隐居态度的宣示。白朴这首《沉醉东风》，即是元散曲中典型的代表。主要是通过对渔夫生活情景的描述，赞美隐逸不仕，鄙视功名富贵。从语言上看，"虽无……却有"，是通俗语言；不过，其写景之清丽典雅，则是后期张可久、乔吉诸人清丽一派的先导。其中典故的运用，又为整首曲子增添了

书卷气。如"刎颈交"，典出《史记·廉颇蔺相如列传》中廉颇、蔺相如二人抛弃前嫌，结为刎颈之交的事迹；"忘机友"，则典出《列子·黄帝》篇所述海上之人从鸥鸟游的寓言故事。当然，两个典故均运用得不着痕迹，即使不知典故出处故实，并不妨碍对"刎颈交""忘机友"含义的领会，亦无妨整首曲的流畅自然。就题材内容而言，白朴叹世归隐情怀中，强调的是传统的"避世"之情，与关汉卿的"玩世"之态并不一样，这正巧点出勾栏作家与文士作家的区别，为元散曲中隐逸情怀的吟咏，谱出两大主调。白朴的散曲，从整体风格看，可谓亦雅亦俗，乃是将雅化的诗词之语，和散曲的世俗之趣，融合而成的典型。而其清丽处，已为散曲创作点出可能发展的方向。

当然，元散曲的兴盛，不能只靠勾栏作家和隐逸作家的创作，还有赖其他官宦文人作家的共同参与。在众多的官宦文人作家中，一生高居显位，仕途平顺的卢挚（1235？—1300），最具代表性。

试看其《双调·沉醉东风》"秋景"：

挂绝壁枯松倒倚，落残霞孤鹜齐飞。四围不尽山，一望无穷水。散西风满天秋意。夜静云帆月影低，载我在潇湘画里。

卢挚字处道，一字莘老，号疏斋，又号蒿翁，涿郡（今河北涿州市）人。在政坛和文坛均位高名重。曾历任元世祖的侍从、陕西提刑按察使、河南路总管、岭北湖南道肃政廉访使诸职。在文坛上，以诗名闻世，可惜其诗集已失传，作品亦大多散佚。惟散曲则现存一百二十多首，是元代个人散曲作品留存较多者，题材内容方面，亦颇为广泛，举凡写景咏物，隐逸闲情，怀古咏史，男女恋情，都写到了。此外，还有一些应酬唱和之章，展现散曲在文人笔下社交功能之扩大。卢挚散曲的风格多样，或清丽典雅，或浅近通俗，或朴实自然，或疏朗豪爽，不过，从整体风格倾向看，以流派而论，卢挚则归属于"清丽"一派。

前举《沉醉东风》就是一首清丽风格的典型，也是卢挚的写景名篇。其描绘的是湘江秋景，每句展现一个特写镜头，犹如一幅优美的卷轴画面，最后一句则把自己一并揽入画中。首二句显然是化用李白《蜀道难》中"连峰去天不盈尺，枯松倒挂倚绝壁"，以及王勃《滕王阁序》中的名句"落霞与孤鹜齐飞，秋水共长天一色"，却能脱胎换骨，如此自然。曲中风景的展露，乃是依时间顺序展开，从黄昏到静夜，构成一幅随着时空移动的画卷，传达出一分悠闲超远的情调与恬静淡泊的态度。体现的是文人士大夫避开世俗尘嚣、亲近自然山水的闲适之意，所以基本上还是属于元代散曲避世情怀的一部分，不过，其间并无落魄文人或勾栏作家作品中那种愤世、玩世之情，或世俗之气。整首小令，士大夫风味很浓，是把诗词的清丽典雅风格，纳入曲的体式架构里，是文人士大夫染指曲的创作之后，不可避免的趋势。卢挚的曲，可说是为元散曲发展的必然诗化或词化，露出了征兆。

卢挚散曲中，还有一些酬赠唱和之章，亦是散曲创作进入兴盛期的重要标志，其中以与杂剧女艺人珠帘秀之间的赠答，尤其引人瞩目。试先看卢挚《双调·落梅风》（一作《寿阳曲》）"别珠帘秀"：

才欢悦，早间别。痛煞煞好难割舍。画船儿载将春去也，空留下半江明月。

珠帘秀（1270？—？）"姿容姝丽，杂剧当今独步"（陶宗仪《南村辍耕录》），是元初最著名的杂剧演员，旦、末兼攻，众艺俱备。曾主演关汉卿的《望江亭》《救风尘》等杂剧，本身亦具文学修养，不但能赋诗，而且能写散曲，平日与当时一些著名的官员、名士、曲家、诗人，均有交游往来，且互有酬唱。卢挚此曲即为"别珠帘秀"而作，其间直抒离情，朴实自然，而且情深意挚。篇末以景作结，离愁别恨如冷月清辉，绵绵相思，又似湍湍江水，长流不息。珠帘秀显然深受感动，于是酬赠《双调·落梅风》"答卢疏斋"一曲：

> 山无数，烟万缕。憔悴煞玉堂人物。倚篷窗一身儿活受苦，恨不得随大江东去。

散曲在这始盛期间，不但流行歌坛，娱乐大众，也是文人士大夫日常生活中，抒情述怀，甚至赠答酬唱的一部分。无论高官显宦，居士隐者，勾栏作家，乃至杂剧艺人，都有能写曲者。据元人夏庭芝［活跃于至正年间（1341—1368）］的《青楼集》，记述一百十七人元杂剧坤角演员中，就有不少艺人既能写诗填词，亦能创作散曲[①]。共同为散曲之始盛奏出乐章，同时为元代散曲的鼎盛，展开序幕。

第三节
散曲的鼎盛——创作流派形成，名家辈出

元成宗元贞元年至文宗至顺三年（1295—1332），这三十多年间，是元散曲发展的鼎盛时期。这期间在宫廷中虽然连续出现帝位之争，但其斗争主要还是发生于皇室内部与权臣之间，尚未扩散成政坛的动荡，总体上

---

① 见孙崇涛、徐宏图：《青楼集笺注》，中国戏剧出版社 1990 年版。

仍然维持南北统一以来，社会的安定，经济的繁荣，呈现一片承平气象。城市居民消费经济能力增强，消闲娱乐的需求增加，散曲的作者与作品亦相应增多，而且名家辈出，成就也可观。著名的散曲选集，如杨朝英的《阳春白雪》，以及曲学专著，如周德清的《中原音韵》，还有钟嗣成记录元曲作家作品及书目的《录鬼簿》，均产生于这一时期。

值得注意的是，南北统一之后，文物的流通与人物的往还大为顺畅，加助了南北文化的交流与融汇，乃至促成曲作家的活动重心开始从大都逐渐南移至杭州。当时的杭州，城宽地阔，人烟稠集，吸引了大批仰慕江南生活富裕、文化璀璨的北方文人士子，诸如关汉卿、马致远、张养浩、贯云石、乔吉等，均纷纷南来，先后云集于杭州西湖歌舞之地，与世居江南的本土作家，如张可久、徐再思等，在曲坛相互争辉，共同促成散曲创作鼎盛的新局面。

首先，题材内容的开拓，更为深广。虽然叹世归隐仍然是主调，不过，作者对现实的感悟，对历史的思索，更为强烈、深刻。而且开始从个人的牢骚愤懑，转向更广阔的社会人生，甚至出现了反映社会现实，同情民生疾苦的作品，为原本出身通俗小调，以娱乐大众为宗旨的散曲，增添了崭新的内容。其次，这时期作家作品之众多，已明显形成不同风格特色的两大主要创作流派，亦即"豪放派"与"清丽派"。前者以马致远为首，其他包括张养浩、贯云石、刘时中等；后者则以张可久为首，其他如乔吉、徐再思、周德清等。

当然，文学作家作品风格流派的区分，只能就大致情况而言。所谓豪放与清丽的分别，并非绝对的，而是相对的差异。何况豪放派作家并不乏清丽之作，清丽派作家也有豪放之章。其实两派作品，均不同程度地，既焕发出一种河朔的雄放气势，又流露一分江南的秀丽风韵。这显然是元朝统一之后数十年间，南北文化相互交流融合的结果。

✤ | 一、豪放派作品举例

先看马致远（1250？—1324？）的联章曲《南吕·四块玉》"恬退"四首：

> 绿鬓衰，朱颜改。羞把尘容画麟台，故园风景依然在。三顷田，五亩宅。归去来。／绿水边，青山侧。二顷良田一区宅，闲身跳出红尘外。紫蟹肥，黄菊开。归去来。／翠竹边，青松侧。竹影松声两茅斋，太平幸得闲身在。三径修，五柳栽。归去来。／酒旋沽，鱼新买。满眼云山画图开，清风明月还诗债。本是个懒散人，又无甚经济才。归去来。

马致远，号东篱，大都人，是元代散曲成就最高的大家。早年曾热衷功名，三十多岁才担任一些地方上的小官，经宦海浮沉二十年，五十岁左右终于看破红尘，决定弃官归隐，或追求山林田园的恬淡与闲适，或混迹市井勾栏，与民间艺人交游往来，并参加"元贞书会"，成为书会才人，为剧场创作杂剧，时人尊为"曲状元"。马致远共作杂剧十六种，现存仅七种，其中以《汉宫秋》《青衫泪》最著名。此外，亦致力于散曲创作，现存小令一百十七首，套数二十二套，另有残曲四首。题材内容相当广阔，无论叹世归隐，写景咏物，言志述怀，男女恋情，怀古咏史，羁旅行役，都写。主要乃是通过散曲来记录个人的人生感慨，发泄对政治社会的不平和牢骚，颇能代表元代失意文人的心声。

上举《四块玉》，题为"恬退"，亦即参破荣辱，摆脱名利的羁绊，安闲退隐之意。按，马致远一生沉沦下僚，仕途极不得意，曾自叹"困煞中原一布衣"（《金字经》），"东篱半世蹉跎"（《蟾宫曲》"叹世"），又自嘲其官宦生涯乃是"半世逢场作戏"（《哨遍》）而已。其退隐乃是对仕途绝望之后不得已的选择，所以和大多数元曲作家一样，不时发发牢骚，抒写愤懑。四首《四块玉》展现的闲适境界，显然是在现实生活受挫之后，所创造出的理想避难所。倘若与关汉卿的同类联章曲《四块玉》"闲适"相比照，其间吐露的看破红尘、彻悟退隐的态度，以及牢骚之语、愤世之情，都有类似之处。但是，关汉卿散曲中强调的与官宦文化的决裂，更为彻底，更多世俗味与乡野之气，表现出有异于传统文人士大夫的、新的文学人格气质。而马致远散曲中宣称的，隐于山林田园，虽然也有些许乡野气、世俗味，不过，毕竟还不失传统士大夫的闲雅。关汉卿曲中宣称的避世退隐，是要图个快活，强调的是世俗化的玩世态度与享乐趣味，马致远曲中向往的却是陶渊明式的"归去来"，还特意化用陶诗中象征隐逸情怀的语汇，诸如"黄菊""青松""三径""五柳"等。因此，其中描绘的隐居生活，有一种文人士大夫的闲雅之致。就艺术风貌而言，关作是自然本色，马作则稍事藻绘，所以关、马二位大家虽同属豪放派，二人之间风格之差异，雅俗之别，是很明显的。正巧展示，散曲发展的始盛与鼎盛前后两个不同阶段的时代特征之差异。

且再看马致远两首《双调·拨不断》：

布衣中，问英雄。王图霸业成何用？禾黍高低六代宫，楸梧远近千官冢。一场恶梦。／菊花开，正归来。伴虎溪僧、鹤林友、龙山客。似杜工部、陶渊明、李太白。有洞庭柑、东阳酒、西湖蟹。哎！楚三闾休怪。（归隐）

马致远现存十四首《拨不断》小令，其中有的有题，有的则已失题。上举第一首失题，第二首标题"归隐"。第一首从内涵视之，当属叹世之类，和归隐一样，是元曲中最普遍吟咏的情怀。其喟叹的是"王图霸业成何用？"既然"禾黍高低六代宫，楸梧远近千官冢"，所有英雄功业，到头来，不过是"一场恶梦"而已。值得注意的是，在诗词中，喟叹朝代盛衰兴亡，人事短暂无常，是相当普遍的情怀。马致远这首小令化用的晚唐诗人许浑《金陵怀古》原句："楸梧远近千家冢，禾黍高低六代宫。"主要是通过古迹的凭吊，来抒发朝代兴亡之感。可是马致远此处却说是"一场恶梦"，则是对传统文人士子追求的人生理想彻底地否定。这当然与马致远本人功名受挫，仕途坎坷有关，但不容忽略的是，同时也展示诗、词、曲三种不同诗歌形式，在抒情述怀上风格的相异。诗，温柔敦厚；词，含蓄委婉；曲，则痛快淋漓。

　　第二首《拨不断》标题"归隐"，主要写其隐居生活之趣，同时调侃屈原的汲汲用世态度。这首小令连用了一系列的人名典故，自然增添整首曲辞的书卷气。尽管形式上出现类似典故的罗列，不过，这些人名均属耳熟能详者，加上"洞庭柑、东阳酒、西湖蟹"诸地方乡土特产名称，运用得干净利落，别无闲话，读起来一目了然，并无堆砌之感，甚至予人一分曲特有的豪爽率直之气。最后又以略带诙谐风趣的口吻，对三闾大夫说声"休怪！"对不起，人各有志，借此调侃历史人物屈原的执迷不悟，把原本严肃的主题，涂染上一层活泼俏皮，正好展现成熟散曲的当行本色。

　　马致远虽归属豪放派，却也能写含蓄不露、清丽宛转之作。如其现存三十一首《落梅风》（一称《寿阳曲》）小令，其中八首咏"潇湘八景"，另外二十三首属言情之作。所言之情，即是所谓"闺思"或"闺情"，吐露的是思妇或弃妇之情，也就是孤独女子的处境和心情。这原是一个古老的题材，从《诗经》、汉魏乐府、南北朝民歌、唐宋诗词，到元人散曲，可说是反复吟咏的陈旧题材，要有所翻新，并不容易。可是马致远的《落梅风》系列，却能别出心裁。试举二首为例。前首题曰"夜忆"，后首失题：

云笼月，风弄铁。两般儿助人凄切。剔银灯欲将心事写，长吁气一声吹灭。

人初静，月正明。纱窗外玉梅斜映。梅花笑人偏弄影，月沉时一般孤另。

两首言情小曲，有清雅之辞，也有俗言口语，写的是思妇的寂寞，但并不直接去描述，而是通过环境气氛的酝酿，以及女主人公轻微的动作和心理活动，来传达思妇形影的孤单和心情的寂寞。第一首中的女子，在孤寂中，原打算"剔银灯欲将心事写"，却又很快的打消了主意，只见她"长吁气一声吹灭"，长长地叹一口气，随即把油灯吹灭了，剩下女主人公一个人静静地坐在黑暗里。这样生动的镜头，充满戏剧的效果，俨然是剧作家的抒情手法。第二首中的女子，娇嗔窗外梅花，为何偏偏在月下弄影成双，仿佛在嘲笑自己的孤单，然而又转念一想，"月沉时"梅花还不是跟她"一般孤另！"留下女主人公与梅花斗气的情景，在读者心目中回荡。两首曲，都是以最后一句女主人公的行动或心思之出人意表，特别生动活泼，俏皮讨喜。

再看两首写景的《落梅风》，分别题名为"山市晴岚"与"烟寺晚钟"：

花村外，草店西。晚霞明，雨收天霁。四围山，一竿残照里。

锦屏风又添铺翠。

寒烟细，古寺清。近黄昏，礼佛人静。顺西风，晚钟三四声，

怎生叫老僧禅定。

马致远现存《落梅风》中，有八首是分咏"潇湘八景"的组曲，为元散曲中的写景名篇。上引两首，每首都写景如画，画中浮现着诗情与雅兴，语言清丽自然，夹杂着散文句式，日常口语（如"怎生叫"）。值得注意的是，所描绘的景色虽然清幽，却不绝俗。前一首的"花村""草店"，就含蕴人间烟火气味。后一首所云"晚钟三四声，怎生叫老僧禅定"，乃是从世俗人的感觉，设想古寺中老僧的内心，也可能会被夜晚钟声所扰乱，无法禅定了，语气间隐约含有调侃的意味。写的是方外之景，却是从世俗的角度去品味。也就是在清幽的景色中，点缀着世俗情味，使得这几首写景作品，即使浮现着诗情雅兴，仍然令读者感觉到，所读的是曲，而不是诗。

最后再举马致远脍炙人口的小令《天净沙》"秋思"为例：

枯藤老树昏鸦，小桥流水人家，古道西风瘦马。夕阳西下，

断肠人在天涯。

这是一首备受赞扬的作品。周德清《中原音韵》称其是"秋思之祖"。王国维《宋元戏曲史·元剧之文章》认为"纯是天籁，仿佛唐人绝句"。又于《人间词话》中推崇其"寥寥数语，深得唐人绝句妙境。有元一代词家，皆不能办此也"。现代学者吴梅《顾曲麈谈》则云"明人最喜摹此曲，而终无如此自然"。

全曲的意境凄美苍凉，主要以几组画面的叠映，直接诉诸读者的感官，引起天涯游子茫然无归、孤独彷徨的联想。感染力之强，是其魅力所在，何况又是最能引起文人士大夫共鸣的羁旅愁怀。这很可能是马致远"二十年漂泊生涯"的心情写照，也是诗词中反复吟咏的主题，自然冲淡

了散曲原有的民间风味，增添了文人气质。此外，在语言上，显然已脱离了初盛期散曲的通俗味。主要以名词意象罗列而成，除了"下""在"二字之外，全是形容状貌声色的具体的景物名词，焕发出言外之意，弦外之音，这正是令历代读者激赏之处，但却并非散曲的本色语言，而是诗词的惯用语言。何况其中"枯藤老树昏鸦，小桥流水人家"二句，似乎脱胎自前人的诗词句，如隋炀帝杨广的残句："寒鸦千万点，流水绕孤村。"还有秦观《满庭芳》："斜阳外，寒鸦数点，流水绕孤村。"散曲的创作，经过文人的长期介入，最终从通俗走向典雅，是必然的趋势，在马致远作品中，已显露无遗。

另一位散曲作者张养浩（1270—1329），亦为鼎盛时期的豪放派增添声势。张养浩留下《云庄休居自适小乐府》（简称《云庄乐府》），是元代少数有别集传世的散曲作家之一。今存小令一百六十一首，套数二篇，多写于中年弃官归隐之后。从内容看，主要有两大类别，一类是叹世归隐、田园山水之作，另一类则是怀古咏史、忧国忧民之篇。

试先看其《双调·水仙子》"休官"一曲：

> 中年才过便休官，合共神仙一样看。出门来山水相留恋，倒大来耳根清眼界宽。细寻思这的是真欢。黄金带缠着忧患，紫罗襕裹着祸端，怎如俺藜杖藤冠。

张养浩字希孟，号云庄，济南人。属官宦作家，曾任县尹、监察御史、礼部侍郎、参议中书省事诸职。唯因直言敢谏，为当权所忌，深感仕途险恶，遂以父老终养为由，中年即辞官，归隐故园。虽经朝廷屡次征召，均坚辞不就。直到文宗天历二年（1329），关中大旱，民生疾苦，于是接受征召就任陕西行台中丞，前往救助灾民。但到任四月，止宿公署，未尝回家，乃至积劳成疾，卒于任所，关中之人，哀之如失父母。上举《水仙子》当是辞官归隐不久之作，写其"中年才过便休官"的心情，以终于能够摆脱"黄金带"的束缚、"紫萝襕"的羁绊，远离"忧患"与"祸端"，可以寄情山水，吟啸山林，由衷感到庆幸。

再看一首带过曲《双调·沽美酒兼太平令》"叹世"：

> 在官时只说闲，得闲也又思官，直到教人做样看。从前的试观，那一个不遇灾难？楚大夫行吟泽畔，伍将军血染衣冠，乌江岸消磨了好汉，咸阳市干休了丞相。这几个百般，要安，不安。怎知俺五柳庄逍遥散诞。

这支带过曲是由同属《双调》的《沽美酒》和《太平令》两支小令连缀而成。题为"叹世"，实则是"归隐"缘由的进一步说明。所言主要是在传统士大夫"思官"和"得闲"两条生涯道路的选择中，记取历史人物教训，慨叹当官不得，警告思官者，"那一个不遇灾难？"所以才选择"归隐"。值得注意的是，引为前车之鉴的四个历史人物：屈原、伍子胥、项羽、李斯，其中既有文臣，也有武将，一时都曾是经天纬地之才，可是最终却或自尽，或被杀，均不得善终。如屈原"行吟泽畔"，自沉汨罗江；伍子胥"血染衣冠"，自刎而死；"好汉"项羽也"消磨"殆尽，最后自刎于乌江岸；丞相李斯亦"干休了"，腰斩于秦都咸阳。这四个历史人物的下场，与隐者"五柳先生"陶渊明充满智慧的人生选择，形成何等强烈的对比，所以说："怎知俺五柳庄逍遥散诞。"值得注意的是，张养浩散曲中的叹世归隐，融入了更多作者的戒慎恐惧之感，与初盛期始终未曾入仕的散曲作家，诸如闲居不仕的白朴、混迹勾栏的关汉卿等，所吟咏的叹世作品，已有很大的不同。关、白等的叹世，主要源自个人的识见；张养浩的叹世，却出于亲身的体验。另外不容忽略的则是，所用"楚大夫……"等四个典故，看似排比，实为元散曲所特有的"联璧对"，又称"联珠对"，显示作者有意在对偶中谋求变化。头两句"楚大夫"与"伍将军"，用人名对，后二句"乌江岸"与"咸阳市"，则用地名对，均显示作者匠心经营的痕迹。此外，曲辞中又增添了衬字，遂令语气显得率直畅通。

当然，张养浩在散曲发展史上，最引人瞩目，且最具开拓性的作品，还是那些怀古咏史、忧国忧民之篇。试看其《中吕·山坡羊》"潼关怀古"：

峰峦如聚，波涛如怒。山河表里潼关路。望西都，意踟蹰。

伤心秦汉经行处，宫阙万间都做了土。兴，百姓苦。亡，百姓苦。

当是其退隐之后，又应朝廷征召出任陕西行台中丞期间，路过潼关时，吊古伤今之作。这时正逢关中大旱，饥民相食，而潼关一向是西都长安的屏障，遂忍不住感慨，自秦汉以来，经历无数朝代的更替，宫阙的兴废，对百姓而言，都只不过是一个"苦"字而已。按，张养浩此时从隐逸生活中走出来，接受征召前往陕西救灾，是他人生的一大转折，也是他散曲创作的大转折，遂由抒写个人的叹世归隐之情，转向广阔的社会人生，开始抒发其忧国忧民的怀抱，写下一系列关怀民生疾苦的作品，直到他生命的终结。

其实在张养浩之前的散曲，题材范围虽并不狭窄，却始终并未超出作者个人生活的圈子，直至张养浩，首先把类似中唐"新乐府"中同情民生疾苦的题材与意旨，引进了散曲的创作范围，散曲的题材亦随着作者关怀的扩大，而延伸出去，散曲的文学功能，几乎和"诗"一样了。这是文人士大夫参与散曲创作的必然结果，也是元散曲并未踟蹰不前，仍然还在继续"发展"的迹象。

当然，不容忽略的是，在散曲的发展过程中，充分展现南北文化交流，多元民族融合，亦归功于少数民族作家的参与创作。其中贯云石（1286—1324），则是典型的代表，也是少数民族作家中成就最高者。按，贯云石，乃是维吾尔人（色目人），从其自号酸斋，又号芦花道人，可见其汉化程度之深。其实贯云石出身贵族，祖父阿里海牙是侵宋名将，封楚国公，贯云石即袭承父亲的爵位，并任两淮万户府"达鲁花赤"（蒙古语，意指长官），御军严猛，行伍肃然。其后却决定弃武从文，让爵位于弟，且北随名儒姚燧（1238—1313）读书习文。仁宗时拜翰林学士、中奉大夫等职。只因看不惯皇族内部的斗争，厌恶官场的黑暗，不久便辞官，隐居江南，甚至隐姓埋名。据说是在钱塘（杭州）市中卖药为生，曾以诗来换取渔人的芦花被，故又自号"芦花道人"。《元史》列传说他，晚年为文日邃，诗亦冲淡，书法亦自成一家，文人士大夫若得其片言尺牍，如获拱璧，他却"视生死若昼夜，绝不入念虑，翛翛若欲遗世而独立"，俨然当世高人的形象。贯云石现存散曲八十余首，大多数是写恋情与隐逸，其次是写景与咏史。

　　试先举其《落梅风》：

　　　　新秋至，人乍别，顺长江、水流残月。悠悠画船东去也，这思量、起头儿一夜。

　　这是一首江边送别曲，写的是新秋时节，与情人"乍别"之际的离情。曲中没有愁字，亦不带悲字，而依依不舍之情，只是寄寓在江流船行、愈行愈远的画面里。可谓含蓄不露，意到即止。这种笔力节制、含蓄委婉的抒情方式，与诗词类似。惟曲的含蓄和诗词的含蓄，毕竟有其相异之处，亦即其含蓄蕴藉须和喷薄爽利相结合，才有曲的味道。贯云石此曲，正符合这个条件。前四句层层递进，镜头悠悠轮转，却只是引而不发，一切都为了逗引出最后一句"这思量、起头儿一夜"的喷薄情绪之势。

再看一首《清江引》：

> 弃微名去来心快哉！一笑白云外。知音三五人，痛饮何妨碍！醉袍袖舞嫌天地窄。

贯云石是以元皇室贵族子弟的身份，欣然加入隐逸阵营，这首《清江引》就是写他辞官归隐之后，无拘无束，痛快欢悦的生活和心情。其吟咏归隐情怀之曲，虽然常以酒徒形象出现，把壮怀付诸醉乡，却并没有马致远同类曲作中流露的深切的感叹，或沉郁的悲凉。二人虽同属豪放派的代表作家，马致远如壮士悲歌，贯云石则如闲云野鹤。

贯云石文采风流，多才多艺，是多元民族文化交流融汇之下的人物，为元代曲坛注入一分新鲜气息。此外，他还为杨朝英编选的元散曲选本《阳春白雪》作序，并评论当时的一些代表作家。这篇序文是第一篇针对元散曲作家风格论的专文。继而，又为张可久的散曲集《今乐府》作序，称其所作"文丽而醇，音和而平"，是对张可久"清丽"风格的最早认可的评语，对后世曲评影响深远。其实贯云石以其贵公子身份，在延祐、至治年间（1314—1323）的曲坛上，才是真正带领时代风骚的"曲状元"，其地位远超过马致远。

✤ | 二、清丽派作品举例

在散曲发展鼎盛时期的曲坛上，与豪放派双峰并峙的是清丽一派。就内涵意境而言，豪放派显得比较超逸俊爽，清丽派则比较雅丽和婉；就语言表现视之，豪放派多用口语，本色语，少用典实，而清丽派则有明显诗化词化、规律化的现象，对音韵文辞风貌之美有更多的推敲，刻意的经营。清丽派作者一方面讲究韵律平仄的规范化，另一方面，则有意识地吸收或借鉴前人诗词的表现手法，诸如注重字句的锤炼，对仗的工整，典故的运用，甚至或直接搬用诗词句法，或融入前人的诗词名句，遂令散曲的创作步入雅正典丽的艺术境界，逐渐失去原有的本色风貌。清丽派中，成就最高的，自然是才高位卑的张可久。

张可久（1279？—1354？）字小山，一作名伯远字可久，号小山，庆元（今浙江宁波）人，乃属南方本土作家。一生落魄，沉抑下僚，据贯云石于延祐己未（1319）所作《今乐府·序》云："小山以儒家读书万卷，四十犹未遇。"又据李祁《云阳集·跋贺元忠遗墨卷后》记载，至正四年（1344）在浙江曾遇见张可久，"时年七十余，匿其年数，为昆山幕僚"。其生活之窘困，境遇之可哀，不难想见。张可久现存小令八百五十五首，套数九篇，为元代存作最多的散曲作家，也是少数不写杂剧，专工散曲的作家，生前已享盛名。小山曲大多为写景抒怀之作，注重炼句和对仗，善于撷取前人诗词名句入曲，使散曲诗词化，形成清丽典雅的风格，对后世散曲创作影响颇大。

试看其《双调·折桂令》"九日"：

> 对青山强整乌纱。归雁横秋，倦客思家。翠袖殷勤，金杯错落，玉手琵琶。人老去西风白发。蝶愁来明日黄花。回首天涯，一抹斜阳，数点寒鸦。

写其逢重九佳日，登高览景，横渡秋天的归雁，触动了乡愁。尽管当前有醇酒美人，玉手琵琶，令人陶醉，只是如今已人老发白，蝶愁花黄，是该回家了。其"倦客思家"的惆怅心情，就寄寓在"回首天涯"之际，所见"一抹斜阳，数点寒鸦"的景象里。其实，倦宦游，思归隐，原本是传统文人士大夫作家最常抒发的情怀。整首曲，意境深曲婉转，宛如诗词之境，却并非元曲的本色。综观此曲，可谓用语清丽，字句凝练，对仗工整，而且采用不少鲜明的色彩字，诸如青、翠、金、玉、白、黄等，均增添其华丽感。又袭用一些类似诗词的句式，塑造成一系列深具感染力的典雅瑰丽意象，诸如"归雁横秋""翠袖殷勤""金杯错落""玉手琵琶""西风白发""明日黄花""一抹斜阳""数点寒鸦"等，来烘托凄清冷落的气氛，渲染天涯倦客的思归情怀。像这样的作品，实与元代前期散曲流露的"蛤蜊味""蒜酪味"，已相去甚远。

再看一首《中吕·迎仙客》"秋夜"：

> 雨乍晴，月笼明，秋香院落砧杵鸣。二三更，千万声。捣碎
> 离情，不管愁人听。

此曲以"秋夜"为题，内容则涉及乐府民歌中常见的情景，就是思妇在月夜的捣衣声中流露的离情相思，读者于此很容易联想到李白《子夜吴歌·秋歌》中的名句："长安一片月，万户捣衣声。"而此处写情似乎更为婉转缠绵，不但"砧杵鸣"，还"捣碎离情，不管愁人听"，既含蕴闺中思妇的离情相思，同时也勾引起天涯游子的羁旅愁怀。

当然，张可久最为人称道，亦最能展现其清丽特色的散曲作品，还是《南吕·一枝花》"湖上晚归"套数：

> 【一枝花】长天落彩霞，远水涵秋镜。花如人面红，山似佛
> 头青。生色围屏。翠冷松云径，嫣然眉黛横。但携将、旖旎浓香，
> 何必赋横斜瘦影。／【梁州】挽玉手、留连锦英，据胡床、指点

银瓶。素娥不嫁伤孤另。想当年小小，问何处卿卿？东坡才调，西子婷婷，总相宜千古留名。吾二人此地私行，六一泉亭上诗成，三五夜花前月明，十四弦指下风生。可憎，有情。捧红牙合和伊州令。万籁寂，四山静，幽咽泉流水下声。鹤怨猿惊。／【尾】岩阿禅窟鸣金磬，波底龙宫漾水精。夜气清，酒力醒；宝篆销，玉漏鸣。笑归来仿佛二更，煞强似、踏雪寻梅霸桥冷。

散曲中的"套数"源自民间说唱诸宫调，可是在张可久笔下，已全然是文人风雅品味的展示。明人李开先（1502—1568）《词谑》尝誉此曲"当为古今绝唱"。其实，就题材内容而言，此曲并无创新，写的不过是一对情侣畅游西湖，从黄昏至深夜方归的经验感受。但在艺术风貌上，却有其显著特色。首先，不仅声调谐美，对仗工整，而且意境清雅妩媚。将西湖由黄昏至月夜的清幽美景，以及一对情侣的旖旎柔情，融成一片，营造出一分糅杂着优美、清雅、恬适、温馨的气氛，予人以美的感受。其次，值得注意的则是，曲辞中"句句有来历"的特点，充分展现作者如何巧妙地熔铸前人名句，另翻新意，同时亦凸显其清丽典雅的风格。当然，这也是散曲已经诗化、词化的标志。

还有另一位清丽派散曲作家乔吉字梦符，号笙鹤翁，又号惺惺道人，太原人。在曲坛上与张可久同时而且齐名。乔吉初因求仕理想落空，遂由太原南下，惟终生未仕，穷困潦倒，故而放浪江湖，纵情诗酒，并以"烟霞状元""江湖醉仙"自居。根据钟嗣成《录鬼簿》，乔吉中年以后即寄居杭州，有题"西湖"《梧叶儿》组曲一百首，可惜其流落"江湖间四十年，欲刊所作，竟无成事者"。此外，乔吉还曾著杂剧十一种，今仅存《扬州梦》《两世姻缘》《金钱记》三种。其散曲则存小令二百一十首，套数十一篇，数量仅次于张可久。乔吉的散曲在内容上多半属于写其个人闲适颓放情怀之作，艺术风格则与张可久相近，同样善于锤炼字句，讲究音律谐美，对仗工整。乃至后人常以"张乔"或"乔张"并称，同是清丽派的代表作家。但是乔吉毕竟有自己的风格，其不同于张可久之处，即是雅俗之兼顾。换言之，在散曲的创作上，并未完全抛却散曲原有的通俗质朴本色。

试看其《南吕·玉交枝》"闲适"：

山间林下，有草舍蓬窗幽雅。苍松翠竹堪图画，近烟村三四家。飘飘好梦随落花，纷纷世味如嚼蜡。一任他苍头皓发，莫徒劳心猿意马。自种瓜，自采茶，炉内炼丹砂。看一卷《道德经》，讲一会渔樵话。闲上槿树篱，醉卧在葫芦架，尽清闲自在煞。

曲中吟咏的乃是幽居山林田园的闲适生活。就内涵而言，山间林下环境之清幽，以及种瓜、采茶、炼丹、读书、醉卧等，生活之逍遥，态度之自在，均展现一派文人风度，是避世隐居者风雅情趣的写照。不过，其间语气的干脆利落，以及不避俗语俚词，遂使得整首曲显得既文雅又通俗。当然，乔吉这类传达隐逸情怀的作品，最有代表性的，还是其二十首《中吕·满庭芳》"渔父词"。

按，乔吉《满庭芳》"渔父词"二十首，乃是从不同地域，不同方面，不同角度描写渔父悠闲自得的生活，借以抒发其向往山林田园的闲情逸趣。试举其中一首为例：

江声撼枕，一川残月，满目遥岑。白云流水无人禁，胜似山林。钓晚霞寒波濯锦，看秋潮夜海熔金。村醪窨，何人共饮，鸥鹭是知音。

整首曲的意境绮丽华美，情调闲适自在，一派文人风致，是散曲风格诗化词化的典型。这是乔吉在元代曲坛，所以能与张可久并称，且共同为"清丽"一派代表作家的主要缘由。

另外还有徐再思，亦属清丽派作家。其字德可，嘉兴人。兹因喜嗜甜食，遂自号"甜斋"。曾为嘉兴路吏，其生平则不可详考，大约与张可久、贯云石同时。因贯云石号"酸斋"，后人遂合辑二人散曲，并称《酸甜乐府》。徐再思并无杂剧流传，似乎专力于小令。其现存小令一百零三首，内容乃以自然风光和闺情相思为主。字句凝练，对仗工巧，曲辞清丽，抒情细腻深婉，风格秀雅，则是其特色。

试看其《中吕·朝天子》"西湖"：

里湖，外湖，无处是无春处。真山真水真画图，一片玲珑玉。宜酒宜诗，宜晴宜雨，销金锅锦绣窟。老苏，老逋，杨柳堤梅花墓。

全曲主要是描写西湖的迷人风光。前四句重在写景，后四句旨在抒情，并暗含议论。值得注意的是，曲中典故的运用。西湖的"宜酒宜诗，宜晴宜雨"，自然引人联想起苏轼《饮湖上初晴后雨》诗中名句："水光潋滟晴方好，山色空蒙雨亦奇。欲把西湖比西子，淡妆浓抹总相宜。""老苏，老逋，杨柳堤梅花墓"二句，则援引苏轼、林逋（967—1028）的故事。按，苏轼两度出任杭州知州，"杨柳堤"即指苏轼知杭州任上，疏浚西湖，灌溉田亩，所构筑的长堤，就是现存的"苏堤"。林逋，则"结庐西湖之孤山，二十年足不及城市"，唯以梅花仙鹤为伴，时称"梅妻鹤子"。"梅花墓"当即指林逋墓。也就是此曲中有关苏轼、林逋的典故，为整首曲添上了书卷气，展现的是文人士大夫的诗情与雅趣。

当然，徐再思散曲作品中，最受人称道的，还是有关闺情春怨、男女相思之作。这类作品，往往在清丽中保留些许曲的本色。试看《双调·蟾宫曲》"春情"：

平生不会相思，才会相思，便害相思。身似浮云，心如飞絮，气若游丝。

空一缕余香在此，盼千金游子何之。证候来时，正是何时，灯半昏时，月半明时。

主要写一个情窦初开的女子，初次尝到相思的心情，可谓情思缠绵，情态逼真。值得注意的是，先后迭用"思"和"时"字之韵脚，以及重复"相思"一词，乃至形成一种回环往复，而又一气流转的艺术效果，遂把难以描绘的相思情意，写得如闻如见。正是凭这些巧妙的修饰，增加了特有的曲趣，这也是将雅与俗、拙与巧融汇综合的成功范例。

其实，散曲中于俗中求雅的作风，乃是一种时代风气，在马致远、乔吉、张可久等作家笔下，都有明显的表现，但以徐再思最为突出，也最为圆熟。此种雅俗融汇风气的形成，从文化实质上说，不但是南北文化交流的结果，更显示元人散曲特有的市井与士林文化的结合。

♣

第四节

散曲之衰落——作品诗化雅化，作家锐减

元顺帝元统元年至元朝亡国，亦即整个元顺帝统治时期（1333—1368），是元散曲趋向衰落的时期。这与当时政治社会形势的急剧

变化不无关系。按，元曲（包括杂剧与散曲）原属消费娱乐性的文艺，在皇室衰微，政治混乱之际，社会秩序失调，加上天灾、人祸（如红巾军起义），造成经济的萧条，消费娱乐的需求锐减，散曲作家作品亦相应锐减。这时期尚存的老辈作家，诸如张可久、乔吉等，都年过古稀，已非创作盛年，而年轻一辈作者中，则已无大家，稍有成就者，仅杨维祯、鲜于必仁、汪元亨等寥寥数人。衰落时期的散曲，虽亦不乏佳作，但在题材内容上，除了因袭前人之外，并无所开拓创新，甚至有日益狭窄的倾向。语言风格上，则多力求工巧精美。散曲原有的通俗活泼的生命，风趣诙谐甚至俏皮的特质，已难得一见。散曲文学已经深度的诗化、雅化，有的甚至和词一样，失去其歌唱娱乐的功能与音乐的特性，成为纯粹仅供阅读的书面文学、案头文学。姑且以元代末期少数几位勉力延续散曲生命的作家作品为例。

试先看杨维祯（1296—1370）《双调·清江引》二十四首组曲中之二首：

铁笛一声吹破秋，海底鱼龙斗。月涌大江流，河泻清天溜。

先生醉眠看北斗。（其一）

铁笛一声云气飘，人在三山表。濯足洞庭波，翻身蓬莱倒。

先生眼空天地小。（其二）

杨维祯字廉夫，号铁崖，又号铁笛道人，绍兴会稽人。历任地方及朝廷官职，后因兵乱不再赴任，浪迹浙西山水间。晚年退居松江，放荡不羁，尤嗜声色。杨维祯诗文辞赋，书法音乐皆擅长，是元末"文章巨公"，犹如前面章节所论，尝以其"铁崖体"的诗作，见称文坛。杨维祯偶尔亦写曲，惟现存散曲仅二十八首。上举《清江引》重头小令二首，可谓想象奇特，气势雄豪，主要以夸张之笔墨，表现"铁笛道人"充塞天地的豪情，从而展现一个不受时空束缚的抒情主人公形象。就其壮阔之景和豪放之情品味之，明显展示，豪放派遒劲之风的影响；但就其词语之修炼和句式之整饬观察，则又有清丽派雅洁修整之美。

再看鲜于必仁（1298？—1360？）《中吕·普天乐》"潇湘八景"组曲中之"洞庭秋月"一曲：

> 水无痕，秋无际，光涵赑屃，影浸玻璃。龙嘶贝阙珠，兔走蟾宫桂。万顷沧波浮天地，烂银盘寒褪云衣。洞箫漫吹，蓬窗静倚，良夜何其。

鲜于必仁，即书法名家鲜于枢（1256—1301）之子，字去矜，号苦斋，渔阳郡（今北京市密云区西南）人。沈德符（1578—1642）《顾曲杂言》称其"工诗好客，所作乐府，亦多行家语"。现存小令二十九首，内容上，主要是写景与怀古，语言雅洁，词句工丽，善于使事，与清丽派相符合，不过，其境界壮阔，气象雄伟之处，又有豪放派的特点。上举"洞庭秋月"，写洞庭月夜景色之明媚浩瀚，借一些与深水明月有关的神话意象，比喻空中之月与湖中之月的晶莹亮丽，又融汇前人诗境，展示洞庭波涛之浩淼无垠，天地相接，水天一色，以及寒空无云，秋月玲珑，一片光明灿烂。最后在悠悠洞箫声里，将静倚蓬窗的观景者，一并揽入画中，直接吐露出对此良夜的无限珍惜赏爱之情。整首曲，语言清丽典雅，意境如画如诗，引人入胜，只是散曲本色原有的"蛤蜊味"和"蒜酪味"，已消失殆尽。

再举其咏史之作《双调·折桂令》"诸葛武侯"为例：

> 草庐当日楼桑，任虎战中原，龙卧南阳。八阵图成，三分国峙，万古鹰扬。《出师表》谋谟庙堂，《梁甫吟》感叹岩廊。成败难量。五丈秋风，落日苍茫。

鲜于必仁的《折桂令》组曲，共咏七个历史人物，包括严子陵、诸葛亮、陶渊明、李白、杜甫、韩愈、苏轼。七人虽然身世遭遇、出处进退各异，却均属传统文人士大夫心目中的典范人物。作者主要乃是沿袭咏史诗的传统，以简练生动的笔墨，概述这些人物的重要事迹，以及人格情性，并加以评论，表达观点。上举咏"诸葛武侯"，首三句即点出刘备三顾茅庐将诸葛亮邀请出山，继而化用杜甫《八阵图》诗句："功盖三分国，名成八阵图。"强调三国鼎立局面形成，刘备能拥有一片江山，乃是诸葛亮之功劳。继而点出《出师表》的谋策，《梁甫吟》的抒怀，以及"成败难量"的疑虑，则是诸葛亮辅佐后主刘禅的经验感受。当然，这一切都在诸葛亮于秋风落日苍茫中病故五丈原而结束了。作者对诸葛亮的推崇与惋惜，久久回荡在字里行间。

像这样的咏史之作，就作品本身视之，的确是佳篇，然而就散曲这种文类而言，则已经失去其当行本色。作品中除了引经据典的书卷气之外，更明显的则是，对前贤态度的转变。按，在前辈散曲作家笔下，会往往否定历史人物，嘲笑先贤圣哲，调侃英雄豪杰。如马致远《庆东原》"叹世"云："笑当时诸葛成何计！出师未回，长星坠地，蜀国空悲。"张鸣善（大约与钟嗣成同时，生卒年不详）《水仙子》"讥时"亦云："说英雄谁是英雄？五眼鸡岐山鸣凤，两头蛇南阳卧龙，三脚猫渭水非熊……"不过鲜于必仁于此，却跟传统士大夫诗人一样，对诸葛亮"功盖三分国，名成八阵图"的卓识与才干，流露由衷的赞美，对"江流石不转，遗恨失吞吴"的绵绵长恨，表示深切的同情。鲜于必仁显然是以诗人的心情，沿袭咏史怀古的传统，缅怀"诸葛武侯"。整首曲，写的是诗的意境，诗人的情怀。

另外，元末的汪元亨（1300？—1360？），则是豪放派的代表。试看其《正宫·醉太平》"警世"：

憎苍蝇竞血。恶黑蚁争穴。急流中勇退是豪杰，不因循苟且。

叹乌衣一旦非王谢，怕青山两岸分吴越，厌红尘万丈混龙蛇。老
先生去也。

汪元亨字协贞，号云林，又号临川佚老，饶州（今江西鄱阳）人，后
徙居常熟。曾经有《归田录》一百篇行于世。其现存小令恰好一百首，全
属叹世归隐情怀之吟咏，可能就是当初行于世的《归田录》。上举《醉
太平》"警世"一曲，乃是二十首组曲中之第二首，主要是说明"急流勇
退"，毅然归隐的缘由：是因为憎恶政坛上"苍蝇竞血""黑蚁争穴"的
肮脏斗争，担心社会动荡变迁，江山易主，国土分裂，所以才"老先生去
也！"值得注意的是，此曲在写作上，每每化用前人句为己意的特点。如
首二句，显然是依马致远《双调·夜行船》"秋思"套曲中"看密匝匝蚁
排兵，乱纷纷蜂酿蜜，闹嚷嚷蝇争血"三句浓缩而成。其"乌衣一旦非王
谢"句，则取刘禹锡《金陵五题》诗中"朱雀桥边野草花，乌衣巷口夕阳
斜。旧时王谢堂前燕，飞入寻常百姓家"之意。而"青山两岸分吴越"，
则是援用吴越争霸的典故。此外，曲中运用一连串表达强烈不满情绪的动
词以统领曲句，诸如憎、恶、叹、怕、厌，并配合以整齐的排比句式，一
气贯注，遂增强了作品的气势。

再看一首《双调·沉醉东风》"归隐"：

远城市人稠物穰，近村居水色山光。熏陶成野叟情。铲削去
时官样，演习会牧歌樵唱，老瓦盆边醉几场，不撞入天罗地网。

这是二十首组曲中的第二首，主要是吟咏去官归隐后，村居生活的逍
遥与自在。虽然语言平白晓畅，内涵意境亦并无新意，而且讲究句式的对

称，乃至在流利朗畅中，展示精工整炼之美，显现出作者在俗中求巧的匠心。唯在散曲诗化雅化的过程中，尚能保持曲体的直白通俗，这或许可说是汪元亨散曲创作的成就，也是元代后期豪放派作家的共同特点。

值得注意的是，元末散曲的衰落，不仅展现于作家作品之锐减，更在于作品本身的诗词化、典雅化，以及题材内容的趋向狭窄。当然，金元之际，散曲的初起时期，词曲界限未明，甚至有词曲同体的现象，实出自作者之"无心"，可是元末散曲作家，乃是"有意"在散曲的创作中，回归诗词的典雅，乃至削弱了散曲的特质，模糊了诗词曲文体意境的区别。此外，元末散曲作家，还出现专工某一题材的现象。如刘庭信（1300—1370？）现存三十九首小令和七篇套数，几乎全是男女风情之咏，其中虽语言通俗，曲意显豁，但题材仅局限于一隅。另外，汪元亨的一百首"叹世归隐"之作，数量虽然可观，亦正巧展现，元末散曲作者，在题材内容上的趋于保守，似乎已无意进一步开拓，风格上则难免显得单调，这也可视为是元散曲已经衰落的迹象。

当然，散曲乃是于元代才正式形成的一种有别于诗词的文学样式，并且视为元代文学的代表，不过却并未因其在元末的衰落而销声匿迹。此后明清文人相继不绝创作散曲，甚至在沿袭传统中，还是显现一些各自的时代风貌。

第四章

元人散曲的后续

—— 明清散曲

明清二朝在文学史上主要乃是戏曲与小说繁荣昌盛的时代，但是就如本书总序中尝指出，历史悠久传统持续是中国文学的一大特质，乃至某种文学类型一经形成，立足文坛，其后续即不曾间断。爰及明清时期，无论文章或诗词，即使各有其盛衰回环，却仍然保持其为文人士子个人表达观点意见，或抒发情怀意念的主要媒介。同样的，曾经盛极一时的散曲，亦在元末日趋衰落之后，又在明清文人笔下重新接棒，展现其后续的发展与演变。

❖

第一节

明散曲的复兴

明代（1368—1644）立国长达二百七十多年，无论作家人数或作品数量均远比元代为多，而且还有不少作家有散曲专集传世。根据今人谢伯阳所辑录《全明散曲》，作者凡四百零六家，小令一万零六百零六首，套数二千零六十四篇。虽然明散曲在总体的创意和影响方面，不如元散曲，但其在元末散曲日趋衰落之后，继其余绪，甚至以南曲分享北曲的主流地位，展现散曲再兴的迹象，则不容忽视。兹将明代散曲的发展，大略分为明初、明中叶、晚明三个阶段来观察。

✥ ｜ 一、北曲余响与南曲初兴 —— 明初曲坛

散曲的创作并未因朝代的变革而终止，其流风则由身处元明易代之际的一些文人带入新朝。不过，由于明太祖朱元璋严命"寰中士夫不为君用，其罪皆至抄札"，且于《大诰》中以法律形式重挫过去元代文人的逍遥散诞之气，加上文化政策上推崇四书五经，实行八股科举制度，导致肆心于曲者锐减，故而散曲创作在明成化（1465—1487）以前，大约一百年间，显得颇为寂寞冷清。犹如何良俊《四友斋丛说》中的观察："祖宗开国，尊崇儒术，士大夫耻留意辞曲。"尽管如此，还是有少数作者，徘徊在北曲的余响中，同时开始偶尔也尝试南曲的创作，为明代中叶词坛南北曲派的分流盛况，开出先路。其中或可以朱有燉的作品为例。

试看其一首《中吕·山坡羊》：

> 浮生自觉皆无用，德尊崇禄盈丰。浑如一枕黄粱梦，迷到老
> 来才自懂。功，也是空；名，也是空。

朱有燉，号诚斋，别号全阳子、老狂生。是朱元璋第五子朱橚的长子，袭封周王。今存散曲《诚斋乐府》二卷，小令二百七十二首，套数三十五

篇。朱有燉虽贵为皇室王孙，但身处明初皇室争相夺权、彼此相残的险恶境况中，为求自保，只得韬光养晦，而元散曲中的避世隐居、感悟人生的情怀意念，自然成为其散曲作品的主调。上引《山坡羊》即可为证。不过，其内涵情境虽然还保留元曲中特有的放达潇洒，其修辞用语则已经显得比较文雅，为明代散曲以雅为尚的风调，敲出预响。

另外，值得注意的则是，明初曲坛在北曲的余响里，已经流露出一些南曲初兴的痕迹。即使一向喜作北曲的朱有燉，其《诚斋乐府》中，已存有南曲小令二十九首。此外，宁王朱权（1378—1448）《太和正音谱》所列"国朝一十六人"中的刘兑（刘东生），其所存小令五首，套数四篇，皆为南曲，加上南北合套一篇，题旨内涵上则多写男女艳情，而且明显有格调雅化的痕迹。倘若加上朱权、朱有燉之作，仅此三人已存南曲五十余首，与《全元散曲》所收总共不过三十首左右的南曲数量相比，明代南曲的初兴已露出曙光，当可视为明代南曲开风气之先者。

❖ | 二、南曲北曲风格的分流——中叶曲坛

从弘治（1488—1505）至嘉靖（1522—1566）年间，乃是散曲文学的复兴时代，也是北曲和南曲清晰展示其个别风格特质的时期。值得注意的是，促成散曲复兴的主要作者，诸如陈铎、唐寅等南方曲家，以及康海、王九思等北方曲家，多是一些不遇之士或疏旷之人，在朝廷塞聪、宦官弄权的政治生态环境下，或干脆不求仕进，或虽仕而疏旷玩世，投身山水诗画以自娱自遣。加上社会好乐之风，声色之娱日盛，亦助长散曲之勃兴。当然，一般明人写曲，往往北曲南曲都写，也就是在他们的作品里，展现

出南北散曲风格的分流。前面论及元散曲的章节中，尝引述明代论曲者对南北曲在声情方面风格的差异，主要还是针对音乐和声韵而言。惟王骥德《曲律·杂论》则在论南北曲的差异中，进一步点出两者在文学风格上的不同："南北二调，天若限之。北之沉雄，南之柔婉，可划地而知也。北人工篇章，南人工句字。工篇章，故以气骨胜；工句字，故以色泽胜。"

综观明中叶的散曲，除了音乐声情上有北刚南柔之别，在题材内涵上亦有颇为明显的分格。大体而言，北曲多抒胸怀写意气，通常吟唱个人超尘越俗，放达不羁之情；南曲则往往涉及闺阁幽思，或男女艳情，流露笔触的细腻委婉。以下试各举一首为例。

先看王九思（1468—1551）《双调·雁儿落带过得胜令》"醉后作"：

> 沉醉了花间鹦鹉巵，倒写了笔底龙蛇字。酒淹了销金翡翠衫，墨浣了腕玉蜂蝶使。歌一曲风雪子瞻词，赠一首锦秀李白诗。舌吐尽磊落胸中气，除非那飘飘天祥纸。参差，笑万古兴亡事；寻思，不如咱饮三杯快乐时。

王九思字敬夫，号渼陂，别署碧山野叟、紫阁山人，鄠（今陕西户县）县人。弘治九年（1496）进士，授翰林院检讨，官吏部郎中，在朝廷权势的斗争中，以依附宦官刘瑾党羽的罪名，谪为寿州同知，次年勒令辞官归里，自此家居不复出。王九思与另一著名曲家康海（1475—1540）相交甚厚，每"挟声伎酣饮，制乐造歌曲，自比俳优，以寄其怫郁"（《明史·李梦阳传》附传）。有《碧山诗余》《碧山乐府》《南曲次韵》等问世，今存小令四百四十八首，套数三十八篇。虽亦兼写南曲，仍然以北曲为主调，故通常归之为北派作家。王九思作曲多写其罢官闲居期间避世乐隐的闲居生活，或看破红尘、散诞逍遥的豪放情怀。如上引《雁儿落带过得胜令》即是一首典型例子。不过，值得注意的是，经其序目点出乃为"醉后作"，旨趣含义就显得不单纯了。加上其曲辞所言之豪情壮语，隐隐蕴含着对自己仕途受挫、怀才不遇境况的自嘲，姑且在醇酒美人的享乐里，追慕古人的旷达潇洒，以纾解内心深处的隐痛。综观全曲，颇有元人散曲的余味，只不过散布在元人散曲中的锐气消失了，流荡其间的主要乃是一介文人士大夫的"逸气"而已。展示的是，明人写北曲，即使也有些豪情壮语，格调已经比较文雅了。

活动于明中叶的南派作家，主要分布于江浙地区，多以南曲见长，风格往往显得温婉雅丽，与北派的沉雄豪放，区别甚明。兹以陈铎（1454？—1521？）《南商调·金落索》"四时闺怨"中写夏日闺怨一曲为例：

> 杨花乱滚绵，蕉叶初学扇。翠盖红衣，出水莲新现。烧残金鸭内，水沉烟。睡起纱橱云鬓偏。无端好梦谁惊破，花外莺声柳鸣蝉。羞临镜，千愁万恨对谁言。只见旧恨眉边，新泪腮边，界破残妆面。

按，陈铎字大声，号秋碧，别署七一居士，原籍邳州（今江苏新沂市），后迁居金陵。曾是世袭的济州卫指挥使，但却无意仕进，而耽于歌声，寄情诗画，尤以精声律见称，金陵教坊子弟甚至以"乐王"称之。有《秋碧乐府》《梨云寄傲》《滑稽余韵》等散曲集，现存散曲一千多首，当属散曲史上创作最丰的曲家。在内涵题材上不受拘限，几与写诗填词无异，大凡隐逸、闺情、花鸟虫鱼，乃至市井奇人奇事，甚至日常生活用品，均包罗在内；其风格情韵亦丰美多样，无论豪壮沉雄、清丽柔婉，乃至诙谐鄙俗皆兼备。不过，后世论者，均尊其为"南曲之冠"，不仅欣赏其作品在声情方面流露南曲声腔优柔抑扬之美，亦以其内涵情境的温柔婉约引人入胜。就如上引《金落索》写夏日的闺怨，先以杨花乱飞，蕉叶初生，新莲出水，点出春暮夏初时节，再以水沉香残暗示时光的推移，其后花外莺声，柳间蝉鸣，惊破了好梦，委婉暗示情怀的孤寂难耐。最后让女主人公满脸泪痕地出现在读者面前，其"怨"之深之苦，深深印在读者心坎里。此曲情境之哀婉，笔触之温雅，用语之清丽，可视为南曲的典范，但其"词化"的现象已相当明显。

✤ | 三、散曲词化与婉丽成风——晚明曲坛

自隆庆（1567—1572）、万历（1573—1620）以降，到崇祯（1628—1644）明亡，是南曲词化显著而北曲再度衰落的时期。对于晚明曲坛的"词化"，以及婉丽成风现象，古今曲论者因立场各异，乃至出现或言推崇称美，或下笔严词批评。晚明人自己对于南曲流风的见解，如王骥德《曲律·杂论》即认为"曲以婉丽俊俏为上"。徐复祚《曲论》则以欣悦的语气云"我吴音宜幼女轻歌按拍，故南曲委婉清扬"。沈德符《顾曲杂言》则指出"自吴人重南曲，皆祖昆山魏良辅，而北词几废"。现代学者如任中敏《散曲概论》论明曲"派别"，则痛惜"昆腔以后只有南曲，而北曲亡矣！南曲又多参词法以为之，形成所谓南词，而曲亡矣！"又于批评梁辰鱼诸人的曲风云："文雅蕴藉，细腻妥帖，完全表现南方人之性格与长处，去北曲之蒜酪遗风、亢爽激越者，千万里矣！"

且以梁辰鱼的《南正宫·绵缠道》"九日"一曲为例：

雁来期，正秋风寒云乱飞。把酒对斜晖。问芳卿，为甚的便蕙损兰摧。想萧关黄叶尽起，念汉殿紫葰谁佩？岁月转凄凄，衾余枕剩，初寒未授衣。辜负登高节，对黄花羞插满头归。

梁辰鱼（1519—1591）字伯龙，号少白，别号仇池外史，江苏昆山人。一生未曾入仕，风流倜傥，优游江湖，既工诗，亦精通音律，其《浣纱记》乃是第一本依据魏良辅改良的昆山腔撰写的传奇剧，梨园弟子一时传唱不绝（详后）。有散曲集《江东白苎》，存小令五十四首，套数四十一篇，大多写闺中情思，亦有浪迹江湖，感慨人生之篇。不过，梁辰鱼散曲单纯涉笔写闺情之作其实很少，往往在闺思中另有寄托。上引《绵缠道》即是一例，或可视为"借闺怨"而抒己怀、感人生之作，其中寄寓着"不遇时"的孤独寂寞，"被遗弃"的凄苦忧伤。整篇作品，均显得文辞精美，描写细腻，风格婉丽，加上寓情于景的旨趣，俨然是唐宋人填词的再现，可视为晚明散曲已全然词化的典型例子。

❖

第二节

清散曲的式微

兴起于金元之际的散曲，绵延至清朝（1644—1912），已明显衰落不振。或由于清代文人多博学多识之士，即使任职朝廷，往往还是以学术的研究著述为个人安身立命的天地，虽然在诗词甚至文章中均不乏抒情述怀写志之作，不过一般对于以"通俗"为本色，以"蒜酪""蛤蜊"为滋味的散曲文学，兴趣不大，多属偶一为之者，乃至作家作品锐减，有专集存世者更是寥寥无几，大半曲作均散见于诗文集或笔记、曲谱、曲论之中。经凌景埏与谢伯阳二先生费时苦心搜寻，编辑而成《全清散曲》，也仅收作者三百四十二家，计有小令三千两百余首，套数一千一百余篇而已，在数量上，与《全明散曲》已相去甚远。此外，在散曲风格情韵的创新方面，显然已无可以与元人，甚至明人比肩的大家。散曲的创作，对清代文人而言，已属案头文学，主要还是对前人作品缅怀顾盼中的尝试，展现的不过是散曲文学传统的回光返照而已。故以"式微"作为清散曲的总趋势。尽管如此，还是可以将清散曲的式微，分为清初、中叶、晚清曲坛三个期段来观察。

✤ ｜ 一、元北曲风味的因袭——清初曲坛

活跃于顺治（1644—1661）和康熙（1662—1722）前期的散曲作者，大多是由明入清的文士，身经丧乱易代之痛，乃至无论写诗填词作曲，往往以黍离之悲或避世之情为主调，这已经是中国文学作品大凡在朝代轮替之际回环往复的普遍现象。虽然清初散曲仍然有继晚明婉丽风格写闺思恋情者，但值得注意的是，清初散曲中出现遥承元代北曲风格的痕迹，或可观察明亡之后，曲坛的些微变化。

试举朱彝尊（1629—1709）《北双调·折桂令》一首为例：

闹红尘衮衮公侯，白璧黄金，肥马轻裘。蚁阵蜂衙，鼠肝虫
背，蜗角蝇头。神仙侣淮南鸡狗，衣冠队楚国猕猴。归去来休，
选个溪亭，作伴沙鸥。

朱彝尊已如前面论清词之章节所述，乃是浙西词派的倡导者，推崇南

宋张炎《词源》的主张，认为填词之际，着重的当是情味意境的清空醇雅。可是其现存五十余首的散曲集《叶儿乐府》，从题材内容到体式风格，均显示有意向元散曲，亦即北曲的回归，遂令元散曲的风味，在晚明沉寂数十年后，重新引入文人散曲的创作。不过，时代环境毕竟不同了，就看元人散曲中即使抒发的是作者避世隐逸情怀，往往还流荡着几分朴实直率，甚至诙谐风趣，乃至通常显得仿佛可以超然潇洒面对不遇的社会人生。可是上引朱彝尊《折桂令》，虽然貌似元散曲，而且同样是避世隐逸情怀的抒发，笔墨重点却是对公侯高官的豪华奢侈、衙门小吏的逢迎拍马，一概笔沾辛辣的讽刺，语带憎恶的鄙夷。含蕴的主要还是作者愤世嫉俗的意念与态度，这或许是基于朱彝尊个人对官宦名利场由衷的不满，同时也反映清初曲坛在元北曲风味的因袭中，展现的时代风貌。

✚　｜　二、清雅与婉丽的追摹——中叶曲坛

　　康熙之后，经雍正（1723—1735）、乾隆（1736—1795）盛世，至嘉庆（1796—1820）、道光（1821—1850）年间，即使偶尔涉笔散曲者也日益稀少，南北曲分格的现象已经模糊，文人写曲，不过是依曲调格律填写而已。题材内涵方面，除了闺思艳情之外，基本上多写作者个人日常生活的情怀，而且往往表现有意朝元末或晚明散曲清雅婉丽风格的追摹。

　　试看厉鹗（1692—1752）《正宫·醉太平》"看梅宿西溪山庄"：

　　　　掩篑笆野桥，护莎砌田坳。梅花雪拥阁如巢，供吾侪睡饱。溪深溪浅随春笑，窗明窗暗疑人到，钟初钟绝带诗敲。剩香吟半瓢。

厉鹗在词坛上乃是浙西词派的主将，散曲创作方面则是清代文人中作品比较多者，其现存北曲小令八十一首，可谓是继朱彝尊之后，在清中叶曲坛，以风格清雅婉丽见称的重要作家。当然，清雅婉丽在清代以前的散曲史上已属散曲词化的标志，厉鹗之作，不过是业已词化的散曲之追摹而已。上引《醉太平》即是一例。此曲主要是写"看梅"的经验感受，有风景的描写，也有心情的抒发。综观全曲，作者情趣之"清雅"流荡其间，加上写景之细腻，用语之秀丽，意韵之委婉，予读者的整体印象，如诗似词，元人散曲中徘徊山野、笑傲人间之趣，已荡然无存，留下的不过是文人士大夫自赏自许的清雅品味而已。

❖ | 三、劝世与讽世的回荡——晚清曲坛

咸丰（1851—1861）至宣统（1909—1912）是大清王朝迅速走向败亡的时期，也是散曲文学在告别文坛之前最后闪出的微光。虽然这时期的文人，即便有散曲留存，也不过零星几首，但是他们对时局的由衷关怀，令人瞩目。或指斥时弊，或讽刺世风，或劝诫人心，则成为一些晚清文人散曲的主调。其中尤其值得注意的是，对于鸦片之祸，危害身心的劝世与讽世之情的回荡。

兹引凌丹陛《南商调·黄莺儿》"鸦片烟词"联章中的四首为例：

大土外洋来，那兰州、也会栽，栽烟得利家家赛。罂粟花开，贩土来哉，明知毒药人争买。费疑猜，听人传说，中有死尸骸。

可叹富家郎，更趋时、没主张，无端上了终身当。何必赌场，何必宿娼，管教断送洋烟上。不思量，油灯一盏，烧得尽田庄。

习气染闺房，本良家、学贱娼，蓬头垢面眠长炕。不理梳妆，不问家常，妇工妇德都休讲。更荒唐，姑娘小叔，一样共烟床。

穷极没人怜，受凄凉、为吃烟，亲朋怕鬼难相见。面目堪嫌，廉耻都捐，狗偷鼠窃俱难免。不羞惭，牵连妻女，卖笑倚门前。

凌丹陛生卒年不详，现存小令二十四首，内涵题旨多属劝世讽世之章，流露的主要是一介文人身处国难之际的忧患意识与焦虑心情，上引四曲即可为证。就作品本身的风格视之，虽然欠缺元人散曲的"蒜酪"与"蛤蜊"味，不过，其用语通俗浅白，旨趣明白易晓，则与散曲的"本色"相去并不算远。唯其创作的宗旨，显然与唐代元稹及白居易等，针对政治社会败象的讽喻诗相接。兴起于金元之际的散曲，在晚清这些忧国忧民的文人笔下，不但已经明显"诗化"了，同时还展示，中国文学作品，无论诗词歌曲，对儒家政教传统的依附，从未间断。

当然，元曲作为一代之文学，并不局限于散曲，更重要的还有元杂剧，其兴起与衰微，以及对后世戏曲发展的深远影响，亦是文学史关注的重点。

第十编

中国戏曲发展之双峰

✦ 元杂剧与明清传奇 ✦

第一章

元杂剧绪说

✤ | 一、"戏剧"与"戏曲"

中国传统戏剧，并不同于西方的戏剧或现代的话剧，而是自成其传统体系。主要是由演员以剧情故事中当事人身份，通过"唱、念、做、打"等高度技艺化的表演，将曲辞、说唱、音乐、舞蹈、表情、身段，甚至杂耍、武术等技艺，融为一体的多元综合性表演艺术。也就是因为中国传统戏剧具有"多元综合性"的特质，加上曲辞在整个表演过程中的主导性，因此，当今传统戏剧史的研究者，遂移用宋元期间曾流行的"戏曲"一语，作为宋金以来，包括杂剧、南戏、传奇，以及各种地方戏曲等传统戏剧之统称，并且已大致获得学界的共识。

中国戏曲虽起源早，却成熟晚，乃是经过相当漫长的孕育过程，由多种表演艺术成分，长期的交互融汇掺和，逐渐发展演变，迟至宋金之际，方始成形，爰及有元一代（1271—1368），才正式进入成熟阶段，并且成为中国戏曲发展的一个高峰。王国维（1877—1927）《宋元戏曲史》，尝为中国传统戏剧之形成厘出定义界说，认为："必合言语、动作、歌唱以演一故事，而后戏剧之意义始成。"其论"元杂剧之渊源"，且进一步指出："真正之戏剧，起于宋代。"不过由于宋代剧本已无存者，故云："论真正之戏曲，不能不从元杂剧始也。"元杂剧的兴起，的确为中国戏曲发展至一个高峰之标志。

惟值得注意的是，元杂剧的流行期间，同时还有其他地方戏曲的搬演，其中流行于江南地区的南戏，就为以后深受文人士大夫欣赏的明清传奇，奠定了发展基础。故而本编以元杂剧与明清传奇之发展演变为讨论重点，并以两者为中国戏曲发展的前后两个高峰。以下先论元杂剧，明清传奇则留待后面的章节。

❖ ｜ 二、元杂剧的名称

元杂剧虽然是一种在舞台上表演的戏曲艺术，但杂剧的剧本，也供人阅读欣赏，自然亦自有其文学价值，并且视为元代文学的代表，在文学史上有其不容忽略的地位。由于元代的戏曲主要是由"曲"（音乐与诗歌）、"白"（对话与独白）、"科"（表演动作）等多种艺术成分组成的多元综合表演艺术，故称"杂剧"。不过在元代的称呼却并不一致，偶尔也有称"传奇"或"戏曲"者，"杂剧"是当时比较通俗惯用的名称。又因为音乐与诗歌的密切配合，是杂剧表现的重心，而诗歌，亦即主角独自演唱的套曲"曲辞"，在元杂剧中占有绝大的分量，所以元杂剧也称"元曲"。当然，

"元曲"广义而言，包括散曲与戏曲，有关散曲种种，已如前面章节所述，此处自然专指戏曲而论。盖因元曲的兴起与发展，主要是以大都（北京）为中心，采用的音乐曲调，也多来自北方，使用的语言，则以北方的语汇腔调为主，这和江南地区兴起的南戏，有明显不同的风格。因此，元杂剧也有"北曲""北杂剧"或"北曲杂剧"之称。不过，当今学界已统称之为"元杂剧"。

元杂剧就是在朝野上下，包括贵族王公、文人士子、市井小民等，不同阶层人物的共同喜好之下，成为元代社会中最普及的大众娱乐。一般文学史上所谓一代有一代之文学主流，诸如汉赋、唐诗、宋词、元曲，实际上是以元杂剧为元代文学的代表。

❖ | 三、元杂剧作家及作品

现存有关元杂剧作家与作品的最早记录，即是钟嗣成的《录鬼簿》，以及之后贾仲明（1343 —1422）的《录鬼簿续编》。根据当今学者将二书合刊的《新校录鬼簿正续编》，以各版本汇总计算，共载录元代一百五十八位作家，四百七十一本杂剧剧目 [①]。

值得注意的是，一般唐诗、宋词的作者，基本上是一些以仕宦为志业的赶考举子，已仕或未能仕的书生，得意或失意的文人，可是《录鬼簿》所录元杂剧的作家，身份庞杂得多。除了少数个别人物为贵胄或显宦出身之外，绝大多数的作家，均为"门第卑微，职位不振"者（《录鬼

---

① 贾仲明是否即是《录鬼簿续编》之作者，在学界尚有异议。此处取大多数曲学者的看法。见浦汉明：《新校录鬼簿正续编·前言》，巴蜀书社 1996 年版，第 7—29 页。

簿·序》），或属流落市井"玉京书会，燕赵才人"。其中大致可分为两类：一类是专业的戏曲作家，除了多数的无名氏之外，少数知名者如关汉卿、杨显之等，亦是以编写戏曲为"谋生"的途径，或许还兼任演员或教师，属于真正沦落市井社会，寄身勾栏瓦肆，与倡优为伍的职业作家。另一类则是以写杂剧为"兼职"的下吏，或以"下吏"为"兼职"的杂剧作家。如马致远、李时中、高文秀、郑光祖等即是。此外，还包括以"卜术为业"的阴阳教授兼杂剧作家者，如赵文宝，还有"以贾为业"的商人施君承，艺人赵文益等。这样三教九流的创作队伍，无论属专业或兼职，跨越了更广阔的社会阶层与生活经验。当然，其中不乏受过正统教育的文士儒生，原本有意于仕宦，追求功名，却因时运不济，乃至有志不获骋，遂浮沉于"士林"与"市井"之间，从事娱乐市民大众的戏曲创作，一方面谋生，一方面也可借抒发心中郁闷，浇浇胸中块垒。元杂剧作家群身份的"两栖性"或"多元性"，自然会对元杂剧作品本身产生相当程度的影响。

首先，是作者视野弧度的扩大。这与元杂剧接受对象的扩大，亦即观众范围的多元化，密切相关。元杂剧虽也在宫廷中为娱乐贵族王公或文人士子而演出，但却更有赖一般城市居民和乡镇百姓的捧场，方能生存繁荣。作者不能将视野局限于少数贵族王公或高官大臣的喜好，因此，除了一般文人士子关怀的主题，诸如朝政的得失、历史的盛衰、文士的风流，或书生的忧乐之外，元杂剧作家，也会将笔墨投向升斗小民日常生活的经验和感受。包括生活的贫困，官吏的贪婪，衙内的欺压，痞子流氓的可恶，高利贷的可恨，官司诉讼的可怕等。

其次，是作者立场态度的改变。按，传统文人士子对于民生疾苦，一向站在社会的上层，居高临下的立场角度，俯视生灵辛苦，表示其同情与悲悯。从汉魏文人的拟乐府，到唐宋的新乐府，均如此。但是，元杂剧作家，往往因自己沦落市井的遭遇，身居社会底层，遂可以从平等的立场，切身的经验，来揭示一般平民百姓日常生活中的悲欢愁怨。

再者，则是作品本身雅俗兼备的审美趣味。元杂剧虽属出身于市井勾栏的"通俗文学"，实际上也是文人抒情述怀诗歌与民间说唱叙事文学的结合，兼具正统文学的政教伦理意图，以及世俗社会的休闲娱乐特质，表现的往往是正统文士儒生的风雅情趣，与市井书会才人的世俗趣味之混合体。

遗憾的是，元代百年间风行朝野的戏曲表演，其作品只有少数幸存至今。现存元杂剧的各种总集和选集中，最早的元刊本《古今杂剧》三十种，亦是现存唯一的元代刊行本①。或许原来是民间俗本，经后人汇订而成，因此体制不很一致。有的只有曲辞，没有宾白，也没有科介。当然也可能原是简略的演出底本，或仅供清唱传习之用。此外，流行最广的，则是明人臧晋叔（1580 年进士）所编《元曲选》（全四册，中华书局 1979 年版），共收录杂剧一百种，其中九十四种为元人作品，六种属元末明初杂剧。据今人傅惜华《元代杂剧全目》所录，元杂剧总共留存约一百六十多种，这些当然并不包括失传之作。以下试简略列出一些为历代公认，最脍炙人口的元杂剧代表作家与作品剧目：

关汉卿《窦娥冤》《救风尘》《单刀会》《蝴蝶梦》

白朴《梧桐雨》《墙头马上》

马致远《黄粱梦》《陈抟高卧》《汉宫秋》《青衫泪》

---

① 元刊本《古今杂剧》三十种，已收入《古今戏曲丛刊》第四集（商务印书馆 1958 年版）。

王实甫（1260？—1336？）《西厢记》

纪君祥（13世纪）《赵氏孤儿》

康进之（13世纪）《李逵负荆》

郑光祖（1264—1321？）《王粲登楼》《倩女离魂》

综观以上所列这些杂剧代表作品，主题内涵相当广泛，包括公案剧、历史剧、爱情剧、神仙道化剧、文人事迹剧、绿林侠盗剧等。其中关汉卿、白朴、马致远、郑光祖四人，自明清以来最受瞩目，一般号称"元曲四大家"。

第二章

元杂剧的先声
——中国戏曲的萌生与形成

　　中国戏曲乃是经过相当漫长的孕育过程，方萌生成多元性的综合艺术表演样式。包括音乐、舞蹈、歌唱、表演、宾白等，故其形成的线索，应不止一条，来源也不止一个，其萌生因素当然亦非单一的。中国戏曲在其萌生与形成过程中，主要是以出现故事的表演为总趋势，其间不断吸收歌舞、杂技，以及讲唱文学等诸多表演艺术成分而逐渐形成。基本上是沿着歌舞表演、滑稽说笑、故事搬演三条线索发展，相互交融掺和，而最终形成。

　　若是追溯中国戏曲的渊源，当今戏曲学者大多认为，或许可以溯源于原始时代歌舞的结合，包括先民的狩猎舞、战争舞，或春耕、秋收、求雨、驱疫，以及祭神等重要的农事祭祀大典中的歌舞。根据古籍的记载，如《尚书·舜典》中所云："予击石拊石，百兽率舞。"或许即是先民扮成百兽击石起舞的场面。此外，《吕氏春秋·古乐》亦云："昔葛天氏之乐：三人操牛尾，投足以歌八阕。"则是农耕时期，劳动之暇，载歌载舞的情景。

当然，这些表演活动，均带有浓厚的原始宗教色彩。爰及周代，朝廷祭祀礼仪中的歌舞活动仍然盛行，如《周礼·舞师》所载："舞师掌教兵舞，帅而舞山川之祭祀；教帗舞，帅而舞社稷之祭祀；教羽舞，帅而舞四方之祭祀；教皇舞，帅而舞旱暵之事。凡野舞，则皆教之。"则清楚点出，乃属朝廷官方主导，为祭祀诸神的歌舞表演。

可惜这些记载，甚为简略，而且所涉及的时代又相当久远绵邈，难以考核其实际演出状况，只能作为中国戏曲遥远渊源的推测。何况戏曲的萌生，除了须演员有意识"扮演"某种角色之外，还须有"娱乐"观众的功能，以及敷衍"故事"的"意图"。目前姑且根据现存的一些文献记载，将中国戏曲的萌生与形成，依随时代顺序，分为起源、萌芽、诞生、形成，四个发展步骤阶段，逐次论述。

第一节
先秦巫觋歌舞与俳优调笑——中国戏曲的起源

中国戏曲的起源，或许可从先秦时期宗教祭祀与宫廷娱乐的双重功能线索来观察。亦即由楚巫有意"装扮"神灵的歌舞表演，"以媚鬼神"，以及楚宫中俳优刻意"扮演"人物言行状貌的滑稽表演，以"娱人耳目"，览其大概。

✚ │ 一、巫觋歌舞以媚鬼神——乐神之用

一般均根据王国维《宋元戏曲史》的说法，中国戏曲或当起源自楚国

之巫觋歌舞。王氏认为，古代巫觋乃是以歌舞娱乐鬼神为"职"。祭祀鬼神之际，则须凭借巫觋来"装扮"成"灵保"或"尸"，作为神灵所依附的实体。王氏并进一步推测，于"群巫之中，必有象神之衣服形貌动作者"。这样的观点，并非凭空想象，而是有文献依据。

王逸《楚辞章句》卷二《九歌序》即尝云：

> 昔楚国南部之邑，沅湘之间，其俗信鬼而好祀，其祀必作歌
> 乐鼓舞，以乐诸神。

按"楚辞"作为中国诗歌传统的一个主要源头，已如前面章节所述，其中的《九歌》，可能是一套曾经在楚宫中表演的祭神之乐歌，甚至还可能经过三闾大夫屈原的修改润色。就其内涵视之，乃是由巫觋扮演享受祭祀的各种神灵，且有群巫载歌载舞，"以乐诸神"。就中国戏曲的表演艺术视之，从《九歌》作品中展示的当时之歌舞演唱情况，其中已呈现某些戏剧成分。

首先，由巫觋扮演的湘君、湘夫人、山鬼诸神的唱词，已具有代言的意味，而且和以后元杂剧的唱词相若，同样兼具写景与抒情的双重功能。其中尤其以《山鬼》中，由巫扮演女山鬼由觋扮演人间公子之对歌对舞，即颇为明显：

> （公子）若有人兮山之阿，被薜荔兮带女罗。既含睇兮又宜笑，子慕予兮善窈窕。（山鬼）乘赤豹兮从文狸，辛夷车兮结桂旗。被石兰兮带杜衡，折芳馨兮遗所思。余处幽篁兮终不见天，路艰难兮独后来。（公子）表独立兮山之上，云容容兮而在下。杳冥冥兮羌昼晦，东风飘兮神灵雨。留灵修兮憺忘归，岁既晏兮孰华予？（山鬼）采三秀兮于山间，石磊磊兮葛蔓蔓。怨公子兮怅

忘归，君思我兮不得闲。（公子）山中人兮芳杜若，饮石泉兮荫松柏。君思我兮然疑作。（山鬼）雷填填兮雨冥冥，猿啾啾兮狖夜鸣。

风飒飒兮木萧萧，思公子兮徒离忧。

其次，《九歌》中除了由巫觋扮演的神灵之外，还有群巫伴随或歌或舞，场面颇为热闹壮观。也就是在祭神娱神之际，那些参与祭典在旁边观赏者，因受到歌舞场面热闹气氛的感染，亦不难产生娱乐的效果。正如《东君》中日神的唱词所云：

羌声色兮娱人，观者憺兮忘归。

受祭祀的日神"东君"，在祭祀者的呼吁之下降临人间，顺便观赏群巫的载歌载舞，但觉声色迷人，颇有娱乐的效果，因而特别点出，就连现场围观的群众，也看得入迷，甚至"憺兮忘归"。按，《九歌》的搬演，无论是在宫中或民间，已经显示人神同乐，演员与观众共娱的情景。闻一多《什么是〈九歌〉》一文，即视之为"雏形的歌舞剧"。

再者，这些以歌舞演唱的巫觋，或许可说是最早的"演员"，体现了由祀神歌舞向人物（角色）模仿（扮演）的过渡。当然，《九歌》搬演的目的，无论民间或宫廷，主要还是为宗教祭祀活动而演出，以媚神娱鬼为宗旨，巫觋虽然当场扮演诸神灵角色，却尚非专门以表演谋生的"职业"演员，其表演场面之所以"娱人"，不过是宗教祭祀典礼中，乐鬼神之余，附带外加的效果而已。

尽管楚人宗教祭祀中，已有角色的扮演，还有乐舞和歌唱，甚至产生"娱人"的附加效果，毕竟不是由以此为生职业演员扮演的"专业"，何况还并非有意搬演故事，所以还不能算是戏剧。或许王侯贵族畜养的俳优，以娱人为宗旨的滑稽调笑表演，则可以补其"不足"。

滑稽调笑的表演，源于"俳优"。就现存文献资料，春秋时代的俳优（亦称倡优、优人），或许可视为最早的以娱人耳目为宗旨的"演员"。按，古籍中所谓"俳优"，乃是一批由王侯贵族畜养、专供娱乐的艺人，多善歌舞，或长调笑，主要以诙谐滑稽娱人耳目，一般当然是为王侯贵族本身，及其邀宴的宾客提供娱乐。不过值得注意的是，这些以娱人耳目为业的俳优，在表演的同时，偶尔还可以委婉寄寓讽谏意味，暗含某些道德教训。

最有名的例子，即是司马迁《史记·滑稽列传》中所载，楚乐人"优孟衣冠"，模仿孙叔敖的故事：

> 优孟者，故楚之乐人也。长八尺，多辩，常以谈笑讽谏。……楚相孙叔敖知其贤人也，善待之。病且死，属其子曰："我死，汝必贫困。若往见优孟，言我孙叔敖之子也。"居数年，其子穷困，负薪，逢优孟，与言曰："我，孙叔敖子也。父且死时，属我贫困往见优孟。"优孟……即为孙叔敖衣冠，抵掌谈语岁余，象孙叔敖。楚王及左右不能别也。庄王置酒，优孟前为寿。庄王大惊，以为孙叔敖复生也，欲以为相。优孟曰："请归与妇计之。三日而为相。"庄王许之。三日后，优孟复来。王曰："妇言谓何？"孟曰："妇言慎无为。楚相不足为也。如孙叔敖之为楚相，尽忠为廉吏以治楚，楚王得以霸。今死，其子无立锥之地，贫困负薪以自饮食。必如孙叔敖，不如自杀。"……于是庄王谢优孟，乃召孙叔敖子，封之寝丘四百户以奉其祀；后十世不绝。此知可以言时也。

古优之职务主要是以歌舞调笑来娱乐人主，却亦能于滑稽诙谐中，委婉寄寓讽谏劝诫之意。上举"优孟衣冠"故事，其中优孟借穿戴故楚令尹孙叔敖的衣冠，模仿其言谈动作而得其神似，遂能令楚王误以为孙叔敖复生。这种逼真的模仿，虽对后世戏曲有重要影响，但其表演并不具备故事情节，何况其模仿孙叔敖的目的，乃是"以谈笑讽谏"，具有"政治""道德"的意图，主要是借歌舞调笑来讽谏楚庄王忽视功臣之后的缺憾。优孟的演出目的，既非为表现孙叔敖的生平事迹故事，或者某一特定时期的行为情性，也不是先行规定情节，再由某个演员来表演其人其事。因此，"优孟衣冠"虽可说是开启俳优装扮模仿人物之端，借其尚非真正的表演艺术。何况孙叔敖与楚庄王的对话，毕竟还是就俳优本人口吻来述说，并非代作孙叔敖之言。换言之，优孟只是模仿一个特定人物的言行，尚非戏剧必需的"代言体"，更非依据现有故事情节的表演。"优孟衣冠"只能说是具备了戏曲中人物角色"扮演"的重要因素，却还不能算是初期的戏曲。

中国戏曲的形成，必须是先有故事情节，然后才由演员装扮故事中人物角色而作模仿表演。这或许当从两汉魏晋南北朝时期的表演艺术，亦即合歌舞以演故事的节目中，方可窥见中国戏曲的萌芽。

第二节

两汉魏晋南北朝表演艺术——中国戏曲的萌芽

一、两汉角抵戏《东海黄公》

两汉时期曾有所谓"百戏"的盛行，包括歌舞、俳优、杂技、角抵

（二人角力、摔跤）等各种杂类技艺表演。其中的"角抵戏"，取其角技为义，乃属"技艺竞赛"。广义的角抵戏，所包含的技艺类别颇为宽广，实际上等于"百戏"。重要的是，角抵戏通常仅二人上场表演，其中不仅包括二人的角力特技，还有化装歌舞、假面弄兽、武术表演等。而最令戏曲史研究者瞩目的，则是其中一项合歌舞以演故事的角抵戏《东海黄公》。

东汉张衡（78—139）于其《西京赋》，历颂京城长安御前表演各种"角抵之戏"的盛美时，其中曾简略述及《东海黄公》之表演状况：

> 大驾幸乎平乐，张甲乙而袭翠被。攒珍宝之玩好，纷瑰丽以奢迷。临迥望之广场，程脚抵之妙戏。……东海黄公，赤刀粤祝，冀厌白虎，卒不能救；挟邪作蛊，于是不售。……

引文所称"平乐"，即平乐观，又作平乐馆，是汉代长安未央宫前的楼阙名，亦是观看广场演出的特殊看台。根据《汉书·武帝纪》所载，元封三年（前108），"夏，京师民观角抵于上林平乐馆"。上引张衡《西京赋》所记《东海黄公》节目，虽然形式上仍属"角抵"（二人角力），但已经称为"戏"，表示此节目并非凭二人之实力来角力分胜负，而是敷演既定之故事情节：东海人黄公因法术失灵，而被白虎所杀。表演时，当由两个演员登场，一人扮演黄公，手持赤金刀，另一人则扮演老虎，互相角力以为戏乐。先是黄公舞蹈念咒，可能还有念唱之词，继而由两个演员在台上作人虎相斗之状，直至黄公力疲不敌，终于为老虎所扑杀为止 [①]。值得注意的是，《东海黄公》之表演，已经按照既定的故事情节进行，人物角

---

① 葛洪《西京杂记》有关"东海黄公"事件，记载更为详细："余所知有鞠道龙，善为幻术，向余说古今时事：有东海人黄公，少时为术能制蛇御虎，佩赤金刀，以绦缯束发，立兴云雾，坐成山河。及衰老，气力赢惫，饮酒过度，不能复行其术。秦末有白虎见于东海，黄公乃以赤刀往厌之。术既不行，遂为虎所杀。三辅人俗用以为戏，汉帝亦取以为角抵之戏焉。"

色也有特定的服饰和化妆，并且将舞蹈与角抵动作相结合。总之，"东海黄公"已由演员装扮，且合歌舞以演故事。这样的形式，虽然还属于简单的"小戏"，实已粗具戏剧萌芽的胚胎。

汉代以后，百戏、角抵诸戏，继续流行民间，在内容形式以及表演方面，均有所成长演变。唯因文献记载有限，只能凭少数零星资料略观其大概。

✤ | 二、蜀汉《慈潜讼阅》与曹魏《辽东妖妇》

㈠ 蜀汉倡优的扮演

古代倡优模仿真实人物的言行举止以资调笑，或寓讽谏之意，自先秦以来，始终未尝消歇。但有趣的是，一般古优讽谏的对象，本来是王侯贵族，但爱及三国时代，却出现反过来由王侯贵族利用倡优表演以讽刺臣僚的现象。据现存资料，这最先出现在蜀汉的宫廷中。试看《三国志·蜀书·杜周杜许孟来尹李谯郤传》所载：

> （许）慈、（胡）潜并为学士……典掌旧文。值庶事草创，动多疑议，慈、潜更相克伐，谤谰忿争，形于声色；书籍有无，不相通借，时寻楚挞，以相震撼……先主愍其若斯，群僚大会，使倡家假为二子之容，效其讼阅之状，酒酣乐作，以为嬉戏，初以辞义相难，终以刀杖相屈，用感切之。……

引文所述倡优扮演《慈潜讼阅》的情景，虽然承袭当初"优孟衣冠"的遗风，但已有若干变化，似乎与汉代《东海黄公》的二人"角抵"，有融合的关系。首先，是由先主刘备预先策划，再"使倡家假为二子之容"，由演员装扮朝臣，"效其讼阋之状"，"以为嬉戏"，以此讽刺二臣僚之相互讼阋。其次，其表演，已由原先仅一个倡优演员独自表演，变成两个演员之间的互动。再者，表演的情节，也远较"优孟衣冠"为复杂，除了二人"辞义相难"的对话，还有彼此"刀杖相屈"的武打场面。

(三) 曹魏倡优的扮演

除了蜀汉的"慈潜讼阋"之外，在曹魏废帝曹芳的宫中，倡优的表演方式又另有所开拓，甚至出现男扮女装的"反串"现象。试看《三国志·魏书·少帝纪》裴松之"注"引司马师《废帝奏》所云：

> 日延小优郭怀、袁信等，于建始芙蓉殿前，裸袒游戏……又于广望观上，使怀、信等于观下作《辽东妖妇》，嬉亵过度，道路行人掩目……

王国维《宋元戏曲史》即认为："《辽东妖妇》，或演故事，盖犹汉世角抵之余风也。"按，曹芳使倡优于广望观下作《辽东妖妇》，应该不会是单独表演，至少郭怀、袁信两个小优均同时登场，的确容易令人联想到由二人扮演"角抵之戏"的余风。当然，《辽东妖妇》的具体内容或故事情节，已不得而知，但其表演形式，显然已不同于"汉世角抵"。首先，必是男扮女装，以男优装扮妖妇。其次，既然"嬉亵过度"，则极可能并非二人角抵斗殴之戏，而是"调弄"搞笑之戏。

曹魏废帝曹芳宫中《辽东妖妇》之戏，虽"嬉亵过度"，颇令后世史家所"不齿"，倘若摆脱道德的评价，则此戏无疑可以视为中国戏曲中一种逗人开心的搞笑表演，甚至是大众娱乐性质渗入的"突破"。

不容忽略的是，从《东海黄公》为虎所杀的故事情节，到《辽东妖妇》男扮女装的调弄搞笑，先后为中国戏曲的多元性，走向"综合艺术"，分别提供了不同的重要养分。

✦ | 三、北齐《兰陵王入阵曲》与《踏谣娘》合歌舞以演一事

南北朝时期，基于西域与中原文化的交流融汇，促使表演艺术进一步发展。从现存资料看，北齐时期的《兰陵王入阵曲》和《踏谣娘》，最值得注意。据唐人崔令钦［活跃于开元、天宝年间（713—755）］《教坊记》所载：

> 《大面》出北齐兰陵王长恭，性胆勇而貌妇人，自嫌不足以威敌。乃刻木为假面，临阵着之。因以为戏，亦入歌曲。

又据《旧唐书·音乐志》：

> 《代面》出于北齐。北齐兰陵王长恭，才武而面美，常着假面以对敌。尝击周师金墉城下，勇冠三军。齐人壮之，为此舞以效其指挥击刺之容。谓之《兰陵王入阵曲》。

上引二段资料详略不同，剧目亦相异，但不难看出，无论称《大面》或《代面》，其舞曲还只是带有故事性的"独舞"而已。至于《兰陵王入阵曲》，是否有代言之辞，则不得而知。惟演出时，当以舞蹈动作为主，且偏重于兰陵王"指挥击刺之容"。或许可视为中国传统戏曲中"武戏"之先声。

又据崔令钦《教坊记》：

> 《踏谣娘》，北齐有人姓苏，疱鼻，实不仕，而自号为郎中。

嗜饮酗酒，每醉辄殴其妻。妻衔悲，诉于邻里。时人弄之：丈夫着妇人衣，徐步入场，行歌。每一迭，旁人齐声和之云："踏谣，和来！踏谣娘苦，和来！"以其且步且歌，故谓之"踏谣"，以其称冤，故言"苦"。及其夫至，则作殴斗之状，以为笑乐。……

引文所述北齐《踏谣娘》，显然是一场反映寻常人家现实日常生活的"家庭问题剧"。其涉及的主题是，妻子被酗酒丈夫殴打的家庭暴力问题。主角苏中郎之妻，则由"丈夫着妇人衣"，亦即由男演员反串女角。全戏剧情大约可分为两场：首场，妻子被殴，且行且歌向邻里诉苦，另外还有人在旁帮腔。次场，夫妻互相殴斗，以此引发观众笑乐。值得注意的是，中国传统戏曲的主要成分，诸如唱、念、做、打，在《踏谣娘》中，均已大体具备。及至唐代，则有更进一步的发展。尤其不容忽略的是，《踏谣娘》剧情中妻子的"称冤""言苦"，以及夫妻"作殴斗之状，以为笑乐"，已经为中国戏曲往往展现悲喜相杂的生命情调，铺上先路。

♣

第三节

唐代歌舞戏与参军戏的故事表演 —— 中国戏曲的诞生

中国戏曲经过漫长的孕育道路，爰及唐代才孕足而诞生。这时除了社会繁荣，文化多元，娱乐活动相应蓬勃的外在环境条件，更重要的是，戏曲本身在歌舞、滑稽方面，与故事表演的融汇结合。如果以故事表演为中国戏曲形成的主要条件，则唐代歌舞戏与参军戏，或可视为中国戏曲诞生的标志。

❖ | 一、唐代歌舞戏——歌舞与角抵合流

唐代歌舞戏，乃是继承前朝带有故事性的歌舞表演，并且逐步走向成熟与定型。此时期的歌舞戏，不但是市井大众的娱乐，也是宫廷中君王贵族官员的娱乐。唐代宫廷中特别设有训练艺人的单位组织，如"梨园"，即是从民间选拔艺人入宫，为皇室王宫贵族提供娱乐者。据唐人段安节（活跃于 9 世纪中叶）《乐府杂录》所载，流行民间的一些歌舞戏已传入宫廷，成为宫廷所设"鼓架部"的节目，表演时并且有各种乐器伴奏：

> 鼓架部：乐有：笛、拍板、答鼓（即腰鼓也）、两杖鼓。戏有：
> 《代面》，始自北齐神武帝，有胆勇，善斗战，以其颜貌无威，每
> 入阵即着面具，后乃百战百胜。戏者衣紫，腰金，执鞭也。《钵
> 头》，昔有人，父为虎所伤，遂上山寻其父尸，山有八折，故曲八
> 迭，戏者被发，素衣，面作啼，盖遭丧之状也。《苏中郎》，后周
> 士人苏葩，嗜酒落魄，自号中郎，每有歌场，辄入独舞，今为戏
> 者，着绯，戴帽，面正赤，盖状其醉也。即有《踏谣娘》……

据上述引文，盛唐宫廷中，至少已有三个以故事情节为主，并由演员装扮人物，通过歌唱或说白，加上动作为"戏"的表演节目。

首先，所称《代面》，又称"大面"（亦见上引《教坊记》《旧唐书·音乐志》），即戴着假面具搬演北齐兰陵王，如何勇敢上阵打胜仗的故事。或可视为中国戏曲中出现"脸谱"的最早记载。

其次，所称《钵头》，又称"拨头"。又据《旧唐书·音乐志》：

> "拨头"出西域。胡人为猛兽所噬，其子求兽杀之。为此舞
> 以象之也。

按，《拨头》在表演时，显然有舞蹈动作，而且还有固定的故事情节：亦即儿子上山寻父尸，为父报仇，最终杀死猛兽。此节目本质上是一场人兽之斗，表演形式仍然不出"角抵戏"的范畴，与汉代《东海黄公》近似。不过，剧情已经比较复杂，登场的演员角色，应该有三人，包括胡人、其子，以及扮演猛兽者。

再者，所称《踏谣娘》，又称"苏中郎"。惟据前引崔令钦《教坊记》所云《踏谣娘》，爰及唐代已有明显改变：

> 《踏谣娘》：……今则妇人为之，遂不呼"中郎"，但云"阿叔子"。调弄又加典库，全失旧旨。或呼为"谈容娘"。

除此之外，《旧唐书·音乐志》、段安节《乐府杂录》《太平御览》等，皆有类似记载，且均作"踏谣娘"。故知唐代歌舞剧实继承北齐时业已存在之戏，惟已经有所发展演变：

首先，演员角色方面有所改变。苏中郎之妻，并非"丈夫着妇人衣"，而是由"妇人为之"，角色直接由女演员扮演。

其次，故事剧情亦有所增添，加上了"调弄又加典库"。按"典库"即是当铺掌柜，可能指妻子为生活而上当铺典当。

再次，人物角色方面自然也增添一名当铺掌柜，而妻子与当铺掌柜之间，应该有所互动。

最后，剧情中既然含有"调弄"意味，情节搬演之际，则由原先的二场戏增为三场：包括丈夫殴妻、妻诉邻里、典当调弄。乃至男主角改称"阿叔"，剧名则改为"谈容娘"。值得注意的是，丈夫殴妻，仍然含有"角抵"的痕迹。不过，"调弄"似乎又有《辽东妖妇》的搞笑余味。可见《踏谣娘》发展到唐代，殴斗部分已经不是表演的重点，调弄玩笑与歌唱表演等抒情部分，更为重要了。据今人任二北于《教坊记笺注》的观察：

> 今观初唐演出之《踏谣娘》，即已歌舞合一，曲白兼备，旦、
> 净、丑众角合演，其制实已先元剧而有。……再则《御览》所谓
> "乃自歌为怨苦之辞"，可证崔氏"且步且歌"及"称冤"云云，
> 其辞必为代言体，而非叙事体无疑。是曲辞之为代言体，演故事
> 于歌舞之中，唐人早已有之（敦煌曲内有代言体六首），宁俟宋
> 金之时始创！

任氏所称"旦"，是"妻"，"净"是"丈夫"，"丑"当为"典库"，
另外还有和声帮腔的"邻里众人"。虽然在《九歌》中已偶然出现"代言
体"，但是明确表现于戏曲表演者，则始见于《踏谣娘》。

值得注意的是，初唐时期演出的《踏谣娘》，已经展示歌舞戏与角抵
戏两者有合流的趋势[①]。爰及晚唐，则出现了明显融汇歌舞表演和角抵技艺
于一体的《樊哙排君难》剧目。据宋人所辑《唐会要》卷三十三，唐昭宗
李晔（888—904 年在位），于光化四年（901）为庆祝平定宦官刘季述的叛
乱，曾亲自领导搬演故事，来表演当时如何杀刘季述反正之事：

> 光化四年（901）正月，宴于宝宁殿，上制曲，名曰《赞成
> 功》。时盐州雄毅军使孙德昭等，杀刘季述反正，帝乃制曲以褒
> 之，仍作《樊哙排军难》戏以乐焉。

剧情故事的背景是：因宦官刘季述专权，甚至将昭宗李晔幽囚起来，
另立太子，宰相崔胤与盐州雄毅军使孙德昭等，随即结为同盟，共起杀刘
季述以护驾，救出李晔，使其仍复帝位。此次事变乃晚唐政坛一件惊动朝

---

① 有关唐代《踏谣娘》在中国戏曲发展中的地位，详见曾永义：《唐戏"踏谣娘"及其相关问题》，收入曾著《诗
歌与戏曲》，联经出版公司 1989 年版，第 153—178 页。

野的大事。《樊哙排军难》剧在宫中之上演，虽为庆贺孙德昭等反正成功，但不一定专为庆功宴会而排演。因为根据其所演故事，乃是借《史记·项羽本纪》所述"鸿门宴"事件中，樊哙如何义救刘邦脱险，来表现当时孙德昭等人如何"排君难"，杀刘季述反正之事。戏中是否有歌唱或对白，并未明言，但至少应该有人物的装扮，以及宛如樊哙当时持有的盾和剑。动作方面，则还须有持盾冲撞卫士，拔剑御敌之类的操作表演。或许此剧可视为"历史剧"的先声。

以上论及的这些唐代歌舞剧，虽然均分别提示中国戏曲早期发展的一些脉络痕迹，可惜只有听闻者或旁观者的描述，并未留下任何相关底本。

唐代戏曲无论是何种艺术形式，共同的倾向是：一、故事性增强了，情节已趋于完整。二、向多元化综合艺术的方向发展；故事与歌舞表演融汇在一起，以歌舞演故事，而且有说白。三、已是人物代言体。四、随故事情节的趋于复杂，角色亦增多。当然，不容忽略的是，除了歌舞戏之外，流行于唐代的还有"参军戏"，亦是促成中国戏曲诞生的重要成分。

✤ ｜ 二、唐代参军戏——滑稽对话为调笑

唐代《参军戏》，原先主要是在宫廷中的表演。这可远溯自先秦时代宫廷俳优之说笑戏谑，继而有三国时期，蜀汉群僚大会上，刘备曾命优人扮演"慈潜讼阅"，"以为嬉戏"，进一步展现已经由一人表演，发展为二人戏。爰及唐代参军戏，则开始有固定的角色名称：是由"参军"与"苍鹘"两个角色，作滑稽对话与操作表演，逗人发笑，提供娱乐，偶尔亦借以讽刺朝政，或批评社会现象。这样的表演，有点像现代的二人对口相声，

或二人脱口秀，主要由两个演员，一搭一挡相辅相成。不过有关唐代《参军戏》的起源，则说法不一。

根据《太平御览》卷五六九"优倡门"引《赵书》所载：

> 石勒参军周延，为馆陶令，断官绢数百匹，下狱，以八议，宥之。后每大会，使俳优着介帻，黄绢单衣。优问："汝何官，在我辈中？"曰："我本馆陶令。"抖擞单衣，曰："正坐取是，入汝辈中。"以为笑。

此处的俳优表演，出现两个角色：被戏弄的对象"参军"周延，以及执行戏弄任务的"俳优"。实际上已是参军戏了，只是尚未出现"参军戏"的名目而已。爰及唐玄宗开元年间（713—741），方正式出现"弄参军"的名称。试看段安节《乐府杂录》"俳优"条云：

> 开元中，黄幡绰、张野狐弄参军。始自后汉馆陶令石耽。耽有赃犯，和帝惜其才，免罪。每宴乐，即令衣白夹衫，命优伶戏弄，辱之，经年乃放。后为"参军"，误也。开元中，有李仙鹤善此戏，明皇特授"韶州同正参军"，以食其禄；是以陆鸿渐撰词，云"韶州参军"，盖由此也。

上引两段记载，所述《参军戏》来源不同，一说始于北朝后赵高祖石勒（319—333年在位）时期的馆陶令周延，一说始于东汉和帝（88—105年在位）的馆陶令石耽。二说相去数百年，可以肯定的是，二说基本表演内容雷同，均属由俳优戏弄调笑赃官之戏。按，先秦俳优原是由个人演员单独说笑，爰及蜀汉，方有二优搬演"慈潜讼阅"之事。如今则由二人对演，且有规定的角色与格式：亦即一人扮演受戏弄之官员，称为"参军"，另一人则扮演执行戏弄任务者，称为"苍鹘"。另外不容忽略的是，所谓

"陆鸿渐撰词"，则必然有预先撰写好的，固定的道白，也就是正式上演前已经先有"剧本"，而且有具名的作者。

这种原先主要在宫廷中搬演，娱乐贵族王公的"参军戏"，经安史之乱后，由于梨园艺人纷纷离散，遂逐渐传入民间，而且相当流行。试看晚唐范摅（9世纪中叶）《云溪友议》卷九"艳阳词"条，追述中唐时期参军戏的流行情况：

> （元稹）廉问浙东……乃有俳优周季南、季崇，及妻刘采春，自淮甸而来，善弄《陆参军》，歌声彻云……元公……赠采春诗曰："新妆巧样画双蛾，慢裹恒州透额罗。正面偷输光滑笏，缓行轻踏皱纹靴。言辞雅措风流足，举止低回秀媚多。更有恼人肠断处，选词能唱《望夫歌》。"……采春所唱一百二十首，皆当代才子所作。其词五六七言，皆可和矣。其词曰："不喜秦淮水，生憎江上船。载儿夫婿去，经岁又经年。"……采春一唱是曲，闺妇行人，莫不涟洏…

根据上引资料，可知参军戏在中唐时期已通行大江南北[①]。所谓《陆参军》，盖因由"陆鸿渐撰词"，则参军戏必为故事表演，且有陆鸿渐所撰写的固定脚本。另外，引文所云"歌声彻云"，即明确指出，戏中有歌唱。至于参军戏的演员，则已由原先宫廷中的俳优，转为一般市井职业艺人，且可以男女合演，甚至还以女演员为主角。此外，元稹的"赠采春"诗，亦值得玩味。其中推崇女演员刘采春相貌装扮之美，以及表演动作之媚，而且"言辞雅措""举止低回秀媚"。显然与过去参军戏中单纯调弄搞笑

---

① 有关唐代"参军戏"及其演化概况，见曾永义《参军戏及其演化之探讨》，收入曾著《参军戏与元杂剧》，联经出版公司1992年版，第1—121页。

的节目，已大为不同。元稹诗中所谓"更有恼人肠断处，选词能唱望夫歌"云云，当与原先参军戏的剧情并无关联，而是参军戏传统以外技艺的融入。故而虽号称《参军戏》，其表演的内容与风格，已经多元综艺化了。唐代参军戏中除了兼有对白和歌舞，参军之角色亦开始程序化：一方为戏弄者，另一方为被戏弄者。而故事和人物，则不必一定是赃官和俳优，或可视为以后戏曲中"插科打诨"的净角或丑角的先声。刘采春等搬演的《陆参军》戏，甚至已展示了，主调笑戏弄的角色在传统戏曲中逐渐边缘化，沦为剧中次要角色的可能。

值得注意的是，唐代歌舞戏与参军戏，虽各属两种不同的传统，表演形式亦相异，但是在盛唐之后，已经出现彼此有所掺和的现象。北齐的《踏谣娘》，在"且步且歌"中，爰及唐代，发展成"调弄又加典库"。所称"调弄"，当即调笑或戏弄之谓，可视为歌舞戏与参军戏表现形式之掺和。而《陆参军》戏之"歌声彻云"，则为参军戏与歌舞戏表演形式之掺和。

中国戏曲最终所以会形成一种多元性的综合表演艺术，唐代这两种流行朝野之戏的相互掺和现象，已露出端倪。

第四节

宋金杂剧与诸宫调 —— 中国戏曲的成形

宋金杂剧与诸宫调，是宋金时代流行的戏曲表演形式，其间可看出元代杂剧风格体制的雏形，故而学界一般均视宋金杂剧与诸宫调为中国戏曲开始正式成形的标志，亦可谓是元杂剧的前身。

✤ | 一、宋金杂剧流行

所谓宋金杂剧，是指 10 世纪中叶到 13 世纪后期，宋、辽、金诸政权统治下，整个中国地区的戏曲形式代表，实际上包括宋杂剧和金院本。宋金杂剧的基本形式，主要还是继承唐代参军戏的传统，又吸收许多歌舞表演与民间说唱技艺，进一步综合起来，形成一种新的通俗戏曲形式。此外还值得一提的是，"参军戏"这一名称，在宋代已甚少使用，而代之以"杂剧"。

(一) 宋杂剧

根据南宋周密《武林旧事》卷十所记录的《官本杂剧段数》，共录宋杂剧剧目二百八十种，其中除了用大曲、法曲、词牌名之外，所剩部分绝大多数应属偏重于科白、滑稽成分较浓的形式。另外，所谓"官本"，虽指官方教坊通行之本，应当也包括正式成为官本之前，曾经流行民间，搬演于瓦舍勾栏的一些剧目。遗憾的是，这些徒有剧目的底本，都没有流传下来，只剩下剧目名单而已。但可以确定的是，这些"宋杂剧"均有固定的剧本，同时相关角色、演出程序、内容风格，已有严格的定制。

有关宋杂剧的内涵及演出状况，必须依靠宋元人士笔记的传述。据南宋耐得翁《都城纪胜》"瓦舍众伎"条的记载：

> 杂剧中，末泥为长，每四人或五人为一场。先作寻常熟事一段，名曰"艳段"；次作"正杂剧"，通名为"两段"。末泥色主张，引戏色分付，副净色发乔，副末色打诨，又或添一人"装孤"。其吹曲破断送者，谓之"把色"。大抵全以故事世务为滑

稽，本是鉴戒，或隐为谏诤者，故从便跣露，谓之"无过虫"耳。

由上述看来，宋杂剧已经从百戏杂陈中独立出来，成为一种拥有自己特点的表演艺术。其正杂剧"大抵全以故事世务为滑稽"，乃是全剧的主体，即使还保留一些唐参军戏的滑稽表演成分，所表演的题材，已不拘一格。不但所涉之故事变化多端，即使上场人物亦有固定的角色名称，展示出专业化的趋势：如"末泥""引戏"，在戏班中主要负责指挥调度，"副末""副净""装孤""把色"等角色，则负责表演①。由此可知宋杂剧一般的表演是，每四人或五人为一场，且各有其不同的职责任务。

一套完整的宋杂剧，其表演通常分为三个部分，实际上是四个段落：首先是"艳段"，继而是两段"正杂剧"，最后则是"杂扮"。所谓"艳段"，乃是"先作寻常熟事一段"，亦即正式演出之前的开场活动，犹如话本小说的入话或入场诗词，以便等待迟到的观众，或引领在场观众进入气氛情况，是为戏曲表演的序幕。"正杂剧"，才是全戏的主体，分成"两段"名目相同且性质相类的故事，其表演，或是以说白为主的滑稽戏，或属以歌舞戏为主，或两者兼而有之。至于"杂扮"，则是在两段"正杂剧"之后，外加一段散场戏，表演一些玩笑小戏，令观众觉得有余兴，得到既看戏又有余兴的效果。值得注意的是，宋杂剧的三部分表演，实际上涵盖四个段落部分，这已为元杂剧通行的每本四折的结构，铺上先路。

至于宋杂剧在民间表演之盛况，从孟元老《东京梦华录》卷八中所追述，有关汴京"中元节"庆，曾连续上演七八天《目连救母》杂剧之事，可以大致看出：

---

① 有关宋金杂剧角色名目的考证，见景李虎：《宋金杂剧概论》，广东高等教育出版社 1996 年版，第 80—112 页。

七月十五日，中元节。先数日，市井卖冥器……构肆乐人，
自过七夕，便搬《目连救母》杂剧，直至十五日止。观者增倍。

按，"构肆"即瓦子或瓦舍中的勾栏，乃是都市城镇表演各类民间技艺的娱乐场所，这些"构肆乐人"所搬演的《目连救母》杂剧，具体情节虽不得而知，但是从唐代的《目连变文》、明代的《目连救母》行孝戏文，可以推测其已非简短的滑稽调弄小戏，而是以复杂的故事内容为中心的大戏，并由演员装扮人物，且根据固定的故事情节，以代言体演出。至于"自过七夕……直至十五日止"，连续搬演七八天之久，则有两种可能：若是连台一本一本演出七八天，其剧情内容必然繁富曲折；若是每天重复搬演同样的故事情节，则其演出之精彩叫座，可以想见，否则不会"观者增倍"。总之，《目连救母》已经为"杂剧"这项表演艺术，开辟出消费市场，已经具有大众娱乐的价值。

北宋沦亡之后，朝廷教坊中的杂剧艺人，一部分随宋室南迁，随同至临安。也有一部分艺人留在北方，聚集在燕山（今北京）。其余则流散落脚民间。南渡的杂剧在温州、杭州（临安）一带获得新的发展，数量和规模都远超过汴京。其他如益州（成都）、扬州等繁华都会，也先后出现杂剧频繁演出的盛况。惟宋代的杂剧留在金代统治的北方地区者，元人则改称为"院本"。

（二） 金院本

入金后留在北方的宋杂剧，逐渐形成北方派的杂剧，及至元初方改称为"院本"。所谓"院本"，即"行院之本"，亦即坊间行院职业艺人据

以演出的底本。金院本与宋杂剧名目虽异，实际上许多剧目相同，演出的形式与角色也基本类似。根据陶宗仪《南村辍耕录》卷二十五"院本名目"条所云：

> 金有院本、杂剧、诸宫调。院本、杂剧，其实一也。国朝，院本、杂剧始厘而二之。院本则五人：一曰副净，古谓之参军；一曰副末，古谓之苍鹘，鹘能击禽鸟，末可打副净，故云；一曰引戏，一曰末泥，一曰装孤。

其实金院本与宋杂剧，只是易代别名而已，两者角色名目亦大致相同。另外，《南村辍耕录》载有金院本名目六百九十种，可以想见当时流行演出之盛况。其中除了剧名中缀有大曲、法曲、词牌名的剧目，当属偏重歌舞表演外，所剩部分的大多数则属于偏重科白、滑稽成分较浓的杂剧形式。可惜与宋代《官本杂剧段数》命运相同，这些院本，均已失传。

宋金杂剧从角色名目、演出体制、剧本结构诸方面观察，可视为成熟的戏曲样式"元杂剧"的出现铺上先路。不过，由宋金杂剧朝向成熟戏曲转化的关键，尚须音乐曲调体制的形成。换言之，与北曲曲牌联套体的形成关系密切。曲牌联套体的出现，当然与北曲中套曲的流行有关，但更重要的是，宋金以来民间说唱文学的流行，其中以"诸宫调"的说唱，尤其不容忽视。

✤ ｜ 二、诸宫调的说唱

按，"诸宫调"发轫于北宋中期，盛行于金朝，虽然于14世纪已经消亡，但是对元杂剧的音乐体制，影响颇大。所谓"诸宫调"，乃是相对于限用一个宫调的说唱形式而言，表示是一种用多种宫调组成的长篇说唱（或称讲唱）文体。其中唱的部分，主要是融合唐宋以来的大曲词牌、鼓子词、转踏、唱赚等，又包括流行朝野的雅词和俚曲，而构成的多种宫调的套曲，其间插入一定的说白，与唱词配合，并且叙述有人物与情节的长篇故事。根据王灼（？—1160）《碧鸡漫志》卷二所记，诸宫调之首创者乃是北宋人孔三传，自北宋中期开始流行，还特别受到文人士大夫的欣赏：

熙宁、元丰间（1068—1085）……泽州（山西晋城东北）

孔三传者，首创诸宫调古传，士大夫皆能诵之。

至于孔三传究竟是诸宫调的创始人，还是第一位诸宫调的杰出演唱者，已无从判定。就目前资料，诸宫调作为叙事体的"说唱文学"样式，曾受到唱赚用同一宫调乐曲演唱故事的影响，其改进之处，则在于体制上将不同宫调的短套，联成长套，歌唱时频换宫调，且可自由换韵。

所谓"说唱文学"，就是一种综合既说且唱的叙事文学，一般是说的部分用散文，唱的部分用韵文，乃至形成散韵交相使用的语言结构。现存最早的说唱文学"唐变文"，就已如此。根据现存的宋金诸宫调，当属一种综合说唱文学的表演艺术。可惜诸宫调底本存留至今者，相当有限。目前首尾完整的仅有金代董解元的《西厢记诸宫调》，另外有金代无名氏《刘知远诸宫调》残卷，以及元代王伯良《天宝遗事诸宫调》残曲，还有南宋时期的古南戏《张协状元》前面一段诸宫调而已。就现存的零星诸宫调剧本视之，除了具有音乐曲调演唱之外，其叙事细腻婉转，注重人物形象的刻画和心理描写，且唱词颇富文采，或许这正是能够吸引"士大夫皆能诵之"，却无法流行于市井勾栏，终至消亡的主要原因吧。

试摘录董解元《西厢记诸宫调》一段说唱莺莺与张君瑞的"离别"为例：

【黄钟宫·出队子】：最苦是离别，彼此心头难弃舍。莺莺哭得似痴呆，脸上啼痕都是血，有千种恩情何处说。夫人道："天晚教郎疾去！"怎奈红娘心似铁，把莺莺扶上七香车。君瑞攀鞍空自颠，道得个冤家宁奈些。

【尾】：马儿登程坐车儿归舍。马儿往西行，坐车儿往东拽，两口儿一步儿离得远如一步也。

【仙吕调·点绛唇】【缠令】：美满生离，据鞍兀兀离肠痛，旧欢新宠，变作高唐梦。回首孤城，依约青山拥。西风送，戍楼寒重，初品《梅花弄》。

【瑞莲儿】：衰草萋萋一径通，丹枫索索满林红。平生踪迹无定着，如断蓬。听塞鸿，哑哑的过暮云重。

【风吹荷叶】：忆得枕鸳衾凤，今宵管半壁儿没用。触目凄凉千万种：见滴流流的红叶，淅零零的微雨，率刺刺的西风。

【尾】：驴鞭半袅，吟肩双耸，休问离愁轻重，向个马儿上驮也驮不动。（离蒲西行三十里，日色晚矣，野景堪画。）

…………

按，现存《西厢记诸宫调》大概问世于金章宗时期（1189—1208），全文长达五万多字，其中包括十四宫调，一百九十三套组曲。单从以上所引片段引文，即可见其曲辞文采之流丽，写情之婉转，又在短短唱词中已出现"高唐梦"这样的文学典故，以及连马儿也驮不动的比喻，形容沉重得难以负荷之离情，当然符合文人士大夫的口味。全文虽然是叙事的架构，却充满抒情意味，而莺莺、夫人、红娘、君瑞四个主要角色的形象，在其文中已基本形成。不过，《西厢记诸宫调》仍然只能归类于说唱文学，却并非严格意义上的戏曲。因为诸宫调的表演，基本上仍是以第三人称叙述的"叙事体"。换言之，说唱者犹如民间说话艺人一样，是以第三人称全知角度来叙事演唱。真正的戏曲，必须是以故事中人物角色的面目出场，无论说或唱，须是第一人称代言体。惟不容忽视的是，其宫调联套套曲的安排，以及唱词由说唱者独唱到底的形式，已为元杂剧中的曲辞，由一人独唱到底的体制发出先声。

宋金时代各种歌舞说白技艺，包括宋杂剧、金院本、诸宫调，为元杂剧这种崭新的戏曲形式之兴起与成熟，提供了孕育与发展的条件。诸宫调等歌舞说唱艺术，主要在歌舞和曲辞宫调组织方面，为元杂剧的体制奠定基础；宋金杂剧则在角色配备，以及故事表演方面，提供了舞台借鉴。此外，不容忽略的是，还有魏晋六朝笔记、唐宋传奇、话本小说、历史掌故、民间传说，亦为元杂剧的故事剧情提供了丰富多样的题材。元杂剧终于形成的艺术条件已经具备。爰及金代后期，正末、正旦逐渐成为戏曲表演的主要角色，净角的插科打诨则逐渐沦为陪衬，而曲牌联套的音乐组织形式，以及表演动作的舞蹈化、虚拟化，都标志着元杂剧整套舞台表演体系的形成。就在蒙古帝国灭金占有中原之后不久，元杂剧便以其崭新的面貌出现，并且很快步入兴盛期。

第三章

元杂剧兴盛的环境背景

中国戏曲的形成，与其他文学类型，如诗歌、散体文章，甚至小说相比，可算是相当迟缓的。但是到了13、14世纪的元代，却能很快地兴盛起来，而且达到空前的繁荣地步，乃至在文学史上，成为有元一代文学的代表，与汉赋、唐诗、宋词等，相提并论。其缘由安在，一直是文学史关注的课题。当然，元杂剧的兴起，并非偶发现象，除了上面章节所论中国戏曲本身由先秦到宋金的逐步发展，已趋于成熟，终于水到渠成之外，还有其不容忽视的特殊的社会条件，也就是外在环境背景因素，提供了足以令元杂剧孕育滋长的土壤。

元朝是中国历史上第一个由少数民族建立的统一政权。蒙古铁骑以征服者的优势，统治了原属汉民族长期生活的地区，这种征服者与被征服者共同生活在一片土地上的情况，在多元民族的冲突与融合过程中，产生既深且远的影响，同时为元杂剧的兴盛提供了有利的环境。此外，元朝亦是继宋金之后，都市商业经济繁荣，瓦舍文化空前蓬勃的时代，具有大众娱乐性质的通俗文学，焕发出前所未有的魅力，无论升斗小民或文士儒生，均受到吸引，对于兼具市井与士林共同消费娱乐价值的通俗戏曲表演，自然有促进之功。再加上蒙古王公贵族对于中原传统雅乐的陌生，以及对通俗歌舞表演艺术的特别爱好，均为元杂剧提供了兴盛繁荣的条件。试分别以下列三项概述有助于元杂剧兴盛的环境背景。

✤ | 一、文士儒生投身戏曲，提高杂剧表演素质

前面章节论及元杂剧作家，在身份地位上，跨越社会阶级层面之广，乃是前所未有的现象。不过，戏曲表演毕竟属于市井中瓦舍勾栏的大众娱乐，无论剧情内容或表演方式，会显得粗糙平庸，在所难免。因此杂剧剧本素质之提高，观众范围从升斗小民向文士官员层面之扩散，实有赖元代的文士儒生积极参与杂剧的创作行列，形成一个蓬勃的作家队伍。当然，文士儒生向来是以入仕问政为人生的首要目标，而诗词文章通常是文士儒生个人言志抒情述怀的主要媒介，如今却改而投身流行市井勾栏的戏曲活动，自有其不得不然的背景缘由。

首先，犹如前面论及元代诗歌发展之章节所述，在政治上，元朝乃是以少数民族当权，统一中原后随即公然实施民族歧视的政策。把统辖的人民分为蒙古、色目、汉人、南人四个等级，其中蒙古人社会地位最高，色目人次之，北方的汉人居第三，而南人，亦即世居江南地区的汉人，则最下。其次，与这种民族歧视政策连带的，就是科举制度的长期废除。太宗九年（1237）曾仿前朝举行过一次科举考试，之后直到仁宗延祐二年

(1315) 才又恢复科举,导致汉族的文士儒生缺乏仕进之路,有的甚至连糊口都成问题。陶宗仪《南村辍耕录》尝云:"国朝儒者自戊戌选试后,所在不务存恤,往往混为编氓。……宋士之在羁旅者,寒饿狼狈,冠衣褴褛。"又根据《元史·选举志》的记载:"贡举法废,士无入仕之阶,或习刀笔以为吏胥,或执仆役以事官僚,或作技巧贩鬻以为工匠商贾。"其中一部分文士儒生,为寻求生路,只得纷纷"改行"。有的加入民间"书会",成为"书会才人",参与编写剧本的工作;有的甚至沦入"倡优"行列,从事供人娱乐和调笑的杂剧演员或乐工的职业。根据《元史·礼乐志》所载,至元三年(1266),"籍近畿儒户三百八十四人为乐工"。对于一向拥有较高社会地位的儒户而言,是前所未有的屈辱和挫折。不过,就元杂剧本身的发展视之,元代社会汉族文士儒生受到歧视,仕途受阻,甚至沦落市井,不得已成为书会才人,参与戏曲活动以谋生的结果,却是提升剧本素质,扩展观众层面,促使元杂剧兴旺发达的重要条件。关汉卿、马致远、王实甫、纪君祥、郑光祖等,均因仕途受阻,怀才不遇,转而投身戏曲创作,成为不朽的名家。当然,杂剧作家队伍的形成,还必须具有特定的、有利的外在社会条件背景。

✤ | 二、瓦舍文化蓬勃繁荣,提供杂剧发展空间

元杂剧的兴盛,实有赖于戏曲演出的商业化、消费化。这与元代城市商业经济的繁荣,瓦舍勾栏文娱活动的蓬勃,密切相关。按,元杂剧的演出场所,主要是都市城镇中的瓦舍勾栏,正是城市居民追求休闲娱乐之处。虽然瓦舍勾栏在宋代已具有相当的规模,并且是促使宋代通俗文学勃兴的

发源地，不过，却是在不受儒家正统思想束缚、城市经济发达、消闲生活繁荣的元朝社会，更有自由发挥的空间。

自元朝立国中原，南北统一，交通流畅，城市经济繁荣发达，生活水平提高，促使瓦舍文化，消闲娱乐生活相应受到鼓励，进而为戏曲的表演与发展，提供有利的环境背景。据夏庭芝《青楼集》所云："内而京师，外而都邑，皆有所谓勾栏者，辟优萃而棣乐，观者挥金与之。"元代首都大都（今北京），是当时政治、经济、文化的中心，甚至是全世界最富庶繁荣的国际都市，自然成为戏曲表演与发展的温床。近年在山西平阳一带出土的戏曲文物，包括戏雕、壁画以及舞台遗址，证实平阳通俗文化的发达，亦为元初杂剧的兴盛提供了条件。由于人口多集中于城市，各种游娱消费节目应运而兴，瓦舍勾栏的技艺表演场所，成为市民大众甚至乡镇居民进城寻求消闲娱乐之处。戏曲表演的风行，除了提供朝廷官方的娱乐爱好，也成为一种全民参与的民俗活动，不但流行于都会城市，而且扩大至富裕的乡镇甚至农村。大凡民俗节庆或祭神的场合，既娱神亦娱人的戏曲表演是不可或缺的节目。在宋金时代已经开始流行的杂剧之搬演，爰及元代，观众的捧场更是络绎不绝。其他南方的大城市，如临安（杭州）、扬州，也是经济繁荣的都会，不久即成为元朝后期杂剧的发展中心。

元代的戏曲表演可谓雅俗共赏，不但专业化，而且商品消费化；加上文士儒生的参与，乃至提升了戏曲表演的地位与素质，而且进一步扩展了观众的层面，城市乡镇的升斗小民与饱读诗书的文人士子，可以同乐共享。这些都是促使中国戏曲兴盛繁荣的社会条件。当然，若是再加上高居上位的"统治阶层"，亦能够扮演推手的角色，元杂剧的兴盛，则无以阻挡。

大凡中国文学史，论及某时代某文学类型兴盛的缘由，几乎都免不了会提及"当朝"或"王公贵族"的爱好。居上位者的爱好或提倡，的确会有助于文学的兴盛发展，从两汉辞赋的兴盛，到曹魏两晋南朝诗歌的发达，均如是。不过，若是每个朝代都一样，王公贵族的提倡成为千篇一律，对于文学史的读者而言，说了也等于没说，甚至失却文学与时代的特殊性。但是，元杂剧这种通俗戏曲表演艺术，受到元朝蒙古贵族"统治阶层"的爱好，还是值得一提。

按，蒙元统治者，来自辽阔的草原地区，或许基于与生俱来的比较活泼自由的民族特色，的确对歌舞戏曲表演有所偏好，甚至帝王将领出征打仗，都有把优伶乐工随军携带，以备娱乐的记载。根据南宋赵珙《蒙鞑备录》即尝指出，蒙古时期，"国王出师，亦从女乐随行"。元初陶宗仪《南村辍耕录》亦曾记载，元世祖忽必烈在桓州指挥作战时，就曾命教坊乐人作《白翎雀》曲。这种征调歌舞戏班到出征作战的前线军营中搬演歌舞表演的举措，倘若在汉族王朝中，必定会受到身边儒者大臣幕僚的苦心规劝或极力阻挡。换言之，在汉族君王将相领军征伐之际，令歌舞戏班随行，几乎是不可能发生的。

元世祖在征战中召乐人前来表演，既反映蒙元统治阶层向来对戏曲歌舞的偏好，也为元杂剧表演艺术的普及和地位的提高创造了有利的条件。此外，正由于蒙元统治者对表演艺术的爱好，元代朝廷对于表演者的礼遇，亦远超越前朝。据《元史·百官志》，大元王朝建立之后，亦沿袭前朝设立管理"乐人"的教坊司，为宫廷生活提供娱乐。惟不同的是，竟然将教坊司置于正三品之高位。明人沈德符（1578—1642）《万历野获编》中即称，元时"则教坊梨园亦加官至平章事"。由这些记载，可见杂剧不但常在宫廷中上演，亦显示杂剧演员如何受元室的礼遇。蒙古王公贵族对表演艺术的爱好自然会推动杂剧表演的盛行，更重要的是，朝廷的重视还可促进杂剧的流传与剧本的保存。其实现今所保存的元杂剧的剧本，绝大多数均属元朝宫廷承应的底本。

第四章

元杂剧的发展历程

❖

第一节

发展分期问题

元杂剧的兴衰历程，应该分几个期段来划分，亦即元杂剧发展的分期问题，一直是当今文学史家关注的重点。由于学者专家分期的方式和时限有异，难免提出不同的看法。当然，这些不同，各具理由，并无是非对错的问题。回顾最具代表性且影响深远者，主要有二说。首先是王国维的《宋元戏曲史》，依据钟嗣成的《录鬼簿》分为："蒙古时代"（1234—1279）、"一统时代"（1279—1340）和"至正时代"（1341—1368）三期；继而有郑振铎《插图本中国文学史》，以《录鬼簿》成书的至顺元年（1330）为界，分为前后两期。此后还另外有各种说法，但大抵都从这两说中演化而出。或基本上同意郑说，而又把元末明初杂剧作家列为第三期；或原则上同意王说，而把忽必烈称元之前（即蒙古王朝）单列一期，又把末期延至明初，故分作四期。

以上诸说的主要根据，其实均以钟嗣成《录鬼簿》中有关元曲作家的记载为基础。按，《录鬼簿》的确是不容忽视的珍贵资料，但值得注意的是，钟嗣成本身显然并无意为元杂剧作家分期，只不过按其个人所知杂剧作家活动的大致时间范围，依手边资料，把收录的杂剧作家分别著录"前辈已死名公才人有所编传奇行于世者""方今已死名公才人相知者""方今知名才人"三类。不过，近年来，元曲学者对钟嗣成所称的前辈作家，已陆续有所考订，发现有的作家在蒙古王朝时期已有活动，而有的作家则活动年代较长，甚至有活跃于延祐以后者。有元一代，自蒙古王朝统一北方算起，总共不过一百多年，倘若对元杂剧作家的活动时期，欲作确切的划分，的确比较困难。

不容忽略的是，文学分期和作家的年辈，实际上并不一定能简单的等同。因为文学分期，主要应该是依据文学创作发展过程中所表现的阶段性特色，何况有的作家生平跨越两个时期，有的作家英年早逝，创作活动早，而同辈作家中，有的创作活动则可能在他以后。当然，讨论元杂剧的分期问题，钟嗣成《录鬼簿》的记载是必须依赖的珍贵材料，但又还应该考虑到，学界近年已经考知的元杂剧作家、作品，及元杂剧演员的情况，同时亦须参阅元代有关杂剧的其他文字资料，并以元杂剧作品本身所表现的阶段性特色为依归。因此，本章则拟将元杂剧的发展，分为初兴、繁盛、衰微，三个期段来观察①。

---

① 此三期段的年限，以李修生《元杂剧史》（江苏古籍出版社1996年版）为主要依据。

✤

第二节

元杂剧的初兴

　　元杂剧的初兴期段，可溯自蒙古国灭金开始，包括整个忽必烈时代（1234—1294），亦即元杂剧由宋金杂剧脱胎而来，并逐步走向繁荣昌盛的黄金时期。在此段期间，战乱后北方地区的社会局面已逐渐稳定，经济开始迅速复苏增长，为金末已趋成熟的北曲杂剧提供了物质条件和发展空间。元杂剧在初兴时期，最明显的标志就是，作家均属北人，活动地区多汇集在北方都会，而且作品中往往流露一些经历民族动荡和文化转型的作者个人的沧桑或时代的感叹。关汉卿、白朴、高文秀、马致远（前期）、纪君祥等名家的作品，包括《窦娥冤》《梧桐雨》《赵氏孤儿》《汉宫秋》等经典之作，均出现于这段时期。

�　|　一、北方都会为活动重镇——北曲传统的形成

　　元太祖成吉思汗元年（1206）在漠北建立大蒙古国，十年（1215），占领金国首都中都（今北京），次年，占有黄河以北大部分地区。继而元太宗窝阔台六年（1234）灭金，占有淮河以北中原地区。此后则与南宋对峙长达四十五年。其间至元九年（1272）改中都为大都，将大都作为元朝的都城。值得注意的是，元杂剧兴起的地域，恰好是蒙古国在北方统治的中心城市，以及早期降元的汉人世侯的领地。根据钟嗣成《录鬼簿》的记载，"前辈"杂剧作家五十六人中，几乎清一色是北方人，大多活跃于中

书省所辖的地区，包括今北京市与河北、山东、山西三省，其中大都、真定（今河北省内）、平阳（今山西省内）、东平（今山东省内）等中心城市，即成为元代初兴时期杂剧创作与表演活动的重镇。这是形成元杂剧以北曲腔调为主流骨干的重要环境背景。

首先看大都。关汉卿就是最早活跃于大都剧坛的著名杂剧作家。于元世祖中统时代（1260—1263），便在燕京（即大都）生活，并与费君祥、杨显之、梁进之等杂剧作家交游往来，同时均从事杂剧创作活动，构成杂剧史上令人瞩目的作家群体。另外，有"曲状元"之称的马致远，其前期的创作活动，亦主要在大都。

其次是平阳。元初除了大都之外，平阳亦为文化兴盛之地。近年在平阳一带，大批宋金元时代的戏曲文物出土，包括墓室的砖雕、壁画，以及舞台遗址，均证明平阳亦是元杂剧早期重要的流传地之一。根据钟嗣成《录鬼簿》的记载，元剧作家中，除大都外，就以平阳人为多。

另外还有真定与东平二地，亦是元杂剧初兴的重镇。其实宋金时代，真定已是中原乐舞表演艺术的保存地。元曲大家白朴，即是真定人，而且是继承金代文学传统，并开启元杂剧文采派先河者，亦是元代前期的重要杂剧作家。白朴在至元十七年（1280）卜居南京之前，主要是在真定一带活动，其《梧桐雨》当属前期的作品。至于东平地区其他杂剧作家，诸如杜仁杰，以及"小汉卿"高文秀，亦活跃于此时期。在元杂剧作家中，高文秀作品的数量仅次于关汉卿，其创作以水浒英雄李逵为最多，成就也最大，乃至东平可谓水浒戏的发祥地。

此外，还有一批具有良好艺术修养的杂剧演员，诸如珠帘秀、曹锦秀、天然秀、聂檀香等，主要亦活跃在北方的大都会。正是这批优秀的演员和著名杂剧作家，在北方都会城市的剧台上，共同为中国戏曲创造了一个兴盛繁荣的新时期，并且从此奠定了元杂剧的"北曲"音乐腔调与文学特质。

✦ | 二、作家作品的时代心声

活跃于元杂剧初兴时期的作家，多属金元易代之际沉入社会底层的文士儒生，大多经历了金亡、宋灭过程中政治社会的巨变。无论从朝代更替，社会动荡，或个人境遇的角度，都可说是饱经忧患，历尽沧桑，自然感慨良多。因此，往往借由其创作的杂剧剧本，诸如社会剧，包括清官或贪官断狱的公案剧，以及颂扬梁山好汉"替天行道"的水浒绿林剧，或历史剧中人物角色之口，表达对时代社会的不满，对历史兴亡的感叹，或吐露民族受压抑的集体伤痛，或抒发失志不遇的个人情怀。含蕴的是，身处易代之际的作家，通过杂剧创作，传达其忧患愤世之情与怀旧盼治之心。倘若从剧本曲辞之风格视之，则接近通俗文学的所谓本色派，在此时期居于主导地位。

㈠ 时代忧患愤世之情 —— 公案剧、绿林剧

时代的忧患愤世之情，通常流荡在公案剧与绿林剧中。所谓"公案剧"，其实包括贪官与清官的断案故事，"绿林剧"则主要表现绿林好汉反抗朝廷官场的邪恶黑暗，不满社会传统的规矩束缚，争取个人的人身自由之要求。反映的不但是社会现实的黑暗面貌，更重要的是，作者借剧中

人物角色之口，传达其对整个时代的忧患愤世之情。

首先试看贪官断狱的公案剧《窦娥冤》（或亦归类于"社会剧"），第三折中，关汉卿笔下的窦娥，在遭受不白之冤后，激愤的唱词：

【正宫·端正好】没来由犯王法，不提防遭刑宪，叫声屈动地惊天。顷刻间游魂先赴森罗殿，怎不将天地也埋怨。

【滚绣球】有日月朝暮悬，有鬼神掌着生死权，天地也，只合把清浊分辨，可怎生糊突了盗跖颜渊。为善的受贫穷更命短，造恶的享富贵又寿延。天地也，做得个怕硬欺软，却原来也这般顺水推船。地也，你不分好歹何为地？天也，你错勘贤愚枉做天！哎！只落得两泪涟涟。

【正宫·一煞】……这都是官吏每无心正法，使百姓有口难言。

这是对天理不公的埋怨，对官场黑暗的指控。通过剧中女主角窦娥的唱词，吐露的显然是作者关汉卿对于强权之下吏治腐败的焦虑与抗议，以及天道是否无私的怀疑。除此之外，《窦娥冤》中还有对贪官污吏的挖苦讽刺。试看第二折，桃杌太守上场时的情景：

（净扮孤引祗侯上）（诗云）我做官人胜别人，告状来的要金银；若是上司来刷卷，在家推病不出门。下官楚州太守桃杌是也。今早升厅坐衙。左右！喝撺厢。（祗侯么喝科）（张驴儿拖正旦、卜儿上）（张云）告状告状。（祗侯云）拿过来。（做跪见）（孤亦跪科）（孤云）请起。（祗侯云）相公，他是告状的，怎生跪着他？（孤云）你不知道，但来告状的，就是我衣食父母。

官员敛财受贿，是造成吏治腐化、社会正义难以伸张的毒瘤。作者利用剧中净角桃杌太守的插科打诨，一方面在舞台上达到逗人发笑的喜剧效果，同时也充满了对官府昏庸贪暴的讽刺与批判。

更多的当然是清官断案的公案剧。关汉卿的《鲁斋郎》和《蝴蝶梦》，即是有关清官包公断案的公案剧代表作。两者均着力写强权豪势如何欺压百姓，多亏包公为民申冤除害的故事。此时期还有无名氏的《陈州粜米》，故事虽设定在北宋，却亦打上元代社会的印记。剧中的包拯，不仅是刚正廉明的清官，也是一位机智风趣令人敬爱的长者。在这些公案剧中的包公身上，寄寓着平民百姓心目中，对社会公平正义的要求，对爱民亲民理想官员之渴望，同时流露作者对当前吏治腐败，强权欺压良民的社会现象之不满与谴责。

社会的不平现象与民众盼治的需求，亦导致有的元杂剧作家将笔墨投射到南宋以来长期流传民间的水浒英雄故事，把对社会正义的伸张，惩恶扬善的期待，从朝廷的"清官"转移到号称"替天行道"的梁山好汉身上，遂促成有关水浒英雄绿林剧的兴盛。如英年早逝的高文秀，即是创作水浒英雄李逵戏剧的名家。可惜目前仅存其《双献头》（一名《双献功》）一种。剧中生动有趣的展现李逵智救孙荣的故事，着力塑造梁山好汉李逵仗义行侠、除暴安良、智勇兼备的豪杰形象；同时揭示元代吏治的腐败，权豪肆虐，民不聊生的现状。高文秀是东平人，比邻水泊梁山，对于民间传说中李逵等梁山豪杰敢于与官府对抗的侠行义举，显然有所偏爱，所以多量创作有关梁山好汉的绿林剧。此外，与高文秀同为山东籍的康进之，也是专为梁山好汉李逵吟唱赞歌的重要作家。其《李逵负荆》与高文秀的《双献头》，堪称元杂剧中有关水浒戏的"双璧"。同样着力将李逵刻画为正义与善良的化身，是疾恶如仇、坦荡磊落、行侠仗义的绿林豪侠之缩影。

（三） 时局的批判与感怀——历史剧的盛行

在文士儒生参与创作的背景之下，历史剧也是元杂剧初兴时期的热门，而度脱剧则是新兴之秀。两者均出现于马致远前期的作品中。按，马致远在大都生活了大约二十年，之后又过了二十年的漂泊生涯，晚年则隐居江南。学界一般皆将马致远的杂剧创作分为前后两个阶段，如其名著历史剧《汉宫秋》，多认为属前期作品。其中就不乏借题发挥的痕迹，蕴含着对时局的批判与感怀。

《汉宫秋》故事情节，源自汉元帝时宫女王昭君出塞和番的历史事件，这是现存最早敷演王昭君故事的戏曲剧本。值得注意的是，马致远在故事情节处理方面的改变与创新。在这之前，早已有汉人托名王嫱所作《昭君怨》诗，诉说昭君的悲怨，之后西晋石崇于《王明君辞》中"杀身良未易，默默以苟生。苟生亦何聊，积思常愤盈"，表达了对昭君和番事件的同情与感慨。此后唐宋诗人对昭君出塞的悲情故事，更是吟咏不辍。惟笔墨重点一般均置于昭君身上，强调的往往是昭君身居异域的思乡之情、孤寂之感，这正是流落他乡的文人士子熟习的经验感受。即使马致远的散曲《南吕·四块玉》"紫芝路"，也沿袭旧传统，吟咏昭君出塞之后的思乡情怀。可是，在其《汉宫秋》杂剧中，却突破传统，另创新意。最明显的改变，就是以导致昭君出塞的汉元帝刘奭为主角，全剧乃属"末本"，汉元帝则是剧中曲辞的主唱者。当然，作者对于汉元帝，连自己宠爱的妃子也无力保护，笔沾同情，对于汉元帝对昭君的无尽相思情意，亦极力渲染。可是，在剧情中，把原来不过属于宫廷画工的毛延寿，却改为朝廷大臣"中大夫"，且成为迫使昭君和番的首恶；又明确点出，毕竟是汉室君主以及周边的文臣武将，在异族匈奴胁迫之下的无能，方才酿成昭君出塞的悲剧命运。作者甚至又在剧情中刻意改变史实，以昭君誓不入番，在汉匈交界处投江而死的情节，赋予昭君形象以崭新的意义，昭君遂成为一个为汉王朝守节的"烈女"，一个令人景仰的"民族英雄"。

其实，《汉宫秋》在中国戏曲史上最令人瞩目的文学成就，不单单是剧情故事或人物角色的改变或创新，更重要的是剧情发展过程的安排与气氛情调的酝酿。首先，剧情最后并没有一般杂剧从俗的男女"大团圆"结局。当然，将"毛延寿斩首祭献明妃"，也算伸张了正义，抚慰了人心。其次，在剧情故事的发展过程中，调笑人物只有净角毛延寿一人，其宾白又多是自曝其内心中盘算的种种阴险恶毒计划，大大减弱了一般净角在戏台上插科打诨的"笑"果，遂令整个剧情回荡在悲怆凄凉的情调里。再者，作者为剧情故事的时空环境背景的设计，颇具匠心。通过元帝的唱词，以及后台的音响，或是秋风萧瑟，草叶枯黄的季节，或是孤雁悲鸣，青灯独照的夜晚，均为剧情染上凄哀的色彩。

试看第三折中，元帝眼看昭君随着番使离去，忍不住自责："我那里是大汉皇帝！"接着唱了一连串的曲辞。兹录其中二曲为例：

【梅花酒】呀！俺向着这迥野悲凉。草已添黄，兔早迎霜。犬褪得毛苍，人搠起缨枪。马负着行装，车运着糇粮。打猎起围场。他他他伤心辞汉主，我我我携手上河梁。他部从入穷荒，我銮舆返咸阳。返咸阳，过宫墙，过宫墙，绕回廊。绕回廊，近椒房。近椒房，月昏黄。月昏黄，夜生凉。夜生凉，泣寒螀。泣寒螀，绿纱窗。绿纱窗，不思量。

【收江南】呀！不思量，除是铁心肠。铁心肠也愁泪滴千行。

美人图今夜挂昭阳，我那里供养，便是我高烧银烛照红妆。

曲辞描述的是，与昭君离别之际的萧索秋景，抒发的是，别后返回宫中但感形单影只的孤寂，以及对昭君的绵绵相思情意。

随着《汉宫秋》剧情故事的发展，弥漫不散的是，善良软弱的元帝，在异族压迫之下的无力感，在强权觊觎之下的挫折感，仿佛是汉民族面对异族的强势，既悲愤又无奈情绪的折射。这当属中国戏曲史上罕见的"悲剧"。倘若从当时金亡宋灭的现实状况来看，似乎含蕴着作者马致远对蒙古入侵，导致南宋灭亡的君臣之怜悯与批评。

另外，自幼因蒙古灭金，身经乱离的白朴，其著名的历史剧《梧桐雨》，虽然表面上以唐明皇与杨贵妃之间的爱情悲剧为笔墨重点，但全剧充满迷惘悲凉又无奈的情调，似乎亦表达了身处元初易代之际一些文人士大夫惆怅无奈的心情意念。值得注意的是，《梧桐雨》剧情中概括的一代兴亡之变化，以及对明皇一味贪图安逸，又"目不识人"，乃至重用安禄山，终于造成国家危难的谴责；还有安禄山的倡乱，继而夺得京城的灾难等情节，在一定程度上正巧反映出金朝亡国的时代特征。《梧桐雨》中的唐明皇，既是造成国家败乱衰微的罪魁，却又是引人怀思的故国之化身，所以白仁甫于《梧桐雨》中，对于唐明皇，既有批评与谴责，又流露怜悯与同情。《梧桐雨》剧中，一曲曲哀婉的悲歌，不单单是剧中人物唐明皇的离情相思，仿佛也寄寓了作者追怀往日的乡土故国之思。

再看英年早逝的作家高文秀，根据钟嗣成《录鬼簿》的记载，乃是"东平府学生员，早卒，都下人号'小汉卿'"。其短暂一生中，共创作杂剧三十二种，多取材于历史或民间传说，几乎均融入了剧作家对历史与现实的深思，以及文士儒生怀才的用世情怀。如其历史剧《谇范叔》，搬演战国时期著名策士范雎与魏国中大夫须贾之间的一段恩怨还报的故事。其本事虽取材自《史记·范雎蔡泽列传》，情节则有所改动。主要是把魏国丞相迫害范雎的种种行径，都加在须贾一人身上，以突出须贾的挟嫌报复，范雎的以德报怨；既彰显寄人篱下困窘书生的才识和气度，也嘲讽居上位当权者的忌刻歹毒。全剧故事本身就是一个很有代表性的"士"之荣辱的记录。在元代，正好可以借用来抒发文士儒生心中的不平。试看第一折中，范雎的一曲唱词：

【仙吕·油葫芦】自古书生多命薄，端的可便成事的少，你看几人平步蹑云霄。便读得十年书，也只受的十年暴；便晓得十分事，也抵不得十分饱。至如俺学到老，越着俺穷到老，想诗书不是防身宝，划地着俺白屋教儿曹。

上引范雎唱词中，流露的时不我与，怀才不遇的凄苦愁怨情绪，颇能代表元代文士儒生仕进无门的普遍情怀。同时借此批评轻视文士儒生的元代社会现实，也可以说是元杂剧初兴期间，剧作家的共同心声。

元杂剧的历史剧中，除了《汉宫秋》之外，涂上浓厚的悲剧色彩，甚至更撼人心魂者，当首推纪君祥的《赵氏孤儿》。按，纪君祥是大都人，生平事迹无考，根据钟嗣成《录鬼簿》，仅知其属于元代前期作家，著有杂剧六种，而今只存《赵氏孤儿》一种。剧情故事主要取材于《左传》与《史记·赵世家》，兼及其他史料以及流传民间的一些相关传说，再加上作者的想象和虚构而成。

全剧主要是演述春秋末期晋灵公时，文臣赵盾与武将屠岸贾两个家族，在政治权力斗争中的冤仇故事。屠岸贾为了铲除其政敌赵盾，采用阴谋手段，杀戮赵家三百余口，并假传晋灵公之令，赐死驸马赵朔，囚禁怀孕的公主。公主在禁中产下一子，依赵朔遗言取名"赵氏孤儿"，并在前来探视的草泽医生程婴答应设法将孤儿掩藏出去后，以裙带自缢而死。此后即围绕着经程婴涉险带出的孤儿之命运，展开种种"存赵灭赵""搜孤救孤"的戏剧冲突与惊险情节，同时表现几位忠义之士，如何为拯救赵氏孤儿不惜牺牲自己性命的英勇事迹。例如贯穿全剧始终的赵氏门客程婴，冒着"全家处斩，九族不留"的危险，夹带婴儿逃亡，甚至忍痛以自己的亲生子冒充赵氏孤儿，以保全赵氏孤儿以及晋国所有半岁以下一月以上婴儿的性命。还有奉屠岸贾之命把守府门的将军韩厥，兹因痛恨屠岸贾残酷阴险，损坏忠良，决定放走程婴与孤儿，之后拔剑自刎；以及宁可自己捐生，让较为年轻的程婴可以扶养赵氏孤儿成人，为赵氏报仇的公孙杵臼。二十年后，在程婴扶养之下已成人的赵氏孤儿程勃，终于从程婴口中得知，对自己宠爱有加的义父屠岸贾，竟然是杀父灭族的大仇人。其结局，当然正如此剧的全名所示：赵氏孤儿大报仇。

通过程婴、韩厥、公孙杵臼这几位不同身份地位的忠臣义士之言行，显示痛恨权奸屠岸贾，忠于赵氏家族，心存晋室安危，乃是拯救赵氏孤儿的原动力；他们各自选择的奉献牺牲方式，分别在人格形象上，焕发出既悲壮又崇高的光环，并凝成一股磅礴高昂的正义之气，辉映着全剧。根据《赵氏孤儿》剧情故事，在为赵氏家族保存命脉，以报仇雪恨的主题内涵上，值得注意的是：

首先，对于朝廷宠用权奸，残害忠良的不满。犹如第一折，韩厥唱曲中所表达的：

【仙吕·点绛唇】列国纷纷，莫强于晋。才安稳，怎有这屠岸贾贼臣。他则把忠孝的公卿损。【混江龙】不甫能风调雨顺，

太平年宠用着这般人。忠孝的在市曹中斩首，奸佞的在帅府内安
身。现如今全作威来全作福，还说甚半由君也半由臣。他他他把
爪和牙布满在朝门。但违拗的早一个个诛夷尽……

其次，则是对于个人身后声名永彰的重视，这显然是一般文士儒生在
反思个人生命意义之际的主要关怀。例如韩厥决定放走程婴，自刎前所唱：

【赚煞尾】猛拼着撞阶基图各自尽。便留不得香名万古闻，
也好伴锄麑共做忠魂。……是必教报仇人休忘了我这大恩人。

又如程婴，在公孙杵臼应承相助之际，云："老宰辅，你若存的赵氏
孤儿，当名标青史，万古留芳！"再如第五折最后，程勃报仇成功，在一
曲【黄钟尾】唱词中，总述晋王对忠义之士的褒奖之后，则矢言：

誓捐生在战场，着邻邦并归向，落得个史册上标名留与后
人讲！

综观《赵氏孤儿》全剧剧情的安排与人物性格的塑造，在作者笔下
诸忠臣义士，冒死舍命救赵氏孤儿，以维系赵氏的命脉，似乎隐隐含蕴一
分对赵宋王朝的怀思。就如早已罢职辞朝，在太平庄"守田园学耕种"的
公孙杵臼，决定以死相助，要程婴放心前去，将孤儿抚养长大，以报仇雪
恨，接着于【煞尾】一曲中唱云："凭着赵家枝叶千年永，晋国山河百二
雄……"这样的唱词，难免令读者怀想，其中流露的，仿佛是作者对赵宋
王朝无限缅怀者的心声。

（三） 神仙道化的文士情怀——度脱剧的初兴

有关神仙道化的度脱剧，其实是元杂剧繁盛时期的热门戏，大多是敷

演全真教"五祖七真"度脱升仙的故事，应该是以超越现实人生为宗旨。但是，在元杂剧初兴时期，作者往往借仙道中人物之口，吐露其个人的历史兴亡之叹，展现的通常是文士儒生的感怀。最具代表性的作品，就是马致远早期所写的《岳阳楼》。此剧写的乃是神仙吕洞宾度脱柳树精的传说故事，可是身为神仙的吕洞宾，在剧中则宛如文士的化身。试看《岳阳楼》第一折中，神仙吕洞宾初登岳阳楼，眺望浩荡江山之际，却唱出了一般文人士子最常引发的历史兴亡之叹：

【仙吕·鹊踏枝】自隋唐，数兴亡。料着这一片青旗，能有的几日风光。对四面江山浩荡，怎消得我几行儿醉墨淋浪。

继而第二折，吕洞宾再次登上岳阳楼，在"哭了又笑，笑了又哭"之后，又再度感叹时代的兴亡：

【贺新郎】你看那龙争虎斗旧江山。我笑那曹操奸雄，我哭呵哀哉霸王好汉。为兴亡笑罢还悲叹，不觉的斜阳又晚。想咱这百年人，则在这捻指中间。空听得楼前茶客闹，争似江上野鸥闲，百年人光景皆虚幻。我觑你一株金线柳，犹兀自闲凭着十二玉阑干。

其实，在民间传说中，吕洞宾乃是神仙之类的人物，可是《岳阳楼》剧中的吕洞宾，竟然对人间俗世的历史兴亡与功名成败，如此多情善感，全然不像一个成仙者应该早已超越人间俗世情的羁绊，逍遥自适度日者。其唱词间寄寓的，显然是作者马致远个人的情怀，并非神仙之意趣。作者显然乃是借吕洞宾的唱词，抒发一个身处易代之际的文士，对朝代盛衰兴亡，人事变幻无常的深切感慨。

✤

第三节

元杂剧的鼎盛

经过元代初期诸杂剧作家的经营，元杂剧在元成宗元贞 (1295—1296) 以后，至元文宗天历（1328—1329）、至顺（1330—1332）年间，遂进入发展的鼎盛时期。此时期的元杂剧，在题材内容和艺术风貌上，均呈现一些不同于初期杂剧的特色，展示其发展过程中的演变痕迹。

首先，在题材内容上，最明显的变化即是，社会剧和历史剧的热潮已退，而初兴期偶然出现的爱情剧、神仙道化剧、文人事迹剧，则于此期大量涌现，并且融入了新的时代内容，反映出新的时代面貌。其次，在艺术风貌上，亦有所发展演变。与初兴期的作品相比照，讲求文采的作家，已经占据此期段杂剧的主导地位，乃至剧本中更加注意文句词汇的修饰与情味意境的经营。换言之，杂剧作品在文辞意境上，文采化与典雅化的倾向已较为显著。再者，自元杂剧搬演的流通和推广方面视之，南北统一后，因交流通畅，江南经济的繁荣与文化生活的丰盛，亦促使杂剧作家的纷纷自北南迁，遂形成元杂剧突破北方地域的局限，臻至南北流行无阻的繁荣兴盛之主要标志。

✦ | 一、题材内容的演变

元杂剧繁盛时期最具代表性的作家作品，包括王实甫的《西厢记》，郑光祖的《倩女离魂》《王粲登楼》，马致远在元贞以后写的《荐福碑》

以及《黄粱梦》《陈抟高卧》，还有乔吉的《扬州梦》《金钱记》等。换言之，男女爱情剧、仙道度脱剧、文人事迹剧，成为此期元杂剧的主流。值得注意的是，这些剧作在故事剧情、人物角色、语言风格诸方面的演变。

（一） 男女爱情的歌咏吟唱

有关男女爱情剧，其实在初兴期已经出现，不过，爱情至上的主题，方是元杂剧繁盛时期的笔墨重点。其中最引人瞩目，且成就最高者，自然属王实甫的《西厢记》。按，《西厢记》主要是以元稹《莺莺传》的传奇故事为本，继而又在董解元《西厢记诸宫调》的基础上加工改写而成，大约完成于元成宗大德年间（1297—1307），在中国戏曲史中爱情主题的演变上，具有划时代的意义。不过，《莺莺传》属自传性的小说，写张生对莺莺如何始乱之，终弃之，结局是双方劳燕分飞，各自婚嫁；作者似乎有难言之隐，内愧之情，乃至吞吞吐吐，辞意闪烁，颇有交代不清之处，这也正是其作为一篇带有自传性小说的魅力所在。继而董解元的《西厢记诸宫调》则在主题、情节、人物等方面均有所改变，并将"老夫人"塑造成为张生和莺莺之间爱情的最大阻力。不容忽略的是，"董西厢"乃是第三人称的说唱文学，且以叙事为主，情节不够集中，人物角色虽然清晰，个别性格仍不够完整。爰及王实甫《西厢记》则进一步把"董西厢"所肯定的男女之情，定位于"愿普天下有情的都成了眷属"的世俗理想。此外，就体制而言，《西厢记》乃是一部多本连演一个故事的杂剧，一共五本二十折①。

---

① 王实甫《西厢记》，全名《崔莺莺待月西厢记》，一共五本二十折。第一本《张君瑞闹道场》，第二本《崔莺莺夜听琴》，第三本《张君瑞害相思》，第四本《草桥店梦莺莺》，第五本《张君瑞庆团圆》。

如果将《西厢记》与之前关汉卿写的爱情剧诸如《救风尘》《拜月亭》《调风月》等相比照，在剧情的处理上，已经有明显的不同。首先，关汉卿诸爱情剧，主要是通过男女爱情故事来揭露某些社会现象或道德问题，乃至男女爱情与其所处的社会问题，同样是剧情关注的焦点，甚至其间蕴含的社会意义更为重要。可是王实甫的《西厢记》，则是第一部完整写出男女恋爱经验过程的作品。其次，《西厢记》的主题旨趣是"愿天下有情的都成了眷属"，且集中笔墨抒写爱情的本身，以青年男女的恋爱过程与恋爱心理为全剧的笔墨重点。

就如第一折中，张生在佛殿上与手捻花枝的莺莺邂逅，"惊艳"之际，为其美色惊得发呆，乃至心神摇荡，随即呼出："呀！正撞着五百年前风流业冤。"继而唱出：

【元和令】颠不剌的见了万千，似这般可喜娘的庞儿罕曾见。则着人眼花缭乱口难言。魂灵儿飞在半天。他那里尽人调戏掸着香肩，只将花笑拈。

【上马娇】这的是兜率宫，休猜作了离恨天。呀！谁想着寺里遇神仙！我见他宜嗔宜喜春风面，偏、宜贴翠花钿。

【胜葫芦】则见他宫样眉儿新月偃，斜侵入鬓云边。（旦云）红娘，你觑：寂寂僧房人不到，满阶苔衬落花红。（末云）我死也！未语人前先腼腆，樱桃红绽，玉粳白露，半晌恰方言。

【幺篇】恰便似呖呖莺声花为唓，行一步可人怜。解舞腰肢娇又软，千般袅娜，万般旖旎，似垂柳晚风前。

张生见到莺莺，一见钟情，如痴如醉，而近在一旁的莺莺，其实亦心旌摇荡。尽管红娘催促云："那壁有人，咱家自去。"莺莺却"回顾觑末"

而下。男女双方一见倾心的过程，就在人物唱词与表演动作中，展露出来。以后的故事发展，就依此情节推衍，经过一番挫折与考验，张生与莺莺终于得到圆满的结局。

像《西厢记》这样一部专注于男女爱情的戏曲作品，会令读者欣悦的发现，青年男女超越礼教束缚，彼此倾心相悦的爱情，在个人生命中的重要性。这是一向尊重传统礼教的文学史中，前所未有的大胆尝试，对以后兴起的明清传奇中的爱情剧，以及清代才子佳人小说，甚至对文学巨著《红楼梦》中贾宝玉和林黛玉二人之间的知己之爱，都有深远的影响。

除此之外，郑光祖的《倩女离魂》，乔吉的《两世姻缘》《扬州梦》《金钱记》等，均属元杂剧繁盛期间的作品，也都集中笔墨写超越生死或无视现实时空的男女爱情，似乎并无兴趣表现什么社会问题或时代意义。如《倩女离魂》，主要写张倩女的魂魄，在爱情的驱使下，如何脱离躯壳，超越礼教，追求真爱。《两世姻缘》中，玉箫因情而死，但人身虽死而爱魂犹在，遂转世又与情郎团圆。这种超越现实，生死与共的爱情，与元代初期爱情剧流露的社会现实性，形成鲜明的对比，充分展现元杂剧发展至繁盛期间，男女爱情剧阶段性的特色，同时为以后明代传奇的写情作品，例如汤显祖的名著《牡丹亭》，开辟先河。

另外还有一些写知名文人的爱情故事，如《扬州梦》，主要根据杜牧《遣怀》诗中"十年一觉扬州梦"，以及与杜牧本人相关的逸事传闻，敷演成一段杜牧与歌女张好好的风流韵事；《金钱记》则取材于唐传奇《柳氏传》，虚构一段韩翊与贵族小姐王柳眉的恋爱经过。两部戏，均可归类于才子佳人剧，亦可称为文人风月剧，或着力写女子的痴情，或敷演文人士子的风流。在剧情营造上，均与《西厢记》相若，笔墨重点仅在于男女爱情经验与感受的本身，并不真正关心当时的政治社会现实。

　　不过，有趣的是，这些男女爱情剧强调的，通常是超越世俗生活，或无视现实人间，排除世俗阻力之情，可是，就在同时期，亦流行于剧坛的神仙道化剧，却往往流露眷顾世俗，留恋人间的倾向，充分展现元杂剧作家对世俗现实既想要超越又留恋不舍的徘徊顾盼。

（三）　仙道度脱的世俗趣味

　　元杂剧初兴时期有关神仙道化的作品，无论涉及的是佛是道，大概形成两种主要类型：其一，若是宗教意味较浓，则剧中人物的结局，或度化成仙，或修身成道；其二，若是文人意趣较显，则剧中佛道神仙的言行举止，宛如企慕隐逸的文士儒生。可是，出现于杂剧繁盛时期的神仙道化剧，则产生一些变化。最令人瞩目的变化，就是故事剧情以及人物角色，均明显展现世俗趣味化的倾向。

　　当然，繁盛时期的神仙道化剧，有的剧本仍然继续前期作品的文人化，例如将隐逸与道化相结合，多以传统文士儒生在仕与隐之间的选择，亦即以避世隐居为依归。如马致远的《陈抟高卧》，宫天挺的《七里滩》，均是有名的例子。这当然与元代许多文士儒生在仕进受阻境况下的人生规划有关，同时也与元人散曲"避世归隐"题材的风行相呼应。可是，值得注意的是，此期流行的仙道度脱剧中，却出现相当明显的世俗趣味。

　　首先，剧中被度脱角色的变化。从被贬谪下凡人间的神仙，以及有慧根与机缘的文士儒生，扩大至世俗社会中的市井小人物。诸如《任风子》中的屠夫，《度柳翠》中的妓女，也可以成为神仙道士力图度脱的对象。

其次，在故事剧情上，强调的往往是，被度脱者如何迷恋人间俗世的荣华富贵或酒色财气，实在并不愿意成仙成佛。于是，度脱者就不得不发挥智力，施展手段，包括"利诱"与"威吓"。有时用道教的"长生不老"来利诱，有时则用佛教的"六道轮回"来威吓。有趣的是，利诱威吓往往均无效，于是度脱者只好进一步弄虚作假，耍弄法术，施计哄骗。但每次都费尽周折，最后干脆故意制造一些人事祸端，令被度脱者在俗世人间麻烦缠身，或触犯法网，陷于有罪，迫于无路可走，终于俯首，接受神仙道士的度脱。因此，这些度脱剧的笔墨重点，似乎是向观众宣扬，俗世人间的享乐如何令人留恋，如何难以割舍。再者，度脱剧中津津乐道的先贤榜样，一般并非佛祖或神仙，却往往是人间历史上著名的隐者，包括先隐而后显达的吕望，或功成之后急流勇退的范蠡、张良，或看不惯世道乱象的严子陵、陈抟、陶潜之流。至于剧情中的被度脱者，即使原本是社会底层的市井人物，一旦决定皈道，往往脱胎换骨，言行举止宛如文人士子的化身，其唱词或道白的市井味顿失，流露的通常是文人士子怀才不遇的感慨，或看破世情归隐山林田园的情怀。

就看马致远的《任风子》，全剧名目是《马丹阳三度任风子》，从其剧目中"三度"二字，已明显点出，度脱任屠任风子之不易。就其剧情故事，任风子原来不过是一名甘河镇上操刀的屠户，生活安适平顺，生性豪爽侠义，可谓典型的市井人物，是全剧的主角，亦是剧中曲辞的主唱者。第一折中，任屠即向观众清楚交代，他有"浑家李氏，近新来生了一个小厮儿"，家庭生活美满。此外，其社会人际关系亦相当和谐，与镇上众屠户颇有兄弟情义，大伙均尊他为"大哥"。可是，最近却来了一个道士马丹阳，"化的这甘河镇一方之地，都吃了斋素"，害得这些靠屠宰维生的屠户，生计发生了困难。这日正是任屠生日，又逢他孩儿满月，众屠户纷纷前来道贺。但众屠户皆因马丹阳道化甘河镇人都皈依大道，吃了斋素，屠宰生意顿时无着落，故而前来向大哥任屠告白曰："一来与哥哥做生日，二来问哥哥借些本钱。"一向豪爽侠义的任屠，于是令其浑家安排酒菜茶饭殷勤款待，并且在无视浑家不悦的情况下，"开了这箱子，取出些钱钞来，与你一家两锭作本钱"。这样的言行举止，充分展现其身为屠户"大哥"任侠好义的人格情性。试看第一折中，任屠首二曲的唱词：

【仙吕·点绛唇】朋友相怜，弟兄错见，任屠面。今日何缘，因贱降来宅院。

【混江龙】俺屠家开宴，端的是肉如山岳酒如川。都是些吾兄我弟，等辈齐肩。直吃得月上花梢倾尽酒，风吹荷叶倒垂莲。客喧席上，酒到跟前，何曾摘厌，并不推言。一盏盏接入手，可都干干的咽。卖弄他掂斤播两，拨万轮千。

要屠户任风子放弃如此有情有义，舒适痛快的人间俗世情缘，的确不容易。道士马丹阳自然须煞费周章，所以才会"三度"任风子。值得注意的是，每当任屠总算勉强答应随马丹阳出家之后，其原本的市井屠户身份与豪爽任侠的性格，随即为之一变，其唱词中吐露的，宛如文人士子的情怀。试看第二折中，任屠首次答应接受马丹阳的度脱后之唱词：

【正宫·三煞】从今后栽下这五株绿柳侵门户，种下这三径黄花近草庐。……

【二煞】高山流水知音许，古木苍烟入画图。学列子乘风，子房归道，陶令休官，范蠡归湖。虽然是平日凡胎，一旦修真，无甚功夫，撇下这砧刀什物，情取那经卷药葫芦。

从任屠这样一个原属市井人物的口中，却唱出类似文人士子的隐逸游仙意趣，加上唱词中一连串典故的运用，显然并非出自一个屠户的语言，而是作者个人情怀意念的流露。不容忽略的是，就元杂剧的发展轨迹视之，整个剧本中，任屠这个角色人物和生活态度的世俗化，以及最终令他不得不抛弃俗世人间，接受神仙度脱的无奈。全剧的旨趣，显然不是佛道的出世倾向，而是对俗世人间的眷恋情怀。

　　再如李寿卿的《度柳翠》，写的是自称西天第十六尊罗汉的"月明和尚"如何施展佛法，以度脱杭州名妓柳翠的故事。通过月明和尚布设的种种迷障，剧情的展现，却与佛门清规完全相反，充满世俗人间的酒色财气。剧中的月明和尚，自己"半生花酒"，虽"倦贪名利"，却不断荤腥，且言语癫狂，行为乖张。竟然要求柳翠"门前莫接频来客，心间休挂有情人"，以便"脱离生死，免却六道轮回"。偏偏柳翠正值花样年华，乃"是那镇柳陌第一人"，且自恃年轻貌美，一心想趁着"年纪幼小，正好觅钱"，可以孝敬母亲；再加上目前又正好与一个"知冷知热"体贴入微的牛员外两情相悦，相好多年，自然难以割舍俗世人间的男女私情。偏偏却被这个自己找上门来的月明和尚死缠着，非要她削发为尼，割断尘缘，岂不恼人！及至月明和尚发现柳翠俗情难断，空说轮回无效之后，只好耍弄法术，令柳翠屡历幻境；月明和尚甚至还不惜勾结阴间阎罗，驱遣鬼力，以"触忤圣僧罗汉"为罪名，于梦境中将柳翠斩首。可怜的柳翠，出于无奈，只好被迫随这个月明和尚出家，从此"和月常相守"，过着所谓六根清净的佛家寂灭生活。全剧予与观众或读者的整体印象是，世俗人间的七情六欲，如何难以割舍，月明和尚强行度脱柳翠，实在是多管闲事。尽管全剧在内涵故事上属于神仙道化度脱剧，作者真正的兴趣，显然还是对世俗人间情缘的留恋。

（三）　文人事迹的缅怀寄托

除了度脱剧的世俗化显著之外，有关文人生平事迹之剧，亦是繁盛时期杂剧作家的创作兴趣重点。这与元代一些文士儒生因逢时不遇，乃至沉沦下僚，遂参与杂剧创作有关，也与元代中期科举的恢复，打开仕进希望之门，有相当程度的关联。但是，顺利成功入仕者，毕竟还是极少数，希望燃起又落空才是普遍的经验感受。于是杂剧作家通过历代一些著名文人生活事迹的相关故事，表达文士儒生功名欲望复炽随即幻灭的心路历程，成为文人事迹剧的笔墨重点。例如马致远的《荐福碑》，主要写落魄书生张镐为寻出路，屡次向人求助，却难脱困境的挫折与悲哀。试看其第一折中张镐的一曲唱词：

> 【幺篇】这壁拦去贤路，那壁又挡住仕途。如今这越聪明越受聪明苦，越痴呆越享了痴呆福，越胡涂越有了胡涂富，则这有银的陶令不休官，无钱的子张学干禄。

这是剧中人物张镐对现实社会中贤愚不分、是非颠倒现象的不满，当然也吐露了作者马致远怀才不遇的心声，同时亦代表仕进无门的杂剧作家，沦落市井瓦舍，有志难伸的不平之鸣。

同样的，郑光祖的《王粲登楼》，围绕着王粲漂泊求仕所感受的困顿境遇和凄怨心情，却揭示元代汉族士人在民族歧视的政策之下，感受仕途困顿集体性的挫折与悲哀。全剧的楔子与第一折，历述王粲如何"气昂昂"辞家南游，却屈身于簿吏之间的沦落窘状。第二折【倘秀才】中唱出其对荆王幕下的观察："那有钱人没名的平登省台，那无钱人有名的终淹草莱，如今他可也不论文章只论财！"俨然是对元代官场贪官污吏的指摘。第三折中，王粲因登楼远眺，触发了"身贫归未得"的飘零之叹：

【中吕·粉蝶儿】尘满征衣，叹飘零一深客寄。往常我食无鱼弹剑伤悲，一会家怨荆王，信谗佞。把那贤门来紧闭。不争你死丧之威，越闪得我不存薄济。

【醉春风】我本是未入庙堂臣，倒做了不着坟墓鬼，想先贤多少困穷途，王粲也！我道来命薄的不似你，你，我比那先进何及！想昔人安在？我可什么后生可畏。

【迎仙客】雕檐外，红日低，画栋畔，彩云飞，十二阑干在天外倚。我这里望中原，思故里，不由我感叹酸嘶。看了这秋江水呵！越揽得我一片乡心醉。

值得注意的是，曲辞中以醉酒思乡为引线，吐露的真情宣泄。剧中主角王粲显然只是历史上的王粲身世遭遇的片面撷取。按，历史上的王粲，的确留下一篇动人的《登楼赋》，写其流落荆州其间登楼望远之际，引发的"虽信美而非吾土"的感时伤逝怀乡之情。但是，王粲当初即使处于汉魏战乱之际，对政治现实仍然怀着理想憧憬，所以才会决定投奔荆州的刘表，以追求个人的功名。可是，元杂剧中的王粲，却主要表现入仕道路的阻碍带来的挫折与悲哀。故而遥"想先贤多少困穷途"，进而抒发因功名不遂，流落他乡，"望中原，思故里，不由我感叹酸嘶"，乃至引发怀才失志者"一片乡心醉"。至于有钱人登高位，没钱人沦落草莱，显然是作者郑光祖本人对元代官场社会的指摘。

元杂剧文人事迹剧中，通过历史上某些文人的传闻故事，可以寄托作者对当前政治社会现实的不满，或理想人物品格的缅怀。例如王伯成的《贬夜郎》，写李白受召入宫继而又遭贬的传奇故事。剧中刻画李白如何乘醉入宫，醉写"呵蛮书"，并于醉中令高力士脱靴，贵妃捧砚，最后又醉入水中捉月，等等。如此蔑视权贵，狂放洒脱的言行表现，都是令一向遵行传统规矩的文士儒生，可以开怀解颐的情节，也是剧作家趁此借题发挥的创作。其他如无名氏的《冻苏秦》《东坡梦》，费唐臣的《贬黄州》等，则分别以战国时期的苏秦，以及北宋时的苏轼为主人公，演述他们虽身处逆境，历尽磨难，却不改初衷，最后或发迹显达（《冻苏秦》），或向佛学禅（《东坡梦》），或辞官归隐（《贬黄州》）。剧情中含蕴的似乎是，为那些浮沉于士林与市井之间的元代文士儒生，借此一吐胸中之块垒。

元杂剧中有关文人事迹剧的风行，促进了杂剧剧情主题内涵的文人化，可谓是由初兴到繁盛发展过程中，度脱剧世俗化之外的另一标志。不容忽略的是，从曲辞的艺术风格方面观察，对曲辞文采的重视，形成风格情韵的雅化，则是此时期元杂剧发展演变的整体趋势。

❖ | 二、曲辞文采的重视，风格情味的雅化

元杂剧本属通俗表演艺术，源起于城镇地区瓦舍勾栏的娱乐表演场所，故而"通俗"，自然应该是其本色。不过，经元代文士儒生相继地参与创作，剧本的文学素质提高了，而文士儒生一般比较偏尚的，诸如文辞的优美，风格情韵的委婉，也就相应地增加。爰及杂剧创作进入繁盛时期，尤其在曲辞的表现，以及情韵的营造上，已不同于元代初期杂剧比较朴素自然的所谓"本色派"的风格。这时所谓"文采派"作家，逐渐在剧坛占有主导地位。他们的剧本，即使在宾白中还保留一定程度的通俗趣味，可是大凡剧中主角演唱的曲辞，往往浮现着宛如文人诗词的情味意境。其中

尤以王实甫的《西厢记》，表现最引人瞩目。

试根据《西厢记》第一本第三折中的一段剧情：就在正末张君瑞巧遇莺莺之后，夜深人静之际，独自来到花园，寄望能再见莺莺。通过其优美的唱词，张君瑞在朦胧的夜幕下，温柔的月色中，满庭花影，悄悄去等待，意图私会莺莺的情景，如诗如画般展现在读者面前：

【越调斗鹌鹑】玉宇无尘，银河泻影；月色横空，花阴满庭；罗袜生寒，芳心自警。侧着耳朵儿听，蹑着脚步儿行；悄悄冥冥，潜潜等等。……

及至二人隔墙吟诗，"一字字，诉衷情"，表示早已惺惺相惜，两心相许，不料一只"宿鸟飞腾，颤巍巍花梢弄影，乱纷纷落红满径"。惊醒了一对恋人的短暂相聚。莺莺遂在红娘催促下只得匆匆离去，空撇下张生独自伫立徘徊，一夜辗转相思，心魂摇荡：

【拙鲁速】对着盏碧荧荧短檠灯，倚着扇冷清清旧帏屏。灯儿又不明，梦儿又不成；窗儿外淅零零的风儿透疏棂，忒愣愣的纸条儿鸣；枕头儿上孤另，被窝儿里寂静。你便是铁石人，铁石人也动情。

继而第四本第三折中，张生即将赴京赶考，莺莺则于"长亭送别"，偏偏正值撩人伤感的暮秋时节。试看莺莺的唱词，简直是诗的语言，画的情韵：

【正宫端正好】碧云天，黄花地，西风紧，北雁南飞。晓来谁染霜林醉？总是离人泪。

【滚绣球】恨相见得迟，怨归去得疾。柳丝长玉骢难系。恨不倩疏林挂住斜晖。马儿迍迍的行，车儿快快的随，却告了相思回避，破题儿又早别离。听得这一声去也，松了金钏，遥望见十里长亭，减了玉肌，此恨谁知？

…………

【脱布衫】下西风黄叶纷飞，染寒烟衰草凄迷。酒席上斜签着坐的，蹙愁眉死临侵地。

尽管莺莺和张生难分难舍，张生还是上马走了。这时莺莺流连徘徊，极目远送，离情万端，不忍回去。作者遂为莺莺安排一支曲子，一方面描述当前的景观，营造气氛，同时亦抒发莺莺与情郎临别不舍的情怀：

【一煞】青山隔送行，疏林不做美，淡烟暮霭相遮蔽。夕阳古道无人语，禾黍秋风听马嘶。我为什么懒上车儿内，来时甚急，去后何迟？

上举诸曲辞，充分表现《西厢记》文辞之美与情韵之深。明人朱权《太和正音谱》对王实甫笔下辞情的深委婉转，行文的典雅华丽，就推崇备至：

王实甫之词，如花间美人，铺叙委婉，深得骚人之趣。极有佳句，若玉环之出浴华清，绿珠之采莲洛浦。

按，王实甫《西厢记》在语言整体表现上，的确文采斐然，但是不容忽略的是，其优美曲辞之间夹杂着的口语白话，甚至俚词俗语。换言之，《西厢记》并未完全抛弃杂剧表演艺术的通俗本色，其宾白中仍然遵循北曲杂剧一般讲求俚词俗语的传统，正可谓是雅俗兼美的作品。

王实甫之外，以《倩女离魂》见称于戏曲史的郑光祖，亦是杂剧繁盛时期讲求文采之美的作家。其所以令后世评论家推崇者，主要还是在曲辞方面的成就。按，《倩女离魂》之曲辞，以俊美、蕴藉、有意境见称。王国维于其《宋元戏曲史》，即称道郑光祖"清丽芊绵，自成馨逸，不失为第一流"。此外，以写《扬州梦》《两世姻缘》等爱情剧著称的乔吉，亦是以曲辞艳丽、蕴藉，令历代曲论者所推崇。有趣的是，这些文采派的剧作家，在杂剧创作上，重视的并非其中人物角色身处的政治社会严肃问题，而是日常生活中个人生命意义的追求，以及私己感情的寄托或满足。

当然，马致远、宫大用等跨越杂剧初兴与繁盛两阶段时期的作家，一般或将之归类于本色派与文采派之间。换言之，兼有本色与文采，以及豪放与清丽的特点，并不受"派别"的局限。据朱权《太和正音谱》对二人曲辞的评语：

> 马东篱之词，如朝阳鸣凤。其词典雅流丽，可与《灵光》《景福》两相颉颃。有振鬣长鸣，万马皆喑之意。又若神凤飞鸣于九霄，岂可与凡鸟共语哉！宜列群英之上。……宫大用之词，如西风雕鹗。其词锋颖犀利，神采烨然，若捷翮摩空，下视林薮，使狐兔缩颈于蓬棘之势。

朱权的观察，概要点出，元杂剧在语言文辞，以及剧情意境情韵方面，由初兴到繁盛的过渡现象。也就是王实甫、郑光祖、乔吉、马致远、宫大用等所代表的文采派的两种风尚，正好展现元代杂剧繁盛时期作家的整体创作倾向。

值得注意的是，繁盛时期的元杂剧，一方面显示出与杂剧初兴期不同的表现，同时亦因元代统一中国后，江南地区文化生活的蓬勃与商业经济的富庶，吸引杂剧作家与演员的纷纷南迁，因而对元杂剧的命运，甚至对中国戏曲发展演变的整体趋向，产生决定性的影响。

✤ | 三、作家与演员南迁

　　尽管元杂剧兴起于北方，其发展初期的活动中心主要是在中书省所在地，遂表现出元杂剧初兴北方时期的一些特质。惟不容忽略的则是，自元代统一中国后，因南北交通无阻，杂剧作家就已经逐渐开始南迁。这一方面，主要是由于江南的富庶环境具有吸引力。尤其是江浙行省一带，从南宋以来即是全国经济与文化水平最高的地区，自然有利于文化娱乐事业诸如戏曲的发展。另一方面，则是南北统一后政治版图的扩大，为世居北方人士铺设前往南方寻求仕进出头的机会。如关汉卿，即于南宋亡后不久，曾经到过杭州；白仁甫则于元世祖至元十七年（1280）卜居建康；马致远、郑光祖亦曾相继南游。即使杂剧名演员珠帘秀，也曾经远赴江南地区表演，并引起士林、剧坛的轰动。

　　不过，由于这时期的杂剧作家，大多出生于蒙古灭金（1234）前后，生活于蒙古统一全国的过程之中，经历了朝代的变迁与社会的动荡，即使曾经南游或南迁，在至元（1264—1294）后期，杂剧作品中尚未明显表现出江南文化的影响。可是到了元朝中叶，亦即元贞（1295—1296）以后，杂剧的活动中心，逐渐由大都向江南地区转移。此时期的杂剧作家，大多出生于元灭南宋（1279）前后，又由于元灭南宋的战争对社会的破坏性并不巨大，且经过元世祖忽必烈的长期经营，遂进入元朝一段社会安定、经济繁荣的时期。主要的杂剧作家已经移居江南一段时间了，他们的作品与江南地方流行的南戏，并行于剧坛，彼此交流传播于同一地区，甚至出现像珠帘秀那样名闻江南的杂剧演员。兴起于北方的杂剧，其创作与搬演中心的南移，在所难免，尤其是商业与文化均属于先导地位的杭州，已取得与大都并立的地位。这些现象，均预示戏曲艺术蜕变时期的来临，其中最明显的，就是北杂剧的衰微，以及南戏的崛起。

✤

第四节

元杂剧的衰微

自元末顺帝时期（1333—1368）到明初，杂剧的搬演已明显趋向衰微。元杂剧的衰微，与杂剧活动中心的南移，演员纷纷南迁，以及杂剧本身体制的某些局限，还有江南地区南戏的崛起，均有一定程度的关系。

✤ ｜ 一、杂剧活动中心南移

元杂剧原是从北方的地方戏发展而成，其初兴至繁盛时期的作家，亦多属北人，活动中心则是在京城大都，或者其他北方地区的城市。乃至不论其音乐曲调、语言词汇、舞台表演，均带有浓厚的北方地域色彩。不过，元朝中叶以后，成宗大德年间（1297—1307），杂剧活动中心开始逐渐由大都向江南地区转移。尤其是以杭州为中心的江浙一带，以其经济繁荣，文化发达，景色宜人的优越条件，吸引许多杂剧作家与剧团演员纷纷南迁。元末明初活跃于江浙地区的重要剧作家，多是南方人，或属早已移居南方的北人。杂剧一旦离开哺育其成长的北方土壤，难免不受南方地域文化及人文色彩的影响，其进一步发展的生机，自然也就受到局限。加上科举的恢复，重新提供一般文士儒生仕进的机会，元杂剧的传播，遂由地域的扩大，反而转而因作家的减少与作品的雅化，显示其由盛转衰的痕迹。

✤ | 二、科举恢复，作家减少，作品雅化

元朝科举考试的恢复，在一定程度上亦造成杂剧逐渐走向衰微。按，在前面章节中，论及元杂剧兴盛的环境背景，即曾指出，元初科举制度的停办，导致其中一部分文士儒生，为求生路，只好改行，遂成为书会才人，参与编写剧本的工作。这是提升杂剧剧本素质，扩大观众层面，促使元杂剧兴旺发达的重要条件。惟爰及元朝后期，朝廷一方面为安抚人心，一方面也为网罗人才，重新恢复科举制度，总算给知识阶层开辟了一条仕进之途，于是文士儒生纷纷醉心举业，意图追求更好的出路，乃至致力于杂剧之创作者，大为减少。杂剧初兴与繁盛时期那种人才辈出，佳作如林的蓬勃现象，已不复存在。杂剧不但作家作品数量减少，质量也相应降低。此外，这时期的杂剧，虽然亦偶有佳篇，但作者的创作风格大多趋向典雅，笔墨重点主要在显示曲文辞藻的华丽优美，意境情韵的温婉儒雅，乃至忽略原本在瓦舍勾栏搬演的戏剧舞台效果。杂剧的趋向衰微，势所难免。当然，杂剧本身在体制上的局限，亦是造成其走向衰微的重要因素。

✤ | 三、杂剧本身体制的局限

元杂剧之由盛转衰，除了外在环境的影响，实际上与杂剧本身体制的局限性，亦有相当程度的关系。首先，杂剧剧本一般限于四折或外加一楔子，因此难以容纳比较丰富复杂的情节内容；而且通常会形成起承转合的

单线结构，剧情发展往往出现一些固定的程序，缺乏变化。一本杂剧往往在第三折，刚发展到高潮，第四折就须立即收煞，乃至多为强弩之末，容易予人以结尾仓促的印象。当然，少数作品，如《西厢记》采取增多本数，《赵氏孤儿》增多折数，已经是一种意图突破体制局限的尝试。其次，杂剧每折限用一个宫调，全剧的曲辞仅由主角正末或正旦一人独唱到底。这固然可以令主角尽情发挥，揭示其内心的复杂情怀，可是，从头到尾由一人独唱，不仅气氛容易显得单调沉闷，也局限了作者在曲辞方面的充分发挥，而且其他角色只能作为陪衬，必然限制了舞台表现力，不利于充分展示剧中各类不同角色之间的互动，更不利于人物形象的塑造，同时也不利于戏剧冲突的展开。当然，在杂剧初兴与繁盛时期，戏曲大家诸如关汉卿、马致远等，他们本身的才华通常能弥补杂剧体制的局限，可以在有限的形式中，创造出精彩动人的剧本。因此杂剧形式上的局限，尚并不明显。

可是，同时期在南方兴起的南戏，就没有杂剧这些体制的局限。比照之下，南戏在体制上较杂剧更适合于戏剧表演的本质。首先，由于南戏的结构形式比较灵活自由，没有一本四折的规范，可以随剧情的需要，决定剧本"出"数的多少。就如《张协状元》共五十三出，《琵琶记》则有四十三出。其次，南戏所唱曲调虽以南曲为主，其剧中曲调的组织也比较灵活，可以依剧情需要，自由选择各种曲牌，甚至还可以南北合套。再者，南戏曲辞的演唱亦并不局限于一人，戏中人物无论主角或配角，均有唱词的机会，而且可以各自独唱，甚至也可以对唱、合唱、伴唱。因此，作者不必将其功力才情全然投注在主角一个人的唱词上，观众与读者也可以通过不同人物的唱词，进一步欣赏，深一层体味剧中个别角色的内心世界与人格情性。

元朝统一中国后，杂剧活动逐渐南移，在相互交流融会中，南北戏曲并行于剧坛，但相对比较之下，南戏的优越性日益显著。南戏的戏文又在吸收北杂剧优点成就的基础上，开始迅速发展，且日渐盛行，终于取代了杂剧在剧坛的主流地位，并且为明清传奇铺上先路。

另外值得一提的是，这时期杂剧创作虽然日趋衰微，但是相关的戏曲理论，还有作家作品演员等资料的收集整理，却颇有成绩。如钟嗣成的《录鬼簿》、夏庭芝的《青楼集》、陶宗仪的《南村辍耕录》等相继问世。这些著述，即使宗旨不一，至今仍为研究中国戏曲必须参考的重要资料。

第五章

元杂剧的体制特征

根据现存元杂剧的剧本，明显均有相当固定的体制，充分展现其乃属于一种特殊"文类"的特征。虽然元末南戏与明清传奇在体制上各有所变革（详后），当今学界一般认为，元杂剧体制的定型，是中国戏曲体制正式成立的标志。

❖ ┃ 一、每本四折或加楔子

现存元杂剧剧本，除了少数例外，几乎都是将每一本剧本分为四折，犹如每剧分四幕演出。不过，元杂剧所谓一折，并不单单指剧情发展过程告一段落，更重要的是其音乐的示意，表示唱完一套同宫调的歌曲。所以，元杂剧的一本四折，实际上包括四套歌曲。倘若四折表演不够，或无法交代清楚某方面的剧情，则可另外增加一个场次，亦即一小段落。这一小段落，通称为"楔子"，一般置于戏曲的开端，亦可穿插在折与折之间，以补四折之不足。置于开端者，相当于全剧之序幕；置于两折之间者，则相当于过场。现存元杂剧剧本，大体都符合一本四折的体制规范，只有少数杂剧因剧情需要，而有所变通或突破。如《赵氏孤儿》有五折，《西厢记》则长达二十折（包括五本，实亦即五个四折）。在整体结构上，《西厢记》虽然将元杂剧的体制扩大了，但仍然并不违背每本四折或加楔子的通例。

元杂剧这种每本四折的体制，可能是继承宋金杂剧的三分四段传统（一段艳段、两段正杂剧、一段杂扮）而来。当然，也可能受到唐宋以来近体诗，以首、颔、颈、尾四联，来表达起、承、转、合之内涵情境转换的影响。

❖ | 二、人物角色分门别类

其实角色的分门别类，可说是中国戏曲的特殊传统。从唐参军戏、宋金杂剧，到元杂剧，乃至明清传奇，甚至今天的京戏，以及其他地方小戏，始终如此。

元杂剧的角色分类，虽然不如明清传奇细密，却已较宋金杂剧更为周详。大略可分为末、旦、净、丑四大门类：

（一）末：属男角。又可细分为正末（男主角）、副末（男配角）、冲末（次要配角）、外末或孛老（老头）等。

（二）旦：属女角。又细分为正旦（女主角）、副旦（女配角）、花旦或搭旦（妖艳、精灵的女配角）、外旦或卜儿（中年妇人或老太婆）。

（三）净：男女皆有，但以男角为多，主要扮演勇猛或滑稽人物，有点像当今京戏中的花脸。

（四）丑：即小丑，小花脸。多半为逗人嬉笑开心的小人物。

由于元杂剧通常以一个人物为全剧故事的中心，因此，每部戏只有一个主角，或正末，或正旦，故而元杂剧的剧本，通常或称"末本"，或称"旦本"。

值得注意的是，由于元杂剧对于角色分门别类的重视，并不会在剧本正文之外提供剧中人物的性格特征，但一定在剧本中注明，这个剧中人物属于哪一类角色。每当一个人物初次出场时，剧本上一定会注明，某角色扮演谁谁谁上场。如关汉卿《窦娥冤》楔子中，窦天章携幼年的窦娥初次上场时，即注明：

　　冲末扮窦天章引正旦扮窦娥端云上。

此处即清楚交代，剧中人物窦天章由"冲末"扮演，窦娥则由"正旦"扮演。此外，由于"角色"演出的重要性，剧中人物上场之后，无论道白或唱曲时，往往只注明角色名称，通常不再指出剧中人物姓名。如《窦娥冤》中女主角窦娥上场后的道白或唱曲，只称："正旦云"或"正旦唱"，蔡婆婆道白时，则称"卜儿云"，表示是扮演某类角色者之道白或唱曲。以后的明清传奇剧本，亦遵循此传统。

❖ ｜ 三、音乐演唱但凭规矩

首先，音乐（即宫调）在元杂剧中，已有固定的规矩。尽管故事表演是戏曲正式形成的重要因素，可是音乐演唱仍占有非常重要的地位。元杂剧中的"曲辞"，就必须与音乐密切配合，以便演唱。但元杂剧并不同于西方的"歌剧"。因为西方歌剧的音乐，是为每一部个别的歌剧而特别创作的，如著名的《阿依达》（Aida）、《茶花女》（La Travieta）等，每部歌剧的音乐，在曲调声情上，各不相同。可是元杂剧的音乐，却并非特别为某一剧本而创作，而是取自现成的音乐曲调（宫调），再填上适当的歌词，以便演唱，乃至相同的音乐曲调，往往出现于不同的剧本中。导致各本杂剧的特色，显然并不在于音乐曲调，而在于剧本文字语言的创新和剧情故事的变化。这就令元杂剧的"文学"意义，显得更为重要了。

其次，元杂剧的音乐曲调，实与元散曲同源，主要是综合北方大曲、唐宋词调、宋金诸宫调，以及当时流行坊间的胡乐小调等不同成分而形成。唯在杂剧中的采用，则有一定的原则，曲调的组织，也有一定的规范。例如，在同一折中使用的曲子，必须属于同一宫调。所谓"宫调"，表示调子的高低，与现代音乐所谓 C 调 B 调意义类似。元杂剧一般采用的共有九个宫调，或许为了配合每剧四折的剧情发展，最常见的现象是第一折用"仙吕"，第二折多数用"南吕"或"正宫"，第三折多用"中吕"或"商调"，第四折则多用"双调"。此外，每一宫调包括许多不同曲牌，这些曲牌均有固定的组织安排，大致都有一定的先后次序。如每剧第一折通常用《仙吕宫》调，而《仙吕宫》首曲的曲牌是《点绛唇》，其次是《混江龙》，再次是《油葫芦》《天下乐》《后庭花》《青哥儿》，最后则是《煞尾》，总共由六支单曲连接而成。基本上都是由"首曲""正曲""尾"三部分组成，因此次序往往不能颠倒，这样就将同宫调的曲子组成一套，故亦称套数或套曲。

对元杂剧这种缺少创意的程序化之宫调安排，清人梁廷枏于《曲话》卷二中，虽不甚满意，仍提出以下的解释：

百种（指《元曲选》）中，第一折必用【仙吕·点绛唇】套曲，第二折多用【南吕·一枝花】套曲，余则多用【正宫·端正好】、【商调·集贤宾】等调。盖一时风气所尚，人人习惯其声律之高下，句调之平仄，先已熟记于胸中，临文时，或长或短，随笔而赴，自无不畅所欲言。不然，何以元代才人辈出，心思才力，日趋新异，独于选调一事不厌党同也。

值得注意的是，宫调的程序化虽然可能会令人生厌，但个别宫调所表现的"声情"则是有所区别的。根据元人燕南芝庵《唱论》的描述：

仙吕调唱清新绵邈，南吕宫唱感叹悲伤，中吕宫唱高下闪赚，黄钟宫唱富贵缠绵，正宫唱惆怅雄壮……大石唱风流蕴藉……双调唱健捷激袅，商调唱凄怆怨慕……越调唱陶写冷笑。

引文所述各宫调的声情特色，虽然稍嫌笼统，难以确切掌握，但芝庵乃是著名的元曲音乐家，其观点必然具有一定程度的真实。

其三，元杂剧剧本中的曲辞，即是为配合各宫调曲牌的音乐节奏而填写来演唱的歌词。依规定，每一折里所有的曲辞，均须押同一韵脚，每支曲子都有固定的格律，乃至曲辞的平仄，每行的字数，都有严格的规范，以便和曲牌的音乐旋律节奏密切配合。既然要配合音乐曲牌，句式当然长短不齐，这一点和必须依调填词的词一样。不过，一首词的字数，不能随意增减，而曲辞，则除了格律所规定的字数外，通常可以在句首或句中停顿处加上一些衬字，以强调语气或补充意义之用，这又和元人散曲的规则类似。

其四，每本元杂剧均由"正旦"或"正末"一人独唱到底，其他角色只能说白，不能演唱。如马致远的《汉宫秋》一剧，取自有关王昭君和番的史实，却是从汉元帝的角度立场搬演故事，于是只由扮演汉元帝的"正末"

独唱到底，王昭君则只有科白。又如关汉卿的《窦娥冤》，则由扮演窦娥的"正旦"一人独唱到底。因此元杂剧剧本有所谓"末本"或"旦本"之称。

不过，值得注意的是，偶尔一本杂剧中的"正旦"或"正末"，可视剧情的需要，由不同的演员扮演。如《赵氏孤儿》，属于"末本"，应当只有"正末"可以唱词，但全剧分别由不同演员充当"正末"，乃至第一折中，由"正末扮韩厥"主唱，第二、三折，则由"正末扮公孙杵臼"主唱，第四、五折，乃由"正末扮程勃"主唱。尽管扮演几个人物的演员不同，却仍然保留由"正末"角色一人独唱的传统。此外，如果四折之外另加"楔子"部分，其中若有曲子，则可以不必成套，只用一两支即可，这时也可让其他次要角色演唱，当然，也只是独唱。如《窦娥冤》原属"旦本"，全剧乃由正旦一人主唱，但是在"楔子"中，扮演窦娥父亲窦天章的"冲末"，除了说白之外，还唱了一只《仙吕·赏花时》。又如属"末本"的《赵氏孤儿》，开端亦有"楔子"，其中扮演赵朔的冲末，亦唱了两只《仙吕调》的曲子。

这种由正旦或正末一人独唱到底的安排，与散曲的套曲只由歌者一人演唱相若，或许亦是继承宋金说唱文学，通常由一人说唱到底的传统。在现存元杂剧中，只有《西厢记》第四本第四折，以及第五本第四折，出现正旦与正末同唱的现象，显示作者在主唱角色的分配上，已经流露有意打破一人独唱到底的痕迹①。

---

① 按，《西厢记》第一本《张君瑞闹道场》是末本，由张生主唱。第二本《崔莺莺夜听琴》是旦本，其中三折由莺莺主唱，第二折由红娘主唱，所加"楔子"，则由惠明主唱。第三本《张君瑞害相思》是旦本，由红娘主唱。第四本《草桥店梦莺莺》，第一折由张生主唱，第二折由红娘主唱，第三折由莺莺主唱，第四折则由莺莺与张生同唱。第五本《张君瑞庆团圆》，第一折由莺莺主唱，第二折由张生主唱，第三折由红娘主唱，第四折乃是张生、红娘、莺莺同唱。因此，第四本与第五本，竟然分不出是旦本或末本。这在元杂剧中是一个相当特殊的例子。

所谓"科",乃是元杂剧剧本上提示演员表情动作的术语。根据徐渭的《南词叙录》所记,杂剧剧本中,大凡角色"相见、作揖、进拜、舞蹈、坐跪之类,身之所行,皆谓之'科'"。

由元杂剧可以看出,中国传统戏曲演员通常均须接受专攻某种角色的严格训练。例如有的专攻正末,有的专攻正旦,有的则专攻净角,而且每个角色的表演动作,包括念词、唱腔、表情、动作,均有严格的规定与传统,是一种相当专门的表演艺术。元杂剧上演时,演员表情动作的实况,当然已不得而知。不过,从剧本上,可以看到对某个角色表演动作的简略提示。如《窦娥冤》第一折中,"卜儿"扮演的蔡婆婆,自我介绍之后,又告诉观众此番出场的目的:"我和媳妇儿说知,我往城外赛卢医家索钱去也。"剧本上接着提示"作行科",表示扮演蔡婆婆的演员在舞台上必须表演行走的样子。及至赛卢医把蔡婆婆骗到城外无人处,打算勒杀蔡婆婆,剧本上即提示赛卢医以及张驴儿父子一连串的表演动作:"做勒卜儿科。孛老同副净张驴儿冲上,赛卢医慌走下。孛老救卜儿科。"这样充满戏剧性的演出,当然必须靠舞台上演员个人的发挥。

此外,杂剧剧本有时也用"科"来提示后台,何时应当制造舞台的音响和气氛。如《汉宫秋》第三折,番使来迎昭君之际,剧本提示:"番使拥旦上,奏胡乐科。"于是后台胡乐的演奏,可以在舞台上营造出,昭君远赴边远胡地的离别气氛。又如第四折,主要表现汉元帝对昭君的相思,就在元帝的唱词中,不断穿插着"雁叫科"的提示,以制造气氛,营造昭君思归,元帝孤寂的舞台效果。

值得注意的是，元杂剧的表演艺术，应该和当今所见其他传统戏曲类似，目的不是为写实，而是为表达情思意念。表达的方式，主要是通过夸张的动作和象征的手势，来表情达意，以便丰富观众的审美趣味，引发观众的想象与共鸣。因此，剧中以"科"提示的表情动作，和一般人在现实生活中的举止，应当有很大的差异。

✦ | 五、题目正名总括大旨

每本元杂剧剧本都有戏目名称，少数置于剧本开头，惟大多数则置于全剧结束之后。元杂剧的戏目，均冠以"题目""正名"概括。但是何谓"题目"，何谓"正名"，向来有各种不同的解释。或许起先只有"题目"，作为剧本的内涵纲领，之后为点出剧本的正式名称，乃加注"正名"二字。当然，"题目正名"合而视之，或许就是指"剧本题目的正确名称"，也就是剧本"总题"之意。这些"总题"，有的是两行对偶句，有的则是四行对偶句，每行字数以六、七、八言为多。例如《单刀会》第四折结尾处，关羽唱完最后一支曲子之后，随即出现：

题目：孙仲谋独占江东地，请乔公言定三条计

正名：鲁子敬设宴索荆州，关大王独赴单刀会

剧本之简名，则取自"正名"句最后三字"单刀会"。又如《窦娥冤》一剧，在第四折末尾，窦天章念完收场诗之后，则出现：

题目：秉鉴持衡廉访法

正名：感天动地窦娥冤

剧本简名，则取自"正名"句最后三字"窦娥冤"。同样的，《汉宫

秋》也在第四折汉元帝念完下场诗之后，出现：

题目：沉黑江明妃青冢恨

正名：破幽梦孤雁汉宫秋

这样的"题目""正名"，或许与杂剧搬演的广告宣传有关。按，杂剧的演出毕竟是一种商业行为，为招徕观众的捧场，免不了做宣传打广告。"题目正名"的作用，可能包括：一方面为杂剧的演出作为广告词的花招，以吸引观众的捧场；另一方面则为杂剧结束之时用作宣念，以总结剧情，提示主题，并教育观众。这样的总题宣告，应是继承宋金说唱文学招徕观众的"噱头"，而且从此一直在通俗文学的流传中延续下去，除了明清传奇之外，乃至明代以后的通俗小说，无论短篇故事或长篇章回，即使已经是案头文学，与表演艺术无关，也往往会以醒目悦耳的对偶句作为篇目章节的标题。

第六章

元杂剧的文学特质

元杂剧虽然是一种在舞台上搬演的表演艺术，但杂剧的剧本也供人阅读欣赏，在中国文学史上是元代文学的代表，因此，其文学特质亦是文学史关注的重点。不过，也正因为元杂剧担负着舞台表演艺术的传统，乃至影响到其文学特质。以下试从剧本本身的结构、语言、人物、情调，以及作者创作意图与题材内容诸方面，论述元杂剧的文学特质。

✤ | 一、起承转合的单线结构

或许由于元杂剧受到每本四折体制的局限，故事情节的安排和发展，很容易形成"起承转合"的单线结构。乃至第一折，通常是故事的开端，而且前半多虚写，先由初次出场的剧中人物自叙身世怀抱，介绍剧情背景，作者也可乘机借剧中人物之口，对社会人生表达意见，或发发牢骚，骂骂人。第二折，则为故事的主要发展，第三折，大都是全剧的高潮，惟到了第四折，已是故事的尾声。当然，如果四折表演不完，或剧情可能交代不够清楚，则可另外添加一段“楔子”，为观众提供与剧情相关的信息。如《窦娥冤》于第一折之前，就先有一段“楔子”，作为全剧的序幕，主要是交代窦娥幼年时期的不幸身世，为全剧女主角，亦即成年后的窦娥，身世凄凉，又遭遇冤情，准备了条件背景。

元杂剧这种每本四折，起承转合的单线结构，为中国传统戏曲立下典范，即使以后的明清传奇，也只有极少数的作品，展现出双线并行的结构，与现代戏剧讲究网状交错的复杂结构，实有很大的差别。不过，却与中国传统诗歌，一般在内涵情境上起承转合的结构，颇相仿佛。

✥ ｜ 二、散韵兼备的语言艺术

元杂剧虽然是为舞台搬演而创作，其剧本的文学要素，除了故事的情节发展之外，更重要的是，体现在曲辞和宾白两方面。元杂剧中曲辞与宾白的结合，显然受到说唱文学的影响，而且借曲辞以抒情，宾白以叙事，两者有明确的分工。试以《窦娥冤》第一折节录为例：

> （净扮赛卢医上，诗云：）行医有斟酌，下药依本草。死的医不活，活的医死了。自家姓卢，人道我一手好医，都叫做赛卢医，在这山阴县南门开着生药局。在城有个蔡婆婆，我向他借了十两银子，本利该还他二十两，数次来讨这银子，我又无的还他。若不来便罢，若来呵，我自有个主意。我且在这药铺中坐下，看有什么人来。

（卜儿上，云：）老身蔡婆婆。我一向搬在山阴县居住，尽也静办。自十三年前，窦天章秀才留下端云孩儿与我做儿媳妇，改了他小名，唤做窦娥。自成亲之后，不上二年，不想我这孩儿害弱症死了。媳妇儿守寡，又早三个年头，服孝将除了也。我和媳妇儿说知，我往城外赛卢医家索钱去也。（做行科，云：）蓦过隅头，转过屋角，早来到他家门首。赛卢医在家么？

（卢医云：）婆婆，家里来。（卜儿云：）我这两个银子长远了，你还了我罢。（卢医云：）婆婆，我家里无银子，你跟我庄上去取银子还你。（卜儿云：）我跟你去。（做行科）（卢医云：）来到此处，东也无人，西也无人，这里不下手，等什么？我随身带的有绳子。兀那婆婆，谁唤你哩？

（卜儿云：）在那里？（做勒卜儿科。孛老同副净张驴儿冲上，赛卢医慌走下。孛老救卜儿科）（张驴儿云：）爹，是个婆婆，争些勒杀了。（孛老云：）兀那婆婆，你是哪里人氏？姓甚名谁？因甚着这个人将你勒死？

（卜儿云：）老身姓蔡，在城人氏，止有个寡媳妇儿，相守过日。因为赛卢医少我二十两银子，今日与他取讨，谁想他赚我到无人去处，要勒死我，赖这银子。若不是遇着老的和哥哥呵，那得老身性命来。（张驴儿云：）爹，你听的他说么？他家还有个媳妇哩！救了他性命，他少不得要谢我，不若你要这婆子，我要他媳妇儿，何等两便！你和他说去。（孛老云：）兀那婆婆，你无丈夫，我无浑家，你肯与我做个老婆，意下如何？（卜儿云：）是何言语！待我回家，多备些钱钞相谢。（张驴儿云：）你敢是不肯？故意将钱钞哄我？赛卢医的绳子还在，我仍旧勒死了你罢。（做拿绳科）（卜儿云：）哥哥，待我慢慢地寻思咱。（张驴儿云：）你寻思些什么？你随我老子，我便要你媳妇儿。（卜儿背云：）我不依他，他又勒杀我。罢罢罢，你爷儿两个随我到我家中去来。（同下）

　　（正旦上，云：）妾身姓窦，小字端云，祖居楚州人氏。我三岁上亡了母亲，七岁上离了父亲。俺父亲将我嫁与蔡婆婆为儿媳妇，改名窦娥。至十七岁与夫成亲，不幸丈夫亡化，可早三年光景，我今二十岁也。这南门外有个赛卢医，他少俺婆婆银子，本利该二十两，数次索取不还，今日俺婆婆亲自索取去了。窦娥也，你这命好苦也呵！（唱：）

【仙吕·点绛唇】

满腹闲愁，

数年经受，

天知否？

天若是知我情由，

怕不待和天瘦。

【混天龙】

则问那黄昏白昼，

两般儿忘餐废寝几时休？

大都来昨宵梦里，

和着这今日心头。

催人泪的是锦烂漫花枝横绣闼，

断人肠的是剔团圆月色挂妆楼。

长则是急煎煎按不住意中焦，

闷沉沉展不彻眉尖皱，

越觉的情怀冗冗，

心绪悠悠。

（云：）似这等忧愁，不知几时了也呵！（唱：）

【油葫芦】

莫不是八字儿该载着一世忧？

谁似我无尽头！

须知道人心不似水长流。

我从三岁母亲身亡后，

到七岁与父分离久。

嫁的个同住人，

他可又拨着短筹。

撇得俺婆妇每都把空房守，

端的个有谁问、有谁俅！

【天下乐】

莫不是前世里烧香不到头，

今也波生招祸尤，

劝今人早将来世修。

我将这婆侍养，

我将这服孝守，

我言词须应口。

（云：）婆婆索钱去了，怎生这早晚不见回来？（卜儿同孛老、张驴儿上）（卜儿云：）你爷儿两个且在门首，等我先进去。（张驴儿云：）奶奶，你先进去，就说女婿在门首哩。（卜儿见正旦科）（正旦云：）奶奶回来了，你吃饭么？（卜儿做哭科，云：）孩儿也，你教我怎生说波！

上引曲辞如诗，宾白如话，可谓散韵兼备，这正是元杂剧的语言特色。一方面借曲辞与宾白推动故事情节的发展，同时亦流露剧中角色的人格情性。其中的曲辞，对主角人物性格的塑造，尤其重要。

（一）曲辞的文学功能

曲辞即是配合特定的音乐曲调来演唱的歌词，由剧中主角一人独唱，是全剧的精华所在。曲辞在元杂剧中具有各种文学功能：（一）描述风景环境，提供想象的戏台布景。（二）亦可代替对白，推动剧情的发展。（三）最重要的当然还是，抒发剧中人物的情怀，揭露其内心深处的思想感受，乃至展现人物的人格情性。

如上引关汉卿《窦娥冤》中正旦窦娥演唱的四支曲子，就揭露窦娥孤苦伶仃的身世，包括从小母丧父离的悲苦，尤其是丈夫死后，独守空闺的寂寞感受："催人泪的是锦烂漫花枝横绣闼，断人肠的是剔团圞月色挂妆楼。"乃至"越觉得情怀冗冗，心绪悠悠"，面对生命中无止无休的愁苦，只好归之于自己的八字不好。窦娥对于此生显然已不抱任何指望："莫不是八字儿该载着一世忧，谁似我无尽头！"但图为来生修福的无奈："劝今人早将来世修。我将这婆侍养，我将这服孝守，我言词须应口。"通过这些曲辞，窦娥内心所思所感，无遮地传达出来。她的满腹闲愁，她的孝顺和贞节，甚至她最终的视死如归，都因所唱曲辞中流露的敏锐与纤细的情怀，增添了个人的因素，提供了个人的特色。换言之，对主角窦娥来说，这辈子太苦了，只得寄希望通过自己的孝顺和贞节，为来生修德修福。曲辞中抒发的内心情怀，为窦娥蒙冤之后，所以会视死如归，以身殉节，暗示出比较合乎人情的理由，同时亦不至于令窦娥的形象成为纯粹道德的化身。这样的曲辞，必能唤起观众或读者的同情与了解，进而达到戏剧效果。

再如马致远《汉宫秋》第四折最后，汉元帝获悉昭君已投江而死，深陷于无尽的孤寂与相思中，偏偏这时又在后台发出"雁叫科"环境背景下的唱词：

【尧民歌】呀呀的飞过蓼花汀，孤雁儿不离了凤凰城。画檐间铁马响丁丁，宝殿中御榻冷清清。寒也波更，萧萧落叶声，烛暗长门静。

【随煞】一声儿绕汉宫，一声儿寄渭城。暗添人白发成衰病，直恁的吾家可也劝不省。

孤雁呀呀悲鸣，一声声绕着汉宫，寄情渭城，仿佛是昭君出塞之前对汉王朝的依恋，对汉元帝的不舍，又仿佛是昭君投江之后，对其汉主永远的怀思，对自己悲苦命运的怨叹之音。短短两首曲辞中，不但描述了秋寒季节，落叶萧萧，孤雁悲鸣，御榻冷清的凄凉之景，为剧情营造出引发悲哀伤感的气氛，还揭露汉元帝内心深处的孤寂情怀，以及对昭君无限的怀思，同时亦流露汉元帝虽身为人君，实际上不过是一个"深情公子"的人格情性。

（三） 宾白的文学功能

所谓"宾白"，即剧中人物登场时所说的台词，包括对话（宾）和独白（白），乃是舞台戏剧表演艺术不可或缺的元素，也是备受文学史家重视的一环。按，元杂剧中的宾白与曲辞，大多交互使用，甚至重复表情达意。剧中人物的宾白，有时重复曲辞中表达的意思，有时则增补曲辞之不足。另外，在宾白中，韵文和散文的交互出现，亦是一特色。例如每折开始时，第一个出场的人物，或比较重要的人物第一次出场，首先会独自吟诵几句韵文开端，或介绍自己的人格特质，或描述剧中所处的环境背景，继而以散文体的独白，向观众宣告自己姓名、籍贯、身世遭遇和处境。然后等第二个人物上场，再开始二人之间的"宾"，亦即对话。就如上引《窦娥冤》第一折中，净末扮演的赛卢医首先上场，随即吟诗一首，再向观众自道姓氏身份，以及所处状况。等蔡婆婆上场自述身世之后，来到赛卢医家门口，二人才展开对话。

元杂剧中的对话（宾），乃是元代日常生活用语的宝藏，亦是中国古典文学作品中，最通俗自然，最生动活泼的语言，可谓是最写实的日常生活用语。从上引《窦娥冤》第一折中，赛卢医与蔡婆婆之间的对话，以及张驴儿父子和蔡婆婆三人的对话，均足以证明。

另外，元杂剧中人物吟诵的韵文，多属独白（白）。独白中，除了自述身世遭遇或内心所思所想的散文外，还包括人物角色吟诵的诗词、成语、顺口溜，或对偶句。当然，在戏剧人物宾白中口吐韵文，无疑会减低元杂剧搬演的真实感。因为一般人在日常生活中所说的话，通常不会是韵文。尤其是社会底层的市井小人物，更不可能开口即吟诗诵词。可是，不容忽视的是，元杂剧作家的主要创作目的，并非写实，亦非模仿现实生活，而是通过文学的艺术加工，来表达某种情思意念，以达到戏剧的效果。因此，剧作家可以把并不属于日常生活用语的韵文，放在剧中人物的口中，以便营造气氛，酝酿情绪，并引导观众，随着剧作家的想象，对剧中的人物和情节，予以适当的反映。

❖ | 三、强调典型的人物形象

元杂剧中的人物，往往并非具有个别形象特色的人物，通常多属于某种"典型"的人物。首先，由于传统戏剧作家，创作的主要目的是表达感情和意念，不是要写实，亦无意于模仿现实生活，因此，也就不会去尝试创造高度个性化的人物，仅满足于勾勒出某种典型的人物形象即可。其次，又由于元杂剧中人物角色的分工，亦即分为末、旦、净、丑等类型的传统，剧中人物自然主要强调其类型属性的共同特征，而非其独特的人格特质。因此，大凡正末、正旦扮演的人物，通常是忠孝节义，贤良刚正，知书达礼，温柔敦厚者，而净丑角色扮演的人物，则往往是奸险狡狯或滑稽突梯者。这样就难免造成剧中人物的典型化或类型化，乃至比较欠缺现实人生中个别人物复杂多面性格的特色，亦不重视个别人物内心的矛盾冲突。

当然，不容忽略的是，中国戏曲中的人物，主要是剧作家用来表现人生中某些普遍的经验感受，或某些道德品质或人性素质的媒介。换言之，元杂剧中的人物，通常是某种人生经验或某种人格品质的化身，乃至其展现的，往往是概念性的人物，而非个人独特的肖像。不过，由于元杂剧的主角一概是曲辞的主唱者，有机会通过曲辞的委婉示意，揭示其内心深处的某些复杂的情绪和幽微的感受，因此，展示在观众或读者面前的，即使是某种典型人物，也可以是具有真实感与可信度的典型人物。

比方说关汉卿《窦娥冤》中的窦娥，就全剧观之，显然是一个典型的既贞洁又孝顺的模范女子，一心一意孝顺婆婆，忠于死去的丈夫。在剧情的发展中，无论经历怎样的残酷考验，甚至面临死亡，亦绝不妥协，毫不动摇，俨然是道德的化身。此外，在剧情中，从头到尾，窦娥的内心没有矛盾冲突，也没有挣扎迟疑，她的人格特质始终是一致的孝顺贞节，似乎没有发展，也没有变化。可是，通过作者为窦娥安排的，一系列曲辞的唱出，则委婉的揭示她内心深处，因独守空闺的无限幽怨，因含冤代罪的无尽怨恨，以及生不犹死，不妨为来生修德的悲怆。这些都是我们一般普通人，在相类似的境况之下，可能产生的情怀意绪，乃至很容易引起观众或读者大众的同情与了解。因此，窦娥虽然是一个堪称模范的典型人物，不过，通过其抒情意味浓厚的唱词，窦娥也是一个十分动人的，具有某种人格特质的典型人物。

✜ | 四、悲喜相杂的生命情调

中国戏曲作家在创作态度上，与西方剧作家最大的不同，就是不会从人生的"悲剧"或"喜剧"的概念来创作，不会以绝对的悲或喜，来浓缩整体的人生。中国戏曲作家实际上和通俗白话小说的作者一样，往往将人生中的快乐与悲哀，严肃与轻松，崇高与庸俗，肃穆与热闹，概括地混合起来，乃至在作品中构成悲喜相杂，苦乐交错的生命情调。当然，这并不表示中国文学中没有令人"悲"的戏。其实展现个人生命中经历的"苦楚"

与"冤曲"，则始终是构成中国"悲"剧的主要成分，不过却有相当的节制，没有一悲到底的作品。即使《窦娥冤》与《赵氏孤儿》，均属元杂剧中有名的"悲"剧，都是以"悲"为剧情的基调。但是，综观《窦娥冤》与《赵氏孤儿》，几乎每一折戏中，或多或少都会夹杂着一些悲喜哀乐等不同色调的情感，遂促使原本对立的悲喜情感，可以互相调剂，彼此中和。例如，窦娥面对多灾多难命运的无限悲伤哀愁中，赛卢医、张驴儿、楚州太守桃杌，几个净角丑角出场时，不时插科打诨，展现一些令人发笑的言行[①]，乃至冲淡了剧情故事中悲哀的浓度，遂令观众或读者的情绪，经过"喜"剧元素的调剂，而不至于压抑得透不过气来。

元杂剧中对悲哀情感的节制，同时也表现在剧情故事的因果报应，或"大团圆"的结局安排上，这自然与中国戏曲原本兼具娱乐和教育的社会功能，不无关系。按，中国戏曲和中国白话小说一样，是以消闲娱乐为目的，是市井中瓦舍勾栏消费文化的一部分，属于城市乡镇居民休闲娱乐的商业消费品，因此必须有赖观众的喜好与捧场，方得生存。

由于戏曲在瓦舍勾栏的演出，首先是为观众提供通俗娱乐，其次则是通俗教育。所谓通俗教育，当然包括社会上普遍期望的善有善报恶有恶报的因果报应观念。因此，圆满的结局和社会正义的伸张，是戏曲表演不可或缺的成分。再加上，现存元杂剧剧本，多属承应宫廷的戏曲演出，换言之，为官方飨宴或节庆的场合搬演，倘若剧中人物有太过悲惨的结局，并不恰当，亦不会受欢迎。因此，杂剧剧情必然有所节制。这也造成元杂剧中普遍的悲喜交加的生命情调。

---

① 有关元杂剧中"插科打诨"的深入探讨，详见郭伟廷：《元杂剧的插科打诨艺术》，中国社会科学出版社2002年版。

综观现存元杂剧的剧情，"大团圆"的结局几乎已经公式化。尤其是爱情剧，男女主角无论经历多少磨难与沧桑，最后的结局，大多是金榜题名、洞房花烛、男女团圆、皆大欢喜的"俗套"。就如马致远的《青衫泪》，前半部分描写歌妓流落他乡，儒生沦落天涯，十分凄哀动人，而结尾时，则主角白居易官复原职，且与裴兴奴"奉旨"团圆。全剧的情调乃是悲喜相杂，哀乐交汇的。另外如王实甫的《西厢记》，将元稹《莺莺传》中张生始乱终弃莺莺的憾恨结局，改成大团圆，遂令男女主角离情相思的哀怨，获得消解，观众与读者的情绪，得以从同情共感悲哀中转为喜悦。即使是主题比较严肃的"悲"剧，亦通常在大悲之后，往往会出现一些小喜，足以抚慰观众因同情而受伤的心灵，同时宣示社会正义伸张的力量。例如，不幸的窦娥冤屈死后，其鬼魂得以平反申冤；又如家破人亡的赵氏孤儿，在满朝忠义之士为了救赵，慷慨赴义，壮烈牺牲之后，得以大报仇，奸佞终于受惩治。这些都是作者用令人感到安慰的结局，来伸张社会正义，同时冲淡了因为死亡或灾难造成的过度悲哀。

元杂剧中这种悲喜相杂的生命情调，一直是中国戏曲的常调，以后的明清传奇，亦如是。其实，戏曲中反映的悲喜相杂的生命情调，无疑才是真正的人生。

✚ ｜ 五、抒情写意的创作意图

中国戏曲在很大程度上，是剧作家抒情写意之作。换言之，不像西方戏剧那样，刻意讲求人物的写实或生活的模仿。中国剧作家重视的是，某种思想意念的表达，感情的抒发，主要是通过虚拟的人物和情况，来呈现人生中某些共同的经验感受。这是中国戏曲为何始终坦白承认，其表演的，不是人物肖像的忠实刻画，也不是现实生活的真实模仿，不过只是一场"弄"出来的"戏"而已。

因此，值得注意的是，元杂剧中人物的道白和唱词，不一定表现剧中人物真实的对话和思想，往往是剧作家用来表达某种情意或概念的媒介。换言之，这些道白或唱词，大多数情况下是属于作者本人的，不属于戏中人物的。就看元杂剧中人物首次出场时，都会先向观众吟诵一首"入场诗"，其中或点出其身份职业，或影射人格情性、人生态度。然后再详细作一番自我介绍，交代姓名、籍贯、履历、怀抱、作为。这些由演员自报身世之辞，其实都属于作者向观众交代的开场白，由此可以让观众知道，这是一个为非作歹的家伙，或是一个忠正善良之士。

就如前引《窦娥冤》第一折，赛卢医首次出场时，吟诗云："行医有斟酌，下药依本草。死的医不活，活的医死了。"这当然不是赛卢医的自我调侃，或自我作践，而是作者对赛卢医这类人物的讽刺。继而赛卢医开始自我介绍："自家姓卢，人道我一手好医，都叫赛卢医，在这山阴县南门开着生药局。……"此后，赛卢医因无钱偿还蔡婆婆的银子，打算在途中勒杀蔡婆婆，自言自语："来到此处，东也无人，西也无人，这里不下手，等什么？我随身带的有绳子。……"

再如《汉宫秋》楔子，毛延寿出场时，先口吟一首宛如顺口溜的上场诗，把自己臭骂一顿："为人雕心鹰爪，做事欺大压小。全凭谄佞奸贪，一生受用不了。"继而详细自我介绍："某非别人，毛延寿的便是。见（现）在汉朝驾下，为中大夫之职。因我百般巧诈，一味谄谀，哄的皇帝老头儿十分欢喜。言听计从，朝里朝外，哪一个不敬我，哪一个不怕我。……"按，首先，人物在现实生活中开口说话，不会是韵文；其次，与人第一次见面，自我介绍时，不会把自己的历史一一说出；再者，更不会把内心深处最隐秘的阴谋，都大声嚷嚷出来。

元杂剧中人物的唱词、吟诵的韵文，还有自我介绍的独白，无疑会减低戏曲故事的真实感。不过，元杂剧作家的主要创作目的，不是人物写实，也不是模仿现实生活，而是通过抒情写意的艺术加工，唤起观众或读者的想象，传达某种情意概念，引起共鸣。

✚ | 六、相因相袭的故事题材

综观现存元杂剧，不但音乐取自现成的曲调，其故事题材也大都取自现成的资料，其中包括历史记载，传闻故事，或前人写的文学作品。无论是神仙道化的度脱剧，才子佳人的爱情剧，平反冤狱的公案剧，行侠仗义的绿林剧，几乎都有所本，都不是原创。的确，元杂剧作者的创作，或因袭早已流传的故事，或改编前人的作品，绝少有特别凭空创作者。就如马致远、李时中、花李郎、红字李二诸人合写的《黄粱梦》，即本于唐代沈既济的传奇小说《枕中记》。郑光祖的《倩女离魂》，取材自唐代陈玄佑的传奇小说《离魂记》。王实甫的《西厢记》，则是从元稹《莺莺传》以及董解元《西厢记诸宫调》演变而来。白朴的《梧桐雨》，显然根据白居易《长恨歌》与陈鸿《长恨歌传》，以及一些有关唐明皇与杨贵妃的传闻笔记而写成。康进之的《李逵负荆》，则源自民间早已流传的有关梁山好汉的通俗故事。纪君祥的《赵氏孤儿》，则取材自历史资料如《史记·赵世家》等。马致远《汉宫秋》中王昭君和番的遭遇，在《汉书·匈奴传》

以及魏晋笔记小说中，早已有记载。而关汉卿《窦娥冤》中窦娥的遭遇，显然有《搜神记》中《东海孝妇》的影子。像元杂剧这样在故事题材上因袭或改编前人作品的传统，一直成为中国戏曲的通例，以后的明清传奇，甚至当今搬演的京剧或其他地方戏，包括流行于福建与台湾地区的歌仔戏，亦莫不如此。

　　不容忽略的是，元杂剧的表演艺术或文学意味的基础特征，并不在于剧情故事的创新与否，而是借大凡观众或读者所熟习的故事，通过各种人物角色的唱词与宾白，抒发作者的思想感情，流露作者在人生中体会的各种情味意境。换言之，元杂剧作家极力表现的，并非写实的现实人生，而是如何通过优美的曲辞，动人的音律，活泼的宾白，来表现不同色调的感情，不同境界的人生。因此，即使故事的题材相因相袭，元杂剧作家在文字语言的创新中，感情层面和情味意境的探索里，以及基本人性的体会与了解上，不但为中国戏曲，甚至为中国文学，开拓了一个崭新的领域。以后的明清传奇，虽然在体制上有所变新，不过在表现的文学特色方面，仍然是元杂剧的后续，仍然是中国戏曲传统的遵循者，故而以下诸章遂从元杂剧之后续角度，论述明清传奇之茁长演变。

第七章

明清传奇的茁长演变

❖

第一节

绪　说

✦　❘　一、杂剧的边缘化

　　杂剧在元末北曲衰落，南曲流行之后，实际上并未销声匿迹。一直到明清时代，仍然有人创作并继续搬演"杂剧"。诸如现存明人杨讷［活跃于永乐年间（1403—1424）］《西游记》、贾仲明（1343？—1422？）《菩萨蛮》、朱权《卓文君私奔相如》、朱有燉《关云长义勇辞金》、康海［弘治十五年（1502）状元］《中山狼》、徐渭《四声猿》等，均是有名的例子①。甚至清代剧作家在创作传奇剧之余，偶然亦继续撰写杂剧，诸如吴伟业（1609—1671）《临春阁》、尤侗（1618—1704）《清平调》、嵇永仁（1627—1676）《骂阎罗》等。不过，明清杂剧的体制与元杂剧已有所不同。按，元杂剧用北曲，不用南曲；一般是一本四套曲，且由主角一人主唱。但有些明初杂剧作家因受南戏的影响，开始有所变革。例如贾仲明的《吕洞宾桃柳升仙梦》，全剧正末和正旦同唱，而且正末唱北曲，正旦唱南曲，遂构成南北合套的体制。此外，朱有燉的杂剧则开启了合唱、对唱、轮唱，以及旦唱南曲、末唱北曲的新唱法，并且多已打破一本四折的限制。爰及明朝中叶，杂剧一本四折的传统体制已无力约束作者，乃至折数可以多至十折以上，也可少到只有一折者。例如徐渭的《四声猿》四剧，其中《狂鼓史渔阳三弄》仅有一折，《玉禅师翠乡一梦》与《雌木兰替父从军》均有二折，《女状元辞凰得凤》则有五折。

值得注意的是，自明朝中叶以后，在南戏基础上兴起的传奇剧，就在杂剧失去其主导地位，且逐渐"边缘化"的情况下，开始取代杂剧的地位，成为剧坛的主流。传奇剧的出现与发展演变，不但为中国戏曲开创了另一新局面，并且成为遍布大江南北的主要戏曲样式。

✦ ｜ 二、"传奇"之定名

按，"传奇"的名称，在中国文学史上，使用颇为宽松，往往因时代

---

① 有关元代以后诸如明代杂剧的论述，详见曾永义：《明杂剧概论》，（台北）学海出版社 1979 年版。

的不同，以及论者观点的不确定，乃至所指涉的文学类型亦各有异。犹如前面章节论及文言小说所述，"传奇"最初乃是因唐人裴铏的小说集《传奇》而得名，以后论者遂开始指唐代的文言小说为"传奇"。不过，即使在宋元二代，尚有用"传奇"来指称戏曲者。如南宋吴自牧《梦粱录》卷二十"妓乐"条，即以流行的"诸宫调"为"传奇"：

> 说唱诸宫调，昔汴京有孔三传编成传奇灵怪，入曲说唱。

元人则有以杂剧为"传奇"者，如钟嗣成《录鬼簿》所著录者大多为元代杂剧作家，惟簿中则称其所著为"传奇"：

> 前辈已死名公才人，有所编传奇行于世者。

继而元末杨维桢的《宫词》诗，亦以"传奇"称呼当时搬演的杂剧：

> 尸谏灵公演传奇，一朝传到九重知。奉宣赍于中书省，诸路
> 都教唱此词。

上引诸说，均是将戏曲称作"传奇"的例子，或许大致点出，剧中所敷演的故事剧情颇为奇特，具有传其奇的价值。爰及明代，"传奇"一度曾经成为南戏的专称。直到清乾隆年间，方开始把戏曲分为"杂剧"与"传奇"两类：大凡以北曲为主调，折数分段落这一度流行元代的戏曲称为杂剧，另外明清时期不限折数的长篇戏曲，且各角色皆可唱词者，则名之为传奇。由此"传奇"才算定名。不过，为了与唐人所写文言传奇小说有所区别，当今学界，通常以"明清传奇"概称之，表示专指在宋元南戏基础上发展起来，并流行于明清时期的长篇戏曲。

✤

第二节

明清传奇的雏形

✤ | 一、由南戏到传奇

南戏是宋元明初之际流行于浙东沿海地区的一种戏曲形式。南戏与杂剧之间,实际上并无先后继承的关系,而是几乎同时各自在南方和北方文化土壤孕育下分别形成。由于南戏起初主要流行于浙江温州(旧名永嘉)一带,故而又有"温州杂剧""永嘉杂剧"之称。南戏使用的主要是南方的语言腔调和音乐曲子,加上民间歌舞技艺所组成的表演艺术。基于地域文化的影响,遂与产生于北方并流行于北方的杂剧,在风格特色上有明显的不同。后人为了有别于北杂剧,故简称之为"南戏",并称其作品为"戏文"。

早期的南戏不过是流行于东南沿海地区的民间村坊小戏,形式上比较粗糙,不如北杂剧的严谨,语言上亦多俚俗,乃至有相当长的时间,鲜少受到一般文人士子的重视,剧本当然亦多亡佚。不过,这些南戏却以其在剧本创作与搬演方式不断尝试改良上的优势,成为以后明清传奇的前身。自元末到明初,随着社会文化生活中心的南移,北杂剧日益衰落,南戏则迅速滋长,加上南戏作者每每吸收北杂剧的长处,增强南戏本身的表现能力,丰富其演出的内容,乃至体制逐渐完备,遂从原先的"粗糙俚俗"向"成熟精美"发展,成为雅俗共赏的戏曲形式。进而一些有才华的文人,开始为南戏撰写剧本,遂产生了文学史上一些名篇。诸如《荆钗记》《白兔记》《拜月亭记》《杀狗记》《琵琶记》等,即是介于南戏与传奇之间的作品,显示南戏正向传奇转型的过渡现象。这或许是，何以当今文学史中，有的名这些作品为"传奇"，有的则称之为"南戏"。本书此处姑且视为明清传奇的"雏形"。

❖ | 二、元末四大南戏

由于南戏的演出主要在江南地区民间流行，剧作家又多属社会地位低下的民间艺人或书会才人，亦即欠缺功名的无名氏，乃至完整保留下来的作品甚少。目前所知最早著录南戏剧目者，当属明代永乐年间编成的类书《永乐大典》，而最早对南戏作品表示观点见解之著，则是明人徐渭的《南词叙录》。经过当今戏曲学界的研究成果，已知宋元南戏的剧目共有两百多种，可惜其剧本保存下来的不到十分之一。此外，在现存南戏剧目中，可以确定为宋人作品者，大概只有六种，其中完整剧本仅存者，即是南宋时期温州某书会才人之作《张协状元》，这是现存最早的南戏剧本。不过，值得注意的是，就《张协状元》剧情本身，以及其他现存南戏剧目所示，可知南戏作品大多以男女爱情婚姻和家庭生活为题材内容的重点，而且往往以男主角为负心汉，必须经过一番折腾或教训之后，男女双方才终于团圆，遂形成剧中人物与观众读者皆大欢喜的结局。现存元末"四大南戏"，或亦称明初"四大传奇"：《荆钗记》《白兔记》《拜月亭记》《杀狗记》，即是由南戏到传奇转型期的代表作品。以下试各览其大概：

(一) 《荆钗记》概览

有关《荆钗记》的作者，说法不一。或称"温泉子编集，梦仙子校正"，或题为"柯丹丘"作，今人遂多取后说。虽然王国维《曲录》尝考订"柯丹丘"可能即是明太祖第十七子朱权，但当今学界一般尚存疑。就《荆钗记》剧本故事情节视之，主要是写宋代书生王十朋事。剧情大要是：王十朋家世清贫，以荆钗为聘，娶贫女钱玉莲为妻。半年后，入京应试，得中状元，任为饶州佥判。可是命运作弄人，不断有恶人来作弄，包括当朝高官对王十朋的逼迫，以及地方豪富恶霸对钱玉莲的欺压，因此王十朋与钱玉莲必须经历几番戏剧性的折腾，以及一系列的考验，方能证明，这对夫妻的确可以"贫相守，富相连，心不变"，坚守荆钗之聘，最后终于获得团圆的结局。其实，王十朋（1112—1171）乃是历史上的真实人物，字龟龄，号梅溪，温州乐清县人，官至太子詹事，龙图阁学士，南宋初年中状元时，已四十七岁。《荆钗记》显然并非根据史实，而是根据民间传说或虚构的故事。就作者"虚构"剧情的设计，已经足以证明南戏的文学虚构性。即使其故事来源有所根据，不过，就作者处理戏曲人物角色和故事发展的角度，已属"文学创作"。

值得注意的是，在《荆钗记》之前，大凡有关爱情婚姻的戏曲，同时强调男女双方均始终坚贞不渝，信守前诺者，实并不多见。当然，《荆钗记》剧情中强调的，毕竟主要还是夫妻之间"情义"的承诺，而非男女之间"情爱"的发挥，乃至并未脱离中国戏曲传统中"寓教于乐"的基本特色，亦未超越中国文学对儒家伦理道德的依附。此外，全剧共有四十八出，远超过北杂剧的四折加一楔子的结构，其中演员角色亦多样，共享生、末、净、外、丑、旦、小外、老旦、贴等九类角色，加上其中宫调用曲的扩大，遂展现南戏在故事情节表现方面，比杂剧更为曲折，人物角色更多样化，唱词方面可以随声情而有所创新的现象，为以后明清传奇的发展演变播下孕育滋长的种子。

（三）　《白兔记》概览

《白兔记》作者不可考。惟根据徐渭《南词叙录》的著录，题为《刘知远白兔记》，列入"宋元旧编"。全剧共三十一出，共享生、小生、丑、外、老旦、净、旦、末、小旦等九类角色，所用宫调亦有九种之多，可见其声情的多样。就剧情而言，主要是写刘知远未发迹之前，和原为富家出身的民女李三娘之间的悲欢离合故事。其实，剧中故事来历颇早，宋元话本《五代史平话》中《汉史平话》，以及金代《刘知远诸宫调》与元杂剧中刘唐卿《李三娘麻地捧印》，已有此剧之情节大要，可说是一个久已流传民间的故事传说。值得注意的是，刘知远乃是五代时期后汉的开国君主，可是《白兔记》剧情并未取自正史，而是以民间流传故事为题材，并且站在世俗民间的观点立场，处理剧中人物事件的发生。就如剧情中的刘知远，在邠州与岳绣英结婚十六年后，直到刘承佑因出猎与自己生母巧遇，才将李三娘接到邠州同享荣华。乃至剧中最突出且最动人的角色，不是未来后汉的开国君主刘知远，而是受尽委屈与折磨，却始终不向命运低头的苦命女子李三娘。换言之，剧作家真正推崇关怀的主角，是一个不望夫荣妻贵，只盼"偕老百年，和你厮守相连"，忍辱负重且坚贞不屈的民间女子。剧中流露出作者对传统模范女性的期望，以及对一个弱女子在世俗人间，为人处世德行修养的推崇。作品中对传统中国女性温柔敦厚品德的"歌颂"，不容置疑，不过，必须由一个身为社会阶层居弱势的女子，方能展现在人际关系中道德品行的崇高，正巧可以反映，作者在认知方面的无奈与时代观念的局限。1967 年在上海嘉定县宣姓墓中，发现的成化本《新编刘知远还乡白兔记》，是为现存的最早刊本，全剧不分"出"，曲辞朴素，文人润色痕迹较少，可能属早期南戏搬演的脚本。

（三） 《拜月亭记》概览

《拜月亭记》又名《幽闺记》，相传为元人施惠所著。按，施惠字君美，杭州人，大约于 1354 年左右在世，以坐贾为业。全剧四十出，共享九类角色，十种宫调。故事情节大体是根据关汉卿的《闺怨佳人拜月亭》杂剧而发挥，甚至辞曲上也偶有共通之处。剧情乃是以蒙古侵金之际，金国丞相陀满海牙因主战而遭到灭门之祸为背景。陀满海牙之子陀满兴福，于逃亡中与书生蒋世隆结为异姓兄弟，时兵部尚书王镇之女王瑞兰，刚好与母亲在逃难中失散，并巧遇蒋世隆，遂在患难中且两情相悦之下"结为夫妻"。也就是在这曾经风雨同舟、患难与共的关系中，王瑞兰誓死相托。之后王瑞兰又巧遇其父并携归，从此与蒋断绝音讯。偏偏碰巧王母之前在兵乱中曾收一义女，名瑞莲，竟然是陀满兴福之妹！瑞莲与瑞兰相见后，彼此以姊妹情相投合。某夜，王瑞兰在花园拜月祷告，诉说自己对蒋世隆千思万缕的无尽相思，瑞莲窃听后，盘问之下，方知瑞兰所思者乃是自己的亲兄！总之，剧中男女主角经过多番折腾，最后的结局是，朝廷开科，蒋世隆和陀满兴福二人，分别考取文武状元，王镇则奉旨为二女招婿，终于夫妻、兄妹大团圆。这样的故事剧情，对富有同情心的观众与读者，当然亦皆大欢喜。尽管历来各家对《拜月亭记》的评价不一，或誉之为南戏之最，或鄙其辞语之俗。不过，根据张敬师清徽女士于《明清传奇发展的特质》一文中的观察："本剧度曲不以骈俪为工，朴真丽古，动合本色，科白状市井之辞，妙能各如其分，这是它的长处，还有用两三人合唱，打破南戏向来每人各唱一支的旧习（琵琶亦有两人合唱处），可说是戏曲史上一大改进。"

尽管《拜月亭记》在题材内涵上与《白兔记》类似，均着重男女爱情关系中的"忠贞不渝"，不过，二剧在剧情中强调的，甚至歌颂的，主要还是身居弱势的女性之"忠贞不渝"。这是否蕴含着作者对于女性，无论富家民女或官宦之女，均须恪守"从一而终"道德传统的要求，甚至剧情中是否已流露"性别意识"的萌芽，则尚待作进一步的考察。

（四） 《杀狗记》概览

据徐渭《南词叙录》，《杀狗记》归于"宋元旧编"。就其剧情，显然是根据萧德祥的元杂剧《杨氏女杀狗劝夫》改编而成，具有浓厚的民间世俗色彩。全剧三十六出，共享八个角色，八个宫调。主要写东京富家子弟孙华，如何结交两个市井无赖柳龙卿与胡子传，虐待其弟孙荣，并将其驱逐出门，孙华之妻杨月贞屡劝不听，于是买来一条狗，杀死后穿上人衣，置于门口，冒充人尸。经过一番折腾与公案的判决，死狗真相大白，孙华醒悟，遂接孙荣回家，兄弟终于重归于好。全剧不但慨叹兄弟手足之情的沦失，更重要的是，推崇女主角杨月贞之"贤"。不过，值得注意的是，杨月贞之"贤"，并非儒家传统概念中女性须遵守的"三从四德"或"忠贞不渝"，而是以女主角在困境中展现的"聪慧精明"为笔墨重点。尤其是，面对愚昧刻薄的丈夫，杨月贞无法采用"动之以情，晓之以理"的说教方式，只得用心策划一个唯有市井中人方想得出的"杀狗移尸"手法，遂令其夫孙华与两个无赖俯首认罪。尽管剧中多次出现"妻贤夫祸少""事兄如事父"之类的宣言，作者对市井人物中女子之"贤"的称颂，以及对一般男子在"利欲"熏心之下的愚蠢，展现相当程度的认识与颇为宽厚的谅解。《杀狗记》最令人瞩目的，乃是其中曲辞宾白的俚俗本色，后虽经文人如冯梦龙等的润色订定，仍然保留浓厚的民间色彩。一般传统戏曲评家，大多轻视此剧，或认为词句俚俗，不堪入目，或以辞调不明，不成规范。甚至现代曲学大家吴梅瞿庵先生于其《顾曲麈谈》，亦谓此剧："乃鄙陋庸劣，直无一语足取。"其实，《杀狗记》所演乃是反映市井社会的人物故事，其状摹声口的曲辞与宾白，自然无须文雅典俪，而且其佳处，正在白不在曲，在俚俗不在典雅，至于辞曲的格律，则在自由而不在严谨。何况这毕竟是一部流传民间的舞台剧，并非为宫廷搬演或为士林所写的案头文学。

以上四部元末南戏的代表作，前三剧《荆钗记》《白兔记》《拜月亭记》，其中女主角或属富家女或属官宦人家之女，故事情节皆有关乱世男女或夫妻离合的爱情婚姻家庭剧，对于曾亲身经历元末明初时代变迁的观众或读者而言，既可引发对"上层社会"人物身世遭遇的同情共感，亦足以为"下层社会"观众提供道德教训，而且不失消闲娱乐。只有其中的《杀狗记》，虽与夫妻家庭生活相关，却因女主角乃市井中人物，剧情涉及的市井生活与公案判断，乃至可谓属于现存元末一般南戏的"异类"。或许可以视为南戏真正维持其"民间通俗本色"的标志。不过，这些南戏剧本在故事情节的处理上，有一项不容忽略的共同特点：既展现作者对传统伦理道德的俯首，又隐约流露仿佛意欲突破伦理道德，超越传统束缚的意识。著名的《琵琶记》，正可作为传统戏曲作家在这方面表现的例证。

❖ | 三、高明《琵琶记》——传奇之祖

现存元末四大南戏，虽属经过明人改定的本子，但主要流传于民间，原作者亦多出身民间，故而无论故事剧情的处理或曲辞宾白的表现，往往以通俗本色见长。可是，爰及《琵琶记》，其作者高明（1305？—1370？），乃是具有才华且经历仕宦的知名文人，创作之际，难免展现出一定程度的文人气。《琵琶记》本身的"文人化"，在中国戏曲史上即具有划时代的意义，不但是南戏发展的一个转折点，而且对此后明清文人创作的传奇戏曲之影响，亦既深且远，故后人尝称《琵琶记》为"传奇之祖"。

高明字则诚，又字晦叔，自号菜根道人，又号柔克。浙江瑞安（原属温州）人。出身书香门庭，颇怀经世济时的抱负，至正五年（1345）登进士第。但在宦海浮沉中，因看不惯政坛的黑暗，遂于至正二十一年（1361）左右，辞官归隐。晚年或以诗文会友，并以词曲自娱，且专心写作《琵琶记》。

《琵琶记》主要是写书生蔡伯喈与赵五娘夫妻之间的离合悲欢。其故事取材，乃是根据早在南宋时期已流传温州一带的《赵贞女蔡二郎》南戏戏文而改编。不过，南戏温州剧中的男主角蔡伯喈，原本是一个"弃亲背妇"、不孝无义的负心汉，中举之后，滞留于京，贪恋富贵，丢下爹娘冻饿而死，甚至不认糟糠妻，居然以马将赵五娘踹死，最后蔡伯喈当然遭到报应，被暴雷轰毙。不过，高明的《琵琶记》显然有为蔡伯喈传说故事"翻案"或"平反"之意，遂大事改变了剧情。在其精心布局构画之下，将蔡伯喈改换为一个令人称羡的"全忠全孝"模范人物，并在剧情发展上，以

"大团圆"的方式作结。根据《琵琶记》剧情故事大要：蔡伯喈婚后，安于清贫，力行孝道，不出去应考，可是逼于父命，才离家赴京应试，留下新婚妻子赵五娘在家侍奉双亲。孰知蔡伯喈一举及第，且高中状元，宰相牛僧孺（晚唐牛李党争之牛派首领）遂招为女婿。蔡伯喈原想辞婚，但牛僧孺不许；也曾想辞官回家，以摆脱这桩婚事，朝廷又不准……总之，蔡伯喈的"弃亲背妇"，另娶宰相牛僧孺之女，享受荣华富贵，乃至滞京不归，一切都并非出于本意，一切都是在逼不得已的情况下发生的。惟剧情分两头交代：自蔡伯喈离家后，家乡发生严重灾荒，尽管赵五娘一家偶尔获得邻居张太公（即鼓励蔡伯喈进京赶考的张广才）的周济，可是灾荒严重，五娘自己只得典衣吃糠，竭尽全力侍养公婆。不幸的是，公婆仍然在饥饿中相继去世。五娘遂卖发买棺，于埋葬公婆后，孤独一身怀抱琵琶，沿途卖唱行乞，上京寻夫。几经周折，总算与夫婿相遇。还好蔡伯喈不忘旧情，又在贤惠的二妻牛氏的谅解与帮助下，不但与前妻五娘相认，且弃官退职，回乡守孝三年，弥补其当初背亲的过失。剧情最后终于获得一个令观众与读者均称羡的美满结局："一夫二妇，旌表门闾。"

　　按剧情故事的发展，高明《琵琶记》提倡"忠孝节义"的创作意图，昭然若揭。就从《琵琶记》剧本"题目"所云："极富极贵牛丞相，施仁施义张广才，有贞有烈赵贞女，全忠全孝蔡伯喈。"以及全剧下场诗："自居墓室已三年，今日丹书下九天要识名高并爵贵，须知子孝与妻贤。"亦清楚显示，全剧宣扬传统忠孝节义观念的宗旨。然而，不容忽略的是，作者的创作意图与作品本身的表现，有时却并不一定能够完全契合无间。作者内心深处"真正"的观点或理念感受，往往会不经意地从作品中流露出来。仔细抚读《琵琶记》的故事情节，其中蕴含的，对于命运弄人的屈服，对于一个毫无自主权的书生，在"三逼"（父逼、皇帝逼、丞相逼）之下的俯首，以及一个弱质女子，在传统伦理道德诸如"忠孝节义"的大帽子覆盖之下，个人（包括甘愿居下位以二妻面世的贤惠牛氏）如何无法掌握自己的命运，只能身不由己地扮演传统赋予的社会角色，不能逾越分寸的无奈与委屈……作者的同情与怜悯不时泄露出来。这应该是《琵琶记》在中国戏曲文学史上，令人瞩目的一环。

此外，作者亦尽量让人物角色在逆境中吐露其内心深处的真切感受。试看《琵琶记》第二十一出，亦即备受古今论者称道的"糟糠自厌"一出中，赵五娘以贤媳身份矢言"再苦也不冷落公婆"后的唱词：

> 【山坡羊】乱荒荒不丰稔的年岁，远迢迢不回来的夫婿，急煎煎不耐烦的二亲，软怯怯不济事的孤身体。苦！衣尽典，寸丝不挂体。几番拼死了奴身己，争奈没主公婆，教谁看取。（合）思之，虚飘飘命怎期？难挨，实丕丕灾共危。

> 【前腔】滴溜溜难穷尽的珠泪，乱纷纷难宽解的愁绪，骨崖崖难扶持的病体，战兢兢难挨过的时和岁。这糠，我待不吃，你啊，教奴怎生吃？思量起来，不如奴先死，图得不知他亲死时。

两段唱词，通过明白如话的语言，把一个以侍奉公婆为职责的单纯妇女，对于夫婿久滞不归，任由自己面对饥荒生活，且必须为公婆而自我牺牲的无奈与委屈，表露出来，遂减轻了赵五娘身为孝顺媳妇的"平扁印象"。当然，不容忽视的是，作者还进一步让赵五娘吐露其内心深处，对于夫婿滞留京城，可能正在享受荣华富贵，却令身为糟糠妻备受磨难的疑虑与埋怨情怀。再看赵五娘吃糠之际，表演呕吐状之后的两首唱词：

> 【孝顺歌】呕得我肝肠痛，珠泪垂，喉咙尚兀自牢嗄住。糠

那！你遭砻被舂杵，筛你簸扬你，吃尽控持。好似奴家身狼狈，千辛万苦皆经历。苦人吃着苦味，两苦相逢，可知道欲吞不去。

（外、净上，探觑介）

【前腔】（旦唱）糠和米本是相倚依，被簸扬作两处飞。一贱与一贵，好似奴家与夫婿，终无见期。丈夫，你便是米啊，米在他方没寻处。奴家恰便是糠啊，怎的把糠来救得人饥馁？好似儿夫出去，怎的教奴供膳得公婆甘旨？

上举两曲唱词，表面上吐露的是赵五娘面对饥荒岁月处境之艰困，并展现其为了孝顺公婆只得自己吃糠的苦心，足以引发观众和读者的敬佩与同情。但若仔细体味，其辞中却也隐约流露，五娘内心深处萦绕不去的，对自己在家吃苦，夫君久滞不归，可能在京城过好日子的"疑虑"与"埋怨"。这样蕴含深厚的唱词，乍看或许会减低赵五娘身为"模范妇女"的光辉，却令赵五娘的人格形象更具真实感，同时流露作者对于人生境遇"不公平"的不满与无奈，对于人性的多面有充分的认识与了解。尽管古今不少论者，针对高明《琵琶记》宣扬忠孝的创作意图，或剧情的主题思想，发挥不同见解，或表示对高明臣服于道德传统的不满，或则对《琵琶记》的剧情与人物性格显得矛盾不统一的缺点提出批评；可是，不容忽略的是，作者在此剧故事情节的安排中，尤其是赵五娘人物性格的塑造里，虽单纯却亦不乏复杂的优异表现。

另外亦须特别点出的是，首先，《琵琶记》在文辞方面已展露"文人化"的痕迹。就文辞而言，《琵琶记》显然比其他南戏作品更为成熟，既有接近口语之处，亦不乏清丽精致之辞，而且往往切合人物的身份教养和戏剧情况。无论唱词或宾白，均展现作者的一番锤炼功夫。徐渭于《南词叙录》即尝云："用清丽之辞，一洗作者之陋。于是村坊小伎，进与古法部相参，卓乎不可及已。"点出《琵琶记》在文辞方面的成就，改善了南戏往往"语多鄙下"的缺点，同时亦开启了"琢句修辞之端"，成为南戏终于发展演变为文人传奇的开端。其次，作者在剧情结构方面的匠心经营，与一般起承转合的单线结构，已有所不同。按，《琵琶记》的剧情故事实际上分为两条主要线索交错发展，亦即"话分两头说"，乃至形成相互对比的戏剧结构。一条以蔡伯喈为线索，另一条则以赵五娘为线索，形成苦乐相间、贫富对比的情节结构。一方蔡伯喈在京城中了状元，杏园春宴，何等喜气洋洋，另一方赵五娘则在乡居空闺中，临妆感叹，独自低声啜泣；一方蔡伯喈与牛小姐洞房花烛夜，一方赵五娘在饥荒中为赈粮被劫要跳井；一方在中秋佳节饮酒赏月，一方在麻裙包土……这样双线交错的情节结构安排，无疑增强了戏剧的张力，同时亦加深了打动人心的戏剧效果。再次，全剧用了二百三十支曲牌，在曲调风格上，保持了南戏的韵味；在声腔的组合上，则有独唱、分唱、轮唱、合唱与后台帮腔等变化，遂令《琵琶记》成为各路声腔传唱不衰的剧目。

《琵琶记》为南戏发展演变至传奇剧过程中的承先启后之功，实不容忽略。明人王世贞《曲藻》对《琵琶记》尝赞云："所以冠绝诸剧者，不唯其琢句之工，使事之美而已。其体贴人情，委曲必尽；描写物态，仿佛如生；问答之际，了不见扭造，所以佳耳。"

第八章

明传奇的兴隆与发展

　　根据今人傅惜华《明代传奇全目》的统计，即可见明传奇之兴隆状况。姓名可考的传奇作家作品，计有六百一十八种，无名氏传奇作品，则计有三百三十二种，总共九百五十种，其他失传的剧目，还不知道有多少。按，明代传奇剧的发展过程，由初起到兴隆，大概可分为三个阶段：一、明初自朱元璋开国（1368）至成化时期（1465—1487），大约一百年间，传奇剧仍然处于由元末的南戏向传奇发展演变的过渡阶段；二、爰及明代中叶，亦即弘治（1488—1505）至嘉靖（1522—1566）前后，传奇剧的创作，已经由民间扩展至士林文坛，在文人纷纷参与传奇创作的情况下，而臻至成熟。三、继而从万历年间（1573—1620）至天启（1621—1627）、崇祯（1628—1644）时期，则迅速进入繁荣兴隆的阶段，为清代传奇剧的全盛，铺上先路。

　　明传奇剧的兴隆，自有其背景。首先，由于城市生活的繁富多样，经济条件的优裕，以及休闲娱乐文化的蓬勃，消费能力的增强。当然，这些原是自宋元以来，持续不断演进的社会经济现象，但爰及明代，已成为中国历史上社会经济生活发展的一个高峰，为兼具娱乐与消费性质的通俗技艺如戏曲表演，提供有利的环境条件。其次，更重要的则是，明传奇剧之所以能在文学史上占有一席不容忽视的地位，显然有赖其剧本作者群体的扩大，亦即由市井社会的民间伶工艺人，向士林阶层的文人士子延伸转移。文人作家的参与戏曲创作，不但扩展了传奇剧的观众与读者范围，并且在剧本的体制、内涵、文辞诸方面，有所"改进"，乃至增添了传奇剧的"文学性"，提高了传奇剧的"文学地位"。传奇剧遂从一般民间剧坛的表演艺术，成为引起文坛注意，具有文学意味的"文学作品"。

第一节

由民间到文坛——明初

✤ ┃ 一、文人参与创作

元末南戏的作者，原先大多属于民间剧坛的伶工艺人，但爰及明初，文人染指参与创作者逐渐增多。当然，此时期剧作家的主体，仍然以民间伶工艺人为主，因此剧本大多佚失，流传下来的少数作品亦多属无名氏之作。题材内容则多取自流行民间的传说故事，或改编自早先的宋元戏曲，乃至"通俗"的色彩比较显著。诸如《破窑记》，写吕蒙正和刘小姐的爱情故事，《草庐记》写三国故事，《精忠记》写岳飞故事，《同窗记》写梁祝故事，《织锦记》则写董永与七仙女的故事。这些无名氏的作品，无论其宣扬的是爱情的坚贞、友情的永固、臣子的忠诚，或奇遇的巧合，基本上均充分展现带有通俗趣味的价值观，却又同时与传统社会对个人为人处世的道德要求相符合，这方面其实与属于社会精英阶层的文人士子，对自我或他人的期许或要求，不谋而合。因此，明代文人士子开始参与创作之后，对传奇这一文类的初期"贡献"，并不单单在于故事内容或主题方面的创新，而是为传奇这种戏曲的体制定型，以及在故事剧情发展或人物形象塑造方面，更加有意以伦理教化为宗旨的示范作用。

✤ ｜ 二、体制逐渐定型

明初约一百年间的传奇剧，最明显的"改进"，就是在剧本的体制方面，从元末南戏发展到明初传奇，逐渐定型的功劳。由于明代前期的传奇作家，多从其他戏曲作品，诸如宋元杂剧或南戏戏文的整理、改编入手，一方面吸取杂剧或南戏体制的某些优点，另一方面则逐渐建立起自己的体制。有趣的是，文学史上大凡一种文类体制的建立，往往表示有某些新的规范或约束必须遵守，可是与体制颇为固定的元杂剧相比，传奇剧于其体制逐渐定型的过程中，由于对南戏艺术形式的继承，乃至"松绑"却是其特色。

首先，放松了剧本篇幅的长短。按，传奇剧与南戏相若，不受北杂剧四折加楔子的篇幅局限，可以自由延伸，乃至动辄四五十出的传奇剧几乎成为寻常通例，为故事剧情的曲折，人物性格的塑造，提供较大的发挥空间。正由于传奇剧多长篇巨制，其剧本长，剧情亦趋向复杂，自然需要较多的人物角色来搬演，于是，连带发生的就是角色增加，且分工愈细。由南戏的七色，增为十色：包括正生、贴生（或小生）、正旦、贴旦、老旦、外末、净、副净、丑（即小净），而且各有专攻。

其次，或许是受宋元以来民间说话人在瓦舍勾栏向民众说故事的影响，乃至传奇剧本并不像杂剧那样，直到剧末方出现"题目"以总括剧情大概，而是在篇首开场之际，即先由剧中一角色，通常是由副末登场，向观众或读者宣布全剧故事剧情大概的"家门大意"；并且又在全剧的结束，由剧中最后出场的角色，吟诵一首"下场诗"（或称"落场诗"），一则宣告本戏的结束，二则作为全剧剧情的总结。这不但提醒观众，剧情要旨何在，亦有助于一般观众对剧情的了解，当然也令读者容易掌握全剧要旨。

再者，传奇剧本以"出"分场，且每出均提供出目。盖北杂剧剧本乃是以"折"分场，表示一个宫调的曲子告一段落，可是传奇剧则以"出"分段落，表示剧情故事的发展过程告一段落。不过，宋元南戏戏文在剧情告一段落处，尚未标"出"，爰及明初传奇，或许是经过编辑者的用心，不但开始标示各"出"的数目单位，且标明每出之"出目"，如上引高明《琵琶记》，即以"糟糠自厌"标出第二十一出之剧目，点出该"出"的主题大纲，宛如一篇文章中的分节小标题，引导读者的注意。这正是传奇剧更重视剧情发展的标志。

此外，音乐曲调方面，亦有所演变。传奇剧虽然主要以南曲各种声腔格律为基础，剧中所用的曲牌联套，并不像杂剧那样每折局限于同一宫调，可以随剧情或角色的需要而穿插北曲，因此南北合套现象颇为普遍，而且合套形式也多样化。乃至传奇剧在人物角色唱词的声情表现方面，远比北杂剧显得灵活自由。更重要的是，南戏全剧唱曲者并不局限于一个主角，不但生、旦、净、末、丑等均可独唱，而且还可与剧中其他角色对唱、合唱。如此对传奇作者或剧中人物角色而言，均提供更大的诉说情怀意念的发挥空间。

传奇剧的体制在明初逐渐成形，显然是在文人士子相继参与创作之后，又在作者有意识的继承与改进过程中形成。另外还值得注意的是，正由于明初文人士子的参与创作，遂造成传奇在剧情主题内涵方面，伦理教化的宗旨更为显著。

✦ | 三、教化宗旨显著

一般文学史论及明初传奇均注意到，出自文人作品中流露的浓厚的"封建教诲"色彩。例如李修生、赵义山主编《中国文学史·戏曲卷》中即明确指出："由于明初统治者提倡理学，大力宣传义夫节妇、孝子贤孙，加之思想控制十分严酷，所以明代初期一些传奇作品多有宣传封建礼教的色彩。"

不容忽略的是，犹如本书总绪章中指出，自先秦以来，儒家宣扬的政教伦理对中国古典文学的影响，从来未尝消歇，始终在中国文学作品中占有一席不易动摇的地位。明初传奇剧多宣扬封建礼教或道德教化，展示的不过是中国古典文学的普遍传统，无论其剧本出自民间无名氏伶工艺人之手，或出自知名文人士子之笔，均难以完全摆脱政教伦理，道德教化的要求。何况面对一般观众搬演戏曲，与宋元说话人面对听众讲述故事相若，往往兼具娱乐和教化的双重任务。当然，在明初传奇剧中道德教化表现得特别显著，令人瞩目而已。

就现存资料看，最有名的例子，或许即是文渊阁大学士丘浚（1418？—1495？）的《伍伦全备记》。全剧主要是写伍子胥的后人伍伦全、伍伦备兄弟二人一家如何表现忠孝节义之事，显然是有意宣扬君臣、父子、夫妇、兄弟、朋友"五伦"关系的说教之作。其实，就在明代已经有戏曲论者对此剧浓厚的说教色彩表示不满，如王世贞《曲藻》即尝云："《伍伦全备》是文庄元老大儒之作，不免腐烂。"其实，丘浚《伍伦全备记》以文载道的创作宗旨，并非孤立现象，而且影响深远。另外如邵璨（活跃于1475年前后）的《香囊记》，主要是敷演宋人张九成与新婚妻子邵贞娘的离合悲欢故事，表面上原属男女爱情婚姻之剧，却是继承丘浚《伍伦全备》的说教宗旨。犹如《香囊记》剧末收场诗所云："忠臣孝子重纲常，慈母贞妻德允臧；兄弟爱慕朋友义，天书旌异有辉光。"表示全剧重在宣扬伦常圣道，作者通过作品的说教意图，昭然若揭。

不容忽略的是，也就是在这些刻意宣扬伦常圣道的文人创作剧本中，明显浮现出明初传奇剧日益趋向"文人化"的痕迹，且标志南戏这种原属民间的表演艺术，从市井社会向士林阶层推移的现象。亦即由通俗趣味进而展现文人气、典雅化的演变。就看邵璨的《香囊记》，在遵循传统伦理教化方面，虽与民间作家作品对传统道德的屈服不相上下，但是在曲辞方面，甚至人物的宾白，则已明显展现"文人化"的痕迹：包括讲究文辞的雕琢对偶，而且用典频繁，甚至大讲经义。根据明人徐复祚（1560—1630）《曲论》的观察："《香囊》以诗语作曲，处处如烟花风柳。如'花边柳边''黄昏古驿''残星破暝''红入仙桃'等大套，丽语藻句，刺眼夺魄，然愈藻丽愈远本色。"徐氏所言，虽含"不满"《香囊记》远离戏曲通俗"本色"之意，即已清楚点出，明代传奇剧发展演变过程中，远离戏曲表演艺术，转而向"丽藻"一派发展。此后的明代传奇作品，在"丽语藻句"方面，几乎无不继其后续。

❖

第二节

由成熟到繁盛——中叶以后

传奇剧经过明初约一百年的发展演变，于弘治（1488—1505）至嘉靖（1522—1566）前后，遂由成熟进入繁盛阶段。当然，所谓"成熟"，主要展现在文人士子笔下，剧本体制方面趋于定型，文辞方面则显露文雅。其中包括，剧本长短自行决定，情节结构较为完整，音乐规范相对自由，以及曲辞甚至宾白的文雅化，遂将传奇剧从市井转移至士林，乃至令传奇剧本的功能，产生根本的变化：亦即从以观众为主要要求对象的舞台表演艺术，朝向以读者阅读为要求之案头文学转化的痕迹。以下且试从传奇剧在主题内涵扩大、昆山声腔奠定、作者笔沾诙谐风趣、剧本文辞典雅绮丽诸方面，来观察其由成熟到繁盛之演变概况。

❖ | 一、主题内涵扩大

由于文人士子纷纷参与传奇剧的创作，遂出现一些文学史上公认的名著，例如号称"明中期三大传奇剧"：包括李开先《宝剑记》、梁辰鱼《浣纱记》、王世贞或其门人所著《鸣凤记》，学界一般视为传奇剧臻至成熟，进入繁盛期的标志。虽然这些传奇剧本延续明初作家宣扬道德伦理教化的意图并未消歇，故事取材则已不局限于民间传说的男女爱情婚姻，开始朝多方面发展，乃至较受一般文人士子偏爱的主题内涵，包括与政治局势或社会状况相关的绿林剧、历史剧、政治剧等，纷纷登场，而且往往流露出一般文士阶层对政治事件或人生际遇的观点与立场。

李开先《宝剑记》属有关梁山好汉的"绿林剧"。全剧共五十二出，取材自《水浒传》中林冲受陷害，乃至携带宝剑误入白虎堂，终于被逼上梁山的故事。但《宝剑记》的剧情故事内容与主角的人格形象，与《水浒传》所述林冲的性格与遭遇，已颇为不同。最明显的改变在于，《宝剑记》中的林冲，并非一个被动的忍辱负屈人物，而是由于不满朝政腐败，主动向朝廷弹劾童贯，参奏高俅等贪官污吏的罪行，才得罪当权者。换言之，《宝剑记》剧情强调的是，林冲之所以上梁山，并非单纯因为外在因素而"被逼"，乃是源于个人的正义感，主动且自觉的选择。此外，《水浒传》中林冲之妻张氏，原是一个毫无自卫意识的弱女子，在高衙内的逼迫下，只得遵循传统社会对女性"不事二夫"的要求，殉节而死。可是在李开先笔下，张氏则是一个敢于反抗，且生命力坚强的女性，在衙内的欺侮逼迫之下抵死不从，继而又在王妈妈帮助下逃出汴京，并投入白云庵为尼；爰及林冲报仇后，终于在梁山夫妻团圆。也就是在剧情内容与人物性格的改变中，《宝剑记》作者把林冲与高俅的冲突，写成朝廷官员中"忠"与"奸"的冲突，并且强调梁山义军的极终目的，并非造反夺权，而是"清君侧""诛谗佞，表忠良"。全剧一方面流露作者对其所处现实政治环境恶劣的不满，对朝廷充斥贪官污吏以及社会道德沦丧的批评，同时亦展现，传奇作家和杂剧作者一样，在故事情节的安排上，比通俗小说家更偏爱或更重视抚慰人心的圆满结局。

梁辰鱼《浣纱记》原名《吴越春秋》，共四十五出，写春秋末年越王勾践败于吴国之后，君臣如何忍辱负重，重图大业，终于战胜吴国的故事。剧中情节主要取材于有关吴越兴亡的历史记载，故而一般将其归类于"历史剧"。全剧通过越国之所以兴、吴国之所以亡的历史教训，或许借以对明朝当时的政治腐败与国势危殆，传达"以古鉴今"的讽喻，同时表现作者对时局的忧心与感慨，充分展现文人士大夫对政治时局的关怀。但其剧中的情节构思与笔墨重点，乃是以范蠡与西施二人之间的爱情关系为主线，进而展现吴越争霸与国家兴亡的一段历史。剧情中对于"美人计"主角西施，如何"哄诱吴王，恣意淫乐"，遂导致夫差以声色"误国"所记取的道德教训，以及对朋友之情与君臣之义的道德推崇，均相当明显。剧中几个主要人物形象的性格亦颇鲜明。诸如范蠡的机警智慧，伍子胥的忠勇倔强，夫差的志大才疏等，均予人印象深刻。当然，在此剧众多人物角色中，塑造得最成功的还是美女西施。

　　试看《浣纱记》第三十出《采莲》一场戏中，西施伴随吴王泛舟采莲，为取悦吴王夫差，云："妾家越溪有采莲二曲，试为大王歌之"：

　　【古歌一】（旦歌）秋江岸边莲子多，采莲女儿棹船歌。花房莲实齐戢戢，争前竞折歌绿波。恨逢长茎不得藕，断处丝多刺伤手。何时寻伴归去来，水远山长莫回首。（净）：绝妙！拿酒来，我饮一大觥。

　　【古歌二】（旦唱）采莲采莲芙蓉衣，秋风起浪凫雁飞。桂棹兰桡下级浦，罗裙玉腕轻摇橹。叶屿花潭一望平，吴歌越吹相思苦。相思苦，不可攀，江南采莲今已暮，海上征夫犹未还。（净）更妙更妙，我再饮一大觥。……

【前腔】（旦）堪伤，斜日衔山，寒鸦归渡，淹留犹滞水云乡。

风露冷，风露冷，怎耐摧颓莲房。凄凉，共簇心多，分开丝挂，

浣纱伴在何方。

值得注意的是，西施为吴王夫差所唱【古歌】二曲，竟然是其故乡的
"越溪采莲曲"，这已经暗示其内心深处一份挥之不去的思乡情怀。更重
要的则是，在【前腔】一曲中所诉"……凄凉，共簇心多，分开丝挂，浣
纱伴在何方"。通过唱词中对"浣纱伴"的"丝挂"（思挂），流露西施
虽身居富贵中，却对于当初在越溪采莲往昔岁月的无限怀思。按，西施目
前身为吴王身边的宠姬，又身负"哄诱吴王，恣意淫乐"的政治重任，却
在伴随吴王泛舟之际，忍不住心思故里，情怀越溪，更何况那也正是当初
与范蠡邂逅定情之处！《浣纱记》中的西施，显然并不是一个全心全意且
义无反顾为国为民牺牲的单纯平扁"模范女性"，而是一个在公务之外亦
难免为一己私情所苦的女子，但在命运的安排下，无可奈何的情境中，只
得姑且认真扮演其命定的，何况还是自己同意选择的角色而已。《浣纱记》
中的西施，其动人处，正在于此。

另外，相传为王世贞或其门人所作的《鸣凤记》，全剧共四十一出，
乃是一部以当代政治现实以及朝廷官员之间的斗争为笔墨重点之作，就其
主题内涵视之，可称为"政治剧"或"时事剧"。主要以"除奸反正扶明
主"为主题，写明嘉靖年间奸相严嵩及其子严世藩，如何结党营私，专权
霸道，欺君误国，残害忠良，幸亏经夏言、曾铣、杨继盛、吴时中、张鹤
楼、董传策、邹应龙、孙丕扬、林润等一系列忠臣义士的勇敢抗争，而且
前赴后继，甚至不惜牺牲个人生命，最后终于令君王醒悟，朝廷警惕，决
定整顿朝官，奸臣严嵩父子及其党羽，遂相继失势并获罪受诛，于是"四

海贺升平"。《鸣凤记》开篇第一出《开门大意》，即点出全剧的主题：

【西江月】（末上）秋月春花易老，赏心乐事难凭，蝇头蜗角总非真，惟有纲常一定。四友三仁作古，双忠八义齐名。龙飞嘉靖圣明君，忠义贤良可庆。且问后房子弟，今日搬演谁家故事？（内应）是一本同声鸣凤记。（末）原来是这本传奇。听道始终，便见大义。

【满庭芳】元宰夏言，督臣曾铣，遭谗竟至典刑。严嵩专政，误国更欺君。父子盗权济恶，招朋党浊乱朝廷。杨继盛剖心谏净，夫妇丧幽冥。忠良多贬斥，其间节义，并著芳名；邹应龙抗疏感悟君心，林润复巡江右，同戮力激浊扬清。诛元恶芟夷党羽，四海贺升平。

前后同心八谏臣，朝阳丹凤一齐鸣。

除奸反正扶明主，留得功勋耀古今。

上引首出点题的"开门大意"，不但指明全剧"除奸反正扶明主，留得功勋耀古今"的宗旨，亦流露作者的政治道德态度。显示无论民间或士林的传统信仰中，奸臣当诛杀，忠臣当表扬的普世价值。值得注意的是，《鸣凤记》以现实政治为题材，当朝权奸与忠臣的斗争为情节主线，又将真人真事入戏，可谓是以"时事"入戏，这在中国戏曲史上乃是颇为大胆的首创。同时亦以其剧情故事内容，流露一般文人士子对于朝政，始终难以摆脱的关怀。全剧故事情节的头绪繁富，主角并非一生一旦，而是"一批"忠义之士，何况时间跨度亦大，乃至剧情安排上难免会有前后雷同甚至重复之处。加上作者的爱憎分明，立场坚定，始终站在忠臣良相一边，大声斥责奸臣权贵，难免会影响到剧中人物形象的塑造。综观剧中人物，虽然其中兵部员外郎杨继盛，不顾个人生死的英雄形象，光彩照人，足以令人心仪敬佩，从人物形象塑造角度视之，剧中人物无论忠奸，均显得颇为单纯平扁，亦即好人极好，坏人极坏。当然，对传统的观众或读者而言，恶人恶报的结局，毕竟是大快人心的。

✤ | 二、昆山声腔奠定

明中叶以后，江南地方戏曲表演蓬勃，通常各以其地区的方音腔调传唱，自然形成带有各种不同地方腔调的声腔，例如弋阳腔、海盐腔、余姚腔、昆山腔等。不过，嘉靖年间（1522—1566）有一位江苏昆山人魏良辅，兼擅南北曲艺，在原昆山腔的基础上，吸取其他地方唱腔如海盐腔、弋阳腔的优点，并融入北曲的音乐，改良了原来昆腔的唱法，创造出流丽婉转的"水磨调"昆山腔。经魏良辅改良后的昆山腔，最初也只用于清唱，而首先将昆山腔运用于传奇剧的声腔者，乃是昆山人梁辰鱼的《浣纱记》，在曲律声腔方面采用经魏良辅改良后的昆山"水磨调"歌唱，这是传奇剧在声腔方面正式以昆腔传唱的里程碑，从此奠定了"昆腔"的主流地位，此后之文人纷纷起而效之，争相撰写昆山腔传奇。根据清初钱谦益（1582—1664）《今乐考证》的观察："昆有魏良辅者，造曲律。世所谓'昆腔'者，自良辅始。而梁伯龙独得其传，著《浣纱》传奇，梨园子弟喜歌之。梁亦昆山人……"按，昆山腔声调圆润婉转，字音清晰，兴起之后，当时文人士子均视之为"雅音"，有别于其他一般地方戏曲的"俗唱"。其实，所谓"昆山腔"所唱者，包括"昆曲"或"昆剧"（以昆曲演唱的传奇剧），其后虽然在清中叶时期，因其他地方戏的盛行，尤其是京剧的崛起，曾一度出现衰落现象，但昆山腔始终受到文人士大夫的青睐，乃至传唱至今。

万历年间（1573—1620）至明末（1644），进入明朝后期，出现了大批传奇作家作品，乃至传奇剧的创作，臻至空前的繁荣阶段。其中有的作者仍然继续沿袭前人风格传统，不过，已有作者则尝试开辟新领域，展现新境界。最引人瞩目者，即是创作宗旨态度的改变，不再只顾意图教化社会人心，而是意图娱乐人情。这就导致故事剧情中诙谐趣味的渗入。

❖ ｜ 三、笔沾诙谐风趣

诙谐风趣，源自个人对现实社会或世俗人生站在比较高处的观点或超然的态度，是一种具有"智慧"的表露，也是中国戏曲搬演之际足以娱乐观众不可或缺的调味品。前面论及元杂剧的先声与发展诸章节中，已经点出，先秦时期俳优调笑以娱耳目，是中国戏曲源起的重要成分，继而唐代参军戏的滑稽对话以为调笑，爰及元杂剧中净丑角色的插科打诨，刻意制造滑稽效果，逗引观众欢笑，遂导致即使是悲哀的剧情故事中，亦往往流荡着悲喜相杂之生命情调。但是，发展至明代中叶以后的传奇剧，除了继续穿插净丑诸角色的插科打诨，令观众开心之外，作者开始以诙谐风趣的笔调，对现实社会生活中某些人物与事件的荒谬状况，或有意调侃，或旨在嘲讽，因此出现一些剧本，在整个剧情故事中笔沾诙谐风趣，足以令领会其中含意的读者或观众会心一笑，乃至为传统中国戏曲扩大了审美趣味，增添了崭新境界。或可以沈璟（1553—1610）《博笑记》、高濂（万历十一年前后仍在世）《玉簪记》、吴炳（1595—1648）《绿牡丹》为代表。

沈璟字伯英，号宁庵，亦号词隐生，江苏吴江人。浮沉官场十几年，心灰意冷，于万历十七年（1589）决定辞官归里。沈璟不但是传奇的创作者，亦是著名的曲论家（有关其曲论主张详后）。曾作传奇剧十七种，不过现存仅七种，且均以推崇传统伦理道德，以劝善惩恶，讽刺世情为宗旨。这一点与明初以来其他文人作家作品并无不同。但是，沈璟的传奇剧，其特色并不在于其中道德教化的意图，而在于其笔沾诙谐风趣的趣味。《博笑记》即是代表作。

　　按，《博笑记》共二十八出，整体篇幅比一般动辄四五十出的明传奇为短。全剧结构亦不同于其他总叙一个主要故事的传奇，实际上是包括十个不同剧情故事的"集锦"。每个剧情故事均可独立自成单元，其中题材虽主要取自一些现存的小说、杂记等，但却以揭露现实社会不同阶层各类人物的愚蠢可笑为笔墨重点。包括新科进士、起复官吏，以及僧道商贩，甚至市井流氓和一般家庭妇女，均可成为其调侃嘲讽的对象。较之其他以历史人物或才子佳人为主角的文人传奇作品，当然更具现实性、时代感。例如：其中《巫举人痴心得妾》中，对扬州举人巫嗣真的讽刺；《邪心妇开门遇虎》中，对发誓守贞操寡妇失节的调侃；以及《诸荡子计赚金钱》中，对无赖汉寄身社会蒙骗为生的嘲笑。在在均充分展现作者对社会人生百态的透视，对人性愚蠢脆弱面的了解，但却并非恶意相向，而是笔沾诙谐风趣，调侃挖苦或讽刺世态人生而已。这种以现实社会人物事件为调侃或讽刺对象的戏曲作品，不仅是沈璟个人的创作特色，也表现于同时代其他传奇作品中。高濂《玉簪记》、吴炳《绿牡丹》亦是著名的例子。

　　高濂字深甫，号瑞南道人，亦号湖上桃花渔，钱塘人，活跃于嘉靖、隆庆、万历年间。其现存传奇剧虽仅有《玉簪记》和《节孝记》两种，不过《玉簪记》在戏曲发展史上，颇值得注意。

就《玉簪记》剧情故事观察，一般均视为是一部男女主角经过一番折腾，最后终于大团圆的"爱情喜剧"。全剧共三十三出，主要是以道姑陈妙常的"思凡"历程为主线。不过，剧情中特别交代，宦门之女陈娇莲，所以遁入空门成为道姑（法名妙常），并非出于个人的宗教信仰，而是因为金兵南犯，在兵荒马乱中与亲人失散之后不得已的选择。换言之，一个弱女子，在乱世中，孤身只影，为求生存，不得已只好投奔金陵女贞观而成为道姑。女主角身份转换之无奈，是剧情发展的重要背景。这时偏偏两度在长安落第的青年书生潘必正，由于"羞愧满面，难以回家"，故而前往金陵女贞观投靠姑母，亦即女贞观的观主。这就为男女主角的邂逅，以及女主角陈妙常的"尼姑思凡"，设计出环境背景。尽管陈妙常已身为道姑，却尘心未灭，难免"思凡"，乃至成为作者调侃的对象，却又在同情与谅解中，展示陈妙常思凡的"正当性"。作者的创作宗旨，或许是表达对道姑陈妙常思凡的调侃，但是，其笔墨毕竟是温柔敦厚的，有意无意中，对"道姑"这种处于社会生活边缘，且断绝人性的"行业"，流露其既同情其命运不幸，亦调侃其思凡苦恼的意趣。或许由于作者身处晚明李贽等文人士子呼吁"个性解放"的时代，乃至对陈妙常这类人物的苦闷，充满同情，对道姑思凡的各种情境，则笔沾诙谐风趣。

吴炳的《绿牡丹》，则显然是一部针对明代科场时弊的讽刺剧。按，吴炳字可先，号石渠，又号粲花主人，江苏宜兴人。万历四十七年（1619）进士，虽先后曾于崇祯及南明朝任职，但最后为清兵所俘，绝食而死。所撰传奇剧五种，其中以《绿牡丹》最具代表性。全剧共三十出，剧情故事大概情节是：翰林学士沈重为其女儿婉娥择婿，于是以"绿牡丹"为题，考柳希潜、车本高、顾粲诸生的才学。不过，柳、车二人乃属不学无术之辈，自知难以过关，因此求请人代作考题，以图蒙骗过关。柳希潜请家中私塾老师谢英捉刀，车本高则令其妹车静芳代笔，只有顾粲并未作弊，以真才学识应试，不料却名列榜尾。此外，柳、车二人为争取自己当上沈重的女婿，竟然互相攻扞后腿。最后当然是在柳、车二人笑料百出、丑态毕露、自讨没趣情况下，有实才者顾粲方获得报赏，婉娥遂与顾粲成亲。至于那位代兄作诗的才女车静芳，以及代徒捉刀的老师谢英，竟然并未受到惩罚，反而因二人的文才，获得嘉许，相配成对。全剧即是在郎才女貌皆大欢喜的结局中闭幕。

今天的观众或读者，或许会觉得《绿牡丹》剧情的发展荒谬可笑，角色的形象颇嫌平扁。可是，就全剧整体旨趣视之，通过剧中人物柳希潜、车本高二人类似白丁，却在沈重宣布"不得夹带传递"考试中，竟然出示种种作假作弊的丑态，作者借此针砭科场之弊的意图，已十分明显。但值得注意的是，作者笔墨间对剧中故事与人物流露的诙谐风趣态度。其实，《绿牡丹》剧情故事的发展以及人物性格展示的"喜剧"意味，并不局限于剧中净丑角色的"插科打诨"，亦非在于最后婉娥与顾粲终于成亲皆大欢喜的收场，而是弥漫于全剧对招亲事件与牵涉其中人物的调侃与讽刺：包括对男女主角的行为举止，以及对人性中丑陋成分的展示，可谓亦庄亦谐。更重要的是，剧中的讽刺，是不含恶意的。按，柳、车二人的言行举止，令人一眼看穿，作者对二人力争上游"不得已"的欺诈行为，仅是不具杀伤的调侃与谴责而已。此外，至于最后对谢英与车静芳两个"正面人物"，给予最终的祝福，显然是基于照顾到观众或读者在剧情最后应当出现圆满结局的期盼。这正是中国传统通俗文学作品，无论小说或戏曲，即使作者对其所述事件或人物经历，表达了某种程度的激愤或忧伤，却仍然维持其温柔敦厚的传统态度。

此外，明传奇经过文人参与创作的发展演变过程中，剧本文辞逐渐趋向典雅绮丽的现象，亦不容忽视。

❖ ｜ 四、文辞趋向典丽

戏曲原是流行于市井勾栏的表演艺术，取悦一般市民观众的通俗趣味，应当是作者创作之际的首要考虑。但是，自文人士子参与创作，剧中文辞，包括角色的唱曲与宾白，亦逐渐趋向文人化，变得典雅绮丽起来。这正好指出传奇剧终将朝"案头文学化"发展的趋向。

试以李开先《宝剑记》中《夜奔》(第三十七出)中，林冲几首唱词与独白为例：

（生上，唱）【点绛唇】数尽更筹，听残银漏。逃秦寇，好教我有国难投，那搭儿相求救？（白）欲送登高千里目，愁云低锁衡阳路。鱼书不至雁无凭，几番欲作悲秋赋。回首西山日又斜，天涯孤客真难度。丈夫有泪不轻弹，只因未到伤心处。……

【双调·新水令】按龙泉血泪洒征袍，恨天涯一身流落。专心投水浒，回首望天朝。急走忙逃，顾不得忠和孝。……

【收江南】呀！又只见乌鸦阵阵起松梢，数声残角断渔樵。忙投村店伴寂寥。想亲帏梦杳，空随风雨度良宵！

故国徒劳梦，思归未得归。此身无所托，空有泪沾衣。（下）

林冲的唱词与独白，一方面揭露林冲其人既忠且孝的人格特质，同时亦流露其实际上"不得已"才投奔梁山的无奈。但是，剧中林冲的唱词与其独白之清丽典雅，显然不像出于一个以武术见称之"禁军教头"的口气，而是作者以其自身的经验感受与文学素养之用语，付诸剧中角色口中。

明代传奇的语言，就是在作者以其自身熟习或标榜的语言艺术，将原来属于舞台表演艺术的通俗趣味，逐渐转化为案头文学的典雅，虽令文人读者欣赏，却会造成人物角色和人格情性，与其语言往往并不完全契合的现象。另外，如前面所引梁辰鱼《浣纱记》中，西施的唱词，何等典雅，显然亦并不属于一个出身民间"浣纱女"的语言，而是作者"付于"西施的语言。这就涉及前面章节论及元杂剧文学特色之际点出的，传统中国戏曲作家，并无意于"写实"，亦无意于"现实生活的模拟"，不过是为作者自己借此"抒情写意"而已。同样的，明代传奇作家，也难免会在辞曲，甚至宾白中，显示其文学造诣。

❧

第三节

明传奇的高峰——晚明

隆庆（1567—1572）与万历（1573—1620）以后至明亡，属晚明时期。因文人士子纷纷参与传奇创作，乃至助长了传奇剧的繁盛臻至高峰，亦加速了戏曲的文人化。当然，其繁盛的高峰状况，仍有待大家名著的出现，风格流派的形成，以及作者与读者对戏曲这一文类，有意识的论点与批评。以下试以大家名著出现、风格流派形成、曲论著作丰硕等方面，分别论述。

❖ | 一、大家名著出现 —— 汤显祖《牡丹亭》

所谓"大家名著"，当然并无绝对的标准。就如前节所举明中叶"三大传奇"，以及沈璟《博笑记》、高濂《玉簪记》、吴炳《绿牡丹》等，在某些曲论者心目中，亦可视为大家名著。不过，在漫长的戏曲发展史上，古今论者对明传奇剧最堪称"大家名著"而无异议者，当首推汤显祖的《牡丹亭》，并以《牡丹亭》的问世，为中国传奇剧发展至高峰的鲜明标志。

汤显祖（1550—1616）字义仍，号若士、海若，别署清远道人，晚年自号茧翁，江西临川人。虽出身官宦家庭，且颇具文名，惟屡试屡败，至三十五岁方进士及第，遂开始其十几年颠簸的仕宦生涯。万历二十六年（1598）决定辞官归隐，从此专心致力于文学创作。其现存诗二千多首，辞赋与文章约六百篇，在明代文人作品的质和量上，均属上乘。不过，却以其传奇剧的创作在文学史上立不朽的声名。汤显祖所作传奇主要以"临川四梦"著称：包括《紫钗记》《牡丹亭》《南柯记》《邯郸记》。就四梦的剧情故事而言，实际上皆有所本。其中三梦显然取材自唐人的传奇故事：包括涉及文人仕宦题材的《南柯记》与《邯郸记》，分别取材自唐传奇小说李公佐的《南柯太守传》与沈既济的《枕中记》；涉及男女爱情题材的《紫钗记》，则明显取材于蒋防的《霍小玉传》。而令汤显祖在中国戏曲史上立于不朽地位的则是《牡丹亭》，其故事大要虽然源自宋代话本故事《杜丽娘慕色还魂记》，不过无论剧情本身的经营安排、主题情境的昭示发挥、曲辞文句的优美自然，均远超越其取材的话本故事，乃至吸引历代观众及读者热烈的推崇赞赏。试从以下数方面来观察。

（一）　剧情离奇

汤显祖《牡丹亭》又名《还魂记》或《牡丹亭还魂记》，全剧五十五出。剧情故事主要取材自话本故事《杜丽娘慕色还魂记》，不过只是继承其中杜丽娘慕色而亡，继而又死而复生的躯壳，在主题意蕴上已作了很大的加工润色。《牡丹亭》主要写官宦小姐杜丽娘与书生柳梦梅之间颇为离奇的生死离合爱情故事。整个剧情的发展，交织在梦幻、幽冥，以及现实人间这三重交错的时空背景中。在男女无法自由交往的传统社会环境下，作者遂将杜柳二人的邂逅，安排在杜丽娘的"梦"中，继而重逢于幽冥之境，最后又回归再聚于现实人间。于是将梦幻、幽冥与现实三境混淆起来，导致整个剧情萦绕回荡在如梦似幻犹真的情境里。

就其剧情故事本身，实可以"离奇"二字概之。按，女主角杜丽娘，出身官宦家庭，原是一个受父母珍爱，细心教养的少女，正值青春年华十六，对于异性已经开始萌生憧憬，不甘心受礼教的束缚，向往追求个人情性的自由。就在一个春暖花开时节，在丫鬟春香伴随下游园赏景，敏感的丽娘，眼看姹紫嫣红开遍，一片春景盎然，却与园中断井颓垣相映并存，一时触景生情，黯然神伤，回房后即昏沉入睡。梦中且与一素昧平生、手持柳枝的风流俊俏书生在园中相遇，并在两情相悦之下，委身与他，惟春梦短暂无常，随即为母亲所惊醒。梦醒后，回到现实人生的丽娘，发现与"梦中人"春宵一度的缠绵缱绻不再，感伤不已，竟然就此卧床不起，遂于中秋之日香消玉殒。临死前，画下自己美丽的容颜，并遗言将其埋葬在后花园梅花观的梅树畔。三年后，书生柳梦梅赴京应试途中，贫病交加跌倒在风雪里，偏偏被丽娘的家塾老师陈最良救起，好心带至梅花观调养。一日，就在太湖石下，柳梦梅拾得丽娘的画像，被其美色吸引，爱慕不已，频频呼唤。不料已死的丽娘为柳梦梅的真情所感动，竟然还魂出现，并与柳梦梅就在园中人鬼幽媾交欢。也就是在爱情的滋润下，丽娘竟然能由死而回生，再世为人，回到现实人间，面对现实生活，于是随同梦梅一起赴京都杭州参加科举考试。试后梦梅受丽娘嘱托，前往淮扬探访丽娘父亲杜宝，企望二人已是人世夫妻的关系得到认可。这时杜宝因曾经平抚李全之乱而有功，已升任丞相，心想爱女早已逝世，遂将前来拜见的柳梦梅，当作盗墓骗子捆绑起来，偏偏正要拷打之际，却传来柳梦梅已高中状元的消息。于是，柳梦梅、杜丽娘、杜宝三人，到皇帝面前去争辩是非曲直。最后，终于证实，丽娘的确已经由死回生还魂，继而得到皇帝"敕赐团圆"，柳杜二人的人世姻缘终于获得祝福，全剧圆满收场。

（二）接受广泛

《牡丹亭》问世之后，其轰动剧坛文坛，备受欢迎的程度，前所未有。根据明人沈德符《顾曲杂言》所记："《牡丹亭梦》一出，家传户诵，几令《西厢》减价。"的确，明清两代数百年间，《牡丹亭》不仅盛演不衰，刊刻不绝，评论文字也层出不穷，这在文学史上的确是少有的现象。甚至当今，无论海峡两岸学界或剧界，对《牡丹亭》的评论，仍然是明清戏曲研究的热门。当然，另外还值得一提的则是，《牡丹亭》一剧对明清时代女性读者、观众，以及演员的"冲击"。

根据汤显祖的友人张大复（1554—1630）《梅花草堂笔谈》笔记中所记，《牡丹亭》问世后，曾有娄江（今属江苏太仓）女子俞二娘，因体弱多病，年十七而夭折，惟于病中其父尝怜而授《还魂记》，俞二娘读后，"凝睇良久，情色黯然，曰：'书以达意，古来作者多不尽意而止，如"生不可死，死不可生，皆非情之至"，斯真达意之作矣！'"俞二娘并于《感梦》一出剧本上自注云："吾每喜睡，睡必有梦，梦则耳目未经涉者皆能及之。杜女固先我着鞭耶。如斯俊语，络绎连篇。"之后汤显祖闻知此事，感动良久，遂撰《哭娄江女子》诗二首："何自为情死，悲伤必有神。一时文字业，天下有心人。"（其二）其他有关明清时期闺阁女子如何受《牡丹亭》感动，或自怜自伤，或留下评语的记载，亦不乏文献可征者①。此外，根据邹弢《三借庐笔谈》所记，时有扬州女子金凤钿，读了《牡丹亭》，衷心仰慕作者汤显祖之才，遂写信表示"愿为才子妇"，可惜因书信周折，并未获得回音，乃至相思而亡。又据焦循（1763—1820）《剧说》，有杭州女艺人商小玲，因不能与意中人结合而郁郁得病，每演《牡丹亭》中《寻梦》出，都"泪痕盈目"，一次竟然哀痛至极，扑倒舞台，气绝而殒。在中国戏曲史上，像《牡丹亭》如此打动人心，尤其受女性读者的钟爱现象，前所未有。这或许与剧情故事中，以女主角杜丽娘为追求爱情展示的"情之至也"主题有关。

---

① 见谭帆：《论〈牡丹亭〉的女性批评》，收入张宏生编：《明清文学与性别研究》，江苏古籍出版社 2002 年版，第 295—309 页。

（三）　情之至也

《牡丹亭》的剧情内涵，不但远超越原话本故事《杜丽娘慕色还魂记》的格局，同时也脱离一般明人传奇往往强调伦理教化的框架。作者意欲宣扬的，不是对传统道德教化的屈服，而是揭开礼教面纱之下人性的真实，展示的是，人性之所至的男女之"情"，故事情节也随"情"而发展演变。但不容忽略的是，整个剧情敷演的，主要还是女主角杜丽娘之情，这或许是最能吸引女性观众或读者心仪并认同的主要缘由。杜丽娘因情而死，又为情由死而复生，显然是作者笔墨的重点。根据汤显祖为其《牡丹亭》剧本之"题词"所云：

> 天下女子有情，宁有如杜丽娘者乎？梦其人即病，病即弥连，至手画形容，传于世而后死。死三年矣，复能溟莫中求得其所梦者而生。如丽娘者，乃可谓之有情人耳。情不知所起，一往而深。生者可以死，死可以生。生而不可与死，死而不可复生者，皆非情之至也。梦中之情，何必非真。天下岂少梦中之人邪？必因荐枕而成亲，待挂冠而为密者，皆形骸之论也。……嗟夫！人世之事，非人事所可尽。自非通人，恒以理相格耳！第云理之所必无，安知情之所必有邪！

> 万历戊戌（1598）秋

> 清远道人题

汤显祖在《牡丹亭》中所推崇的"情"到底为何物？实颇值得玩味。首先，在其经营安排之下，剧中杜丽娘对柳梦梅之"情"，主要乃是萌生于人性中先天具有的，对异性之爱的自然需求，故而无须经过双方感情的交流、培养和耕耘，可说正是"不知所起"。其次，剧中丽娘对梦梅之情，竟然可令"生者可以死，死可以生"，的确是"一往而深"。换言之，汤显祖意欲传达的"情"，是人性之情，可以超越理性，甚至超越生死者，故称"情之至也"！

惟就《牡丹亭》剧情之发展视之，丽娘之"情"，乃是萌生于正当青春年龄的女子，对异性之需求。正如丽娘于《游园》出中的内心自白：

> 天呵！春色恼人，信有之乎？常观诗词乐府，古之女子，因春感情，遇秋成恨，诚不谬矣。吾今年已二八，未逢折桂之夫；忽慕春情，怎得蟾宫之客？昔日韩夫人得遇于郎，张生偶逢崔氏，曾有《题红记》《崔徽传》二书。此佳人才子，前以密约偷期，后皆得成秦晋。（长叹介）吾生于宦族，长在名门，年已及笄，不得早成佳配，诚为虚度青春。光阴如过隙耳。（泪介）可惜妾身颜色如花，岂料命如一叶乎！

怀春的丽娘，心中所担忧者，是"虚度青春"，向往者，则是佳人才子"得成秦晋"之好。此后丽娘在梦中与死后，先后和柳梦梅在花园之交欢与幽媾，乃是人性中饮食男女自然需求的流露，应该可以不受礼教的束缚，无须道德的指摘，甚至值得呵护与歌颂。作者对男女之"情"，如此前卫的观点与立场，在戏曲史上是划时代的，却也正好反映，明代一些前卫之士意图摆脱礼教束缚，推崇个性解放的呼吁。

可是，不容忽略的是，在作者汤显祖的笔下，丽娘与梦梅最后"有情人终成眷属"的圆满结局，仍须由皇帝"敕赐团圆"，毕竟未能完全脱离遵循传统礼教宣扬的"父母之命"与"媒妁之言"。此外，丽娘对梦梅"一往而深"的"情之至也"，实际上乃是针对男女天生的人性中，对"性"

的觉醒与需要，并未涉及男女双方在心灵上对彼此之间相知相惜的"感情"需求。

就看著名的《游园》出中，丽娘入梦后，于游园赏景沉醉之际，但见一俊俏书生"持柳枝上"，向丽娘说了些轻浮话，诸如"小姐，咱爱杀你哩"之类，接着又唱了一曲极尽挑逗的"山桃红"，曲中竟然要求"和你把领扣松，衣带宽"。就在二人唱作之间，丽娘或"惊喜""含笑"，或"作羞""推介"，却还是让"生强抱旦下"。继而于《惊梦》出中，春梦无常，丽娘即将梦醒，书生必须告辞了："姐姐，俺去了……"丽娘当然不舍，惊醒之际，直呼："秀才！秀才！你去了也！"连对方的姓名都还不知呢！全剧就在作者安排（祝福？）下，容许丽娘可以无视其身份教养，摆脱礼教枷锁，但凭个人情欲之自然需求，分别在梦幻中，幽冥界，最后又在人世间，享受男女的交欢情爱。这样的剧情，的确是划时代的创作，明显展示作者意欲突破传统礼教，主张个性解放的创作意图。《牡丹亭》所以获得古今不少读者的鼓掌喝彩，尤其赢得深受传统礼教多所压抑的女性读者之欣赏，是容易理解的。然而，倘若从男女爱情层面仔细观察，《牡丹亭》剧中所推崇的，不受礼教束缚的"情之至也"，实际上并无男女双方在心灵感情上相知相惜的渴求与交流，亦非彼此因相知而相爱之情。

现今读者对所谓"爱情"的普遍经验与认知，通常男女之间"情"的萌生，可以既简单亦复杂。或彼此均有意，却阻挠重重，又或一方有意，另一方却无情，乃至引出一番转折故事来。但无论何者，多少总会经过男女双方一番互动的酝酿与渐进发展的过程。但是，《牡丹亭》敷演并抒发的，却并非如此。全剧展示的，主要出自女主角杜丽娘单方面"情"之萌生，而其"情"乃是由"性"的觉醒而引起，乃至丽娘与男主角柳梦梅之间，只有相见相悦，却并无继而相恋相知的过程。剧中的柳梦梅，不过是一个"反映"杜丽娘情窦初开、情欲初醒的配合角色而已。如此看来，女性对情欲的自然需求，其实与男性并无差异，同样出于身为人的自然本性，这或许是作者意图强调的吧。就看在明代剧场上几乎不敌《牡丹亭》的《西厢记》，乃是由"张生偶逢崔氏"而展开。其中女主角崔莺莺，同样是官宦小姐，同样也情窦初开，却难免受到传统礼教的拘束，虽然经历男主角张生主动的种种挑逗与引诱，剧情中的莺莺，仍然表现出一番言行的矜持，几度内心的挣扎过程，方荐枕与张生，而且此后还不时流露其"自荐之羞"。可是在《牡丹亭》剧情故事中，这些过程皆"免了"。怀春的杜丽娘，急欲觅得佳配的杜丽娘，是追求"得成秦晋"之好的主动者，即使作者将其少女怀春之情最初置于花园内、梦幻中，却安排她与一陌生男子初次相遇，随即委身，实在太出乎意料，太令人拍案叫绝了。

不过，从另一角度观察，尽管《牡丹亭》剧情故事，乃是朝丽娘对梦梅之情"不知所起，一往而深"方向而发展，强调死生与共之情，且明显流露，作者反对违背人性自然，意欲突破传统礼教束缚，鼓吹并维护尊重人性自由的立场态度。可是，从剧情整体视之，丽娘为已经委身的梦梅，既还魂又复生，表现其死生不渝，非梦梅不嫁的坚持，再加上剧情最后的安排，亦即由皇帝出面"敕赐团圆"的结局，巧妙地代替了"父母之命，媒妁之言"，同时又与社会传统往往要求女子"贞坚不渝"，必须"从一而终"的道德意识挂了钩。汤显祖毕竟还是难免在形式上向社会传统的道德要求妥协。

其实，中国文学史中，以"男女之情"为主题的作品，俯拾皆是，自《诗经》以来，从未消歇。无论诗词、小说、戏曲，从来不缺少"男女之情"的吟咏或描述。不过，诗词中抒发的，通常是男女离情中的相思之苦，或被遗弃、遭遗忘者的悲哀愁怨，笔墨重点主要围绕在当事人孤单寂寞中情怀意绪的抒发。小说戏曲中展现的，则大多从俗世人间现实生活的角度切入，以男女双方能够"共衾枕，作夫妻"，作为故事或剧情中人物的最终理想。惟值得注意的是，无论这些故事剧情如何曲折动人，往往欠缺男女之间在心灵上"知己之情"的探索与体味。或许因为，在传统观念中，"知己之情"通常仅出现在君臣或友朋之间，一直要到曹雪芹的《红楼梦》，贾宝玉和林黛玉两人之间彼此的相知相惜，才终于展现并强调男女之间的"知己之情"。

（四） 曲辞优美

汤显祖在戏曲创作上，一向主张文辞之动人远胜于遵循曲调声韵的拘束。因此往往将笔墨重点置于曲辞的经营上。《牡丹亭》剧中曲辞之优美动人，是历代读者的共识，亦是令汤显祖在戏曲史上博得才子大家之名的重要因素。试摘录第十出中《惊梦》，杜丽娘在丫鬟春香伴随之下，丽娘的唱词为例：

【绕地游】梦回莺转，乱煞年光遍，人立小庭深院。炷尽沉烟，抛残绣线，恁今春关情似去年。……

【步步娇】袅晴丝吹来闲庭院，摇漾春如线。停半晌，整花钿，没揣菱花，偷人半面，迤逗的彩云偏。步香闺怎便把全身现？……

【醉扶归】你道翠生生出落的裙衫儿茜，艳晶晶花簪八宝填，可知我常一生儿爱好是天然，恰三春好处无人见。不提防沉鱼落雁鸟惊喧，则怕的羞花闭月花愁颤。……

【皂罗袍】原来姹紫嫣红开遍，似这般都付与断井颓垣。良辰美景奈何天，赏心乐事谁家院。朝飞暮卷，云霞翠轩；丽丝风片，烟波画船。锦屏人忒看的这韶光贱。……

如此情景交融的曲辞，写景如画，且撩人情丝，简直是诗人之笔，充分展示作者汤显祖的才情，尤其是"原来姹紫嫣红开遍，似这般都付与断井颓垣。良辰美景奈何天，赏心乐事谁家院……"诸句，一直为历代论曲者称颂不绝。惟值得注意的是，上引优美曲辞中，不但将丽娘的怀春之情，诗化了，美化了，且文人化了，同时亦点出丽娘意欲趁此青春年华觅得如意郎君的郁闷与焦虑心情。丽娘所唱这几首曲辞，甚至为以后曹雪芹在《红楼梦》第二十三回中，为刻画林黛玉往往悲己伤情的人格情性，提供令读者情灵摇荡的环境背景。就是在大观园内听闻这段曲辞，撩起了黛玉的怀春之情，并且触动萦绕于其内心深处，始终难以克服，难以摆脱的，因自伤身世且无法把握与贾宝玉情缘的忧虑与感伤。

当然，《牡丹亭》在文学史中的地位，并不仅仅在于"情之至也"的主题，或其曲辞本身之优美动人令人称颂，亦在于剧作家将剧中人物所唱的曲辞，紧密配合剧情故事的发展，同时酝酿相关的环境气氛，传达人物内心深处的情怀意念，乃至获得历代观众与读者的赏爱。

此外亦值得注意的是，由于明代后期传奇剧的兴隆，主要由于文人参与创作者众多，而文人的才情或偏好各有所长，且各有主张，乃至出现不同风格流派的形成，甚至争执与对立。

✦ | 二、风格流派形成

　　文学作品风格流派的形成，首先需要大略同时代作家撰写同类作品的丰盛流行，并相互影响，再加上后生晚辈的沿袭模仿，方能流行成"派"。例如前面章节所述唐代诗坛，以盛唐王维、孟浩然等起始，至中唐韦应物、柳宗元诸人继其绪，乃至形成了以"王孟韦柳"为主导的"山水田园诗派"，即是一例。可是，宋元时期的小说或戏曲，因主要出身于市井瓦舍的技艺，往往多属民间艺人或流落民间无名氏文人作家之耕耘，即使有"书会"可依附，个别作家之间在文坛上彼此呼应，或相互标榜"成派"的机会不大。不过，晚明传奇剧则因大批文人士子的参与创作，作品昌盛流行于文坛，加上作者或因兴趣相投而相识，或原本即属交往过从之友朋同僚，于是在戏曲创作风格上，或相互影响，或彼此砥砺，遂展现出不同的"风格流派"来。当然，文学创作风格流派之形成，不一定出于作者"有意"成"派"，通常是经过有心读者的观察与评论，辨识出其风格派别之特征，察觉其风格相同或相异，流派之别遂产生。不过，由于明传奇剧的作者，往往亦是有心阅读剧本的读者，因而对传奇不同风格流派之识别，主要是由明代剧作家本身在创作之余，又在理论方面提出各自的见解与论辩，甚至形成旗鼓相当风格流派声势的对立。

　　明传奇剧不同风格流派的对立，出现在万历至明末年间，亦即文人的传奇创作臻至空前繁荣之际。主要是以剧作家沈璟为代表的"吴江派"，还有以汤显祖为代表的"临川派"，在戏曲创作理论方面的争论而凸显出来。当然，就创作成就视之，沈璟去汤显祖甚远，可是论提倡之功，论在传奇剧坛的影响，则沈璟并不在汤显祖之下。二人同是明代后期剧坛的领袖人物，分别以不同的创作风格，不同的戏曲主张，各领风骚，可谓双峰并峙，且各有附和追随者。王骥德《曲律·杂论》就曾点出，两派争论的中心，主要围绕在戏曲创作究竟应该"重文辞"或"重声律"的主张上：

> 临川之于吴江，故自冰炭。吴江守法，斤斤三尺，不欲令一字乖律，而毫锋殊拙；临川尚趣，直是横行，组织之工，几与天孙争巧，而屈曲聱牙，多令歌者龃舌。

其实沈璟乃是从乐曲唱腔的角度，要求文辞创作必须合律依腔，主张遵循严格的声律规范，认为传奇"名为乐府，须教合律依腔，宁使时人不鉴赏，无使人挖喉捩嗓……纵使辞出绣肠，歌称绕梁，倘不谐律吕，也难褒奖"（《太霞新秀序》）。不过，向来不喜受声律约束的汤显祖，则从重文辞主抒情写景的立场，认为宫调声律的选用，当依随文辞的意趣神色为主："凡文以意、趣、神、色为主，四者到时，或有丽辞俊音可用，尔时能一一顾九宫四声否？如必按字摸声，即有窒滞迸拽之苦，恐不能成句矣。"（《答吕姜山》）双方一时各执己见，且各有其追随拥护者，乃至形成晚明传奇剧坛与文坛上一股讨论戏曲何去何从的热潮。不但显示出明传奇剧已经出现不同的风格流派，进而亦促进中国戏曲观念理论的成熟发展，并且提高了戏曲的文学地位，推动了传奇剧创作的繁荣。尤其不容忽略的是，明末风格流派之争对创作与理论方面的后绪影响：不但影响传奇作家创作之际，开始试图兼备文辞与声律的自我要求；更重要的则是，促成戏曲理论研究的风气，导致曲论著作的丰硕。

✤ | 三、曲论著作丰硕

有关戏曲理论的研究风气，从嘉靖年间，即开始流行于文士阶层，爰及万历以后，其风更盛。在这期间，曲论的著作丰硕，主要包括：徐渭《南词叙录》、王世贞《曲藻》、沈璟《南九宫十三调曲谱》、吕天成《曲品》、王骥德《曲律》以及沈宠绥《度曲须知》等。

这些曲论著作之出现，当然基于文人士子的慧眼，对于原本出身市井中瓦舍勾栏的戏曲表演艺术之重视，乃至纷纷执笔对戏曲的源流、风格、作法、表演、声律等，提出相关的论点，表达个人的体察与见解，充分展现明代文人士子对通俗文学的开放接受态度。其中尤其以关于传奇剧唱词声律腔调方面的研究，成就最为显著，不但展示明传奇剧在音乐唱腔方面的格律化与规范化，甚至为现今的戏曲表演与戏曲研究，提供不容忽视的重要参考信息。

传奇剧自从由元末明初的南戏发展演变以来，先风行于市井瓦舍，继而又扩展流行于士林文坛，其兴隆可谓已经跨越社会阶层的鸿沟。此外，传奇剧的持续风行，似乎与政权的盛衰并无必要关联，甚至亦无视于朝代的兴亡轮替。传奇剧不但未因明朝的衰败灭亡而消歇，而且还继续其在明代的隆盛，成为清代前期戏曲的搬演与创作的主流，终于臻至传奇剧的全盛。

第九章

清传奇的全盛与渐衰

　　传奇剧的全盛，主要出现于清代前期。按，清代乃是中国历史上专制帝王制度最后一代的王朝，其政权从顺治元年至宣统三年（1644—1912），总共维持了两百六十多年，其间国势经历了由极盛到极衰的过程。不过，自明代延续而来的传奇剧，无论剧场搬演或案头创作，均于有清一代臻至全盛，不但未因明朝的灭亡而消歇，亦未随清王朝国势的盛衰而起落。尽管明清二代分别属于经由汉满不同民族主导统治全中国的王朝，但是，或许由于满族人入主中原之前，本身汉化已深，加上立国之后，朝廷重视汉文化，且又为有利于统治，刻意施行一些笼络汉族士人的政策，遂导致满汉族群之间的分裂意识微薄，文化趋向融合，乃至出身南戏的传奇剧风行朝野，并未受到朝代的轮替，或不同民族统治者政权的转移之影响。这或许正好说明，文学创作的兴衰，与朝代的轮替以及政权的转移，不一定相关，而是自有其本身的风行条件与发展途径。

✤

第一节

传奇全盛的标志

传奇剧虽然兴隆于明代，成为明代戏曲的主流，不过却是在清代方进一步臻至其全盛时期。本节所谓传奇剧"全盛"的标志，主要是针对传奇剧之作者、作品、读者三方面的互动效果来观察，包括专业文人作家之崛起，作品内容题材之多样，以及读者在理论方面研究之蓬勃与新颖。

✤ | 一、专业作家崛起

此处所称"专业作家"，乃是指那些或失意于仕途，或无意于仕宦，姑且以撰写戏曲脚本为专业，并以此谋生的作者。自宋元以来，传统戏曲的搬演与创作，实际上乃属流行于市井瓦舍，为一般城市居民或普罗大众提供消闲娱乐的"商业行为"，至于文人士子的参与创作，多属偶然，并非常态。即使明代后期，文人染指传奇创作者日众，这些作者，基本上还是学而优则仕者，有的不过出自业余的爱好，偶一为之，有的则是为充裕生活的一时之需，姑且暂时染翰。可是，爰及明末清初，则开始出现一批文人，单纯为传奇的搬演而创作，并以此为"谋生"的专业。其中可以李玉（1600？—1670？）为代表的"苏州剧派"——苏州作家群最为著称。

所谓"苏州剧派"，可谓是中国戏曲史上阵容最浩大且影响深远的戏曲流派。按，苏州原即是昆曲的发源地，明末清初年间，苏州戏班之多与搬演之盛，是其他地区望尘莫及者。其剧作家均身处明清朝代更替之际，社会大动乱的时期，又活动于商业经济发达，市民娱乐生活蓬勃的苏州一带。主要人物包括李玉、朱素臣、叶时章、毕魏、张大复等二十多人，活跃剧坛时间长达四五十年，而且多属或失意于仕途，或无意于仕宦的布衣平民，唯以替剧班撰写剧本为谋生之专业。值得注意的是，这些剧作家原本多属同乡故交旧识，又因同业关系，志趣相投，而形成的群体意识，以及彼此切磋合作的精神，甚至出现一些集体创作编撰的剧本。例如李玉的《清忠谱》，实际上并非其独创，而是包括朱素臣、毕魏、叶时章等人之参与相助，故而此剧的顺治刻本，即署名为："苏门啸侣李玉玄玉甫著，同里毕魏万后、叶时章稚斐、朱素臣同编。"表明乃是经由数位作者相助的集体成果。其他由二人以上合作撰写的传奇剧，亦不在少数。苏州剧坛这种同业的群体意识和团队精神，是形成风格相近的"苏州剧派"的要素，亦是清代传奇剧的创作趋向专业化的标志。

另外值得一提的是，苏州剧派中其他作者作品流传至今者，如朱素臣《渔家乐》，写东汉末年渔家女邬飞霞搭救清河王刘蒜，刺死奸相梁冀的故事，其中《卖书》《纳姻》《藏舟》《相梁》《刺梁》等出，一直是昆曲剧目传唱不衰的剧目。还有邱园《虎囊弹》剧中现存《山亭》（即《醉打山门》）一出，亦是至今仍为昆曲和京剧的常演剧目。

✤ ｜ 二、内涵旨趣多端

由于专业作家的崛起，入清之后创作的传奇剧本，或为满足市场需求，或为借此抒发己怀，已经不再局限于明末一般"传奇十部九相思"的格局，乃至剧情故事开始朝政治现实或社会人生多方面的旨趣扩散。以下试从三方面来观察，或许亦可探视有清一代传奇剧在主题内涵方面的发展演变概况：

首先，最显著的现象就是，有关政治时事之剧增多。尤其是清初传奇作家往往会将政治局势或历史上的重大政治或社会事件，作为剧情故事的主要题材或场域背景。充分展现清代初期剧作家批评政治，关怀时事的心情态度，进而也促成剧本中善恶对立的剧情张力，忠奸分明的人物形象。例如李玉等所著的《清忠谱》，写明朝天启六年（1626）魏忠贤如何迫害魏大中、周顺昌等东林党人，乃至引发一场苏州地区民众起而反权贵奸臣的闹市暴动，可谓是继《鸣凤记》之后著名的时事剧。又如李玉所写另一传奇剧《千忠禄》（即《千忠会》，又名《千忠戮》），主要是反映明初"靖难之役"的历史剧，其中着力描写燕王朱棣的残暴屠杀，建文帝朱允炆的流离惨痛，并塑造出一些尽节的忠臣形象，以及一些转眼忘恩的奸佞人物。此外还有李玉较早期的作品《一捧雪》，则是以发生于明嘉靖年间（1522—1566），一宗钱塘人莫怀古遭受奸权严嵩之子严世蕃政治迫害事件为题材，并以严世蕃为谋夺莫怀古家传玉环"一捧雪"为线索，展示一场政坛忠奸之争的传奇故事。

其次，在严肃的政治时事剧之外，则是提供消闲娱乐为宗旨的玩笑喜剧之风行。通常以人生遭遇中的误会、巧合、错认、弄巧成拙、弄假成真等，作为剧情发展演变的推动力。这类剧作，大多以文人学士的风流韵事，或才子佳人在爱情婚姻中遭遇的波折起伏为笔墨重点，而且都以大团圆为结局，显示其"讨喜"的世俗性质，可令观众满意而归。不过，作者的创作宗旨，显然并非单纯为"媚俗"而敷演男女之间的爱情婚姻关系，往往含蕴着借此对人性的弱点或社会的风气，予以轻松的调侃或温和的讽刺。

或可以李渔的《风筝误》为代表。按，《风筝误》主要是写风流才子韩奇仲与纨绔子弟戚友先二人，因放风筝而误入情场，乃至引发一连串差一点乱点鸳鸯的笑料情节，其中才子与佳人，拙人与丑女相互错位，却又终于各得其配而欢喜收场。全剧由迭出的阴错阳差的情节构成，剧情轻松逗趣，笔触风趣诙谐，颇具娱乐效果，亦不乏通过人物角色的言行，对人性以及社会风气的调侃与批评。应当是既讨好一般观众亦取悦文人士子的作品。

再者，则是将历来流传民间的传说故事，包括前人撰写的小说，进一步的发挥、改编。或以突破传统观点的束缚为笔墨重点，或转而向社会阶级族群不容跨越的观念臣服。例如，李玉的《占花魁》，显然脱胎于冯梦龙《醒世恒言》中《卖油郎独占花魁》的拟话本故事。不过，拟话本所写乃是一个在市井中讨取生活的卖油郎，与名满京城的妓女辛瑶琴成婚的离奇姻缘。可是《占花魁》剧本却将男女主角的社会阶层背景，改为均出身名门却不幸流落市井的公子与小姐，经过几番考验之后，因彼此对爱情的坚贞，终于双双"荣荫"。人物角色出身的改变，不但失去了原著的离奇浪漫色彩，而且失去了原作者尝试跨越社会阶级鸿沟的意图。此外，乾隆年间（1736—1795）蕉窗居士黄图珌所写有关人蛇相恋继而又背叛的《雷峰塔传奇》，转述民间传说白蛇娘娘与许宣（传奇剧则改称许仙）之间的爱情悲欢。当然，《雷峰塔传奇》剧本仍然保持民间传说故事中，凡人与蛇精之间的爱情，并且通过许仙的言行举止，点出人性的软弱卑劣，反衬白娘子如何不受世俗人间的礼法束缚，对爱情的执着追求。所举两部传奇故事剧情的题材虽各有所本，结局亦有悲喜之别，唯其旨趣同样流露作者对于突破社会禁忌或颠覆传统观念的不同态度，却也正巧反映，清代传奇剧作者取材撰写之际，对前代作品，既有继承亦有发扬的创作态度。

清代传奇剧所以令文学史家瞩目，不单单是在剧情故事方面题材内容的多样化，更重要的是，传奇剧的全盛所引发的戏曲研究风气之蓬勃与理论之新颖。明显展示，中国传统戏曲的发展爰及有清一代，无论搬演或创作，已臻至观众或读者在反思与回顾中，开始作总结的阶段。

✦ ┃ 三、理论蓬勃新颖

清人有关戏曲理论之研究，当然主要还是在明人曲论基础上的延续与发展。不过，其间研究著作之丰硕，见解之充裕，均远超越前朝，且展现传奇剧研究之蓬勃，理论之新颖。其中包括：音律的研究，如毛先舒《词学名解》《韵学通指》；曲谱的研究，如沈自晋《南词新谱》、李玉《北词广正谱》等；还有曲学理论的研究，如李渔《闲情偶寄》、金圣叹《第六才子书》等。其中当以李渔的成就最令人瞩目。

李渔字谪凡，号笠翁，又别署笠道人、随庵主人、新亭樵客、湖上笠翁，浙江兰溪人。其一生诗文词曲著述宏富，亦是清代戏曲界的全才。其实李渔不但从事传奇剧的创作与理论研究，甚至还经常带着蓄养的戏班家姬到各地搬演自己撰写的戏曲脚本。其《闲情偶寄》一书中《词曲部》与《演习部》，在中国戏曲理论史上，堪称里程碑之著，后人甚至将两部独立刊行，名为《李笠翁曲话》，成为戏曲研究者的必读资料。

过去有关戏曲的理论，主要多针对声律或文辞方面发挥意见，或以何者更为重要分别表达立场。而李渔于《闲情偶寄·词曲部》，则是首度从剧情故事的整体构思方面，提出"结构第一"的新颖观点："填词首重韵律，而予独先结构。"并且针对剧情故事结构的经营安排，相继提出所谓

"立主脑""减头绪""密针线""戒荒唐"等的理论。一方面对时下流行的传奇剧在情节方面组织松散，头绪繁多，焦点模糊诸缺憾提出批评，同时将戏曲理论观点推展至崭新的领域。除此之外，李渔还重视戏曲语言风格的表现。首先强调曲辞须"脱窠臼"："吾谓填词之难，莫难于洗涤窠臼；而填词之陋，亦莫陋于盗袭窠臼。吾观近日之新剧，非新剧也，皆老僧碎补之衲衣，医士合成之汤药。取众剧之所有，彼割一段，此割一段，合而成之。……但有耳所未闻之姓名，从无目不经见之事实。"按，过去的曲论，往往围绕在戏曲语言的"文采"或"本色"之间徘徊论述，李渔则站在戏曲乃属通俗表演艺术的角度，提出"贵浅显""忌填塞"的主张，认为"曲文之词采，与诗文之词采非但不同，且要判然相反。"由于诗与文主要是写来给读书人看的，传奇剧则不比诗文，是"作与读书人与不读书人同看，又与不读书之妇人小儿同看，故贵浅不贵深"。因此认为，剧作家在文辞上"于浅处见才，方是文章高手"。另外不容忽略的则是，李渔甚至对戏曲的搬演亦提出新颖的见解。于其《闲情偶寄·演习部》，有关演员素质与训练，即提出当着重"授曲"与"教白"，要求演员"解明曲意""唱时以精神贯串其中"，切忌"口唱而心不唱，口中有曲而面上身上无曲"。同时又还涉及演出的组织者，亦即戏曲的导演，对剧本的选择。认为应当根据能否令观众娱乐耳目，能否引观众哭、笑、怒、惊，来选择剧本。此外，甚至又还根据剧台演出的经验，对剧情背景锣鼓敲打轻重的音响效果，亦提出意见，认为"戏场锣鼓，筋节所关。当敲不敲，不当敲而敲，与宜重而轻，宜轻而重，均足令戏文减价。……"李渔的戏曲理论，是剧本创作与搬演实践的经验之论，也是自戏曲萌生与发展演变以来，对中国传统戏曲最新颖、最全面的理论。

有清一代是传奇剧的全盛时期，不但于戏曲理论方面展现其研究之蓬勃与理论之新颖，而且产生了文学史上誉满剧坛与文坛，至今仍然受学界称颂不绝的"南洪北孔"两大名著，亦即洪昇的《长生殿》与孔尚任的《桃花扇》。洪昇是浙江钱塘人，孔尚任是山东曲阜人，二人先后以《长生殿》与《桃花扇》二剧的问世，名满剧坛文坛，可谓是清代传奇剧发展臻至高峰的标志。

✤

第二节

洪昇《长生殿》

洪昇（1645—1704）字昉思，号稗畦，浙江钱塘（今杭州）人。少时即以能文著称，乃属诗文词曲兼擅者。唯其仕途并不顺遂，甚至一度须靠卖文度日，乃至"移家失策寓长安"（《赠徐灵昭》），不得已远赴京城谋求生计，总算任职国子监。康熙二十七年（1688），经过十多年的构思撰写，并三易其稿的《长生殿》终于问世，立即造成轰动。根据其友人徐灵昭《长生殿序》的描述："一时朱门绮席，酒社歌楼，非此曲不奏，缠头为之增价。"又据吴舒凫《长生殿序》所云："爱文者喜其辞，知音者赏其律，以是传闻益远。蓄家乐者攒笔竞写，转相教习，优伶能是，升价什佰。"不过，就在次年，孝懿皇后佟氏病逝不久，按礼仍属国丧期，洪昇却于其寓所中搬演《长生殿》，乃至获罪，遭受弹劾，并系入刑部狱，随后被"逐归"，且革除其国子监监生之职。这次凡是曾前往洪昇寓所观赏《长生殿》演出的翰苑名流，受处罚者近五十人，此即戏曲史上有名的"演出

《长生殿》之祸"。洪昇经此打击后，落拓失意，羁旅漂泊，最后竟然于舟行吴兴浔溪之际，因酒醉而坠水溺死。唯其《长生殿》一剧，受观众之欢迎与读者之欣赏，始终未减。试从以下两方面，概览《长生殿》在戏曲史上的特色与地位。

✤ | 一、爱情与时局合流

洪昇《长生殿》全剧共五十出，分上下两卷，前二十五出，敷演唐明皇李隆基与贵妃杨玉环之间爱情的萌生与缠绵，以及政坛的败坏、安史之乱的发生，与马嵬之变的情节；二十六出以后，则主要表现马嵬之变后社会的乱离，以及虽然仙凡两隔，明皇对贵妃的绵绵相思，贵妃死后对明皇的无限痴情，终于感动天地，二人遂在仙界得以团圆。剧中涉及的各类人物与事件众多，而且天上、人间、鬼神、人仙俱全。在剧情结构上，李杨之情与安史之乱，双线并行，且又彼此掺和贯通，众多人物事件相互联系，场面冷热相济，对比铺垫，乃至构成一个爱情与时局合流的整体，充分展示作者驾驭全剧、指挥若定的才华。

当然，明皇与贵妃的爱情故事，自中唐以来，即在民间与士林普遍流传，并且不断成为文人染翰创作、吟叹歌咏的对象，相继出现于诗歌、小说、戏曲等不同的文类中。诸如唐代白居易的《长恨歌》与陈鸿的《长恨歌传》，以及宋人乐史的笔记小说《杨太真外传》，还有元代王伯成残缺的《天宝遗事》诸宫调、白朴的《梧桐雨》杂剧、明代吴世美的《惊鸿记》传奇等，均是有名的例子。但是，洪昇的《长生殿》之所以特别令戏曲史家瞩目，则主要还是由于作者笔墨重点，不单单是围绕在明皇与贵妃二人的情缘上。按，《长生殿》虽以明皇与贵妃之间的爱情作为剧情主要框架，却同时又还不惜篇幅，穿插展示唐代开元、天宝年间的宫廷政治与时局变迁，玄宗如何在沉溺于爱情享乐中，疏于朝政，终于招致安史之乱，造成国破家亡、人民流离失所的发生与后果。

其实洪昇于《长生殿自序》，即尝清楚说明其剧情故事取材与创作意图，乃是："借天宝遗事，缀成此剧。凡史家秽语，概削不书，非曰匿瑕，亦要诸诗人忠厚之旨云尔。然而乐极哀来，垂戒来世，意即寓焉。且古今来逞侈心而穷人欲，祸败随之，未有不悔者也。……嘉其败而能悔，殆若是欤。"又于第一出《传概》中表明："今古情场，问谁个真心到底？但果有精诚不散，终成连理。……借太真外传谱新辞，情而已。"继而又于第三十八出《弹词》中，借小生李谟之口："休只埋怨贵妃娘娘，当日只为误认边将，委政权奸，以致庙谟颠倒，四海动荡……"表达其宽容的立场。可知作者意欲展示的，乃是爱情与时局的交错复杂关系，笔墨间对明皇与贵妃之间的爱情，予以珍重与祝福，而且并无责怪贵妃之意，即使对明皇晚年因迷恋贵妃而疏于朝政，导致朝廷腐败，安史乱起，四海动荡，亦心存"诗人忠厚之旨"，因此于惋惜、谴责中糅杂着同情与怜悯。

综观《长生殿》剧情故事的发展演变，虽然表现明皇与贵妃"精诚不散，终成连理"的圆满结局，却不同以往诸其他有关李杨爱情故事作品的格局。因为《长生殿》并非一部单纯写男女爱情之作，而是将爱情与时局紧密交织融会于相关人物事件的错综关系里，乃至于剧情的发展过程中，不但增添了明皇与贵妃爱情故事的深度，而且扩大了剧情的时代感与历史感。可以令观众与读者，一方面为明皇贵妃"钗盒前盟"且死生不渝之情而动容，另一方面亦为大唐帝国竟然由盛转衰而喟叹。就剧情的整体结构与排场视之,《长生殿》已远超越前人所写有关明皇贵妃的爱情故事,而是一部爱情与时局合流之巨著。

✤ ┃ 二、文辞清丽兼通俗

此处所谓"文辞",包括剧中人物角色的唱词与宾白。《长生殿》的文辞,乃是以清丽优美同时亦兼通俗自然见称。其清丽优美,源自作者的诗笔文才,其通俗自然,则出于对日常生活语言的生动仿真。试节录第二十四出《惊变》中的文辞为例:

(丑扮高力士上)诗云:"玉楼天畔起笙歌,风送宫嫔笑语贺。月殿影开闻夜漏,水晶帘卷近秋河。"咱家高力士,奉万岁爷之命,着咱在御花园中,安排小宴,要与贵妃娘娘同来游赏,咱只得在此伺候。

(生、旦乘辇,老旦、贴随后,二内侍引待上)(唱)【北中吕·粉蝶儿】天淡云闲。列长空数行新雁。御园中秋色烂斑。柳添黄,苹减绿,红莲脱瓣。一抹雕栏。喷清香桂花出绽。(到介)(丑)请万岁爷、娘娘下辇。(生)妃子,朕和你散步一回者。(旦)陛下请。(生、旦携手科)(生、旦唱)

【南泣颜回】携手向花间。暂把幽怀同散。凉生亭下,风荷映水翩翩。(旦唱)爱桐阴静悄,碧沉沉。(生、旦同唱)并绕回廊看。恋香巢秋燕依人。(旦唱)睡银塘鸳鸯蘸眼。……

(生)妃子,朕和你清幽小饮,那些梨园旧曲,都不耐烦听他。记得那年,在沉香亭赏牡丹,召翰林李白,草《清平调》

三章，命李龟年度成新谱，其词甚雅，不知妃子可还记得否？（旦）妾还记得。（生）如此，为朕歌之。（旦）领旨。（生）待朕按板。（旦唱）

【南泣颜回】花繁浓艳想容颜。云想衣裳光灿。新妆谁似，可怜飞燕娇懒。名花国色，笑微微，常得君王看。向春风解释春愁，沉香亭同倚栏杆。（生）吓，哈哈哈，妙哉！李白锦心，妃子绣口，真乃双绝也，宫娥们！（老旦、贴）有！（生）取巨觞来！朕与娘娘对饮。……

上举引文中高力士、明皇、贵妃之间的宾白，流畅自然，不但符合各自的尊卑身份地位，同时也展露三人关系的亲疏。当然，丑角高力士登场所吟之诗，乃是晚唐诗人顾况的《宫词》；贵妃所唱【南泣颜回】一曲，则是檃栝李白《清平调》三首之内涵情韵；而大伙同台合唱的【粉蝶儿】一曲，实际上是把《梧桐雨》中第二折的曲辞稍作修改润色而成。但是，经作者巧妙的安排，灵活的运用，将旧辞新咏恰如其当地置入剧中人物口中，遂营造出"惊变"前夕，明皇与贵妃在宫中丝毫不知变乱将至，继续沉湎于欢乐的场景气氛。并且展现兼具写景抒情功能之曲辞，清丽有味，人物角色之言谈，亦生动传神。

再看，杨贵妃缢死马嵬坡之后，唐明皇继续奔蜀，悲泣盈怀。第二十九出《闻铃》中，明皇登剑阁避雨，听雨声和着檐前铃铎摇响，倍感伤痛。试看此出中唐明皇一首诉说情怀的唱曲：

【前腔】淅淅零零，一片凄然心暗凉。遥听隔山隔树，战合风雨，高响低鸣。一点一滴又一声，一点一滴又一声，和愁人血泪交迸。对这伤情处，转自忆荒茔。白杨萧瑟雨纵横，此际孤魂凄冷。鬼火光寒，草间湿乱萤。只悔仓皇负了卿，负了卿！我独在人间，委实的不愿生。语娉婷，相将早晚伴幽冥。一恸空山寂，铃声相应，阁道峻嶒，似我回肠恨怎平！

当初海誓山盟的贵妃已逝，眼前是"一片凄然心暗凉"，明皇在悔恨与无奈中，偏偏又是风雨交加，伤痛之际，甚至引发"我独在人间，委实的不愿生"的念头！

这是爱情的极致，也是作者为明皇塑造的深情形象。

再看备受历代读者称颂的第三十八出《弹词》：

（末白头，旧衣帽，抱琵琶上）诗云："一从鼙鼓起渔阳，宫禁俄看蔓草荒。留得白头遗老在，谱将残恨说兴亡。"老汉李龟年，昔为内苑伶工，供奉梨园，蒙万岁爷十分恩宠。自从朝元阁教演《霓裳》，曲成奏上，龙颜大悦，与贵妃娘娘各赐缠头，不下数万。谁想禄山造反，破了长安，圣驾西巡，万民逃窜。俺每梨园部中，也都七零八落，各自奔逃。老汉来到江南地方，盘缠都使尽了，只得抱着这面琵琶，唱个曲儿糊口。今日乃青溪鹭峰寺大会，游人甚多，不免到彼卖唱。（叹科）哎，想起当日天上清歌，今日沿门鼓板，好不颓气人也。（行科）

【南吕·一枝花】不提防余年值乱离，逼拶得歧路遭穷败。受奔波风尘颜面黑。叹凋残，霜雪鬓须白。今日个，流落天涯；只留得，琵琶在。揣羞脸，上长街又过短街。哪里是，高渐离击筑悲歌；倒做了伍子胥吹箫也那乞丐。……

（末弹琵琶唱科）【转调货郎儿】唱不尽兴亡梦幻。弹不尽悲伤感叹。抵多少凄凉满眼对江山。俺只待拨繁弦传幽怨，翻别调，写愁烦。慢慢的把天宝当年遗事弹。……

由末角扮演的白头李龟年，原是唐明皇梨园弟子中著名的音乐家，由其自道其身世遭遇的变换：从"内苑伶工，供奉梨园，蒙万岁爷十分恩宠"，到如今"只得抱着这面琵琶，唱个曲儿糊口"，以此显示，突如其来的安史之乱对李唐王朝以及个人生活的巨大冲击。上引李龟年的独白与唱词，除了自道身世之外，同时还回顾了当初安禄山造反，攻破长安的动乱情景，如何促使玄宗仓皇奔蜀，梨园弟子"七零八落，各自奔逃"，四处流散的悲惨命运。其中李龟年个人则辗转流落江南，弹琵琶卖唱糊口谋生。李龟年的"唱不尽兴亡梦幻，弹不尽悲伤感叹"，仿佛触动了身处明末清初大动乱之际的作者之深切感慨，于是，借《长生殿》"传幽怨，翻别调，写愁烦。慢慢的把天宝当年遗事弹"。

抚读《长生殿》的文辞，或清丽优雅，展现作者的文才诗情；或自然通俗，同时照顾到戏曲的表演艺术功能。洪昇《长生殿》传奇剧之所以在文学史界视为是中国戏曲发展史的最高峰，不仅在于作者将流行民间与文坛的明皇与贵妃之爱情故事，扩大至安史之乱前后宫廷政治与社会局面的喟叹，亦在于对剧中人物曲辞宾白的精心处理。

第三节

孔尚任《桃花扇》

孔尚任（1648—1718）字聘之、季重，号东塘、岸堂，又自称云亭山人，山东曲阜人，乃是孔子第六十四代孙，有诗文集传世，亦是著名的戏曲作家，与洪昇并称"南洪北孔"。孔尚任尝因康熙皇帝至曲阜祭孔，被推荐在御前讲经，并陪同参观孔庙、孔林，遂得到康熙褒奖，并指定吏部破格任用，授以国子监博士，进而步入仕途。不过，却并不得意于官场，甚至于康熙三十九年（1700）出任户部广东清吏司员外郎不及一月，即被罢官，原因并不清楚。但由孔尚任于《放歌赠刘雨峰》诗所云"命薄忽遭文字憎，缄口金人受诽谤"视之，似乎曾因"文字"而遭受诽谤，至于是否与《桃花扇》有关，尚难以判定。孔尚任罢官归乡后，生活清苦，穷愁潦倒，最后卒于曲阜故居。令孔尚任不朽的代表作《桃花扇》传奇，于罢官前一年，即康熙三十八年（1699）问世，亦是一部经十余年的构思撰写，且三易其稿的巨著。当今学界一般视其为中国戏曲史上成就最高的历史剧。其剧情故事主要是借明末复社文人侯方域与秦淮名妓李香君之间的爱情为线索，反映南明弘光小王朝的兴亡始末；侯李二人的离合经历，联系着南明的政局，南明的政局也决定了二人的命运。初读乍看之下，与洪昇的《长生殿》颇有相若之处，同样是男女爱情与政治时局的结合。但是，《长生殿》追述的时局与作者的生存年代相去甚远，可是《桃花扇》展现的时局，尚有前朝旧臣遗老的记忆为证。因此，《桃花扇》剧情中流露的，似乎更在于对一段记忆犹新的兴亡历史之追忆与悲悼。

✤ | 一、离合与兴亡同悲

《桃花扇》传奇共四十出，全剧的剧情故事主要是，"借离合之情，写兴亡之感"（《桃花扇·试一出"先声"》）。"离合之情"与"兴亡之感"应当均属作者的笔墨重点。不过，孔尚任于《桃花扇小引》中则特别指出：

《桃花扇》一剧，皆南朝新事，父老犹有存者。场上歌舞，局外指点，知三百年之基业，隳于何人，败于何事，消于何年，歇于何地，不独令观者感慨涕零，亦可惩创人心，为末世之一救矣。

从《桃花扇》剧情故事本身看，其中涉及者，似乎多属真人实事。诸如福王朱由崧，将领史可法，权臣魏忠贤、杨文骢，以及复社文人侯方域、阮大铖、马士英等，事迹均可见诸史籍；即使歌妓李香君、琴师苏昆生、说书人柳敬亭，亦史有其人。剧情中展示的，明末政坛的败坏与丑恶，以及人心的腐朽与社会的动荡，亦颇能反映当时的历史状况。加上作者又特别于其剧本附上《考据》一篇，列举剧中主要事件与人物所依据的文献资料。乃至引导历来论者，不乏以《桃花扇》"写史"之如何真实作为评述称颂的重点。然而，不容忽略的是，《桃花扇》毕竟是由"文人创作"的剧本，并非史家撰写的历史，其剧情故事，即使有可考核的历史人物事件为依据，乃是经过作者的构思想象与润色加工而成，故而剧情中有些事件发生的时间，甚至主要人物的结局，与史实并不完全相符合。犹如剧中说书人柳敬亭所云："这些含冤的孝子忠臣，少不得还他个扬眉吐气，那些得意的奸雄邪党，免不了加他些人祸天诛。"这正可说明，《桃花扇》传奇剧，是经过作者构思想象并重新安排经营的文学作品，并非历史实况的记述[1]。其实，就全剧观之，宛如一部借男女离合之情的凄美，缅怀并哀悼一段特定时期历史兴亡的悲歌，流露的是作者对男女离合与国家兴亡同悲的深切慨叹，虽非历史的再现，却是文学的真实。故而以下仅试从文学成就

---

① 有关《桃花扇》剧情与人物并非纯属史实的论证，见张燕瑾：《历史的沉思——〈桃花扇〉解读》，收入张氏《中国戏曲史论集》，燕山出版社1995年版，第226—242页。

的角度，探讨《桃花扇》的结构与主题之关系，以及人物形象塑造方面的突破。

✚ ｜ 二、结构与主题环扣

一把桃花扇，实际上即是形成《桃花扇》剧情之结构与主题紧密环扣的关键意象。综观《桃花扇》剧情，从第一出《听稗》中，通过侯方域听柳敬亭说书，点出"王气金陵渐凋伤，鼙鼓旌旗何处忙"的现况，并预示"无数楼台无数草，清谈霸业两茫茫"，遂拉开时代感伤的序幕。就其主题内涵，男女离合与朝代兴亡同悲，显然均属作者的笔墨重点。剧中复社文人侯方域和青楼女子李香君之间的爱情，原本属于才子佳人的风流韵事；然而，在作者的经营安排下，却与权奸魏忠贤阉党与复社文人之间的政治斗争，军镇将领或地方派系因私怨而引起的彼此冲突，以及福王朱由崧的昏庸荒唐，紧密环扣一气，乃至扩大了才子佳人剧情的内涵范围，增添了故事发展的政治色彩，强化了咏叹历史的文学意味。惟不容忽略的是，就剧情的整体结构视之，作者赋予一把"桃花扇"作为贯穿全剧的引线，遂令结构与主题紧密环扣起来。

当然，明代李玉的《一捧雪》，也曾以"一捧雪"一指玉环，为全剧发展的主线，而其剧情乃是单纯以莫怀古遭受奸人迫害为焦点，玉环"一捧雪"不过是追求真相、雪洗冤情的证物而已，可谓剧情单纯而集中。但是，孔尚任《桃花扇》笔下的"桃花扇"，在爱情离合与历史兴亡的交错复杂关系中，则担负着更深的象征意义与文学功能。

按，剧中的"桃花扇"，原先不过是侯方域赠送给李香君的定情信物，然而，一旦因香君的血溅，再经杨文骢依扇上所染血迹而巧妙勾勒出的一幅折枝桃花图，遂令"桃花扇"不同凡响起来。此血染的"桃花扇"，于是成为侯、李二人爱情永固的象征；也是李香君志守空楼，以死明志，昭示其节操的见证；同时还是马士英、阮大铖、田仰之流，追求声色，迫害忠良的证物。剧情最后，历尽沧桑的侯方域和李香君，在栖霞山白云庵不期而遇，重会"桃花扇"，惊喜中互诉相思，共叙旧情。孰知道士张遥星竟夺下"桃花扇"，当面撕碎掷地，猛然喝断两个"痴虫"："当此地覆天翻，还恋情根欲种，岂不可笑！……两个痴虫，你看国在哪里？家在哪里？君在哪里？父在哪里？……"二人如梦乍醒，顿时大悟，于是决定割断这"花月情根"，各自随师父入道为弟子。经道士撕裂的"桃花扇"，又成为侯李二人终于看破世情，从此远离人间俗世的苦难与政坛纷争之象征。一把桃花扇，在剧情故事的发展过程中，从赠扇、溅扇、画扇、寄扇，到会扇、裂扇，不但是贯穿全剧主题结构的总线索，与侯方域和李香君的爱情生命历程相连，而且还与南明小王朝的兴建与败亡历史相始终，并反映明末政坛官场的腐朽黑暗，权贵奸佞的嚣张丑恶，同时还流荡着作者对明代三百年基业从此衰败消歇的无限唏嘘。就是在作者精心策划之下，一把桃花扇，构成全剧情节结构与主题环环相扣的紧密关系。长达四十出的剧本，能有如此紧密的结构组织，实非易事，足以证明作者编写剧本之际，指挥若定的大将风度。

✦ | 三、人物形象的突破

《桃花扇》传奇涉及的人物，举凡有名有姓者，就有三十来个。这样众多的人物角色，遂在剧情故事中形成一个庞大复杂的人际体系，展现作者驾驭故事发展与人物形象塑造的功力。当然，《桃花扇》于人物形象塑造方面，仍然不离元杂剧以来的戏曲传统，主要还是以忠奸善恶的二分法，来刻画正反角色的既定性格形象。不过，《桃花扇》在戏曲人物的塑造上，所以获得称颂赞美，并不在于剧中众多人物间关系的复杂，而在于几个主要人物形象塑造的成功。诸如：秉性忠厚，不失书生本色，且满腹才学，却毫无扶危救溺本领的侯方域；身不由己，懦弱无能，但知享乐的福王朱由崧；赤胆忠心报效朝廷，以死殉国的老将史可法；虽忠于崇祯皇帝，但为人骄矜跋扈的左良玉；依附阉党，得势后横行霸道，虽经纶满腹，却谨慎有余，谋略不足的马士英；还有周旋于东林与阉党之间，八面玲珑的杨文骢……惟剧中最令人瞩目，且具有突破性的人物角色，当属既忠于私己爱情，亦满怀政治意识的李香君，以及始终在复杂多变的政治环境中打滚，为求生存图发达，不惜践踏别人，残害无辜的阮大铖。

试先看旦角李香君。作者孔尚任笔下的李香君，显然受侯方域《李姬传》中叙述的李香君"侠而慧""风调皎爽而不群"人格情性的影响。《桃花扇》中的李香君是一个不幸沦落欢场的烟花女子，聪明美丽，温柔多情，却也是一个自视甚高，不惜与恶劣环境对抗，性情刚烈的女子。当然，传统中国文学作品中，并不缺少温柔多情且性情刚烈的女性人物。例如《孔雀东南飞》中，受姑婆逼迫与夫君离异，却为忠于夫君而举身赴青池的兰芝；又如《窦娥冤》中，立誓为早逝的夫君守节，并专心侍奉婆婆，无惧奸人迫害，不惜以死明志的窦娥。均是有名的例子。可是，无论乐府诗中的兰芝，或元杂剧中的窦娥，她们表现的温柔之情与刚烈之性，始终局限于传统社会为女性安排且锁定的角色里：珍视的是，在家庭生活或夫妻男女关系中的私己情怀，始终表现对传统伦理教育的俯首，亦即以男性主导的社会道德观念要求下，女性对家庭或夫君的附庸或臣属意识。可是，《桃花扇》作者笔下的女主角李香君，言行视野均宽广许多。不但忠于个人与侯方域之间的私己之情，却更进一步展现其关心天下国家，透视官场黑暗，深明是非大义的"政治意识与态度"。在剧情中，李香君因痛恨权奸误国，鄙视魏忠贤、马士英、阮大铖、田仰之流的政坛败类，乃至可以将个人的生存利益置身度外，甚至不惜以血溅桃花扇，表明其既有情于侯方域，亦对明末王朝怀有一份忠烈之情。像李香君这样既温柔多情，且政治意识如此高涨的女性，在中国文学作品中，无论诗歌、小说、戏曲，均属罕见。

例如《却奁》出中，侯方域为娶香君为妻，惜因手头拮据，于是接受曾经依附权奸魏忠贤的阮大铖的资助，才得以为香君办嫁妆。孰知香君获悉之后，不仅不领情，还立即毅然拔簪解衣退回妆奁，并且严厉指责侯方域，接受阮大铖"助俺妆奁"，即是"徇私废公"，谴责其对人物正邪是非不分的判断力：

> （白）官人是何说话？阮大铖趋附权奸，廉耻丧尽，妇人女
> 子，无不唾骂。他人攻之，官人救之，官人自处于何等也？……
> 官人之意，不过因他助俺妆奁，便要徇私废公，哪知道这几件钗
> 钏衣裙，原放不到我香君眼里！（拔簪脱衣介）

李香君虽属一介沦落风尘的女子，但在其温柔多情的性格之外，表现的眼光识见和聪明智慧，对是非善恶的判断力，还有坚守原则的为人处事态度，均远胜于她深爱的、并且饱读诗书的东林才子侯方域。其间未尝不含有作者借此对明末复社文人虽高唱清流，毕竟软弱无用的讥讽。惟值得重视的是，香君对政局以及人物判断的识见，也令侯方域对其爱恋中增添

了敬重，二人遂不但是情侣，亦是政坛上同心的伙伴。这是汉元帝与昭君之情或唐玄宗与贵妃之情，无法比拟的。

又如《骂筵》出中，李香君与侯方域因战乱而不幸离散，且双方久已失去联络，香君就在阮大铖因怀恨其"却奁"而设计下，被采选为"宫人"，以备为王公权贵享受歌舞娱乐之用。此时，香君正与其他清客妓女一同押解送往宫廷途中，就在净角马士英、副净阮大铖、末角杨文骢等，于秦淮河畔赏心亭前赏雪，并借此验看入选宫人是否合意之际，香君眼见这些权贵官员均在场，遂"私语介"："难得他们凑来一处，正好吐俺胸中之气。"继而通过一系列穿插于在场诸角色宾白科介之间的唱词，展现了一个类似"击鼓骂曹"的"女祢衡"，如何不畏权奸压迫，刚烈不屈的人格情性：

> 【前腔】赵文华陪着严嵩，抹粉脸席前奉承；丑腔恶态，演出真《鸣凤》。俺作个女祢衡，挝渔阳，声声骂，看他懂不懂。……【江儿水】妾的心中事，乱似蓬，几番要向君王控。拆散夫妻惊魂迸，割开母子鲜血涌，比那流贼还猛。作哑装聋，骂着不知惶恐。……【五供养】堂堂列公，半边南朝，望你峥嵘。出身贵宠，创业选声容，《后庭花》又添几种。把俺胡撮弄，对寒风雪海冰山，苦陪觞咏。……【玉交枝】东林仲伯，俺青楼皆知敬重。干儿义子从新用，绝不了魏家种。冰肌雪肠原自同，铁心石腹何愁冻。吐不尽鹃血满胸，吐不尽鹃血满胸。……

通过这些唱词，予观众和读者的一般印象是，李香君不仅是一个温柔美丽多情的女子，更是一个系心时局，观察透彻，且深明大义的"知识分子"。像这样的女性知识分子，不但突破传统中国文学中一般女性多局限于男女情缘或家庭生活空间的狭窄形象，甚至已预先显露出，20 世纪以来一些宣扬民族主义或爱国情操的现代小说或戏剧，其中的女角在完成自我人格生命历程中，也能将胸襟视野远投，表现出与男性一样可以"胸怀天下国家"的气度。当然，不容忽略的是，在《桃花扇》剧情里，香君的言行举止和思想理念，投射的毕竟主要还是剧作家孔尚任个人情怀意念的寄托而已。

再看副净阮大铖。《桃花扇》中的阮大铖，虽颇具文才，基本上是一个自私自利的家伙。其人格特质是，奸诈机灵，能伸能屈，对上谄媚逢迎，对下则不惜欺压迫害。但是在作者沾有嘲讽和挖苦的笔触下，并没有将阮大铖塑造成一个十恶不赦、形象单调平扁的坏蛋，而是展现一个为保护自己生存利益的投机分子，在不受道德观念束缚之下，又在充满凶险动乱的政治社会与复杂多变的人际关系中，如何力图生存，追求发达。就看阮大铖得势之前，因投靠魏忠贤，是"人人唾骂，处处击攻"的对象，于眼见明末政权衰败，社会动乱之际，为保全自身安危，遂千方百计设法讨好复社文人，即使遭受辱骂痛打，也只得忍气吞声；又于得知侯方域正为李香君的梳栊发愁，立即慷慨出资相助。当然，其后由于香君的"却奁"，令其助奁失败，讨好复社成空。而耳目机警、嗅觉灵敏的阮大铖，立即转换方向，开始巴结时任凤阳总督且前途看好的马士英，二人为个人的政治利益，狼狈为奸，如鱼得水。就在清兵南下的紧要关头，马士英担心地问："倘若北军渡河，叫谁迎敌？"早已看清局势演变方向的阮大铖，答曰："北兵一到，还要迎敌么！"马士英又问："不迎敌，更有何法？"这时阮大铖的建议是"只有两法"："跑"和"降"！其人格情性中的"务实自保意识"，宛然可见。爰及听闻崇祯皇帝已吊死煤山，其他大臣将领仍然意图誓守半壁江山，阮大铖又率先前往江浦寻找福王，以延续明朝香火；继而与马士英等热心联络四镇武臣作后盾，争取迎立之功……值得注意的是，就在作者对阮大铖言行举止的讽刺挖苦中，隐隐流露作者对于人生在世的观察与慨叹：人生在世，面对现实困境难以避免的妥协，以及必须向环境与命运低头的无奈。当然，阮大铖在《桃花扇》剧情中，的确是造成侯、李爱情遭受挫折，东林复社人士遭遇迫害的"反面人物"，但是，他在乱世中求生存、政坛上图发展的努力与无奈，不断浮现于剧情故事的发展演变里，以及人物唱词宾白的语言中。遂令阮大铖的人物形象变得丰满复杂起来。因为，在阮大铖的人物形象中，正好反映着，历来无数在政坛上打滚，以求生存图发展的文士官员影子。阮大铖可谓是孔尚任《桃花扇》传奇主要人物形象塑造中，最接近真实且颇具说服力的成功例子。

第四节

传奇的尾声——中国戏曲发展的夕阳

清中叶以后，戏曲的创作与搬演仍然方兴未艾，包括文人撰写传奇与杂剧，经刊刻而流传下来的剧本，均超越以前。不过，毕竟显示出戏曲的发展，已逐渐步入"夕阳无限好，只是近黄昏"的最后阶段。就中国传统戏曲整体发展的总趋势观察，在乾隆时期（1736—1795）中国戏曲在本质上已经开始产生了一些显著的变化，其间最引人瞩目的现象即是：昆曲的衰落与其他地方戏的崛起，加上剧本的案头化与搬演的折子化。这些现象，并无先后的继承关系，而是同时并存且交互激荡影响的综合现象。

❖ | 一、昆曲的衰落与地方戏崛起

此处所谓"昆曲",既指唱腔,亦指用昆腔演唱的传奇剧。昆曲传奇剧主要属文人的创作,因此昆曲的衰落,亦即意味着文人传奇剧的衰落。昆曲自明中叶至清初,曾以其唱腔之清雅优美,剧目之丰富多样,不但风行于剧坛,且亦见重于文坛,主要当然还是因为受到文人士大夫阶层的喜爱与推崇。但是,就在明代晚期,昆曲风行的同时,其他地方声腔之通俗戏的演出,如雨后春笋,且从农村乡镇走向城市都会,甚至还蒸蒸日上,形成诸腔竞唱的局面。于是出现了"花""雅"两类剧班,分别在剧坛争胜的现象。明清以来的戏曲论者,为了将昆腔演唱之戏与其他地方声腔演唱之戏有所区别,遂将演唱昆曲传奇为主的戏班,归类于"雅部",另外又以不登大雅之堂的"乱弹"诸腔,亦即以演唱民间各地方戏的戏班,称为"花部"。

根据乾隆六十年(1795)所刻李斗《扬州画舫录》的记载,两淮地方的盐务官商,曾经为迎接乾隆皇帝的南巡,在扬州地区召集了分属"花""雅"两部的戏班,共襄盛举,为供奉皇帝而演出大戏。李斗并指称:"'雅部'即昆山腔;'花部'为京腔、秦腔、阳腔、梆子腔、罗罗腔、二簧调,统谓之'乱弹'。"按,前面章节论及的《牡丹亭》《长生殿》《桃花扇》诸传奇,均属深受文人士大夫称颂不绝的昆曲名剧,自然属于"雅部"戏班惯常搬演者。但是,也正因为昆曲特有的柔媚婉曲的唱腔,虽自明中叶已开始兴隆,毕竟由于其腔调之倾向柔婉文雅,再加上传奇剧情故事本身亦往往不够通俗,乃至欠缺讨好一般普罗大众的魅力,遂成为只有上层社会少数人士欣赏的阳春白雪。即使文人士子中,亦出现品味的改变,开始欣赏"花部"搬演的戏曲。就如焦循《花部农谭》一书序言:"梨园共尚吴音(指昆山腔)。花部者,其曲文俚质,共称为乱弹者也。乃余独好之。盖吴音繁缛,其曲虽极谐于律,而听者使未睹本文,无不茫然不知所谓。……花部原本于元剧,其事多忠孝节义,是以动人;其辞质直,虽妇孺亦能解;其音慷慨,血气为之动荡。郭外各村,二八月间,递相演唱,农叟渔父聚以欢笑,由来已久矣。"

尽管昆曲传奇自清初以来,继续在宫廷中或高官士绅的府第演出,可是爰及乾隆初年,剧坛情况产生了明显的变化。原先主要为适合不同地区民间审美趣味而演出的各地方戏曲,开始蓬勃兴盛,并且纷纷进军北京,展现其意欲开拓观众范围的企图心,果然吸引许多朝廷官员以及一般文人士子的瞩目。由于各种地方戏为扩大演出地盘,争取更多的观众,于是相互竞争,彼此吸取经验,且不断改良,乃至演出的机会日增,传播日广,不但是升斗小民的娱乐,甚至也是朝野士人的喜好,终于成为清中叶以后剧坛的新宠。那些过于典丽文雅的昆曲传奇,走向衰落的命运,遂难以避免。

其实,早在乾隆十六年(1751),为祝贺皇太后六十大寿,就有来自大江南北各处的地方戏班,汇集于京,普天同庆。根据赵翼(1727—1814)《檐曝杂记》的记载,其时"自西华门至西直门外高粱桥,每数十步间一戏台……南腔北调,备四方之乐"。可见当时各种南腔北调的地方戏,在京城演出之盛况,以及受朝野欢迎的程度。原先深受文人士大夫欣赏偏爱的昆曲传奇,在剧坛的衰落状况,或可引徐孝常《梦中缘传奇序》所述,览其大概:"长安(指北京)之梨园……所好惟秦声、罗、弋,厌听吴骚。闻歌昆曲,辄哄然散去!"

当然，昆曲传奇剧的衰落，以及属于花部的地方戏之所以能在剧坛取代昆曲传奇剧的地位，成为清中叶以后剧坛的主流，其促成的原因，除了唱腔过于柔婉文雅之外，还可从昆曲传奇剧本的案头化，以及其搬演的折子化来观察。

❖ ｜ 二、剧本案头化与搬演折子化

就现存资料的记载，清代地方戏曲的剧目，不但数量可观，题材亦相当丰富。或继承传奇、杂剧之剧目，或从民间传说故事以及讲唱文学中取材，或改编自通俗白话小说。不过，由于地方戏主要是为取悦一般观众而演出，其剧本又多数均出自沦落市井的无名氏文人或讨生活于瓦舍勾栏的民间艺人之手，难免有粗俗鄙陋之处，因此颇难获得书商的青睐，予以刊印的机会甚少。盖民间地方戏主要是靠师徒艺人相口授，或同行相传抄，在戏班内部流传而已，即使其演出深受一般观众喜爱，但剧本大多散逸不存。故而此处姑且从传奇剧本自身的案头化，以及其搬演的折子化论之。

（一） 剧本案头化

所谓"剧本案头化"，实际上就是"剧本文人化"，乃是指戏曲剧本流露的文学意味浓厚，宛如一般"案头文学"，其创作主要是提供知书识文读者的阅读，尤其是文人士大夫之阅读欣赏为宗旨，乃至欠缺或忽略戏曲本身的表演艺术与舞台效果。这显然与明代以来文人士子纷纷参与传奇剧本的创作有关。

按，戏曲原属搬演于市井瓦舍，为普罗大众提供消闲娱乐的商业活动，重视的是，如何以演员的表演技艺与舞台效果，吸引观众喜爱，提高票房生意。戏曲"剧本案头化"，则表示作者重视的并非舞台搬演效果，而是自现才情，或自抒怀抱，乃至戏曲作品本身的风格趋向典雅优美，无论剧情内容或文辞表现，均与一般市井大众所熟习的日常生活形态或通俗浅白语言产生疏离。传奇剧本的案头化现象，主要展现于：剧情故事的题材内容，往往以文人士大夫关心的题旨为依归；剧中人物角色口吐的语言，包括唱词与宾白，则趋向典雅优美。

　　传奇剧自其在元末南戏的初起，至明中叶以来传奇的兴隆，始终与文人士大夫的参与创作密切相关。在剧情故事的旨趣方面，难免与作者本身的文人士大夫情怀相连。文人士大夫所关怀者，大致包括：对朝廷安危、政治局势、政坛斗争、社会不平现象的慨叹，以及身为一个"学而优则仕"的知识分子，在仕途生涯或人生旅途上的经验与感受。即使其剧情故事乃属一般民众偏好的男女爱情与婚姻关系，亦往往流露一个文人士大夫作者的伦理道德观点。

　　当然，戏曲剧本的文辞趋向典雅优美，乃是自元末南戏转化至明清传奇以来，在文人士子作家尚辞好藻的笔墨下形成的普遍现象。诸如前面章节所论高明《琵琶记》、梁辰鱼《浣纱记》、李开先《宝剑记》、汤显祖《牡丹亭》、洪昇《长生殿》、孔尚任《桃花扇》等，均不同程度地流露作者在戏曲语言方面有意逞其文章才华的痕迹，乃至典雅优美之文辞，络绎间起，遂令同样是文人士子的读者欣赏称颂不绝。至于一般民间地方戏的文辞，表现得如何"粗陋鄙俗"，因欠缺剧本资料，故而无法确知。但是，在以上这些"名家"笔下的传奇剧，至少并未完全忽略，剧中不同社会阶层的人物，于不同场合，应该有其各自的语言特色，因此，尚能做到典雅优美与通俗浅白的兼顾。不过，爰及清中叶以后，在各种地方戏曲的竞争与挑战之下，仍然有传奇作者，忽略戏曲舞台演出的通俗本质，似乎只是借戏曲创作，抒发个人的情怀意念，展现其辞章之才或诗人之笔。

最显著的例子，即是蒋士铨（1725—1785）的《临川梦》传奇。按，蒋士铨现存剧作有《红雪楼九种曲》（又名《藏园九种曲》）。其"九种曲"中，则以《桂林霜》《冬青树》《临川梦》三剧，颇受世人称道。其中又以《临川梦》最引论者瞩目。其实，蒋士铨此剧，乃是采取明代剧作家汤显祖的生平事迹为剧情的主要题材，或可归类为"人物传记剧"。剧情中且以汤显祖之人品才华和失志不遇为主调，又以汤著"四梦"剧中的主要人物，诸如杜宝、霍小玉、卢生、淳于梦，加上《牡丹亭》的读者，亦即因阅读《牡丹亭》乃至感伤而死的娄江女子俞二娘，分别穿插于剧情中。整体情节之构思，的确展示作者创新的意图，但依全剧剧情之内涵旨趣观察，不过是借剧中主角汤显祖的怀才不遇，以浇作者蒋士铨自身在科场与官场均失意的胸中块垒而已。对一般的观众，当然不具吸引力。尤其是就其剧本的文辞表现视之，作者显然乃是以其诗才写曲辞，这却是一般"案头文学"足以吸引文人士大夫读者的欣赏而已，并不符合戏曲的舞台表演艺术，亦非为取悦一般观众的需求。

全剧之语言清丽婉转，娴雅蕴藉，其典雅优美，甚至不失汤显祖遗风。但是，蒋士铨的《临川梦》，毕竟产生在不同于当初汤显祖撰写戏曲的时空环境，何况又正是处于民间地方戏争奇斗艳之时，《临川梦》虽以其典雅优美的文辞，在当时文人圈中评价甚高，却与舞台演出脱节，未能符合一般戏曲观众的口味，难以与广受欢迎的通俗地方戏争胜，故而演出不多，只能作为提供阅读欣赏的"案头文学"而已。

㊁　搬演折子化

昆曲搬演的"折子化"，或亦可视为传奇剧演出的"元杂剧化"，因为元杂剧一般只有四折或外加楔子，剧情长短适中，颇符合舞台的搬演时段。由于传奇剧多为长篇巨制，少则二三十出，多则四五十出，甚至六十出不等。冗长的剧情故事，倘若全剧演出，往往需数天之久。这对一般偶尔乘空去寻求消闲娱乐的升斗小民而言，自然欠缺吸引力，对公务缠身的文士官员，倘若全程观赏亦属难事。因此，冗长的传奇剧越来越失去其在剧坛搬演的优势，而传奇剧的"折子化"，正是为适应舞台表演的有限时空之下的必然结果。这或许可以从明清时期坊间刊行的戏曲集本得以证实。

其实明万历以后的书商，为了迎合戏曲演出的盛况，曾经大量刻印通行于剧坛的戏曲选集，但其中多为单出戏，不仅有昆曲传奇，还包括一些民间流行的地方戏。例如万历元年（1573）刊行的戏曲集《玉谷调簧》，收录的脚本，主要是"折子戏"，可见戏曲搬演的"折子化"，在明代后期已经开始通行于剧坛。又如乾隆年间由李宸等编纂并经刊刻的《缀白裘》戏曲集，收录当时流行剧坛经常演出的昆曲传奇剧本八十多部作品中，包括四百出"折子戏"，以及五十多出花部戏，更充分说明，每本动辄几十出的传奇剧，已不能适应舞台的表演艺术，与一般观众看戏消闲的趣味亦有距离。据今人颜长珂《珍贵的戏曲史料》一文（《戏曲研究》1984 年第

9 期），引无名氏《观剧日记》记述其于嘉庆二年（1797）正月至三年六月期间，在北京看戏的剧目，将近一百三十场之多。但是，除了《双金牌》三十六出为全剧演出，其余均是散出的折子戏，包括著名的《牡丹亭》演八出，《荆钗记》演七出。折子戏的演出，在清中叶以后，已经成为戏曲搬演的主要形式。

由于"折子戏"是从整本戏中选摘出来单独演出的折子，其情节自然是不完整的片段，观众欣赏的重点，显然不在于情节故事的完整发展，而在于演员在舞台上如何"唱念做打"多样技艺方面的表演，可以提供令耳目愉悦的效果。戏曲搬演的"折子化"，正可谓是戏曲终于回归到舞台艺术与专业演出的必然结果。可是，令人叹惜的是，即使昆曲传奇剧的"折子化"，亦不敌各类新兴地方戏在舞台表演艺术方面的竞争。根据钱泳（1759—1844）于《履园丛话》的记载："近时（嘉庆年间）视《荆钗》《琵琶》为老戏，以乱弹、滩王（簧）、小调为新腔，多搭小旦，杂以插科，多置行头，再添面具，方称新奇，观者益多。老戏如一上场，人人星散。"

昆曲传奇剧的折子化，是为适应舞台搬演而形成，展示中国传统戏曲正朝着新的戏曲审美艺术方向发展。但是竟然还是无力挽回一般观众的捧场，何况各类地方戏，在舞台表演艺术方面各显神通，吸引观众喜好"新奇"的心理，终于导致昆曲传奇的衰落，地方戏之兴盛蓬勃。其中尤其值得重视的是京剧的兴起，取代了昆曲的地位，成为朝野上下普遍受欢迎的戏曲剧种，甚至今天，在华人聚居之处，无论国内国外，仍然保留其在剧坛搬演的优势。

　　清中叶以后，盛极一时的昆曲传奇虽然衰落了，甚至专门演出昆曲传奇的"雅部"戏班也纷纷解散了，但是许多技艺深厚的昆曲演员，为了生存，不得不变换门庭，改唱新兴的地方剧曲，乃至昆曲丰富的唱腔艺术，遂逐渐渗透到各类地方戏曲的传唱中，多少"改进"了地方戏曲的浓重乡土味，对地方戏的推广，观众群的扩大，颇有贡献。就如流行地方的湘剧、赣剧、川剧、徽剧、上党梆子，以及京剧，或多或少都融会一些昆曲唱腔的元素。因此，昆曲至今仍然可以拥有"百戏之祖"的称号。值得注意的是，正当各处地方戏在剧坛纷纷崛起之际，京剧的异军突起，并逐渐推广其演出，乃至乾隆后期，大约19世纪中叶，终于取代了昆曲在剧坛的主流地位。

　　所谓"京剧"，其实并非起源于北京，只不过因为流传至北京，又受到朝野人士的喜爱，乃至赢得京城剧坛搬演的优势而得名。其实，京剧主要还是糅合两种地方唱腔，即"西皮"和"二黄"（或作"二簧"）而成，最初大概起源于陕西、湖北一带，由于两种唱腔很早就同台演唱，合为一个整体，故并称"皮黄"，于清中叶期间，即已流传大江南北，继而由声势浩大的安徽戏班（徽班）带入北京。道光（1821—1850）、咸丰（1851—1861）年间，经过徽班一些优秀艺人的共同努力，在西皮二黄的唱腔艺术方面逐步改进，同时在舞台语音中逐渐融入北京语音，演出作品也不断扩充。大约于同治（1862—1874）、光绪（1875—1908）年间，皮黄戏在北京盛极一时，而且名角辈出。就是在谭鑫培（1847—1917）、汪桂芬、孙菊仙诸名角艺人不断改革和创新的努力下，皮黄戏在唱腔、说白、表演等艺术方面，均展现新的面貌，京剧至此正式形成。

综观京剧的曲调，不过二十多种，外加一些变种，倘若与那些用昆曲演唱的明清传奇剧中庞大繁富的曲调相比，显然"简单"得多。曲调趋向简单，亦是容易吸引各类观众观赏的有利条件。此外，京剧剧本与动辄二三十或四五十出的传奇相比，亦以简短见称，这也是有利于舞台演出的条件。加上其剧情题材之大众化，多为民间普遍熟知的传说故事或讲唱文学的片段，较易于引起一般观众的共鸣与回响。据今人曾伯融《京剧剧目辞典》，所收京剧剧目达五千三百多个，无论改编自前人作品或另编新剧，其题材领域之广泛，已远超过明清传奇。再者，又由于京剧剧本作者，已经认定观众对剧情故事人物与事件的熟习，乃至其笔墨重点可以集中在如何搬演好这些故事片段的精华，并无意于经营策划整个故事情节的发展演变。因此，刊行的京剧剧本，通常不视为具有文学价值，或引人阅读的"文学作品"，不过是提供一般戏迷的参考而已。

昆曲传奇剧的衰落，京剧的兴起，以及各地方戏在剧坛的搬演不辍，正意味着，中国传统戏曲的舞台表演艺术生命力之源远流长，生生不息，同时亦宣布，中国传统戏曲作为读者阅读欣赏的"案头文学"之结束。

第十一编

白话短篇小说之发展与后继

第一章

绪　说

✦ ｜ 一、"文言"与"白话"

　　中国古代小说，因叙述语言的不同，故有"文言小说"与"白话小说"之别。按，所谓"文言"，乃属一般书面用语，主要是官署公文或文人士大夫之间书面沟通的媒介；"白话"则属一般口述用语，乃是日常生活中，无论朝廷官员、文人士子，还是市井小民，彼此口头沟通的语言。文言小说与白话小说，虽各属不同的"文类"，两者之间却互有交流，亦彼此影响，甚至会出现掺和现象。但是在展现的风格特色上，却分别属于雅、俗两大不同的文学传统。白话小说虽然起步较晚，但其历史发展与文言小说并不相衔接。换言之，白话小说并非由文言小说发展演变而成，两类小说之间并无继承关系。白话小说的兴起，乃是另起炉灶，另外开了一个头。

犹如前面相关章节所述，文言小说从魏晋六朝文人笔记所述的志怪与志人故事，发展到唐代传奇，已臻至成熟，而且达到一个高峰。可是白话小说，却要等到宋元时期，才算是初步"成形"，以后又逐渐发展演变，方日趋成熟，而于明清时代达到了鼎盛，终于取代文言小说的主导地位，在文学史上，成为中国古代小说的"主流"。以下试从作者态度、读者对象、作品内涵风格三方面，观察二类小说的文学传统与文类特色。

✦ | 二、作者、读者、作品

白话小说与文言小说的区别，其实不仅在于书写使用的语文有文言与白话之别；更重要的是，在作者态度、读者对象、作品内涵风格诸方面，二者均各自显示分别属于不同的"文类"，各有其文学传统与特色。

（一）作者态度

文言小说与白话小说的作者，在叙事立场与态度上，有很大的差异。文言小说，因深受史传文学或文人笔记的影响，作者通常是以，为个别人物立传，为某项事件的笔录者自居，而笔录人物事迹与事件原委，又往往含有为历史存证之意。白话小说，则因深受民间说唱技艺的影响，作者主要是以瓦舍勾栏的说话人自居，假设是在为当前的听众提供消闲娱乐，而口述人物故事经过。作者立场态度不同，叙事风格各异，自然会造成两类小说叙述模式的迥异。这与作者心目中特定的读者对象不同，亦相关联。

(二) 读者对象

文言小说，乃是以散体古文撰写，无论魏晋六朝的志怪、志人故事，或唐人传奇，乃至宋元笔记小说，主要还是文人写给文人看的作品。换言之，文言小说乃是以具有高度文化修养的文人士大夫为读者对象。可是，白话小说的读者，所涵盖的社会阶级层面，则广泛得多。除了有兴趣阅读的文人士大夫之外，还包括一般知书识字的城市居民，诸如商贾医卜、伙计工匠，以及家庭主妇、闺中女子等。读者对象涵盖层面的广阔，加上作者立场与叙事态度的差异，自然会影响作品本身的内涵风格。

(三) 作品内涵风格

文言小说涉及的内涵故事，主要还是一般文人士大夫有兴趣且熟习的人物事件，或是与他们自己仕宦生涯相关的经验感受，乃至笔墨间特别讲求的，是文辞语意的流丽优美，情境趣味的温润典雅。白话小说涉及的内涵，虽也不乏文人士大夫关怀的事项，但通常着墨更多的则是，一般普罗大众所熟习的，世俗社会的日常人生百态，因此，表现的往往是文辞的浅近与情境趣味的通俗。其实，所谓作品内涵风格的"典雅"或"通俗"，乃是相对而言，并非绝对的标准，何况在小说发展的过程中，经常会出现彼此影响，甚至交互掺和的现象。

当然，白话小说在风格体制上，还有短篇小说与长篇章回小说之别。两者虽然同样源自民间说话传统，却分别属于不同的"文类"，各有其自身的发展演变轨迹与类型特征。此处兹先针对白话短篇小说之发展而论。

第二章

白话短篇小说的前驱
——敦煌变文与话本

清光绪二十六年（1900），在敦煌莫高窟的藏经洞，发现了一批湮没近千年的文献，包括李唐至五代时期各种手写本和木刻书籍，顿时轰动中外学术界。其中有相当数量乃是曾经流传民间的通俗文学作品，引起文学史研究者特别重视者，包括：（一）民间曲子词，为宋词的茁长发展，弥补了源流研究的空隙。（二）诗歌选集与残卷，为古典诗歌之研究，增补了曾经逸失的作品资料。（三）题为"变文"与"话本"的作品，保存了流传民间说唱文学的初期风貌，为宋元戏曲，尤其是白话小说的形成，提供了溯源的途径。此处着重论述的，自然是其中保存的敦煌变文与话本故事。

❖

第一节

变文的兴起

所谓"变文",乃是唐代说唱文学的通称,主要源自一种称为"转变"的通俗说唱表演技艺,可说是一种新兴的通俗文学。由于说唱表演之际,说唱者一边向听众展示相关图画,一边说唱故事原委,所展示的图画,一般称为"变相",所说唱的故事,经文字记录下来的写本,则称为"变文"。

变文的兴起,实与佛教的输入与传播密切相关。远在魏晋时代,佛教开始流行中土之际,僧徒为弘扬佛教,除了翻译佛经、修建寺庙之外,还特别重视传播佛教经义的讲经活动,意图利用音乐、绘画、雕塑、文学诸般媒介,广泛布道化俗。不过,佛家讲经,会因为听众素质与程度的参差不同,乃至有"僧讲"与"俗讲"之别。所谓"僧讲",主要是面对僧众诸出家人讲经,而"俗讲",则是面对一般世俗民众讲经。引起文学史家注意的,自然是"俗讲",尤其是讲经时所采取的有说有唱的形式。

❖ | 一、"俗讲"与"讲经文"

所谓"俗讲",乃是由佛家讲经衍生而出。主讲者尽为僧徒,即所称"俗讲僧",俗讲的对象则是一般俗众,亦即普通的善男信女。俗讲主要是依据经文为一般俗众讲解佛家教义的一种说唱活动。其实是自魏晋以来,佛教流行之际,佛家宣扬佛法的手段,其中就包括"转读"与"唱导"等形式。

按"转读"，或称"咏经""唱经"，乃是指讲经时抑扬其声，咏唱经文。亦即随佛经传入中土，改梵音为汉音，为适应汉语声韵特点而产生的一种诵经方式。在齐梁时期，佛经的转读曾经促成沈约等文士对汉语四声的发现，为唐诗的格律规范打下基础。爰及唐代，"转读"遂向大众娱乐的方向发展，同时与宣唱法理，开导众心的"唱导"，共同组成讲经活动。

转读与唱导，包括偈颂歌赞的梵呗，融合讲说与咏唱为一体，有说有唱，遂形成唐代的"俗讲"形式。俗讲的底本，就是"讲经文"，其内容多取材自佛经教义，不外无常无我、生死轮回、因果报应等佛家教训。现存敦煌遗书中尚保存有十来种，如《长兴四年中兴殿应圣节讲经文》《金刚般若波罗蜜讲经文》《妙法莲华经讲经文》《维摩诘讲经文》等即是。值得注意的是，在行文上，这些讲经文多属散韵结合，说唱兼行。其中"说"为浅近文言或日常口语，"唱"则主要为七言，间杂用三三句式的六言或五言的韵文。

尽管"俗讲"原先主要是由俗讲僧向一般俗众讲述佛经，目的是宗教教义的宣传，不过，为了吸引一般听众的兴趣，讲者遂逐渐增添一些非宗教性的故事内容，甚至与佛界全然无关的世俗情事，方能扩大宗教的宣传，受到更多普罗大众的欢迎。关于俗讲的实际情况已不得而知，不过，其在唐代受欢迎的程度，则可以从姚合（775—855？）《听僧云端讲经》一诗中所云而览其大概："远近持斋来谛听，酒坊鱼市尽无人。"盖听众的欢迎，不但有赖讲者的说唱技术，其内容还须通俗化，甚至市井化。根据唐人赵璘《因话录》卷四角部的记载，唐代俗讲僧中，甚至出现风靡一时，宛如教坊名嘴的"和尚教坊"：

有文淑（淑）僧者，公为聚众谈说，假托经论，所言无非淫
秽鄙亵之事。不逞之徒，转相鼓扇扶树，愚夫冶妇，乐闻其说。
听者填咽寺舍，瞻礼崇奉，呼为"和尚教坊"。

就连敬宗皇帝也在宝历二年（826）曾经"幸兴福寺，观沙门文淑僧俗
讲"（《资治通鉴》卷二四三）。由此可见俗讲在唐代风行朝野的程度。可
惜有关唐代俗讲的情况，在宋代以后即无文献记载。不过，宋代民间"说
话"技艺中，尚有"说经"一家，目的是演说佛书，或许即是唐代俗讲佛
经故事的后裔。惟值得注意的是，唐代俗讲中散韵兼备的体式，亦即一段
以散文叙述，一段以韵文歌咏，正是民间说唱技艺的标志。

✚ | 二、"转变"与"变文"

"转变"乃是一种与"俗讲"同时流行于唐代社会的说唱技艺。至于
唐代民间的"转变"与佛寺的"俗讲"之间，到底是否有必然的继承关系，
因资料欠缺，已无法确定。惟两者的说唱均以一般民众为对象，其在唐代
社会之相互影响，甚至彼此竞争，则可以想见。当今可以确定的则是，唐
代的说唱者，并不限于俗讲僧，说唱地点也不拘于佛教寺院，乃至说唱内
容也不限于佛经故事。就现存资料视之，显然除了佛寺的俗讲僧之外，坊
间还出现了非宗教性的民间艺人，向听众说唱一些有关民间传说、历史掌
故，甚至社会传闻为题材的故事。这些说唱的底本，少数亦留存于当今的
敦煌"变文"中。从故事内涵视之，这些变文显然并非宗教教义的宣传品，
而是一种通俗的民间文艺，虽然其说教意味仍相当浓厚。

故而当今学界一般认为，敦煌"变文"或许即是唐代佛寺讲经与民间

说唱文学相混合的产物，是在演绎佛理经义的宗教文学说教意图的影响之下，逐渐发展起来的一种新兴的通俗文体。其体制特点是：有说有唱，韵白结合，语言通俗，意旨浅显；题材内容则或源自佛经神变故事，或取材于历史掌故和民间传说，或直接叙述当代社会中的人物事迹。大都具有浓厚的世俗情味，因而成为大众喜闻乐见的通俗文学样式，并且在某种程度上，指出宋元以后通俗文学的发展趋势。

不过，唐代变文曾经长期失传，直到 20 世纪初，敦煌石窟文献的发现，唐代变文的"面目"方重见天日，并且立即引起中外学界的兴趣和重视，纷纷开始整理和研究的工作，从而兴起了所谓的"敦煌学"热潮。当然，这些敦煌变文主要还是流传于敦煌地区的作品，在中原地区情形如何，则只能从一些零星记载来推测。如孟棨笔记《本事诗·嘲戏》节中，记述中唐诗人张祜与白居易初次相遇时，尝针对白居易《长恨歌》中的诗句而戏云："'上穷碧落下黄泉，两处茫茫皆不见'，非《目连变》何邪？"或许可以说明，变文的传播，并不局限于敦煌地区，中原一带也曾经出现讲述变文之事。这些变文的说唱，实为唐代通俗文学开辟一个新领域，亦为宋元白话小说的成熟，找到了发展的前驱。

✤

第二节

变文的文学特征

根据今人向达、王重民所编辑的《敦煌变文集》（人民文学出版社1957 年版），共辑集敦煌所出的说唱材料一百八十七件、七十八种（题），为唐代变文的研究提供了方便。不过，书中收集的变文，含义相当宽广，包括经文、变文、词文、诗话、话本、俗赋等各种不同文类。此处重视的，自然乃是与白话小说相关的唐代变文与话本故事。试先从题材内涵、体制形式与叙事艺术三方面，介绍唐代变文的文学特征。

✤ ┃ 一、变文的类型

现存敦煌变文中，与小说发展相关的资料，倘若以题材内涵分类，大体可以分为两大类型，亦即：敷演宗教教义的故事者，统称为"宗教变文"；敷演历史掌故或民间传说与现实社会故事者，则统称为"世俗变文"。

㊀ 宗教变文 —— 宣扬佛教教义

宗教变文，其内涵的宗教色彩自然较浓，主要是通过佛经故事的说唱，宣扬佛家的基本教义，倘若其间流露着任何文学趣味，则主要是变文中出现的那些依附于佛法无边的奇景幻境。诸如《破魔变》《降魔变文》《目连冥间救母变文》等即是。但是这些变文，与俗讲僧所说的"讲经文"已然有所不同。因为其作者并不直接援引经文，也不再单纯演绎佛经义理，通常只是引述佛经故事中比较有趣味的部分，加以铺陈敷演，甚至还会穿插一些富有世俗人情的故事情节。著名者例如《目连冥间救母变文》，叙述业已修行得道的目连，如何于天上遇父，方得知生母因造罪而堕入地狱，于是遍历地狱寻母，终于在阿鼻地狱见到正遭受酷刑的母亲。尽管目连恳求狱主，释放母亲，自愿代母受苦，可是，地狱不容替代，于是，目连就腾空前往世尊处求助，终于在世尊的法力下，其母遂得还以人身。如此强调儒家孝道的变文故事，在一定程度上，已经突破了佛教教义，其作者或讲述者显然并不受佛教教义的局限或束缚。

(三) 世俗变文 —— 脱离佛教教义

世俗变文关怀的，主要是世俗人间的人物事件，其故事的叙述，自然以世俗趣味为重点，已明显展示其脱离宣扬佛教教义为宗旨的痕迹。其中令人瞩目的，且最具小说意味者，有以下三类。

1. 历史故事变文

有关历史故事的变文，基本上已摆脱宗教的束缚，流露出浓厚的世俗人间情味。诸如《伍子胥变文》《李陵变文》《王昭君变文》《汉将王陵变》等。大多以一个真实的历史人物为主角，从史书或文人笔记中撷取相关逸闻趣事，并大量吸收民间传说，进而加以铺叙渲染。值得注意的是，现存这类历史故事变文，其中的主角，几乎都是为某种外在情势所迫，万不得已而去国离乡，乃至作品中往往流露，对故国的无限怀思，对乡土的殷殷眷恋。按，在晚唐五代内忧外患的时代，生活在河西地区、敦煌一带，沦为异族统治之下，当众说唱这类作品，或许寄寓着作者或说唱者对时代人生的感慨吧。

2. 民间传说变文

民间传说变文，在内涵题旨上同样也已脱离佛教教义的宣传。诸如

《舜子至孝变文》《刘家太子变》《孟姜女变文》等。尽管其中主角人物，或许也取材自历史上存在的人物，可是所说故事的内容细节，却多属民间传说，很少史实的根据。著名者，例如《孟姜女变文》，其中包括孟姜女的游魂陈诉，哭倒长城，指血验骨，众魂相托诸情节，显然是说唱者，依据民间的传说故事，再诉诸想象，继而"虚构"而成的故事创作。

3. 当代人物事迹变文

这类变文，主要取材于当时当地人物事件的听闻。最有名的即是《张议潮变文》及《张淮深变文》，均可谓是直接叙述以当代时事为题材的代表作。目前所见二篇，虽已残缺不全，仍然可以看出当时的民间艺人，如何通过变文的说唱技艺，讴歌当时的民族英雄，亦即敦煌的张议潮与张淮深叔侄，以及在他们率领之下的归义军民，如何英勇奋战，抵御外族，以保境安民的英雄事迹。其间流露的，或许是说唱者心系大唐的爱国情操。

就现存敦煌变文的故事类型来观察，从宣扬佛教教义的神魔故事，扩展至世俗的人间生活，从历史人物的传说，转向当前的金戈铁马事迹，反映的正是，变文说唱者与听众双方，对文学审美趣味的演变与拓展，这将会直接影响到宋元期间话本故事的创作。

✦ ｜ 二、变文的体制

现存演说故事的敦煌变文，主要是用接近口语白话的通俗语言写成。体制上一般是采用散韵相间，有说有唱的形式，不过偶尔也有少数纯用散文，甚至纯用韵文者。例如《舜子至孝变文》，基本为六言韵语，体近骈文;《刘家太子变》，则全为散文叙述。显示敦煌变文在体制上并未严格统一。但绝大多数作品已经展现某些共同特点：亦即说唱相间，散韵组合以演述故事。盖"说"，为表白宣讲，多用通俗语或浅近骈体；"唱"，则为行腔咏歌，多用押偶句韵的吟唱。这种体制，与俗讲的讲经文有若干相似，实际上已为宋元以后"说话"技艺指出发展方向。

值得注意的是，变文作为"转变"的写本，原本不是为读者阅读的案头读物，而是提供艺人说唱的底本。主要乃是根据说唱表演的需要，故而说表与唱诵结合，叙事与代言并用，乃至熔文学、音乐、表演于一炉。其间以声传情，以情带声，在声情并茂之下，演述故事，可谓是散韵结合的说唱体最突出的特点，直接影响到宋元白话小说的体制形式。

✤ ｜ 三、变文的叙事

尽管现存与小说发展有关的变文，作品数量有限，艺术表现手法上仍然显得粗糙，但是在中国叙事文学的艺术发展上，已经具有一定的成就地位。其中最令人瞩目的是：

（一）夸张变形，想象神奇的描述

夸张变形，想象神奇，乃是敦煌现存宗教性变文的普遍特色，可促使枯燥乏味的宗教宣传，变得生动活泼起来。例如《降魔变文》，描述佛门弟子舍利弗与外道六师争胜斗法时，其中六师"突然化出毒龙，口吐烟云，昏天翳日，扬眉眴目，震地雷鸣。闪电乍暗乍明，祥云或舒或卷"。而舍利弗则变出金翅鸟王"奇毛异骨，鼓腾双翼，掩蔽日月之明；爪距纤长，不异丰城之剑。从空直下，若天上之流星，遥见毒龙，数回搏接"。结果是毒龙大败，连骨头也没剩下一根。作者利用鸟、龙相克的传说，通过想象，夸张变形，展现出光怪陆离的神魔斗法场景。这种充满神通变化，展现十八般变幻的夸张艺术，开创了后代神魔小说诸如《西游记》与《封神演义》中，神魔妖怪上天下地斗法描写的先例。

其实，即使有关世俗人间的变文故事，也会出现夸张变形，充满想象神奇的描述。就如《孟姜女变文》，描写孟姜女哭倒长城，众魂相托之际："姜女自扑哭皇天，只恨贤夫亡太早。妇人激烈感山河，大哭即得长城倒。"以及"鬼魂答应杞梁妻，我等并是名家子……春冬镇卧黄沙里，为报闺中哀怨人"。这样的描述，遂构成人间故事与鬼神感应的综合。

㈡ 故事人物，注意性格的塑造

开始注意人物性格的塑造，乃是世俗变文的普遍特点。所述故事中人物，因身份地位处境之不同，会展现出不同的性格特征。著名者，例如与佛教教义并无关系的《伍子胥变文》，对其中主角伍子胥的性格塑造，就显然并非粗线条的大笔勾勒，而是通过人物的行为举止，以及与其他人物之间的互动，在情节的发展过程中，细腻地展现伍子胥复杂性格的不同侧面。譬如伍子胥除了忠贞刚直、不屈不挠的性格之外，还有为了因应其困难处境而特别谨慎小心，乃至往往流露狐疑多虑的一面。最具代表性的，就是伍子胥于逃亡过程中，饥饿难捱之际，在颍水边巧遇打纱女西施的情节：按，伍子胥先是躲在树林间偷眼观察，是否真的别无他人在场，及至

"唯见轻盈打纱女"时，方才打算进前乞食；可是，忽而又"心意怀疑生犹豫"，不免低头欲去。通过这些细致的描写，伍子胥逃亡时期复杂矛盾不安的内心，以及其谨慎多虑的性格，生动地展现出来。

第三节

唐代说话与敦煌话本

文学史论及"说话"与"话本"，通常是讨论宋元小说发展的一环。其实早在唐代，已经出现有关"说话"的零星记载。唐代的"话本"，主要还是散见于敦煌写本，但资料有限，有的甚至残损严重，难以卒读。此处所以会在变文之外，另称"话本"，且另辟专节讨论，主要乃是由于这些敦煌写本的故事，即使可归类于广义的变文范围，但其标目中，并不称"变"或"变文"，而云"话"或"话本"。诸如《庐山远公话》《韩擒虎话本》即是。如此标目，似乎表示，在当时人的心目中"话本"与"变文"已经有所区别，并非属于完全等同的文类。至于这些唐代话本故事，与唐代变文故事之间，是否互有直接的承传关系，实未敢判断。目前可以确定的则是，唐代话本与当时的民间"说话"，显然有密切关系。

✤ ｜ 一、唐代说话

所谓"说话"，乃指当众，亦即面对听众口述故事而言。尽管说话乃是宋元话本的主要依据，目前最早有关说话的确实资料，则可追溯到隋唐时代。

据《太平广记》卷二四八引隋代侯白的笑话集《启颜录》云：

> 侯白在散官，隶属杨素。（杨素）爱其能剧谈，每上番日，即令谈戏弄，或从旦至晚始归。才出省门，即逢素子玄感，乃云："侯秀才可与玄感说一好话。"白被留连不获已，乃云："有一大虫欲向野中觅肉。……"

此处"说一个好话"，当指讲一个好故事。足见至少在隋代已经出现以"说话"为讲说故事的形式。爰及唐代，据唐人郭湜《高力士外传》：

> 太上皇移仗西内安置……每日上皇与高公亲看扫除庭院，芟薙草木，或讲经、论议、转变、说话，虽不近文律，终冀悦圣情。

引文乃叙述玄宗晚年在宫中，曾经以听高力士"讲经、论议"，以及"转变、说话"为其宫廷日常生活中的消遣，显然"说话"已由民间进入宫廷。此外，文人士大夫相聚会，也会以听"说话"为娱乐。中唐诗人元稹《酬翰林白学士代书一百韵》中，就有"翰墨题名尽，光明听话移"句，且自注云：

> 乐天每与予游，从无不书名屋壁。又尝于新昌宅说《一枝花》话。自寅至巳，犹未毕词也。

按，"一枝花"原是长安名妓李亚仙的别号，元稹诸人在白居易的新昌宅所，听人说《一枝花》话取乐，应当即是白行简撰写《李娃传》故事的主要来源。

可惜有关唐代"说话"的文献记载，相当有限。上引资料，只能证明"说话"在唐代已是一种休闲生活的"娱乐"，却无法证明"说话"在唐代是否已是一种"专业"，一种受过专业训练，以此谋生的"技艺"。不过，从敦煌遗书中一些清楚题为"话"的写本视之，或许可以说明，唐代已经出现"俗讲僧"之外的"说话人"，已经产生有别于"变文"的"话本"故事，或许至少这些"话本"的抄写者，认为话本与变文并不完全等同。

✤ | 二、敦煌话本

敦煌遗书中的话本故事，就其残存内容看，已经开始从不同角度反映世俗社会生活的诸般面貌。当然，其受民间佛道宗教信仰的影响，还是相当显著。展现的往往是宗教与民俗彼此渗透、交互掺和的面貌。例如：

《唐太宗入冥记》：尽管原卷残损，脱漏甚多，单从残存的片段来看，其内容主要是叙述唐太宗魂游地府，遭判官勘问，终因判官崔子玉徇私枉法，擅添禄命，方得生还的故事。其间反映的似乎是，市井小民对唐太宗的怜惜，以及唐代朝廷官场通常会营私舞弊的讽刺。

《庐山远公话》：描述雁门和尚慧远的故事。写其如何远行至庐山，修道念佛，感动山神造寺，并于潭龙听经，远契佛心，终于成为高僧。其间还有大段文字叙述因缘宿债，演绎佛经教义。是一篇以佛徒言行为中心的话本故事，露骨地宣扬佛教教义，类似讲经文，同时又混合着世俗民间的传说。

《韩擒虎话本》：叙述隋代武将韩擒虎，如何辅佐杨坚灭陈，并降伏大夏单于的历史故事。值得注意的是，在正式叙述韩擒虎故事之前，卷首却先说一段八大龙王如何赐龙膏，医治杨坚的脑疼病，以及宫闱之变后杨坚称帝的小故事，作为开场。这已经具有类似宋元白话小说的"入话"作用。

这些敦煌话本故事，虽然多所残缺，就其内容与体制视之，其实与其他敦煌变文虽然标目有"变文"与"话本"之别，却显现出唐代说唱文学的一些共同特色，并且展示出，小说史上所谓"话本"的初期风貌。

第三章

白话短篇小说的形成
—— 宋元话本

所谓"宋元话本"，乃是指流传于宋元时期的白话小说，且与宋代民间说话技艺的成熟与兴盛，密切相关。从一些零星记载可知"说话"在唐代已经是一种相当受欢迎的表演艺术；又从现存敦煌文献资料中，或可观察唐代白话小说，逐步由讲唱佛经故事扩展到世俗故事的演变痕迹。但是，真正将说话技艺推向专业化，还是在市井的瓦舍勾栏中，以娱乐大众为业的宋代说话人；而明确展示白话小说的正式形成，则是记录说话人所说故事的宋元话本。

✤

第一节

宋代民间说话技艺

宋朝虽然以理学发达见称，却也是通俗文学兴起的时代。根据现存宋人笔记，其中一些有关宋代民间说话技艺的记载，为文学史提供了研究白话小说兴起背景的珍贵文献。宋代民间说话技艺之兴盛，可由以下两方面来观察。

✤ ｜ 一、说话成专业

宋代"说话"的盛行，一方面是继承唐代俗讲与说话的传统，另一方面则是宋代城市经济繁荣、消闲娱乐生活商业化的结果。按"说话"在宋代，已是一种受过专门训练的职业，是城市生活中多样娱乐表演技艺之一；听说话表演，则是一般市民大众寻求消闲娱乐的一种途径。自北宋以来，都会城市中即出现提供一般民众寻求娱乐的综合游艺场所，俗称"瓦舍"，又叫"瓦肆"或"瓦子"，其中的"勾栏"，即专供各式各样民间技艺的演出；除了杂剧、傀儡戏、诸宫调等之外，还有受过专业训练的说话人，向听众"说话"的演出。这些说话人的专业化程度，从其说话已俨然分为不同家数"门类"或可证明。

✤ ｜ 二、说话分门类

宋代的说话技艺，不但专业化，甚至亦专家化了，还细分为不同风格的家数门类。根据南宋灌园耐得翁《都城纪胜·瓦舍众技》[书成于南宋端平二年（1235）] 条的记载：

> 说话有四家。一者小说，谓之银字儿。如烟粉、灵怪、传奇。
> 说公案，皆是搏刀杆棒，及发迹变泰之事。说铁骑儿，谓士马金

鼓之事。说经，谓演说佛书。说参请，谓宾主参禅悟道等事。讲

史书，讲说前代书史文传、兴废争战之事。

由于标点不同，对这段文字的读法有异，乃至王国维、胡适、鲁迅等，对于其中到底有哪四家，说法不一。此后经过学界的一番研究与讨论，目前一般小说研究者，对宋代说话，已大致同意分为四类，包括：小说、说铁骑儿、说经、讲史。其中"说经"与"讲史"，不难就其门类名称，判别所说的相关内容。惟"小说"一门，并非根据内容，而是就其篇幅短长，指其形式短篇的故事而言。四大家中，实以"小说"类之内涵范围最为广泛，诸如：爱情婚姻、神仙鬼怪、公案罪行，甚至发迹变泰等，均包括在内。此外，"说铁骑儿"类，则主要是指讲述取材于宋代英雄人物的传说和战争故事。

说话四家中最引人瞩目的则是，"小说"与"讲史"两家，亦因最受听众的欢迎，影响也最大。当时所谓"小说"，不过是其中一家，且和"讲史"对立，各有门庭，有严格的分别。两家所说的题材不同，说的派头也不一样。

按，"小说"之得名，主要还是因为所说故事均属于短篇，而且比起长篇的"讲史"一家，说些有关朝代盛衰，历史兴亡的大题目，小说家所说，不过是一些儿女私情、神仙灵怪、传奇公案等社会琐闻，寄寓一些治身理家的"小道"而已。但是，"小说"却是最受一般听众偏爱者。根据上引耐得翁《都城纪胜·瓦舍众技》条，提及"讲史书"后即云：

最畏小说人。盖小说者能以一朝一代故事，顷刻间提破。

表示讲史书者最担心的，就是和说小说的竞争生意。因为说小说者，只需把故事集中在"一朝一代"，乃至可以"顷刻间提破"，亦即当场把

故事情节说完，点出结局。换言之，一场小说的"说话"，就可讲完整个故事的首尾，不必等待明天请早，所以才会称为"小"说，也就是相当于今天所称的"短篇小说"。惟"讲史"，则因主要乃是讲述有关朝代盛衰兴亡之事，内容比较复杂，人物也众多，自然需时较长，不可能"顷刻间提破"，往往必须数日，甚至数月，方能讲完。对听众而言，当然会造成一些不方便。讲史一家所说最有名，且最受欢迎的，就是"说三分"和"说五代史"，也就是以后"长篇章回小说"的前身。

其实，说话人所说的故事，无论短篇或长篇，一旦用文字记录下来，就是"话本"。因此，"话本"就含有小说书或故事书之意。当然，有的文学史，通常指"话本"乃是为说话人所专用的"底本"，并非公开流行者。不过，现今保留下来的宋元话本，显然已非说话人所用底本的原来面貌，应该是经过长时期的流传，许多人的集体加工润色，才写定刊行者。

♣

第二节

话本的编写与刊行

话本的编写与刊行，当然与说话技艺深受听众欢迎与读者喜爱，密切相关。听众的欢迎，令说话人生意兴隆，读者的喜爱，则令刊行者达到宣扬传播，以及贩卖销售的商业效果。两者实际上反映的是，宋元时期城市经济繁荣，商业发达，大众消闲娱乐需求的提升，以及通俗文学的兴盛。

✤ | 一、话本的编写

说话人所说的"话本"，最初应该仅只是一种私下用的备忘录之类的故事大纲，或是作为传授徒弟的教本。这种话本，原是说话人所专用的"底本"，属于专业秘密，按理不应该公开流传。不过，既然"说话"本身乃是一种公开表演的技艺，而且生意兴隆，竞争激烈，说唱艺人，为保卫同行的职业利益，便有了属于职业性的行会组织。如杭州小说家团体，就称为"雄辩社"，同时还出现了专门编写故事话本或戏曲脚本的文人组织"书会"，宛如今天"作家协会"之类的组织。书会成员，即所谓"书会才人"，大多属于一些具有文学素养的失意文人，或因仕进不得意，为了谋生，改行成为"书会才人"。经过这些书会才人的编写润色，才使得一般说话人的"话本"，能从原来简略粗梗的说话底本，逐渐发展为可供阅读的书面文学作品。

不容忽略的是，目前所见这些由文字记录下来的"话本"故事，乃是经过长时期的辗转传抄流通，并且经过许多人的加工润色而成，因此，不是一人一时之作，也不知作者姓名，或许可说是民间艺人与好事文人的集体创作吧。

✤ | 二、话本的刊行

民间说话人所说的话本故事，最初应当只是以手抄本的形式流传，以后逐渐经人收罗辑集，继而由具有慧眼的书商，刊印成册。就目前所知，流传下来的宋元话本资料，主要可分为两类：

（一） 讲史话本——平话

宋代说话已成专业，且各有家数，各分门类，惟经文字记录下来的故事，则可统称为"话本"，其中讲史一家的话本，通常名之为"平话"。就如现存最早的讲史话本，相传为宋刊本的《五代史平话》（残本），以及元代至正年间（1341—1368）新安虞氏刊本《全相平话五种》，其中包括《武王伐纣平话》《七国春秋平话》《秦并六国平话》《前汉书平话》《三国志平话》，均明确标目为"平话"。

所谓"平话"，最初应该是针对话本中的"诗话""词话"等作品之称谓，意欲有所分别而言。盖因讲史家述说历代兴亡故事之际，通常只说不唱，即使中间偶尔夹杂少数诗句、韵语，也只是朗诵。这与"小说家"之说唱兼施，风格并不相同，故而称讲史话本为"平话"，表示所说故事，乃纯用平常口语白话，不加歌唱之意。其他有说有唱的话本，则有偶尔称为"诗话"者，例如可归类于"说经话本"的《大唐三藏取经诗话》；亦有名为"词话"者，如《金瓶梅词话》则是。不过，自明代以后，或以为讲史话本中往往含有"评论古今"之意，乃至"平话"的"平"，方转为"评"。不容忽略的是，以宋元时代的话本考之，"平话"还是只限于讲史家的话本，亦即以只说不唱为其家数的传统[1]。

---

① 有关"平话"与"评话"的含义，学界说法不一，此处则取吴小如《释"平话"》一文的观点，收入吴氏《古典小说漫稿》，上海古籍出版社1982年，第18—21页。

（三） 小说话本 —— 小说／短书

宋元时代所谓"小说"，主要乃是指"短书"，亦即短篇故事书，或短篇小说而言。宋元小说话本，最初主要只是以单篇手抄写本的形式流传，大约在宋末元初之际，才有若干单篇小说的结集刊行。不过，就目前所知宋元小说，无论是否原为宋元时期的作品，均属元明时期结集刊行而成。例如：

1.《京本通俗小说》（八篇）

近代藏书家及校勘家缪荃孙（1844—1919），曾于光绪年间（1875—1908），在上海友人家中发现一本旧抄本残卷，遂于1915年将其刊行问世，即所称《京本通俗小说》，其中存有短篇小说八篇。据缪荃孙于序言中宣称，此乃是"影元人写本"。不过，当今学界中不乏对此书之真伪产生怀疑者，或认为可能乃属缪荃孙凭自己的判断，自行从明人冯梦龙《三言》中，抽出其视为当属南宋或元初作品而辑集刊行。尽管学界对《京本通俗小说》一书来源之真伪存疑，尚无定论，但对其中八篇小说当属"早期"作品，亦即宋元时期之作，似乎并无异议。

2.《清平山堂话本》（二十九篇）

《清平山堂话本》乃是明代钱塘人洪楩，于嘉靖二十至三十年间（1541—1551）所刊刻的短篇小说集，亦即原先所称《六十家小说》的残篇。这是马廉于1931及1934年先后在日本内阁文库与宁波天一阁范氏藏书中所发现的残本。兹因两种残本之板心均刊有洪楩的书斋"清平山堂"

字样，故合而刊行，名为《清平山堂话本》，现存二十九篇，实际上汇集了宋元明三代的短篇小说作品。值得注意的是，当初洪楩的编辑与刊行，显然没有任意修改润色，乃至所收作品，体例并不统一，风格品质也多样，其中误字、脱字、文字欠通之处不少。但基本上还保留了早期话本的面貌，这对中国小说史研究者而言，实在是非常幸运的。不像以后冯梦龙的《三言》，虽然也收录了一些宋元时期的话本故事，却多所改动，加工润色，品质上虽然"提高"了，变得通顺易读，却失去了早期小说话本的原味。

以上提及的这两部话本小说集，所收录的白话短篇小说，学界一般即称为"宋元话本"，而将讲史的话本称为"平话"，所以"话本"实有广狭二义。不过当今文学史，习惯上则取"话本"的狭义，代表宋元时期的白话短篇小说。这些宋元"小说话本"的浮现，实在是中国小说史上一件大事，正好填补上，唐代变文和明清时代白话短篇小说之间的空白，可以观察到白话短篇小说的演变痕迹。

♣

第三节

宋元小说话本的文学特色

现存宋元小说话本，虽屡经后人修改，加工润色，并且刊行问世以供人"阅读"，但大体上仍保留原来的"说话"艺术传统，与纯粹的"案头文学"如文言小说并不相同。以下试就其叙述语气、体制形式、题材内涵、情节结构、人物塑造诸方面，观察现存宋元小说话本乃属于一种"文类"的共同特征。

✤ | 一、叙述语气

现存宋元小说话本，都是以第三人称全知角度叙述故事。最令人瞩目的则是其叙述语气，不仅表现与民间"说话"的血缘关系，而且始终没有跳出"说话"的表达方式。作者均以"说话人"自居，把读者当听众，自称"说话的"，称读者为"看官"，并且可以随时中断故事的叙述，聊一些与情节无关的闲话，或因刚才说过的故事情节过分离奇，假想有的听众会狐疑不解，于是会代替听众提出问题，进而再向听众详细解释原委。此外，小说话本的作者，又往往还以世俗社会的说教者自居，喜欢借说故事向听众或读者传播一些通俗的道德教训。这里可看出宋元话本作者与敦煌变文的俗讲僧之间的血缘关系。总之，宋元话本作品，随时让读者感觉到一个说话人的存在，读者和故事之间，总是横亘着一个大声讲说故事的人。试以《错斩崔宁》（《京本通俗小说》）为例。

按《错斩崔宁》乃是叙述一个小商人崔宁，如何被诬告"奸骗人妻，谋财害命，依律处斩"，而女主角陈三姐则以"通同奸夫杀死亲夫，大逆不道，凌迟示众"。接着：

> （府尹）当下读了招状，大牢内取出二人来，当厅判一个"斩"字，一个"剐"字，押赴市曹行刑示众。两人浑身是口，也难分说。正是：

> 哑子谩尝黄蘗味，难将苦口对人言。

说到此处，说话人或许担心案情太过离奇，一般听众可能没有听清楚，不知道这乃是一个冤案，于是将故事打住，随即以说话人之身呼吁"看官听说"，要求在场听众仔细听他解释说明，何以这是一个"冤案"，并且顺势发表议论，提出从这个故事中，可以引发的道德教训：

> 看官听说：这段公事，果然是小娘子与那崔宁谋财害命的
> 时节，他两个须连夜逃走他方，怎的又去邻舍人家借宿一宵，明
> 早又走到爹娘家去，却被人捉住了？这段冤枉，仔细可以推详出
> 来。谁想问官胡涂，只图了事，不想捶楚之下，何求不得？冥冥
> 之中，积了阴骘，远在儿孙近在身，他两个冤魂也须放你不过。
> 道不得个死者不可复生，断者不可复续。可胜叹哉！

崔宁的故事，经过说话人这一番打岔之后，随即又以"闲话休提"一
句引领，表示将"闲话"归于"正传"，继续说故事。说话人的语气，
才转回到故事本身的叙述："却说那刘大娘子到家中，设个灵位守孝过
日。……"按，就看上引这段游离于故事情节之外的插话，明显令读者感
觉到"说话人"的存在，仿佛是在提醒读者，此乃是一场在瓦舍勾栏的
"说话"表演艺术。

这种以说话人自居的叙述语气，一直在话本故事中保留下来，甚至到
晚明文人写的"拟话本"，作者仍然因袭这种面对听众"说话"的艺术传
统，乃至成为中国白话小说共同的叙述语气。不容忽略的是，以说话人自
居的叙述语气，展现的是一种叙事的态度，自然会影响其所说故事的体制
形式。

✤ ｜ 二、体制形式

敦煌文献中的唐代变文与话本，体制多样，尚未统一。爰及宋元话本，
经过文人的编撰，整理加工，则大致已展现一些共同的体制特色。按，一

篇小说话本故事，在体制上，反映的显然是民间"说话"技艺的表演程序，通常是由三个部分组成：亦即"入话""正话"以及"篇尾"。

（一）　入话

宋元小说话本中的"入话"，就是在进入故事正文之前，以一段开场白引入话题。多半是引用一首或数首与主题有关的诗或词，以暗示主题，并概括大意，或以此制造某种气氛，逗引听众的情绪。有时则利用一段能与正文内容产生相比较或相对照的小故事，作为引子，亦即先说一段小故事的"入话"[又称"德（得）胜头回"或"笑耍头回"]，以引入正话。按，"头回"应该是宋代伎艺人的术语，或许因为通常在正话的前头，故称"头回"，有引子之意。"得胜"，则可能是指开场之际用鼓乐"得胜令"来聚集听众，向听众讨吉利，并表示祝颂讨好之意。

就现存资料，"入话"的长短与格式不拘。根据当今小说研究者的推测，小说话本"入话"的来由，如同戏曲表演的开台锣鼓，与戏文本身并没有必要的关系。说话人当众说话表演，为应付现场混乱嘈杂的状况气氛，或许借弹唱诗词以肃静场面，吸引听众，又或许为等待姗姗迟来听众的入座，于是说唱一段凑趣的东西，拖延正话开讲的时间，免得迟来的听众从中途听起，摸不着头脑。就如敦煌变文里的"押座文"，就是在俗讲开讲之前，说一些与主题有关的道德教训，用来"慑伏大众"，引入话题。试以《碾玉观音》（《京本通俗小说》）为例。

按，作者于开端，即一口气吟唱十一首咏春的诗词，包括无名氏作品，以及苏东坡、秦少游、邵尧夫、朱希真等名家之作，拖延了好一阵子，才进入正题。当然，就《碾玉观音》的整体内涵而言，说话人吟唱咏春诗词的立意，或许是通过春天景色的描写，从而为正文的开头，亦即咸安郡王携眷"游春"情节，酝酿一种春临大地的气氛，因此，可谓是环境气氛的酝酿，并不算是离题。但是，一口气吟唱十一首诗词，难免令人引发似乎是有意拖延的联想。或许最初是就座的听众实在太少，说话人只好一首接一首吟唱描述春天景色的诗词，一方面令当前的听众不觉无聊，同时还可以等待迟来的听众入座。

再如《错斩崔宁》，则是先引一首诗，再说一个小故事，作为"入话"，进而才引出"正话"。值得注意的是，其所说"入话"，同样也是因为一句戏言，惹出人命的故事。试看《错斩崔宁》的"入话"，一开始即先吟诗一首：

> 聪明伶俐自天生，懵懂痴呆未必真。嫉妒每因眉睫浅，戈矛时起笑谈深。

> 九曲黄河心较险，十重铁假面堪憎。时因酒色亡家国，几见诗书误好人。

说话人随即向听众解释这首诗的含义：

> 这首诗单表为人难处。只因世路窄狭，人心叵测。大道既远，人情万端。熙熙攘攘，都为利来。蚩蚩蠢蠢，皆纳祸去。持身保家，万千反复。所以古人云："颦有为颦，笑有为笑，颦笑之间，最宜谨慎。"

继而点出《错斩崔宁》故事大要，但却又并不正式开始说有关崔宁的故事，却先引出另外一个小故事作为"入话"，亦即所称"德胜头回"：

> 这回书单说一个官人，只因酒后一时戏笑之言，遂至杀身破

家，陷了几条性命。且先引下一个故事来，权作个"德胜头回"：

> 我朝元丰年间，有一个少年举子，姓魏名鹏举，字冲宵，年方一十八岁，娶得一个如花似玉的浑家。未及一月，只因春榜动，选场开，魏生别了妻子，收拾行囊，上京应取。……

值得注意的是，宋元小说话本经过长期的发展，入话与正话内容的关联已渐趋密切，爰及明代的拟话本，入话的作用已从原来说话演出的现场需要，演变为话本小说文体的有机组成部分，乃至正式成为白话短篇小说的体制传统。

㊁ 正话

所谓"正话"，即指小说故事的正文、正题，是作品所要讲述的故事正传，亦即一篇话本故事的主体。其最具特色之处，即是在语文上的散韵兼用，亦即叙事散文中往往穿插着一些可以吟唱的韵文。

叙事散文用的通常是日常生活用语，故而显得活泼生动，浅白易晓，属于说话人当众说话的语气。其中说话人的口头禅俯拾皆是，诸如"话说""且说""有分教""话休絮繁""言归正传"等，仿佛随时提醒读者，这是一场说话表演艺术。其间的韵文，则包括诗词名句、骈文偶句、谚语格言、顺口溜等，既可以念诵，亦可以吟唱。这些韵文，在故事正话中，显然还担负一定的功能。通常用来写景状物，勾勒人物服饰容貌，品评人物行动，或总结一个情节段落，甚至暗示后来的情节发展，以及调整叙述的节奏。"正话"中这种散韵兼备的行文，有明显的民间说唱技艺的痕迹，也和敦煌变文中，散韵兼备的形式相若。

小说话本中的韵文，可取自前代名家的现成诗词句，也可来自民间的谚语格言。值得注意的是，这些韵文有时会在不同作品中重复使用，乃至成为屡见不鲜的"套语"。作者宛如说话人一样，随时借用前人现成诗词韵文，亦毫不掩饰迟疑，即使不提原作者姓名，亦毫无"愧色"，显然听众或读者，也毫无责怪其为"抄袭"前人之意，只要符合上下文情节的需要，套用他人现成句，乃为想当然耳。如晚唐诗人杜牧《赤壁》中的名句：

折戟沉沙铁未销，自将磨洗认前朝。

在《清平山堂话本》中，《戒指儿记》作者引用，却并未宣称作者姓名。此外，不同作品中，随作者依情况套用前人句之例，亦不胜枚举。试看：

分开八片顶阳谷，倾下半桶冰雪水。

这样的谚语偶句，在《清平山堂话本》中，如《洛阳三怪记》《五戒禅师私红莲记》《错认尸》三篇故事里，即屡次出现；甚至以后还陆续出现在明人的拟话本《警世通言》的《金明池吴清逢爱爱》，以及《二刻拍案惊奇》的《庵内看恶鬼善神，井中谈前因后果》故事中。这种随意可套用前人现成句的现象，显然是口述文学的一大特点，始终保留在话本小说中。

（三）篇尾

宋元小说话本一般都有一个"篇尾"，往往用四句或八句诗，为全篇故事情节作结，有时也先用一段说白，再加上诗词或韵语作结。不过，值得注意的是，一般小说本的"篇尾"，往往并非故事本身的结局，而通常是游离于故事情节结局之外者。大多是在情节结局之后，由作者以说话人的身份，亲自出场，总结全篇大旨，并做出评定，劝诫听众。这一点和唐传奇作者依史传的传统，在故事结束之后来一段类似"论赞"之言，颇为相似，同样是作者对前面所述故事表示看法，发表议论，而且通常含有记取教训的说教意味。可以看出，在话本小说身上，仍然存留着受史传文学、宗教文学双重影响的痕迹。以下试以《志诚张主管》（《京本通俗小说》）的篇尾为例。

按，《志诚张主管》主要是叙述一个老商人张员外，年过半百之后所娶的小夫人（原为官宦人家的婢妾），如何倾心于商店里的年轻店员张胜，偏偏张胜"心坚似铁，只以主母相待，并不及乱"。之后却因小夫人被怀疑曾涉及其前任夫家中一件窃案，遂害得张员外家破人亡，小夫人于是含恨上吊而死。孰知小夫人死后却阴魂不散，对其生前爱恋张胜之情始终如一，于是时常来找张胜，意图博得张胜的爱心。尽管张胜还是不为所动，毕竟还是为小夫人的冤魂平了反。故事最后，老张员外也终于洗清罪名，并请了"庆观道士做醮，追荐小夫人"。小夫人的鬼魂遂得以安息。故事到此，正式结束。但是作者意犹未尽，继续说下去：

> 只因小夫人生前甚有张胜的心，死后犹然相从。亏杀张胜立心至诚，到底不曾有染，所以不受其祸，超然无累。如今财色迷人者纷纷皆是，如张胜者，万中无一。有诗赞云：
>
> 谁不贪财不爱淫？始终难染正人心。
>
> 少年得似张主管，鬼祸人非两不侵。

这段评论，显然已经游离于故事本身之外了。其说教意味，今天看来，未免陈腔滥调，不过和所述故事中男主角张主管的人物形象，则颇为一致。

值得注意的是，在宋元小说话本中，有时或许因为听众的素质成分颇为复杂，加上说话人自己立场的摇摆，乃至故事篇尾的结束语，会出现跟正文主题相互矛盾的观点或立场。就如《宋四公大闹禁魂张》，虽然收录在明代的《喻世明言》中，学界一般认为乃属宋元小说话本。所写的乃是北宋年间一伙盗贼赵正等，在东京汴梁作案，如何偷窃富豪权贵人家财宝，又如何作弄前来追捕他们的官兵。整篇故事，主要是从市井小民的角度，对这些盗贼所作所为，对他们的机智聪明，对富豪权贵的作弄欺侮，充满欣赏、佩服、羡慕的语气叙述。可是在故事结束之后，说话人却在篇尾，把面孔一板，发出这样充满道德教训的评论：

> 这一般贼盗，公然在东京做歹事，饮美酒，宿名娼，没人奈
>
> 何得他。那时节东京扰乱，家家户户不得太平。直待包龙图相公，
>
> 做了府尹，这一班贼盗方才惧怕，各散去讫，地方始得宁静。有
>
> 诗为证，诗云：
>
>> 只因贪客惹非殃，引到东京盗贼狂。
>>
>> 亏杀龙图包大尹，始知官好民自安。

值得注意的是，唐传奇小说最后的评论，多出自作者个人的见解立场，因此其评论观点，与之前叙述的故事往往是一致的。可是宋元话本小说在篇尾提出的道德教训，却通常来自社会大众的期许或规范。即使作者不一定完全同意，但至少必须口头附和一番，也就是英语所谓的"lip service"。

宋元小说话本这种"入话、正话、篇尾"三部曲的体制形式，乃是民间"说话"艺术经过长期发展的结果。不但标志着白话短篇小说的正式成形，并且为后世文人创作的白话短篇小说提供了依循的样本。

✢ ｜ 三、题材内涵

　　宋元小说话本最初是以单篇手抄本的形式流传，但因无人编辑整理，大部分作品已散逸。目前保存下来的大约只有四十余种，主要散见于明代刊行的《六十家小说》（即《清平山堂话本》），以及冯梦龙编写的《三言》等书中。单从现存的作品看，可谓题材广泛，内容丰富多样。

　　有的取材自唐传奇故事，有的则从宋人笔记小说如洪迈（1123—1202）《夷坚志》等中选取题材，更多的则是，取材于当代现实生活，甚至涉及名人的社会传闻，或小道消息。其中包括男女爱情、公案事件（唐传奇中所无）、历史故事、英雄发迹、神仙鬼怪、盗贼豪侠等，已经大致概括了以后明代白话短篇小说的题材范围。与前代小说如唐传奇相较，最大的不同，不单单在于使用语言有文言与白话之别，更重要的是，题材内涵情境的世俗化。按，宋元话本小说反映的，主要是市井文化和通俗趣味，流露的乃是一般小市民的视野和心声。因此，商人、店员、小贩、和尚、民女、婢妾，甚至盗贼、小偷，大凡小市民日常生活中所熟习的、接触过的，都可以成为小说中的主要人物。即使故事中涉及历史上的帝王将相，或英雄豪杰，也是透过小市民的眼光意识，站在民间世俗的角度去观察了解，并描述这些"大"人物的生活众象。所以，即使其故事题材是因袭的，在内涵情境上却展现了崭新的精神面貌。

✢ ｜ 四、情节结构

　　宋元白话短篇小说，作为一种特殊的小说"文类"，在情节结构上，亦流露史传文学和说话技艺的双重影响，展现出以下的类型特点：

（一）　纵向单线结构

白话短篇小说的结构组织，其实和唐传奇颇类似，一般属于纵向的单线结构。通常从故事开端的总介绍，情节即顺时序逐步展开，经过故事的高潮，最后交代相关人物事件的结局。都是有头有尾，讲求故事的完整性。不会像西方短篇小说那样，可以横切而入主角人物的某一生活片段，甚至只描写一个瞬间的心理活动。此外，宋元白话小说故事的开端，也往往继承唐传奇中常见的"某年间，某地，某人"的程序。宛如史传的传统，总是先介绍主要人物的姓氏、名号、籍贯、身份、生活年代，再交代故事的发生或人物状况。这样的撰写，可以增强所述故事的真实感、可信度。继而在小说故事的结尾，如前所述，往往用一首收场诗，或一段结束语，来归纳主题，发表议论，劝诫听众。不过，和唐传奇不同的则是，在有头有尾的完整情节结构中，作者往往以说话人之身，权威性地随时中断情节，自由进出故事之中，为假设在场听众的疑虑，提出问题，进而解释疑难，或指出故事中的道德教训，以警告世人。

倘若从今天一般学者对小说艺术的标准及要求来看，宋元说话人在故事中的随意打岔，甚至啰唆不停，自然会造成一篇小说情节结构组织的松散。

（二）　情节曲折取胜

基于"说话"乃是娱乐大众的表演艺术，不但是一种专业，也是一种商业行为，所说的故事必须引人入胜，方能保证听众的捧场，生意的兴隆。因此，故事性强，且以情节曲折取胜，乃是宋元小说话本的共同特色。作者往往会刻意制造悬念，或安排巧合，加强故事情节的曲折离奇，以取得引人入胜的效果。这自然与吸引听众捧场的说话技艺有关。当然，有时过分讲求"巧合"，甚至千篇一律，难免会冲淡情节的曲折性。对经常阅读小说的读者而言，可能反而不易讨好。

✢ | 五、人物塑造

宋元小说话本中的人物，虽然也不乏属于上层社会者，但其主要人物则大多数还是生活于市井中的"小人物"。就女主角视之，如《碾玉观音》中的璩秀秀，《志诚张主管》中的小夫人，《错斩崔宁》中的陈二姐，《菩萨蛮》中的新荷，《西山一窟鬼》中的锦儿等，她们都是身居社会地位低下的婢妾。就男主角视之，《碾玉观音》中的崔宁是工匠，《错斩崔宁》中的崔宁是小买卖人，《志诚张主管》中的张胜则是店员，《西山一窟鬼》中的吴洪，以及《菩萨蛮》中的陈可常，均是穷酸的读书人，而《宋四公大闹禁魂张》中的宋四公等，则均属扰乱社会治安的盗贼。这些小人物，无论贤愚，均是生活在市井社会中谋求生存者，同时也是说话人或小说话本作者日常生活中熟习的所见所闻者，讲述他们的故事，自然可以得心应手。值得注意的是，在中国小说发展史上，主要人物角色的大换班，可说是从唐代传奇到宋元话本的一大突进。至于白话短篇小说中，对这些各色人物面貌性格的塑造，则试从以下两方面来观察。

（一） 肖像描写

宋元话本小说中主要人物初次出场时，通常都有一段肖像描写。可是，跟西方小说或现代小说相比照，宋元话本小说中人物肖像的描写，颇为简略。作者主要是采用轮廓画的素描，或脸谱式的勾勒，强调的往往是人物的典型特征，重视的是人物的类型印象，并不讲求人物个别独特肖像的展示。

试看《碾玉观音》女主角璩秀秀初次出场时，作者的描述：

> 只见车桥下一个人家，门前出着一个招牌，写着"璩家装裱古今书画"。铺里一个老儿，引着一个女儿，生得如何？

> 云鬟轻笼蝉翼，蛾眉淡拂春山。朱唇一颗樱桃，皓齿排两行碎玉。莲步半折小弓弓，莺啭一声娇滴滴。

璩秀秀的肖像描写可谓相当细腻了。从云鬟、蛾眉、朱唇、皓齿，到莲步之态，莺啭之声，都概括了，乃至璩秀秀予人的印象，的确是一个美丽娇媚的女子。问题是，话本小说中举凡年轻漂亮女子，无论身份地位，似乎都长得差不多，用来形容美貌的比喻也相仿佛。

再看《西湖三塔记》作者笔下，白娘娘的肖像描写：

> 婆婆引着奚宣赞到里面，只见里面一个着白的妇人，出来迎着宣赞。宣赞着眼看那妇人，真个生得：

> 绿云堆发，白雪凝肤。眼横秋水之波，眉插春山之黛。桃萼淡妆红脸，樱珠轻点绛唇。步鞋衬小小金莲，玉指露纤纤春笋。

按，璩秀秀乃是开裱褙铺小商人的女儿，白娘娘则是一个已修炼成精的白蛇精，二人的容貌却何等相似，同样美丽娇媚。二人在不同故事中展现的，主要只是美貌女子的典型特征，而非个别人物肖像的特写。话本小说作者，对故事中女性貌美的人物肖像，有时干脆用一些诸如"闭月羞花之貌，沉鱼落雁之态"套语陈腔，交代了事。

话本小说中这样简略而且彼此因袭的肖像描写，与其源自"说话"传统有相当密切的关系。因为作者以说话人自居，面对听众口说故事，听众的兴趣主要在于故事本身的发展，对于人物肖像细节特征，并无兴趣，乃至说多了，也记不住，只需用一些大家熟习的套语，勾画出一个人物的大概轮廓，交代相貌美丑的总印象，就够了。

（三）　性格刻画

在话本小说的艺术传统中，表现人物的性格特征时，从来不会像西方小说或现代小说那样，对人物复杂的心理状况或灵魂深处，作静态的分析与解剖，而是透过人物的行动和对话，来显示人物的性格特征。即使人物的心理变化或神采风度，也都是具体表现在行动和对话里。读者也就透过人物戏剧性的行动细节，以及生动活泼的对话，来把握人物的性格。

试以《碾玉观音》中男女主角人物的性格刻画为例。按，女主角璩秀秀，因绣得一手好针线，遂能进入咸安郡王府中去作针绣婢女。男主角崔宁，也因自身的手艺，受雇于王府为碾玉工匠。故事开头，郡王爷携眷春游之际，眼看崔宁和秀秀很登对，一时兴起，于是在众人面前玩笑间，就说要把秀秀许配给崔宁。一日，王府中突然失火，混乱中，秀秀匆忙用帕子将府中一些金珠富贵值钱物，包了一个包，跑了出来。正好撞见崔宁，叫他快点跟她一起走。从下面一段情节，通过秀秀与崔宁的行动与对话，清楚刻画出二人的性格特征。

当下崔宁和秀秀出府门，沿着河走到石灰桥。秀秀道："崔大夫！我脚疼了，走不得。"崔宁指着前面道："更行几步，那里便是崔宁住处。小娘子到家中歇脚，却也不妨。"到得家中坐定，秀秀道："我肚里饥，崔大夫与我买些点心来吃。我受了些惊，得杯酒吃更好。"当时崔宁买将酒来，三杯两盏，正是：

三杯竹叶穿心过，两朵桃花上脸来。

道不得个"春为花博士，酒是色媒人"。秀秀道："你还记得当时在站台上赏月，把我许你，你兀自拜谢。你记得也不记得？"崔宁叉着手，只应得喏。秀秀道："当日众人都替你喝采：'好夫妻！'你怎地倒忘了？"崔宁又则应得喏。秀秀道："比似只管等待，何不今夜我和你先做夫妻？不知你意下何如？"崔宁道："岂敢！"秀秀道；"你如道不敢，我叫将起来，教坏了你，你却如何将我到家中？我明日府里去说。"崔宁道："告小娘子：要和崔宁做夫妻不妨；只一件，这里住不得了。要好趁这个遗漏，人乱时，今夜就走开去，方才使得。"秀秀道："我既和你做夫妻，凭你行。"当夜做了夫妻。

通过上述二人的行动和对话，无须另外侧面形容，就已经把秀秀胆大心细，会主动采取行动，争取个人幸福，以及崔宁随和懦弱，却又谨慎小心的性格，展现出来。尤其令人印象深刻的是，在秀秀美丽娇媚的容貌背后，却是一个有主见，有胆识，敢说敢做的果断女子。

宋元小说话本作者，就是通过人物生动活泼的对话和举止动作，可以弥补肖像描写的简略。虽然并不容易令读者确切地触摸到人物的个别五官形象，却可令人感受到富有生命的性格特征。这是唐人传奇小说较难以做到的，因为唐传奇是用文言写的，人物对话也是文言，和一般现实生活中所用生动的口语白话毕竟有些距离。

小结

宋元小说话本，虽处于白话短篇小说兴起的初期，但无论在题材内涵方面，或艺术风貌方面，已经标志着中国白话短篇小说的正式形成。从文学史的角度视之，宋元小说话本，不仅给中国文学的整体发展注入了新血液、新生命，同时还提供了新的审美趣味。宋代以前的文学，主要乃是以传统的"雅"文学，亦即诗歌与文章为主流，以作者的抒情述怀为宗旨，侧重文人士子的自我表现，表现作者个人的情怀抱负和思绪观点。可是宋元小说话本，乃是以日常社会世俗生活的"再现"为主要创作目的，流露的通常是世俗人情，展示的是社会人生百态，强调的则是通俗趣味。这些要素，均会被以后明清白话短篇小说所追随模仿。当然，这也是何以小说在正统文人心目中，乃属于"俗"文学的范畴，地位始终不高，其作者也以无名氏为多，往往用笔名，不愿或不方便以真实姓名面对读者。值得庆幸的是，这只是一般现象，偶尔还是出现几位有眼光、有胆识，不受传统保守观念束缚的作家，经过他们的努力，白话短篇小说的创作、编辑和刊行，方臻至空前的繁荣阶段。

第四章

白话短篇小说的繁荣
—— 晚明"拟话本"涌现

　　宋元时期的小说话本，最初主要是以单篇手抄本的形式流传，爰及明代中叶以后，因商业的发达，印刷业的进步，再加上一些以改良社会风气、提倡人性良知为己任的文人士大夫，不断宣扬儒家伦理的通俗化，遂使流传民间的通俗文学逐渐受到有识之士的重视。于是，一些眼光敏锐的文士及书商，开始将流传于民间的宋元小说话本，收集整理，并润色加工出版，以飨读者。现存宋元小说话本的主要集子，如《清平山堂话本》（即嘉靖年间洪楩刊行的《六十家小说》）、《熊龙峰刊小说四种》等，其实都是在这段时期方刊行问世。此外，不容忽略的还有一些才情与学识兼佳的文人，或基于个人的兴趣，或出于借通俗文学可廓清世风的使命感，开始修改润色旧话本，甚至模拟旧话本的体制，自行创作，这就出现了鲁迅所称的"拟话本"。

　　"拟话本"在晚明的涌现，标志着古典白话短篇小说的繁荣，也形成中国古典白话短篇小说的黄金时期。令人瞩目的有以下三点。

✤ | 一、专业文人作家的出现

其实，在宋元时期，一般话本小说的创作者，基本上均属无名之士，包括民间说话艺人和书会才人，其小说话本的撰写，主要还是为了因应在瓦舍勾栏场所娱乐大众的"说话"技艺之演出。可是，爰及明中叶以后，则出现了专业的，而且知名的文人作家，也开始模拟流行坊间话本故事，从事白话短篇小说的创作，甚至辑录、编选付印。其中成就最高，而且影响最大者，自然是冯梦龙（1574—1646）和凌蒙初（1580—1644）。按，冯、凌二氏均拥有很高的文学素养与文化特质，由这样的文人参与创作、编撰，遂令白话短篇小说发生根本的变化。亦即由取悦"听众"的视听，转而为吸引"读者"的阅读喜好而萌生。

✤ | 二、以读者为对象的创作

晚明时期创作并刊行的白话短篇小说，主要目的乃是供人阅读，是以"读者"为消费对象。换言之，不是为说话人的讲唱才撰写的底本，不是为投合一般听众的口味，而是为诉诸读者感受的"案头文学"。就中国古典白话小说的创作而言，这显然是一大突破。尽管作品中仍然保留不少"说话"的痕迹，不过作者可以在模仿说话人的语气之外，进一步发挥书面语言的表达功能，增添所述故事的可读性，并照顾到其文学性。就小说本身的接受层面而言，其由"听"转而为"读"，实可谓是白话短篇小说发展史上一个新的里程碑。

　　由于文人的参与模拟创作，或加工润色，改写前代之作，促使这时的白话短篇小说，脱离了民间创作的粗糙阶段，在品质方面大大提升，阅读性与文学性增强了，再也不会被人误认为是民间说话人的"底本"。同时毕竟由于付印的关系，在现存数量上也有激增的趋势。就看冯梦龙的《三言》，包括《喻世明言》（原名《古今小说》，1624 年刊行）、《警世通言》（1624 年刊行）、《醒世恒言》（1627 年刊行）。每集收录四十篇小说，总共一百二十篇。其中大凡宋元明三代，四百多年间创作和流传的作品，几乎已经"搜括殆尽"。故而冯氏的《三言》，可说是中国文学史上第一部规模宏大的白话短篇小说总集。除此之外，还有与冯梦龙大约同时代的凌蒙初的《二拍》，其中《初刻拍案惊奇》（或称《拍案惊奇》，1628 年完稿）以及《二刻拍案惊奇》（1632 年完稿），共收有白话短篇小说七十八篇。按，从《喻世明言》的刊行问世，到《二刻拍案惊奇》完稿，前后总共不过八年期间，就出现了五部近两百篇的白话短篇小说，而且有专门的辑集本，这是前所未有的，也是白话短篇小说繁荣的标志。

第五章

白话短篇小说的成熟
—— 《三言》与《二拍》

　　冯梦龙的《三言》和凌蒙初的《二拍》，在小说发展史上，不仅显示白话短篇小说之繁荣，同时也代表中国古典白话短篇小说的最高成就。按，《三言》一百二十篇作品，其中包括：（一）经加工润饰，或修改的宋元旧话本，（二）根据当时民间说话资料或文人传奇提供的故事而改写者，（三）根据唐宋传奇及笔记小说改编者。整体视之，可以发现白话短篇小说由口述文学，走向书面（案头）文学的发展趋势，以及由集体创作到个人创作的转变。另外，《二拍》显然是仿效《三言》之作。但值得注意的是，《二拍》七十八篇小说中，虽大多数都有其本事来源，基本上还是凌蒙初个人的创作，这在文学史上，标志着个人创作白话短篇小说的开端。此后，明末"抱瓮老人"又从《三言》《二拍》中，选辑出四十篇确定为明代作品者，结集出版，题名《今古奇观》，遂成为以后清代近三百年最通行的"拟话本"精选集。

白话短篇小说在知名文人参与模拟创作与润饰改写之下，已俨然形成一种具有共同风貌的"文类"，其类型特色，或可分别从以下四个小节而加以论述。

✿

第一节

整齐美观的篇目

其实小说之篇目，主要目的是向读者点出本篇所述内容的主题大纲。不过，现存宋元旧话本的篇目，仍然风格各异，并不统一。犹如前面章节所举，有的以人为题，如《简贴和尚》，有的以物为题，如《戒指儿记》，有的则以故事内容为题，如《错认尸》《李元吴江救朱蛇》等。此外，篇目的字数也颇为随意，长短不拘，从三言到九言都有。但是，冯梦龙的《三言》，则均以故事的主题大纲为题，而且非常重视篇目的整齐美观，各篇均以七言或八言的诗句式标目，即使原来的宋元旧话本小说，一旦经编者加工润色收入《三言》后，其原来的篇目标题，经过刻意修改，也变得整齐美观起来。例如：

《错斩崔宁》→《十五贯戏言成巧祸》

《西湖三塔记》→《白娘子永镇雷峰塔》

《柳耆卿诗酒玩江楼记》→《众名姬春风吊柳七》

冯梦龙不但精心修改宋元旧话本小说的篇目标题，甚至在编辑成书的过程中，还会刻意将书中前后两篇作品的篇目组成对偶句子。如《简贴和尚》在《喻世明言》卷三十五，改题为《简贴僧巧骗皇甫妻》，遂与卷三十六《宋四公大闹禁魂张》对偶；又如《戒指儿记》在《喻世明言》卷四，改题为《闲云庵阮三偿冤债》，以与卷三《新桥市韩五卖春情》对偶；《李元吴江救朱蛇》在《喻世明言》卷三十四，改题为《李公子救蛇获称心》，以与卷三十三《张古老种瓜娶文女》对偶；《错认尸》在《警世通言》卷三十三，则改题为《乔彦杰一妾破家》，以与卷三十四《王娇鸾百年长恨》对偶。

按，《三言》各篇目整齐美观的标目方式，或许是受到元杂剧的题目正名所启示，以及章回小说回目讲求匀称的影响。总之，此例一开，后继的白话短篇小说集，悉相模仿。就如凌蒙初的《二拍》，不但仿效《三言》以诗句标目，甚至更进一步，每一篇小说的篇目本身就是对偶句。如《初刻拍案惊奇》中的《酒下酒赵尼温迷花，机中机贾秀才报怨》，以及《二刻拍案惊奇》中的《程朝奉单遇无头妇，王通判双雪不明冤》即是。

白话短篇小说的篇目变得整齐美观，是文人参与创作和编辑刊行问世的必然结果，同时也显示，白话短篇小说从取悦听众到取悦读者的发展演变趋势。

❖

第二节

题材内容的因革

白话短篇小说集《三言》与《二拍》，在题材内容上，其实和宋元小说话本相若，往往因袭前人故事，多取材于现成的笔记杂录、文言小说、野史传闻，再加工润色放大发挥而成。不过，即使是因袭前人作品，也注入了新的元素，展现出新的风貌，反映的则主要是晚明社会的城市生活，明代文人的审美趣味与道德观念，流露出一种意图摆脱旧传统、追求新价值的倾向。

兹就晚明白话短篇小说题材内容的重点观察，大略可分为：爱情婚姻、公案罪行、盗贼侠义、历史传说、神仙鬼怪等五大类型。当然，这些类型有时是交互重叠，彼此掺和的。不过为了讨论的方便，姑且分类论析如下。

❖ ｜ 一、爱情婚姻

唐人传奇中叙述的爱情故事，通常是文人作者熟习的，或亲身经验的才子佳人或书生与妓女之间传奇式的爱情。不过，爱及白话短篇小说，男女主角的社会身份范围扩大了，有明显"市井化"的痕迹。不但是书生、妓女，就连商人、工匠、奴仆、婢妾、闺中少妇，甚至和尚、尼姑，都可以谈恋爱。此外还值得注意的则是，所谓的男女"爱情"，在白话短篇小说中，除了世俗情味加重之外，许多作品都明显沾染了不少色欲的成分。尽管情与爱的成分显得薄弱，却表现了人性的真实面。只有极少数的爱情故事，仍然企图表现突破贫富的鸿沟，推崇超越社会阶级的局限，带有理想色彩及浪漫气息的爱情；但是，故事处理的方式仍是世俗的，现实的。

例如《醒世恒言》中的《卖油郎独占花魁》，即是一例。写的是一个挑着担子沿街叫卖的油郎秦重，如何无以自拔地爱恋上临安名妓辛瑶琴。秦重花费了辛苦将近三年卖油的全部积蓄，就只为了能到妓院与她共度一宿，"搂抱了睡一夜，死也甘心！"没想当晚辛瑶琴刚好应酬归来，且已酩酊大醉，秦重整夜就谨慎小心并体贴入微地照料醉后的辛瑶琴，甚至还让她呕吐在自己的新衣服上。次日，秦重则毫无怨言地离去。这种表现爱情的方式，和文言小说中男女主角花园相会，继而互传诗信以诉相思，大相径庭。当然，秦重对于以色貌取悦人的妓女之尊重与真诚，终于打动了辛瑶琴的芳心，于是宁愿自己花钱赎身，选择卖油郎作为其终身伴侣。或许作者自己也认为，安排一个在市井中谋生存的卖油郎，娶得当今名妓为妻，毕竟是非分之想，所以在故事情节进行中，反复强调，卖油郎如何"积善修德"，才会落得"人财两得"的美好下场。

另外还有一些白话短篇小说，乃是叙述夫妻之间曲折的爱情婚姻故事。往往是一对年轻夫妻，受命运的摆布，尝尽离合悲欢的经历。《古今小说》中的《蒋兴哥重会珍珠衫》，就是一篇恩爱夫妻离散而最后团圆的例子。写的是年轻商人蒋兴哥，妻子三巧儿，以及另外一个年轻商人陈大郎之间的三角爱情关系。笔墨重点主要是以善良的三巧儿因丈夫远行经商，耐不住寂寞，禁不住另一个面貌酷似其夫君的年轻商人陈大郎的引诱，而红杏出墙，乃至引出一连串曲折离奇的故事情节。值得注意的是，在作者笔下叙述的，女主角三巧儿，并非受儒家传统道德支配的贞女烈妇，亦非妖艳淫荡的风尘女子，而只是一个普通平凡的年轻家庭主妇，在现实生活中偶尔行为失误的经过。作者对三巧儿的不贞，显然并无意从传统道德立场，予以死来赎罪的严厉惩罚，只是十分温和地，让她经历几年的流离沧桑，最后还是宽厚地原谅了三巧儿，安排她和丈夫蒋兴哥破镜重圆。作者甚至对于介入他人婚姻的第三者，亦即无以自拔的迷恋上有夫之妇的陈大郎，也笔含同情与谅解。当然，整篇故事仍然套在"因果报应"观念的模子里，但是，在爱情与道德发生冲突之时，作者却以宽厚的胸怀，将这份冲突化解了。乃至使得这篇故事比贞女烈妇的事迹更令人感动。因为其表现的，不是高远理想的德行，而是我们熟习的、真实的人性。

另外又如《初刻拍案惊奇》中《酒下酒赵尼温迷花，机中机贾秀才报怨》，写贾秀才的妻子巫娘子，如何遭到流氓奸骗之后，痛不欲生，而身为丈夫的贾秀才，不但没有责备巫娘子的"失身"，反而体贴地安慰妻子说："不要寻短见，此非娘子自肯失身，这是所遭不幸。"然后夫妻二人遂合作设计，终于杀了仇人。值得注意的是，妻子不幸失身一事，不但没有造成夫妻间的猜疑或隔阂，反而促成"那巫娘子见贾秀才于事决断，贾秀才见巫娘子立志坚贞，越发敬重"。两人因相互敬重，彼此体谅，遂得以白头偕老。

像上述故事中对女性贞操和夫妻情爱的如此宽容与开明态度，不仅在宋元旧话本中找不到，在明代以前的文学作品中，也是相当罕见的。这或许正是明代后期一些知识精英讲求思想解放，批判礼教权威，尊重个人，了解人性真实的反映。

✦ | 二、公案罪行

其实公案故事原是民间说话人的首创，往往以情节曲折离奇取胜。除了源自宋元旧话本的少数作品如《十五贯戏言成巧祸》《简贴僧巧骗皇甫妻》之外，大多是以一个"清官"的判案为中心。《三言》中诸如《三现身包龙图断狱》《陈御史巧勘金钗钿》《沈小官一鸟害七命》；《二拍》中如《恶船家计赚假尸银，狠仆人误投真命状》《程朝奉单遇无头妇，王通判双雪不明冤》等，均属此类。在这些有关公案罪行的故事里，闹上公堂的事件真是五花八门。或是婚姻纠纷，或是花和尚调戏良家妇女的案件，还有尼姑偷情事件等；其中有谋财害命的官司，也有冤狱翻案的故事，还有种种欺诈、拐骗的不法行为。这些故事，虽可视为是反映明代社会市井生活样样观的写照，却也和今天的都会地区各媒体所揭露的社会新闻差不多，可说是城市生活阴暗面的集中报道，一方面展现媒体报道的社会责任，同时亦颇能满足读者或听众偷窥或嗜血的心理。

如果从作者对公案故事情节发展的处理方式视之，这些或许可以称为是中国最早的"侦探小说"，但是基本上却又并不同于西方或现代的侦探小说。因为明代这些公案罪行小说，从来不会对读者隐瞒"谁是凶手"，或谁是罪犯者。其笔墨重点一般是放在罪犯的动机和行为，以及其后的侦查过程与惩罚结果。一般导致故事中人物犯罪行为的动机，往往是人性中难以控制的情欲和贪婪，有时则纯粹出于个人的无知和愚蠢。不过，故事最后的真相大白，则大都出于偶然，或出于审案官的智慧，终于看破奸情，或靠冤魂显灵托梦，冤案遂得以平反。在这些公案罪行故事中，不论真相是怎样被识破，社会正义最终一定得以伸张，罪犯一定会受到惩罚。值得注意的是，在罪恶与惩罚的描述中，作者对于极为残酷与卑鄙的细节，诸如杀人、分尸、虐待、通奸、淫荡等行为，往往津津乐道。有些显然是为迎合读者大众对血腥暴力或色情的趣味，但是大多数还是表现作者对社会普世道德规范的尊重，以及对人性弱点的了解。当然，有时也免不了带上一些嘲讽，嘲讽人的贪婪和愚蠢。整体视之，作者对这些故事中犯罪者的态度，则既有怜悯，亦有鄙视。

✦ | 三、盗贼侠义

　　盗贼通常是危害社会治安、官方极力要追捕的人物，但是在一般小市民的心目中，却可能成为羡慕的对象，甚至视为胆敢对抗官府的英雄。就如源自早期宋元小说话本的《宋四公大闹禁魂张》，叙述的主要是几个盗贼对官府及富豪，如何从容不迫地戏弄，故事充满娱乐性。但宋四公和他几个窃贼徒弟的行为，不过是一种粗浅的勇气炫耀而已，虽令市井小民称羡、喝彩，毕竟缺少真正侠义的素质，因此只是盗贼而已，还不配称为"侠"。

　　至于那些可以称为侠义故事的白话短篇小说，主要还是继承唐人传奇小说而来。故事中的侠义人物，不管是否具有武功，大多数都会以法术来击败敌手。不过，在这些小说中，"侠"的概念仍然有些含糊不清，与司马迁《史记·游侠列传》中的游侠形迹，尚有一段距离。因为故事中有的称为"侠"者，不过是模棱两可的人物，除了会要一些法术之外，似乎并没有什么令人尊敬赞扬之处，甚至其行为动机都值得怀疑。就如《古今小说》中的《杨谦之客舫遇侠僧》，尽管标题中称杨谦之在客舫所遇者为"侠僧"，故事本身也有好几处明白指出，那僧人是个特别优异的侠义人物，称他为"侠僧""豪僧""高僧"。可是这个"侠僧"，却把自己的侄媳妇送给杨谦之做临时夫人，帮助杨谦之在县官任内囤积钱财，最后县官任期满了之后，大家一起分财！这样的行为，是真正侠义之士所不齿的。另外，《初刻拍案惊奇》中的《神偷寄兴一枝梅，侠窃惯行三昧戏》，则是关于一个窃贼的故事，作者津津乐道一个名唤"懒龙"的窃贼，如何以智取胜官吏，并打劫富豪。这样的人物，和史书中所述侠客的行径，亦并不相符合；不过，作者安排其劫富济贫的情节，则与侠客的行径有相似之处。

当然，《三言》中还是有一些武功不凡，且具有路见不平即拔刀相助的侠情故事，多半取自历史人物的英雄事迹。例如《警世通言》的《赵太祖千里送京娘》，叙写尚未发迹之前的宋太祖赵匡胤，如何凭其一身侠骨，伴送一个受难女子京娘安然返家。在作者笔下，赵匡胤是一个具有开国君王气魄的侠士，也是一个为建立个人声名而奋斗的侠士。赵匡胤所代表的侠士，不怕艰难，不畏强暴，不贪女色，虽然其体能与打斗本领偶尔不免有夸张之处，但他并非超人，也无法术，其整体形象颇接近现实。

另外值得一提的是，唐传奇中有不少女侠故事，但白话短篇小说中却只有《初刻拍案惊奇》的《程元玉店肆代偿钱，十一娘云岗纵谭侠》一篇，叙述有关女侠韦十一娘的故事。

大体而言，白话短篇小说中的侠义人物，大都颇能伸张正义，解救贫弱。他们对社会的规范，并不一定遵守，都是高度个人英雄主义者；重视的是，自己在江湖中的声誉，以及同行对自己人格的看法。白话短篇小说中，侠义人物这种对个人声名荣誉的特别珍惜，遂令赵匡胤辜负了京娘的一片柔情，成为一个不解风情的汉子；韦十一娘，则成为一个清心寡欲的女尼。有趣的是，侠义故事中这种抗拒异性，谈色变色的传统，一直延续到长篇章回小说《水浒传》，其中的英雄好汉，大多怕女人，甚至恨女人，尤其是漂亮的女人。因为女人的诱惑，会冲毁他们任侠的名誉，冲淡他们的英雄豪情。不过，这些极力避开女人诱惑的水浒英雄，却转而大块吃肉、大碗喝酒的口腹之欲的生活。有关水浒英雄故事与英雄形象，当然是后话。

✤ | 四、历史人物

　　这类小说主要是以虚构的情节，讲述历史人物事迹或相关的传闻故事。其中人物包括皇帝、名臣、将军、哲人、诗人、词客。其实历史人物事迹与传闻，也是宋元说话人所津津乐道。不过，在现存的宋元旧话本中，有关历史人物的故事，往往会出现人物性格模糊不清，或资料引用错误，甚至主题不够集中的现象。这些或许因民间说话人学识不足而造成的"缺憾"，在明代文人所写的白话短篇小说中消失了。

　　例如宋元旧话本中《柳耆卿诗酒玩江楼记》（《清平山堂话本》），花了不少篇幅，称赞北宋词人柳永，如何"风姿洒落，人才出众"，继而却又说他任余杭县官时，在酒筵上因看上名妓周月仙，遂"春心荡漾，以言挑之。月仙再三拒而弗从而去"。柳永于是老羞成怒，意图报复。经打听得原来周月仙"自有个黄员外，情密甚好……每夜用船来往"。于是设计要船夫"夜间船内强奸月仙"，事后并以此要挟月仙与他相好，月仙只得屈从。这样卑鄙可恶的行为，显然并不符合柳永的历史形象，也破坏了故事前后的协调性。冯梦龙在《古今小说》的《众名姬春风吊柳七》中，就根据其他笔记杂说，加以改写，才"恢复"了柳永的名誉，且令其在小说中的性格形象较为完整统一。此外，旧话本中亦出现一些诗词张冠李戴者，冯梦龙亦加以考订，恢复其本来面目。

　　有关历史人物的小说中，还有一种特出的类型，主要是叙述主人公如何从默默无闻，终于取得功名显贵。基本上或许是模拟宋元说话中"发迹变泰"故事，但是比旧话本故事更接近历史的实情。《古今小说》中《穷马周遭际卖䭔媪》便是一例。写"自幼精通书史"，才智过人的穷书生马周,任博州助教,屡因酒醉而遭刺史责骂,遂拂衣而去,乃游于京师。这时一个三十余岁"丰艳胜人"的寡妇王媪,正巧经营一家卖蒸饼的店,却慧眼识英雄,十分欣赏马周。并以其社交能力,介绍马周到常何将军幕下任幕僚;马周因表现杰出,进而又由常何将军引荐给唐太宗,拜为监察御史。马周因"感王媪殷勤",娶她为妻,不到三年,直做到吏部尚书,王媪亦封为夫人。这样一篇有关历史人物的故事,除了寡妇王媪,是由小说家虚构出来的人物,其余人物和情节,大致与历史记载相近。

✤ ｜ 五、神仙鬼怪

神仙鬼怪故事,大多以人物的离奇遭遇为骨干,而奇遇的对象,则有仙女、妖怪、鬼魂。仙女之遇,往往是孝心或其他德行感动天地之后,而得来的"好报"。至于故事中的妖怪,多半是蛇、猫、狐狸等动物,修炼成精之后变成的美女。或刻意引诱青年男子上钩,吃他、害他;或因偶然的机会,这青年男子救了妖怪一命,或曾助妖怪一臂,于是妖怪知恩图报,变成美女,不但以身相许,还为他生儿育女,甚至助他升官发财。当然,有妖怪,则必有收妖的道士,最后通常是道士以法力符咒,把妖怪击败或消除,遂令这个被妖怪迷惑而身染妖气的男子,恢复理性,做一个平凡人、正常人。除了妖怪之外,还有关于鬼魂显灵的故事,有时是人鬼相斗,有时则是人鬼相友、相爱。

当然,所有的神仙鬼怪故事,都以情节离奇,引人入胜为笔墨重点。但情节的安排,则往往带有浓厚的因果报应色彩。

值得注意的是,从这些神仙鬼怪故事,可以看出明代白话短篇小说从宋元小说话本"改进"的情形。例如有关白蛇修炼成精的传说故事，源自《清平山堂话本》的《西湖三塔记》。但是《西湖三塔记》中的蛇精白娘子，乃是一个无情无义的妖怪。每捉得青年男子，即先留住"做夫妻"，等另外捉得新人到，就将旧人的心肝取出下酒。如此循环往复，不知害了多少青年的性命。吃人害人的白娘子，最后被奚真人捉来封入铁罐，安在西湖中心，人人称庆。可是，在《警世通言》的《白娘子永镇雷峰塔》中，白娘子虽然也是蛇精，却非常善良，只不过是"一时冒犯天条，却不曾杀生害命"。白娘子唯一的"过错"，就是真诚地、深情地追求人间世界的情爱。在白话短篇小说作者笔下，白娘子一反过去的残忍凶恶，成为一个充满人性，令人同情，引人怜爱的深情女子。至于那个挑拨许仙与白娘子感情的法海和尚，却令读者厌恶，觉得他多管闲事，破坏一段好姻缘。

❖

第三节

说话传统的沿袭

晚明的白话短篇小说如《三言》和《二拍》，即使其编写创作乃至刊行的目的是供人阅读，已属于案头文学，仍然和宋元小说话本一样，保留了一些"说话"的艺术传统，仿佛不如此，则不能算是小说。

❖ ｜ 一、叙述语气

与宋元旧话本一样，故事的叙述者乃是以说话人自居，把读者当听众，因此说话人的口头禅俯拾皆是，甚至还会公然和读者或假想的听众直接交谈，随时对故事中人物或情节，加以评论，表达意见，或说明情况，预测未来。对现代读者而言，可能会觉得这个叙述者简直跟想象中的说话人一样喋喋不休，尽说些不相干的事来打岔。例如《古今小说》中的《蒋兴哥重会珍珠衫》，一般皆认为出自冯梦龙手笔，不过故事并非源自宋元小说话本，而是根据另外一位明代作家宋懋澄（幼清，1570—1622）写的一篇文言小说《珍珠衫》改写而成。两篇故事的基本架构相同，但是以文言写的《珍珠衫》，其作者和唐传奇作者一样，是以客观的立场和态度，记述一件事情的始末，并不会半途插身于故事中去，也不会任意中断情节的发展来表示意见。可是，经冯梦龙改写成白话小说之后，情况却大不相同。

试看蒋兴哥外出经商，历久不归，任年轻美貌的妻子三巧儿独守空闺，这时一个邻近卖簪花首饰的薛婆，受了陈大郎的贿赂，想尽办法来接近三巧儿，以便撮合陈大郎与三巧儿二人的露水姻缘：

> 这婆子俐齿伶牙，能言快语，又半痴不颠的惯与丫鬟们打诨，所以上下都欢喜他。三巧儿一日不见他来，便觉寂寞，叫老人家认了薛婆家里，早晚常去请他，所以一发来得勤了。

作者叙述至此，却忽然中断故事的发展，说出一番道理来：

> 世间有四种人惹他不得，引起了头，再不好绝他。是那四种？游方僧道、乞丐、闲汉、牙婆。上三种人犹可，只有牙婆是穿房入户的，女眷们怕冷静时，十个九个到要扳他来往。今日薛婆本是个不善之人，一般甜言软语，三巧儿遂与他成了至交，时刻少他不得。正是：

> 画虎画皮难画骨，知人知面不知心。

这样仿佛临时起意的"插播",显然是沿袭宋元小说话本的传统,叙述者以说话人自居,不但语气态度都模仿说话人,也拥有随时向听众或读者灌输某些常识理念的权威。或许这是出于作者对"传统"的尊重,却也从此为中国古典小说的叙述模式立下传统。

✤ │ 二、体制形式

白话短篇小说在体制形式方面,亦沿袭宋元旧话本。整篇故事主要是由"入话""正话""篇尾"三部分组成。姑且仍以《蒋兴哥重会珍珠衫》为例。

㊀ 入话

故事开端,先说一段"入话":

仕至千钟非贵,年过七十常稀。浮名身后有谁知?万事空花游戏。

休逞少年狂荡,莫贪花酒便宜。脱离烦恼是和非,随分安闲得意。

这首词,名为《西江月》,是劝人安分守己,随缘作乐,莫为酒、色、财、气四字,损却精神,亏了行止。求快活时非快活,得便宜处失便宜。说起那四字,总到不得那"色"字利害。眼是情媒,心为欲种。起手时,牵肠挂肚;过后去,丧魄销魂。假如墙花路柳,偶然适性,无损于事;若是生心设计,败俗伤风,只图自己一时欢乐，却不顾他人的百年恩义，假如你有娇妻爱妾，别人调戏上了，你心下如何？古人有四句道得好：人心或可昧，天道不差移。我不淫人妇，人不淫我妻。看官！则今日听我说《珍珠衫》这套词话，可见果报不爽，好教少年子弟做个榜样。……

此段"入话"，不过是说一些因果报应的肤浅道理。当然，特别是针对勾引三巧儿的陈大郎这类人物的行径，指出为"色"所迷的可怕，暗示以下所述故事中道德教训所在，然后再引入正话。按，"入话"原先只是民间说话人为引起听众注意的一段开场白，有时甚至和所说故事并无关联。不过在书面小说中，则已经有其一定的功能：就是暗示或衬托正话的主题，以引起读者的好奇心。

㈡ 正话

"正话"即是小说故事的主体。尽管明代白话短篇小说，已是案头文学，主要是写来供人阅读的，不过在正话的叙述过程中，作者则始终站在故事情节与读者之间，继续扮演着说话人向听众述说故事的角色。叙述的风格方式上，仍然因袭"说给人听"的法则，可以随时中断故事情节的发展，向假想的听众，表达意见，批评人物，解释情况。

㈢ 篇尾

正话结束之后，作者往往在"篇尾"又刻意现身，有时引诗为证，对整篇小说的故事情节做出评定，顺便劝诫读者一番，宛如宋元旧话本一样，保留说话人的"说教"任务。就看《蒋兴哥重会珍珠衫》，在蒋兴哥娶了陈大郎之妻平氏，且原谅了他始终深爱的三巧儿之后的结局：

> 再说那蒋兴哥，带着三巧儿回到家中与平氏见面。若按初次结婚的先后而言，王三巧儿为先，只是因为中间休了一段时间，使得这平氏倒成了明媒正娶的了，而且平氏又比三巧儿大一岁，这样就让平氏做了蒋兴哥的正房，王三巧儿反而做了偏房。她们二人互相又以姊妹相称，从此他们一夫二妇一起生活，团圆到老。有诗为证：

> 恩爱夫妻虽到头，妻还作妾亦堪羞。

> 殃祥果报无虚谬，咫尺青天莫远求。

尽管作者在故事中，对于三巧儿不惜对陈大郎产生恋情，已经尽力包容她、宽恕她了，毕竟还是不能让这一对触犯了社会道德规范的男女，顺利地远走高飞，共度余生。必须借因果报应关系，给三巧儿一些惩罚，让她经历一些羞辱和沧桑，最后虽然与蒋兴哥团圆了，其社会地位毕竟降了一级，由妻变成了妾。既然作者扮演的是在大庭广众之下讲说故事的人，就不能公然站在只顾追求个人幸福者的一边，即使作者对三巧儿的行径，充满同情、怜悯、谅解，也不能鼓励个人行为违反了社会的传统道德规范。乃至这最后的结局，以及"有诗为证"的训辞，显得有些勉强，仿佛只是口头敷衍而已。

✤ | 三、夹杂韵文

晚明白话短篇小说，虽然已经是为飨读者的阅读兴趣而创作，却仍然保留民间说唱文学的痕迹。最明显的就是在通俗的白话散文叙述故事情节之间，往往夹杂着诗词、骈文、偶句、谚语。当然，在作者的经营策划之下，已各有其不容忽略的文学功能：或用来描写人物相貌、环境景象，或借此划分故事情节段落，预示未来发展，或解释情节，引出教训。虽有其一定的功能，但不可否认的是，夹杂韵文必然会经常中断故事叙述的流畅文气。

第四节

情节结构与人物形象

✦ ｜ 一、情节结构之经营

与宋元旧话本小说相比照，晚明文人所写的白话短篇小说，篇幅增长了，故事的情节明显有更加曲折的倾向，而且也表现出较为重视故事结构组织的完整。晚明作者更为注意细节的描写，在世态人情方面的着墨，也远比宋元话本丰富许多。此外，主题也比较集中，人物事件前后的矛盾松散也减少了。从冯梦龙《众名姬春风吊柳七》的改变，就是最好的例子。当然，大多数的白话短篇小说，还是延续纵向的单线结构，由顺时间的次序逐步发展，但是已经出现像《古今小说》中《沈小官一鸟害七命》那样，同时有几条情节错综交织在一起，且线索清晰完整的结构。总之，晚明白话短篇小说，予人的总体印象是，情节结构已趋向复杂多面。这自然是民间说话人的口述文学，比较难以做到的。

晚明白话短篇小说中人物肖像的描写，仍然着重典型的概括，尚缺少个别人物独特的相貌特征。例如《蒋兴哥重会珍珠衫》的男主角蒋兴哥，初次出场时，作者先介绍其姓名、字号、籍贯、家世，继而描绘其相貌：

> 话中单表一人，姓蒋名德，小字兴哥，乃湖广襄阳府枣阳县人氏。父亲叫做蒋世泽，从小走熟广东做客买卖。因为丧了妻房罗氏，止遗下这兴哥，年方九岁，别无男女，这蒋世泽割舍不下，又绝不得广东的一十道路，千思百计，无可奈何，只得带那九岁的孩子同行作伴，就教他学些乖巧。这孩子虽则年小，生得：眉清目秀，齿白唇红。行步端庄，言辞敏捷。聪明赛过读书家，伶俐不输长大汉。人人唤做粉孩儿，个个羡他无价宝。

引文中对蒋兴哥的肖像描写，只是用一些"眉清目秀，齿白唇红。行步端庄，言辞敏捷"之类空泛的赞语，显然没有独特的个人肖像。

至于小说中人物的性格特征，则主要还是靠人物外在的言语和行动来表现。不过，和宋元旧话本相比，明代白话短篇小说则更进一步，开始着重刻画人物的内心世界。当然，此处所谓"内心世界"，并非指现代小说强调的个人灵魂深处的矛盾冲突，只不过是人物内心的想法意念而已。作者通常是把人物的内心活动与生活细节的描写，结合起来，或与人物外在的表情、对话和行动，结合起来，乃至塑造成有血有肉，可亲可感的人物形象。即使是典型人物，也是具有性格特征的典型。

例如《卖油郎独占花魁》中，描写男主角卖油郎秦重，初见女主角辛瑶琴之际的情景。按，辛瑶琴这时正由一个中年妇人和几个丫头簇拥着进入一座豪华大宅的大门，站立在一旁的秦重，目睹辛瑶琴的美色，顿时间，整个人都痴呆了。于是昏昏然走到附近一家酒店去，尽管秦重是从来不喝酒的，却猛灌了几杯，且向店小二打听，住在那大宅中的是何许人物？店小二告诉他，此乃当今临安的名妓，交游来往的尽是一些王孙公子或达官要人，人称"花魁娘子"，是汴京人，北宋亡了，方流落在此。试看作者描写秦重此时内心思虑的翻腾起伏：

> 秦重听得说是汴京人，触了个乡里之念，心中更有一倍光景。吃了数杯，还了酒钱，挑了担子，一路走，一路的肚中打稿道："世间有这样美貌的女子，落于娼家，岂不可惜！"又自家暗笑道："若不落于娼家，我卖油的怎生得见！"又想一回，越发痴起来了，道："人生一世，草生一秋。若得这等美人搂抱了睡一夜，死也甘心！"又想一回道："呸！我终日挑这油担子，不过日进分文，怎么想这等非分之事？正是癞蛤蟆在阴沟里想着天鹅肉吃，如何到口！"又想一回道："她相交的都是公子王孙，我卖油的纵有了银子，料她也不肯接我。"又想一回道："我闻得做老鸨的专要钱钞，就是个乞儿，有了银子，她也就肯接了。何况我做生意的，清清白白之人？若有了银子，怕她不接！——只是哪里来这几两银子？"一路上胡思乱想，自言自语。

叙述至此，作者随即扮演说话人的叙述者，又打岔了，面对听众而言：

> 你道天地间有这等痴人！一个做小经纪的，本钱只有三两，却要把十两银子去嫖那名妓，可不是个春梦？自古道："有志者，事竟成。"被他千思万想，想出一个计策来。

接着故事又继续说下去：

他道："从明日为始，逐日将本钱扣出，余下的积攒上去。一日积得一分，一年也有三两六钱之数。只消三年，这事便成了。若一日积得二分，只消得半年。若再多得些，一年也差不多了。"想来想去，不觉走到家里，开锁进门。只因一路上想着许多闲事，回来看了自家的睡铺，惨然无欢，连夜饭也不要吃，便上了床。这一夜翻来覆去，牵挂着美人，哪里睡得着：只因月貌花容，引起心猿意马。

挨到天明，爬起来，就装了油担，煮早饭吃了，锁了门，挑着担子，一径走到王妈妈家去。进了门，却不敢直入。……

作者运用秦重内心的独白，如何盘算，加上一些具体的细节，把一个朴实的小买卖人的性格，刻画得十分逼真。首先，秦重原是个买卖人，做买卖的应该会打算盘，其心中盘算的主要是，一天能存多少钱，一年又能存多少钱。其次，秦重又是一个陷入情网的年轻人，而且已经到了痴迷的地步，乃至"回来看了自家床铺，惨然无欢，连夜饭也不要吃，便上了床。这一夜翻来覆去"。可是，作者不曾忽略，秦重也是一个十分细心谨慎的人，写他"走到家里，开锁进门"，第二天出门时，还不忘"锁了门"。爰及秦重终于到了花魁娘子的住所，"进了门，却不敢直入"。经过这些细腻的描写，秦重这个人物，在读者心目中，有了他独特的个性。

这种通过内心的独白，配合生活细节，再加上对话和行动，来塑造人物，在晚明白话短篇小说中，已经颇为普遍。按，宋元小说话本，主要还是靠对话和行动，也就是听得见、看得到的来写人物性格。晚明的"拟话本"毕竟已是案头文学，是写来供人阅读的，因此可以凭小说人物的"心中想道"，来塑造更具个人性情的人物形象。

第六章

白话短篇小说的后继

在冯梦龙《三言》、凌蒙初《二拍》之影响下，再加上书商的极力推动和劝请，明末至清代康熙（1662—1722）、雍正（1723—1735）年间，白话短篇小说的创作与刊行蔚然成风，一时作者纷起，专集、选集频出。根据孙楷第《中国通俗小说书目》所著录，现今保存的明末清初白话短篇小说集，就有四十多种。这样"繁荣"的局面，一直持续到清中叶之后才渐趋平静。当然，数量的丰富，并不一定代表品质的优越。尽管这期间的白话短篇小说，已经不再受过去民间说话技艺的束缚，但是作品中往往还是流露浓厚的说教意味，以及过分强调因果报应的情节安排，已预示出白话短篇小说逐渐走向衰微的趋势。或可列举明末、清初一些代表作，以观其大概。

✤ | 一、明末代表作

㈠ 周清原《西湖二集》

盖周清原《西湖二集》当为《西湖一集》之续书，唯其《一集》已散逸。现存《二集》乃明末崇祯年间（1628—1644）刊本，共三十四卷，每卷写一则故事，由于每篇主人公的遭遇活动，均与杭州西湖有关，故而以此名书。行文主要还是白话，不过作者文笔优雅流畅，作品的故事素材则大多取自前人或当代的野史笔记或文言小说，诸如明人田汝成《西湖游览志》《西湖游览志余》，以及沈国元《皇明从信录》、冯梦龙《情史类略》、瞿佑《剪灯新话》、陶宗仪《南村辍耕录》等。故事内容涉及层面颇广，除了生动描述当时杭州的风俗习惯之外，还记述一些著名文人的逸事，或借南宋史实，洪武盛世，对明末政治社会的种种黑暗现象，嬉笑怒骂，流露作者对明末时局内忧外患，贪污横行的愤恨和讥讽。其中最值得注意的是，笔墨中对明末官场及科场的黑暗，儒林文士的腐朽，讽刺尤其深刻，或许可视为《儒林外史》的前驱。不过《儒林外史》对腐朽儒士的讽刺，主要是挖苦与嘲讽，《西湖二集》的笔墨却沾上更多的憎恶与鄙视。

㈢ 席浪仙《石点头》

书名《石点头》盖取自高僧道生（？—434）在虎丘讲说《涅槃经》，终令顽石点头的典故。作者席浪仙，号天然痴叟，全书十四卷，每卷一篇，共十四篇，故事素材同样亦多取自前人野史笔记，有的出于冯梦龙的《情史》，书前还有冯梦龙的《叙》，崇祯年间刊行。所叙故事，其中包括贪官的污毒肆虐，诸如变乱章法，阴谋不轨，诬良为盗，逼良为娼；以及社会黑道恶势力，如何杀人劫财，贿赂官府，骗取人妻的种种罪恶行径；还有保甲制度的种种弊病，科场舞弊的腐败现象等。尽管作者意在劝善惩恶，作品中说教气味浓厚，不时引述佛经典故，以因果报应，劝人为善，来安排情节。展现的主要是明末政治社会的黑暗恐怖，流露的是对人性已经不存希望的沮丧。

✤ | 二、清初代表作

㈠ 李渔《无声戏》《连城璧》《十二楼》

清初的白话短篇小说，实际上是明末短篇小说的余绪。李渔不但是清代著名的戏曲理论家、剧作家、出版家，又是冯梦龙、凌蒙初之后，最重要的小说创作者。其短篇小说集《无声戏》《连城璧》与《十二楼》，可说是继《三言》《二拍》之后，质量较佳，影响较大的白话短篇小说集。

《无声戏》分一集、二集刊行。现存四种本子：（一）一集十二回本，每回演一故事，卷首有"伪斋主人"序，清初刊本，现藏日本尊经阁。（二）然后刻印了《无声戏合集》，顺治（1644—1661）刊本。原有一集和二集，惟二集不存，《合集》亦仅残存二篇，现藏北京大学图书馆。（三）《无声集合选》，原目十二回，今残存九回，属开封孔宪易私藏。（四）别本《连城璧全集》，日本抄本，为大连图书馆收藏，有十二回，加上《连城璧外编》残存四卷，共计十六篇，是现知《无声戏》诸版本中保存李渔小说最多的一种。另外还有《十二楼》，又名《觉世名言第一种》，于顺治十五年（1658）问世。因书中十二个故事中都有一座楼，后出的刊本书名均改为《觉世名言十二楼》，简称《十二楼》。两部书共收李渔白话短篇小说三十篇（现存二十八篇），从不同角度反映当时的社会众生相。

李渔的短篇小说，与其他明末清初的作品类似，重视"劝善惩恶"的作用，说教意味颇浓。但在白话短篇小说发展史上，令人瞩目的有：（一）通过青年男女在爱情上的离合悲欢，传达作者肯定人欲，反对道学，以及对追求个性解放者的同情。或可视为清初才子佳人章回小说风行的脚注。（二）表达一个文人士大夫对官场的黑暗、吏治的腐败和社会风气的恶浊之不满与批评。（三）注重故事的新鲜奇特，力求情节的曲折多变，偶尔难免会有过于巧合与牵强之弊病。（四）小说的叙述语言时常具有喜剧性的特色，甚至往往出现插科打诨、戏谑调侃的意味。当然，偶尔有时也会难免失之油滑轻佻。

三　《鸳鸯针》《醉醒石》

《鸳鸯针》，题"华阳散人编辑"。根据当今学者的考证与推测，华阳散人可能即是清初的吴拱辰，明崇祯九年（1636）举人，入清后不仕，后隐居茅山。因为茅山有华阳洞，故自号华阳散人。《鸳鸯针》四卷十六回，每卷一篇，共四篇小说。其中三篇均以文士儒生的生涯为笔墨重点，分别指摘贪官和蠹官的当权，造成科举制度失去选拔人才的功能，导致满腹文章者落选，而儒林败类，文不能成篇者，却因买通考官，或偷换顶替，反而中举。其间显然寄寓著作者对官场文化与科举制度愤愤不平之感。作者文笔流畅，人物刻画生动传神，作品的体制与李渔的《十二楼》等则颇相似。

另外还有《醉醒石》，署名"东鲁古狂士编"，作者真实身份已不可考。乃属清初问世之作。全书十五卷，每卷一篇，共十五篇作品，大多反映明末的社会病态，或许寄望借此可以惊醒世人。其中令人瞩目的，还是对当世"读书人"的鄙夷与不满。在作者笔下，似乎文士儒生皆令人生厌：或妄自尊大，猖狂放肆；甚至还会凌轹同侪，暴虐士庶。就连那些教书先生也行径丑恶，包括打牌烧烟、带徒打压、觊觎美色等。笔墨重点显然是，对儒林败类的挞伐。与《儒林外史》对文士儒生言行的讽刺态度相比，《醉醒石》流露的似乎是，作者对自己所属的知识阶层之彻底绝望与无限鄙视。这或许代表成长于明末，苟全于清初的文人士子，对社会人生的悲观看法。整体视之，作者文笔简练精粹，但偶尔语气稍嫌过分逼人，而且喜训诫，好评论的痕迹相当显著。

这些明末清初的白话短篇小说，均属文人创作的案头文学，与宋元小说话本的距离已相距遥远。在风格上，虽然失去了宋元小说话本的天真与朴素，却更具文人气质。值得注意的是，其作品的主要关怀已趋于"狭窄"，大多是针对文人士大夫阶层所熟习的官场或考场的经验与感受，基本上源自作者本人的见闻与观感。因此，文士儒生的生涯，科举的制度，官场的恶习，往往成为作品关怀的重点，却也正巧为文学史上第一部针对文士儒生行径的长篇章回小说《儒林外史》，铺上先路。

第十二编

明清长篇章回小说发展历程

第一章

绪　说

　　所谓"章回小说"，即分章分回的长篇小说，这是中国古典长篇小说的主要形式。从《三国演义》《水浒传》《西游记》，到《金瓶梅》《儒林外史》《红楼梦》，甚至一直到"五四"时代，长篇小说始终承袭章回的形式。倘若就作品语体而言，章回小说实际上有白话章回小说与文言章回小说之分。但白话章回小说乃是文坛主流，于明清时期最为盛行；文言章回小说则是在白话章回小说盛行之后，虽经一些文人好奇，偶一仿作，却始终未成气候。此处所论，即为明清时期盛行的白话章回小说。这种小说的章回形式，显然乃是由宋元民间说话艺术的基础上发展演变而成。

　　按，宋元民间说话艺术对长篇章回小说的影响，不仅在体制形式方面，更重要的则是在内容和艺术方面的表现。由于"说话"是面对听众讲给人听的，兼具商业利益与娱乐性质，故而所说的内容，必须注重故事性，也就是要首尾完整，头绪清楚，尤其须情节曲折，引人入胜，方能吸引一般听众的捧场。至于对故事中人物的外貌形象、心理活动,以及生活环境背景的描写,则不可能充分展开。而且,无论讲述历史人物故事,或是说一些社会上的传闻,诸如烟粉、灵怪、传奇、公案等,往往都要达到曲折离奇的效果。因此,即使是有关真实历史人物的故事,通常也会不同程度地带着一些夸张或神奇的色彩。所述人物,不外带有传奇性的君臣将相、英雄豪杰,或是现实世界不曾有的神魔鬼怪,以及净化的、夸饰的,甚至幻想的人物。一直到由个人经营的《金瓶梅》之问世,才突破了话本小说的格局,开拓了长篇章回小说的新路子。尽管如此,章回小说的体制,在明清作者的笔下,仍然保留其一贯的传统。

✤

第一节

章回小说的体制特征

现存的明清长篇章回小说,即使题材内容风格迥然不同,在体制上显然均继承宋元说话的传统,又经过数代文人作家的相继模仿,以及不断修改加工润饰,乃至形成一些共同具有的类型风貌特征。

✤ | 一、楔子开端

长篇章回小说的篇首,往往有一节"楔子"作为开端,以总述小说故事的来源,或交代故事的背景缘起,或暗示书中主题。例如《水浒传》第一回《张天师祈禳瘟疫,洪太尉误走妖魔》,即托以洪太尉不小心放走封闭瓮中的妖魔，导致一百零八条好汉流入人间世界，于是惹出一番惊天动地的故事来。又如《红楼梦》第一回《甄氏隐梦幻识通灵，贾雨村风尘怀闺秀》，则把全书托之于空空道人与大荒山无稽崖青埂峰一块石头的渊源，提示书中男主角贾宝玉不凡的来历与其生命的憾恨。此外，《儒林外史》首回的回目干脆就是《说楔子敷陈大义，借名流隐括全文》，其中借元代隐士画家王冕这个理想人物的故事，作为全书其他腐朽文士儒生的对照。这样的开端，在全书主题内涵上显然为读者提供了引人深思的意境，不过，就其章法，仍然与明代白话短篇小说往往用诗词或相关掌故作为"入话"，以引入正话的功能相同，实际上均源自民间说话艺术的传统。

✤ ┃ 二、分章标回

长篇小说的分章标回，其实亦源自宋元民间的说话传统。按，"说话"原是在瓦舍勾栏为娱乐大众的表演节目，自然有时间的限制。倘若说话人所说的故事，在一"回"说话的时间内说不完，则不得不将故事的发展暂时中断下来，等下一"回"再继续。又由于说话毕竟是一种商业行为，为了吸引听众的兴趣，保证下"回"还会再来，说话人往往在最精彩引人之处暂时收场，或故意制造悬念，以免听众半途离去，或希望听众下"回"再来听解，因而把故事分成若干"回"。就如说话门类中的"讲史"，说的乃是朝代兴亡盛衰的故事，不可能一两回就讲完，必须连续讲相当长一段时间。乃至每讲一回故事，由于时间有限，必须暂时告一段落。而且每回开讲之前，往往还要用一个题目标题（当时称"招子""招牌"或"纸榜"），宛如当今歌星演唱或名人演讲之前要先出海报，宣示此回的内容大纲，以吸引听众继续捧场。这就成为章回小说每章必标"回目"的来源。

现今所见章回小说，每一章回，都有类似诗的句式为回目，多数是七言或八言的对偶句，以总括此一章回的内容大纲。如《三国演义》第一回：

宴桃园豪杰三结义，斩黄巾英雄首立功。

这样的回目，与民间说话人先以标题宣示内容相若，与元代杂剧的"题目正名"传统亦相似。说话人叙说长篇故事，必须分多回讲述，为了使听众便于记住，加深印象，或吸引更多的听众，每讲一个中心内容，宣布一个醒目的标题，这样就逐渐形成分章节、立回目的格局。

当然，早期的回目，通常还比较简单粗率。如元末明初罗贯中的《三国志通俗演义》，分二十四卷二百四十则（节），每则均以回目概括本则的内容大纲，不过，只有单句回目，而且长短不一，例如：

第一回《祭天地桃园三结义》

第二回《刘玄德斩寇立功》

以后经人加工润色，回目才由单句逐渐发展为偶句。而且由字数不一的句子，发展成字数划一，对仗工整，甚至平仄谐韵，富有感染力的对偶句。及至清初毛宗岗的《三国志演义》版本，已将全书所有回目改成对仗工整的对偶句。

此外，每一回通常以"话说"或"且说"开头，结尾则多半在一个情节的高潮处突然打住，以"欲知后事如何，且听下回分解"之类的套语暂时作结，寄望令读者欲罢不能，有兴趣继续看下去。即使后期的章回小说，并非从说话人的故事改编，而是纯粹由个别文人独自撰写的案头文学，诸如《金瓶梅》《儒林外史》《红楼梦》，亦继承同样的传统。所以长篇章回小说虽然分若干章回，但每一章回其实并不代表一个真正完整的情节。

换言之，章回小说的故事情节，通常并不能以章回来刻板划分段落。

✤ ｜ 三、叙事结构

长篇章回小说最初是由民间说话人口述的故事串联起来而形成的。自然不容易有统一的布局和紧密的结构。不过，即使由作家个人撰写成的长篇，从今天的标准看，在结构上仍然显得松散。作者显然并不重视小说全面的统一连贯性，而通常以大小情节片段之间的联系为主。早期的章回小说，大多采用单线组合，单线纵贯的结构形式，由一个接一个的故事连缀而成，宛如"串珠"式的结构。及至由个别文人单独创作的《金瓶梅》，才开始出现较为复杂的网状结构新形式，并为《红楼梦》多线交叉、网状交织的叙事结构所继承和发展。其实长篇章回小说的作者，并不企图以小说的整体结构来创造"统一连贯性"，而往往以"反复循环"的模式，来表现人间世的新陈代谢及各种复杂细微关系。

值得注意的是，中国长篇章回小说主要情节的结局，也就是全书主要人物故事的结束，通常远在小说的终结之前即发生。就如《金瓶梅》共一百回，而其主角西门庆在七十八回就死了。《水浒传》一百回，梁山诸好汉聚义忠义堂，则发生在七十一回。《儒林外史》五十五回，而众儒士群聚泰伯祠的大祭礼，出现在三十七回。换言之，章回小说一般在前半截，亦即在主要情节结束那段，就已经说完主要人物的聚散离合故事，因此，后半截所叙的"后事"，就往往予人以一种无端延续，甚至拖延的印象。当然，或许可以从另一个角度观察，则章回小说后半截出现的晚辈或次要人物故事，所代表的，有如长江后浪推前浪一样，象征传统中国人的宇宙观，亦即在时光永恒的流逝中，历史不断的演进里，人物一直在不停地循环更替，永远地新陈代谢下去。

第二节

章回小说发展总趋向

明清长篇章回小说，基本上是沿袭宋元民间说话不同家数的路线发展，但在发展过程中，逐渐形成各自独特的系统，甚至由于彼此渗透，相互影响、融合，产生新类型的小说。不过，宏观而言，或许可从以下几方面，来概览章回小说作为一种"文类"的发展演变总趋向。

❖ | 一、整体风格 —— 逐渐摆脱话本格局，增强文学性，完成文学化

中国古代长篇章回小说的发展，就此一文类的整体风格视之，乃是经过一个逐渐摆脱话本格局，增强文学性的漫长过程。譬如《三国演义》《水浒传》《西游记》等，就是分别源于宋元讲史话本、小说话本或说经话本，最后的编撰者或作者，不仅沿袭说话人的故事题材，而且继承说话艺术的叙事方式和技巧。不过由晚明文人个人独自创作的《金瓶梅》，则是一个转折点，爰及清代的《儒林外史》《红楼梦》，才真正摆脱了话本的格局，由个别作家独自完成长篇章回小说的"文学化"，才是纯粹的、创作的"小说"。

✦ | 二、题材内容 —— 历史、神话走向现实社会人生与家庭日常生活

短篇白话小说的题材内容，在宋元小说话本中，其涵盖已经相当广泛，大凡说话的"小说"家数，如烟粉、灵怪、传奇、说公案、说铁骑儿等，皆包括在内。可是长篇章回小说的题材内容，虽然其间也会出现采用"小说"各家数题材的情形，却有其明显的发展演变方向：主要是先由历史、神话传说，继而才逐步走向现实社会人生以及家庭的日常生活。从《三国演义》到《红楼梦》的相继问世，即可证明。

✦ | 三、人物形象 —— 由强调人物之间的群体意识走向标榜个体意识

长篇章回小说中人物形象的塑造，在发展过程中，主要是先由强调人物之间的群体意识，再走向标榜个体意识。如《三国演义》《水浒传》《西游记》等，强调的是书中主要人物之间的，诸如兄弟之情、君臣之义、江湖义气或师徒之情，而且这些小说中人物的生命历程与人格情性，均与相互之间群体意识的维系或遵循与否密切相关。爰及《金瓶梅》《儒林外史》《红楼梦》，则开始有明显的变化。作品标榜的，则是书中主要人物身上流露的个体意识，强调的往往是个人对一己生命或生活方式的选择，其追求的，无论是个人的财富、情欲、功名、权势，或一己身心的自由与幸福理想，均展现作品中人物形象的塑造，已由重视群体意识，到宣扬个体意识的演变。

✤ | 　**四、价值取向——对传统伦理道德由推崇走向批评，甚至意图颠覆**

　　从《三国演义》到《红楼梦》，无论故事情节的安排，或人物形象的塑造，均明显展示出章回小说在价值取向方面的演变痕迹。换言之，由推崇传统伦理道德，而走向批评，或尝试摆脱，甚至意图颠覆传统伦理道德的枷锁。就如《三国演义》，乃是强调刘、关、张之间的兄弟之情，以及诸葛亮对刘备的君臣之义；《水浒传》，则歌颂梁山好汉共同遵循的江湖义气；继而《西游记》，则一再表现唐僧与孙悟空、猪八戒、沙和尚之间的师徒之情的维系，方能修成正果。在作者笔下，推崇的均属传统儒家强调的伦理道德。可是，从《金瓶梅》开始，书中主要角色如西门庆、潘金莲诸人，往往为一己之私，或贪财谋权，或纵情于色欲；继而《儒林外史》书中一方面细笔写文士儒生对个人名利的追求，另一方面则特别凸显王冕个人的淡泊名利，杜少卿人格言行的不同流俗；到《红楼梦》的贾宝玉，虽生活于世代官宦富贵的大家庭中，却几番表示对功名利禄的鄙视，以及其与表妹林黛玉，如何对彼此知己之情的珍惜与眷恋。均明显流露，作者借书中人物角色在故事情节发展过程中的种种言行，由推崇传统伦理道德，走向表现个别人物如何尝试摆脱，甚至意图颠覆传统伦理道德的心理。这些均充分显示，明清长篇章回小说，在价值取向方面的发展趋向。

第二章

章回小说的前驱

—— 宋元话本

前面章节讨论白话短篇小说时，已经提及宋元民间说话的专业，大致分为：小说、说铁骑儿、说经、讲史等主要家数门类。这些民间说话艺术，对长篇章回小说都有一定程度的影响。其中又以"讲史"和"小说"两家的影响最为深远。按，讲史，诉诸文字之后，成为讲史话本，可视为章回小说的前驱，而小说，则因题材内容的繁富广泛，其中某些小说话本的题材，亦往往会成为章回小说中故事情节的组成部分。以下试依这些宋元话本产生之先后，概述其发展大略。

✤

第一节

讲史话本 —— 平话

章回小说其实是从宋元讲史话本的基础上发展起来的。按，讲史话本，一般又称"平话"，表示其乃属并不夹杂吟唱的讲述故事。就现存一些早期的讲史话本资料，主要包括：

✤ ┃ 一、《新编五代史平话》（残本）

宋元之间刊行，未署作者姓名。当属宋人编写，后经元人增益者。主要是叙述梁、唐、晋、汉、周等五代之兴替始末。各分上下二卷，但梁史与汉史，均缺下卷，其他亦各有缺页。整部"平话"，大抵根据史实，再另外增添一些传说枝叶而成。所使用的语言，则是半白半文，且夹杂骈文、诗歌、诨辞。原本是通俗历史读物，文学性不强，缺乏生动曲折的情节，也鲜少人物性格的刻画。是元末明初长篇历史演义小说《残唐五代史演义传》的前身。

✤ ┃ 二、《全相平话五种》（日本内阁文库藏）

元代至治年间（1321—1323）由新安虞氏刊印，均未署作者姓名。包括：

（一）《武王伐纣平话》，别题《吕望兴周》

（二）《七国春秋平话》（后集），又名《乐毅图齐》

（三）《秦并六国平话》，别题《秦始皇传》

（四）《前汉书平话续集》，别题《吕后斩韩信》

（五）《三国志平话》

以上五种平话，每部均各分上中下三卷，且各书的版式一致，皆是上图下文，显然已经是供人欣赏阅读的本子。其中《武王伐纣平话》，成为以后《封神演义》的蓝本。当然，最值得注意的则是《三国志平话》，共约八万字，其中故事情节吸收了不少野史杂传及民间传说，乃至与三国的历史事实，拉开了距离，且已粗具罗贯中《三国志通俗演义》的轮廓。

整体视之，这些讲史平话的主要内涵，大约有四分之三篇幅，乃是直接依据史书的记载，再加工加料而成。至于体制、语言，以及故事细节与人物描写，则显然受民间讲史传统影响颇深。书中表现的，诸如历史观点、故事情节、人物行径，虽偶尔亦出现荒诞不经之处，大体与史书所载相去不远。五种平话当属通俗历史读物，还不能算是合格的文学作品，仍然处于由历史著述向文学作品发展的过渡状态。只有爰及明末刊行的《残唐五代史演义传》，题署"贯中罗本编辑"者，因书中情节表现较为曲折，人物性格亦较为丰满，才能视为"文学作品"。

✣ ｜ 三、《大宋宣和遗事》（南宋人编写，元人增益）

作者无名，全书乃是由南宋人编写，后经元人增益而成。主要是记述北宋徽宗、钦宗二帝北狩二百七十余事。不过现存的版本，则已为明刊本，共分上下两卷（另一版本分元、亨、利、贞四集），其中讲史话本《梁山泊聚义本末》，已将宋江等三十六人的事迹与梁山泊联系起来。故事起始于杨志押运花石纲，终结于梁山好汉征方腊。实际上乃是把有关梁山好汉各自独立的单篇故事，吸收讲史的格局，串联而成。其资料来源，主要还是抄录旧籍，包括野史、笔记，再略为加工，并插入诗词韵语，且把某些较艰深的文言句子通俗化。整体视之，语言仍是文白夹杂，故事则稍嫌简陋，不过，已经粗具《水浒传》故事的基本轮廓。

值得注意的是，以上这些讲史话本，并不分章回，而是分卷数，但每卷中又有若干细目。倘若从文学的角度来评价，还是比较简陋，甚至粗劣之作。但是，其中所述故事情节，往往虚实相杂，已经显示由历史走向文学的趋势。

第二节
说经话本

✤ │ 一、《大唐三藏取经诗话》（日本高山寺藏）

《大唐三藏取经诗话》原刊印于南宋，不过却曾经长期失传，直至1916年，罗振玉以日本高山寺藏本影印，方得流传国内。其故事源自唐、五代时期佛寺俗讲的"说经话本"，主要是讲述唐代高僧玄奘赴印度求法取经之事，不过已是完全虚构的文学故事。按，《大唐三藏取经诗话》分上中下三卷，共十七节，且每一节均有一个标目，点出内容大纲。诸如《行程遇猴行者第二》《过狮子林及树人国第五》等，已经具有章回小说之雏形。此外，每节都有故事中人物角色所口诵的韵文，类似佛经中的"偈赞"，显示由佛寺中俗讲到小说之间的过渡形式。值得注意的是，所述故事中已经出现的"猴行者"，幻化为白衣秀士，自称是"花果山紫云洞八万四千铜头铁额猕猴王"，并且成为取经团队的主角，而历史上真正的取经主角唐僧，则退居为次要角色。整个取经途中种种的磨难，也多亏猴行者的神通法力，才得安全度过。令人瞩目的是，其中历史人物已经让位给虚构人物，这正是作品文学化的重要条件。

✤ | 二、元末《西游记平话》（片段）

虽然《西游记平话》乃属刊行于元末的作品，可惜久经失传，故而其原貌已不得而知。如今只能从一些零碎资料，甚至包括散见于国外的资料，偶尔收录书中某些简略情节片段，窥见些许痕迹。

◯ "梦斩泾河龙"

明朝永乐年间（1403—1424）编辑的大型丛书《永乐大典》第一三一三九卷，其中"送"韵"梦"字条下，录有一段"梦斩泾河龙"的故事，约一千二百字，注称乃出自《西游记平话》。所记故事与现今所见《西游记》第九回前半部分，亦即魏征斩龙的情节，基本相同。

◯ "车迟国斗胜"

韩国古代的汉语教科书《朴通事谚语解》，其中保存一段"车迟国斗胜"的故事，约一千字左右，亦注称出自《西游记平话》。故事所记和现今所见《西游记》第四十六回所述情节相近似。不容忽略的是，除此之外，《朴通事谚语解》中还有几条与取经故事相关的"注"中，亦略述《西游记平话》的一些故事情节。诸如：南海观音奉如来佛法旨，到东土去寻找取经之人；"齐天大圣"大闹天宫；孙悟空辅助唐僧前往西天，一路上如何斗妖除怪。凑合这些故事片段，已经展现《西游记》书中的主要人物为一师三徒：亦即唐僧、孙悟空、沙和尚、黑猪精猪八戒。换言之，取经的团队，业已形成。

第三节

小说话本

其实宋元小说话本，目前并无留存者。惟根据南宋元初人罗烨的笔记《醉翁谈录·小说开辟》，所列小说家所说的小说题目，其中涉及后世长篇章回小说者，就有"青面兽""花和尚""武行者"等故事。可惜均未有文字流传下来。不过，依其故事标目，或许由此可证，《水浒传》乃是由"民间说话"讲史类和小说类融合的产物。另外，当今所见《水浒传》中保留下来的说话人口气，以及每每向听众点醒题旨，以及所说情节故事段落的标题，诸如"这个唤做《智取生辰纲》""这个唤做《白龙庙小聚会》"等，亦可证明，长篇章回小说《水浒传》中，已编入了流行民间的小说话本。

第四节

杂剧剧本

根据《录鬼簿》《太和正音谱》等著的记载，元杂剧中搬演有关三国故事的剧目，就有四十多种。流传至今的还有十多种，其中关汉卿的《单刀会》，以及无名氏的《连环记》《博望烧屯》《隔江斗智》等，均为《三国演义》提供了精彩的故事情节。另外，以梁山英雄好汉为题材的杂剧亦不少。今人傅惜华《元代杂剧全目》，即收有"水浒戏"剧目三十余种，现今保存完整的尚有：《黑旋风双建功》《李逵负荆》《燕青博鱼》《还牢末》《争报恩》等。值得注意的是，就在这些元代杂剧剧本中，投奔梁山的水浒英雄，已从宋史所称三十六人发展到一百零八人，已经为《水浒传》一书奠定了基本的架构。再者，还有关于唐僧取经的《西游记》杂剧，包括《唐三藏西天取经》《二郎神锁齐天大圣》等，亦融入现存《西游记》的故事情节中。

这些杂剧剧本，或许上接宋元说话传统，却分别为以后的《三国演义》《水浒传》《西游记》等长篇章回小说，不但提供了人物事件的素材，并且影响到作品的叙述风格，以及作者撰述之际的立场态度。

第三章

章回小说的问世与定型
—— 元末明初至明中叶

虽然宋代说话专业中的"说三分"，已经成为流行民间的说话传统，不过，将民间说话转录为文字记载，进而编写刊印成书，以飨读者，则尚须时日。在文学史上，第一批章回小说刊印成书的正式问世，大约发生在元末明初之际。其中自然以《三国演义》及《水浒传》两部巨著，最引人瞩目。两部小说不但开启了后来历史演义和英雄传奇的相继写作与刊行，同时也奠定了长篇章回小说的体制形式，在中国小说发展史上，实具有划时代的意义。

第一节
历史演义《三国演义》—— 第一部章回小说

历史演义小说，乃是直接从宋元讲史话本的基础上发展而来，或叙述一个朝代的兴衰，或叙述几个王朝的更迭，是长篇章回小说中最早出现的一类。内容上，往往以特定历史时期所发生的重大政治或军事事件，为主要线索，又以在这些历史事件中扮演过重要角色的真实历史人物之身世遭遇为笔墨重点，进而加工润色，甚至虚构想象，编写成书。在众多的历史演义小说中，以《三国演义》成书最早，成就也最高。

❖ ┃ 一、成书经过：《三国志通俗演义》到《三国演义》

按，此处所谓"成书经过"，乃是针对小说内容以及其版本方面的发展演变而言。虽然《三国演义》是文学史上公认的第一部历史演义，也是第一部成熟的长篇章回小说，但不容忽略的则是，早在两晋以来的文人笔记中，已经有不少关于三国历史人物事迹与传说故事的记载，为《三国演义》的成书提供了素材。爰及宋代，民间说话的家数中，已有专门"说三分"的科目和艺人。另外，金院本、元杂剧诸戏曲，亦有不少有关"三国"人物故事的剧本。而目前所知的讲史话本中，则有元代至治年间（1321—1323）刊行的《全相三国志平话》。不过，现存最早，而且是完整的刊本，则已是明嘉靖元年（1522）刊刻的《三国志通俗演义》，题为"晋平阳侯陈寿史传，后学罗本贯中（1330？—1400？）编次"。全书分二十四卷，共有二百四十则，而且每则均提供一个标目，标目还是单句的，如第一则即标目为《祭天地桃园三结义》。此外，叙述的语言显然还受到史传或文人笔记的影响，采用浅近文言，并夹杂有诗词韵文，以及章表书札等可信的历史资料。其实《三国志通俗演义》，乃是在《全相三国志平话》的基础上，继而加工润色改编而成者。

倘若将《三国志通俗演义》与之前元代刊行的《全相三国志平话》相比照，则可观察到以下的一些演变痕迹：

首先，篇幅增长了，又经过文字的加工润色，情节描写更为细致，人物形象更为鲜明。就如著名的有关刘备"三顾茅庐"情节，在《全相三国志平话》中，还只是一小段，而且文字粗劣，叙述平淡；及至《三国志通俗演义》，则予以铺叙，不但篇幅加长了好几倍，而且成为一篇结构奇巧，叙述精彩，意趣盎然，引人入胜的故事。又如"青梅煮酒论英雄"，在《平话》本中亦只有以下数句："无数日，曹相请玄德筵会，名曰'论英会'。唬得皇叔坠其筋（当是箸）骨（当是承上文误加），会散。"其中并无情节的描写，亦无人物形象的刻画。不过爱及《三国志通俗演义》，则将其故事扩大为整整一回，其中不惜笔墨刻画曹操与刘备二人的内心活动，彼此言谈之间的紧张斗角，均十分精彩。也就是通过《通俗演义》本所叙述的故事情节中，各主要人物的形象，都变得生动鲜明起来。

其次，则是在内容方面的去瑕疵，纠谬误。其中包括改正人名地名或史实的谬误。尤其值得注意的是，删除《平话》本中一些与史实相距太远的无稽之谈、荒诞之说。如《平话》一开端，叙说东汉光武时，司马仲相如何断阴狱的种种因果报应，则被删除，改为直接以汉末十常侍弄权，黄巾作乱的史实开端。又如《平话》中还载有曹操曾公然劝汉献帝让位于其子曹丕；刘备曾经在太行山落草当强盗；张飞则杀人不眨眼，不但曾杀定州太守元峤，又杀了朝廷派来查询的督邮；诸葛亮竟然是庄稼汉出身，等等。这些不符史实的无稽之谈，在《三国志通俗演义》中，均遭删除。

再者，作者根据陈寿《三国志》以及裴松之的"注"，收入了更多的可信史料。其实大凡可以运用的正史资料，或相关传闻记载，罗贯中都酌量增入。其中包括三国时人的一些诗赋书表等作品文件，也写进书中，遂增添了三国故事的"可信度"，遂令《三国志通俗演义》既是小说，又不完全脱离历史，具备了历史演义小说所谓"七分史实，三分虚构"的特点。

自嘉靖本《三国志通俗演义》问世后，因颇受读者青睐，于是其他新刊本相继涌现，至明末时期，已不下二十种版本。惟大多数仍以嘉靖本为底本，另外再作一些音释、注解、插图、考证、评点工作，或文字增删，卷数与回目的整理等。直到清代康熙年间（1662—1722），由毛宗岗与其父毛纶二人，又进一步对《三国志通俗演义》作了较大的改动，其中包括：（一）辨正史事，改正内容；（二）整理回目，改为对偶；（三）增删诗文，更换论赞；（四）润色文字，修饰辞藻；（五）书名定为《三国志演义》，一般或简称《三国演义》。

从此毛宗岗本《三国志演义》，遂成为流传最广的版本。不过，毛宗岗本一出，罗贯中的原本，几乎湮没已鲜为人知。从三国故事本身的演变看，《全相三国志平话》，主要在民间讲史的传统上奠定了基础；罗贯中的《三国志通俗演义》，进一步树立了历史演义的规模；而毛宗岗本《三国演义》，则又作了些修订加工润色，增强了文学趣味，令其更为完善。

❖ ｜ 二、《三国演义》概览

从《三国演义》之成书经过来看，虽然迄今通行的乃是毛宗岗定本，但学界还是普遍认为，原作者仍然应该归罗贯中。按《三国演义》主要是记述从东汉末年黄巾之乱（184）到孙吴灭亡，西晋统一（280），亦即约一百年间，魏、蜀、吴三国如何形成鼎立纷争的局面，以及在这动乱时代中，种种风云人物的兴起与败亡。全书六十卷共一百二十回，是中国文学史上第一部分章分回的长篇小说。当然，就如前节所述，远在其书成之前，书中主要的人物故事早已流传于民间，作者罗贯中大体还是在讲史话本《全相三国志平话》基础上，再根据陈寿《三国志》与裴松之"注"中的资料，加以删改补充，综合熔裁而成。

首先，就《三国演义》采用的叙述语言视之，并非纯粹的"白话小说"。全书乃是以浅近的文言混合通俗口语白话写出，并且还多量采用相关的诗赋书表等可信资料，以协助人物形象的刻画与故事情节的发展。其次，书中人物都是真实的历史人物，所叙述的一些重要的政治或军事的事件，也接近史实。但作者在编写撰述过程中，却以其高度的文学想象，与惊人的组织能力，大大增添了故事情节的浪漫色彩。遂令《三国演义》虽有史实为依据，却并非一般的历史读物，而是一部引人阅读兴趣的历史演义小说。

此外，作者处理三国人物与事件的立场态度，显然并不同于陈寿撰写的正史《三国志》，而是继承民间讲史话本《全相三国志平话》的"拥刘抗曹"倾向，故而以蜀汉为"正统"，乃至对曹操多加诬蔑，并且贬低了东吴孙权的才能。这种对史实"歪曲"与"虚构"的态度，或许正是《三国演义》作者是在创作小说，而非叙述历史的重要标志。作者在故事情节发展过程中，又特别标榜刘备、关羽、张飞三个异姓结拜兄弟之间，如何同危难、共生死的义气，以及刘备与诸葛亮君臣之间，知遇恩报之情。因此，予人的整体印象是，全书强调的主要乃是兄弟友朋君臣之间的"群体意识"，作者推崇的是儒家传统的社会伦理道德。至于人物形象塑造方面，主要也是以传统伦理道德的是非善恶观念为标准，遂导致书中人物形象无论多生动讨喜，也难免会出现类型化、典型化的倾向。换言之，书中主要人物的性格特征，往往属于某一种品质的典型。例如，理想仁君刘备的仁厚与爱才，猛将关羽的忠义与自负，以及张飞的勇敢与鲁莽，还有贤臣诸葛亮的忠诚与智慧等。当然，其主要人物中，仍然有性格比较复杂的人物，如曹操的雄才大略与机警奸诈，周瑜的风流才华与狭窄气量，也有极为生动细腻的描述，充分展示作者对人性复杂一面的体认。

再者，《三国演义》作者，不仅塑造了一群不朽的人物形象，还展示出不少充满夸张趣味与浪漫气息的故事情节，为读者提供了文学趣味。就如：刘、关、张的"桃园结义"；刘备的"三顾茅庐"；精彩绝伦的"赤壁之战"，其中包括东吴大将周瑜忍痛"打黄盖"，庞统的"连环计"，诸葛亮的"草船借箭"，以及"三气周瑜"；继而还有阻吓司马懿大军压境的"空城计"；关公气概万千的"单刀赴会"，之前于华容道的"义释曹操"；张飞在长坂坡的喝退百万雄兵；赵云于乱军中的"单骑救主"等，都在读者心目中留下深刻印象，不但是后继小说家追随模仿的典范，也成为戏曲中深受欢迎的剧目。

值得注意的是，尽管作者的立场态度是"拥刘抗曹"，把刘备塑造成一个弘毅宽厚、仁民爱物的明主贤君，曹操则是一个残忍多疑、跋扈专权、野心勃勃的奸雄，但是，为遵循历史的真实，在小说结局的安排上，深得民心的刘备，虽有关羽、张飞、赵云诸英雄之舍命相助，又有天下第一英才诸葛亮的辅佐，却始终未能恢复汉室的基业，蜀汉在三国中最早败亡。而奸诈狡猾的曹操，却能雄霸天下，为其子曹丕奠定了魏国的江山基业。又由于作者笔下始终流露对蜀汉一方的深厚同情与偏爱，遂使得蜀汉的败亡，以及大凡为刘备鞠躬尽瘁、死而后已的贤臣猛将，生命历程中都涂上了浓厚的、令人惋叹唏嘘的悲剧色调。尤其是光照全书的诸葛亮，原本隐居南阳，是一个与世无争、安享平静生活的"隐士"，只不过为报答刘备"三顾茅庐"的知遇之恩，而献其身于乱世，又试图以其个人的智慧与努力，来扭转蜀汉微弱的局势，来抗拒难以阻挡的命运洪流。也就是这种"知命"却又不认命的奋斗精神，遂令诸葛亮成为传统儒家强调"知其不可为而为"的最崇高、同时也是最悲壮的忠臣贤相英雄典范。

《三国演义》于叙述三国时期近百年的历史进程中，总共涉及四百多个大小人物，塑造了一批令人难忘的人物形象，开创了一种新型的小说体式，以及一门具有不同于其他小说类型的叙述模式。自明嘉靖以后，各种历史演义小说大量兴起，几乎每个朝代都有一部历史演义叙述其盛衰兴亡，但是，无论在内容表现，情节安排，叙述技巧，或人物塑造上，与《三国演义》相比，不过是继其后续的模仿品而已。

第二节

英雄传奇《水浒传》

✦ ┃ 一、英雄传奇与历史演义

其实"英雄传奇"与"历史演义"两类小说，均有历史人物事件为源头，广义而言，可谓同属历史小说的范围，但是，两者之间仍然有很大的区别：

（一）历史演义是以描述历史事件的演变，记述朝代的盛衰兴亡为主体，而英雄传奇则以塑造传奇式的个别英雄人物为笔墨重点。前者近似"编年体"，后者则宛如"纪传体"。

（二）历史演义多从历史中撷取素材，其中出现的主要人物与事件，基本上依据史实，最多也只是"七实三虚"。就如《三国演义》中的主要人物和事件，都是史书上有记载的，不管作者对蜀汉有多偏爱，甚至把诸葛亮刻画成一位具有各种神机妙算本事的高人，最后还是不能挽救蜀汉败亡的历史事实。英雄传奇则多吸收流行市井民间的传说故事，不为史实所囿，历史性薄弱，虚多实少，绝大部分的人物事件多属虚构。就看历史上关于宋江等人的记载，均颇零星简略，如《宋史·徽宗本纪》，仅有以下数语："宣和三年（1121）二月，淮南盗宋江等，犯淮阳军，遣将讨捕；又犯京东、江北，入楚海州界，命知州张叔夜招降之。"可是到了《水浒传》小说中，则扩大成一百零八条英雄好汉，如何一个接一个奔上梁山聚义，挥着"替天行道"的旗帜，追求自由快活的传奇故事。

（三）历史演义主要是从民间说话门类中的"讲史"话本发展而成，其述说的人物事件众多，又为了符合历史盛衰兴亡的进展，基本上已经是长篇的记载。可是英雄传奇的主要源头则是民间说话中的"小说"话本，乃是由一个一个短篇故事串联起来而成，换言之，有如一篇一篇的个别英雄人物的"传记"，然后再套上讲史的长篇架构。

（四）历史演义在内容上，以叙述政治事件或军事斗争的大局面为多，反映一般平民百姓日常生活琐屑细节者颇少；人物方面，有关帝王将相的身世遭遇者为多，有关市井小民的日常经历者则很少；叙述语言行文方面，则书面用语较多，寻常生活用语较少。英雄传奇则刚好相反。

总之，英雄传奇小说，因不受史实的拘束，作者有更多发挥的空间，乃至比历史演义富有更多的想象与虚构，且更接近一般现实社会生活。就小说文类而言，英雄传奇则更具有文学意味，更像小说。

✜ | 二、版本演变

关于《水浒传》的作者，虽然历来说法不一，但大抵不出罗贯中与施耐庵（1296？—1370？）二人。目前学界的一般共识是：或许先由施耐庵集撰，之后又经罗贯中纂修而成。由于《水浒传》故事的来源主要是民间各种传闻故事，其版本演变亦相当繁杂，就其已经成书的状况，大略可分为繁本与简本两个系统。不过，所谓"繁"与"简"，并不在情节、人物的多寡，而是指其叙述、描写的繁简而言。其中较为重要的，包括：

（一）繁本

当今所知最早的繁本，是嘉靖年间（1522—1566）刊行的《忠义水浒传》。原书应有一百回，可惜目前只存八回的残本。好在万历年间（1573—1620）重新刻印的百回本，有"天都外臣序"，基本上应该保存了嘉靖本的原貌。其中还包含梁山好汉受朝廷招安之后征辽、征方腊的内容。

（二）简本

现存最早的简本，则是万历年间刊行的《忠义水浒志传评林》，全书共二十五卷。虽文简却事繁，如梁山英雄征辽后，又还有征田虎、王庆之事。可惜亦残缺不全。

（三）　杨定见本

万历末年杨定见撷取简本中所载征田虎、王庆事，加以润饰，与一百回的繁本合成一百二十回本，即所称《新刊李氏藏本忠义水浒传》，一般或简称"杨定见本"，乃是当今所见《水浒传》最"完整"的版本。

（四）　金圣叹本

清初才子金圣叹（1608—1661）则别出心裁，取繁本的前七十一回，加工润色，又把第一回称作"楔子"，第二回则作为第一回，以此类推。结尾又另外增添"梁山泊英雄惊恶梦"一段文字，成为七十回本，其中梁山一百零八个英雄好汉，被朝廷一网打尽。这就是金圣叹"腰斩"的《水浒传》本。只是书题"东都施耐安撰"，伪托为元代古本。不过，由于前七十回的内容，的确是《水浒传》精华所在，乃至有清三百年间，金圣叹本成了流行最广的通行本。

上举几种版本中，百回本应该是最接近施耐安与罗贯中原著的本子，不过，其回目已经后人加工润色，成为精致的对偶句。

❖　|　三、《水浒传》概览

《水浒传》一书，乃是叙述北宋末期一百零八条绿林好汉，各自如何先后与官府冲突，乃至犯案遭追捕，不得已而纷纷奔上梁山泊落草的传奇故事。其中故事情节虽主要出于虚构，不过梁山泊的首领宋江，则是真实的历史人物。如前面所引述，《宋史》上就有关于宋江等三十六盗贼抢掠作乱的简略记载。但是，经过民间街谈巷语的传说，以及说话艺人的渲染编造，再加上文人笔记的传述，爰及宋末元初无名氏的《大宋宣和遗事》，其中已经包括劫取生辰纲、杨志卖刀、宋江私放晁盖、刘唐下书、宋江杀阎婆惜、玄女庙得天书等情节。水浒故事的轮廓，业已基本形成，而且正史所称宋江等三十六名"盗贼"人物，已经摇身一变，成了胆敢抗拒官府欺压，受人称羡歌颂的英雄好汉。继而，又在元代杂剧的编演中，不少梁山人物还成了令人赞叹钦佩的义士。总之，经过长期的流传演变，以及无数民间艺人与文人士子的加工润色，最后则由一两位作家，把有关梁山好汉长短不一的短篇故事情节，修饰整理，编撰串联起来，乃成为今天所见的长篇章回小说《水浒传》。

综观《水浒传》书中所述一百零八条好汉，可谓来自不同的社会角落，这些人物出生的社会阶层背景，涵盖面之广泛，是古典小说中绝无仅有的。其中包括：世袭贵族、将门后裔、在职官吏和低层军人，还有富商巨贾、地主恶霸、落魄文人、黑店老板、地痞流氓，加上和尚、道士、渔夫、小贩、裁缝，甚至小偷。简直就是一个多元社会的各色人物集锦。不过，作者刻意点出的则是，这些人物大多数最初都还算是安分守己的普通良民，过着与常人无异的各自谋求生活的寻常日子，可是却先后被奸人或情势所"逼"，乃至愤而杀人犯案，成为官府捉拿的对象，才不得不奔上梁山，落草为寇。因此，"逼上梁山"，可说是作者为水浒英雄好汉安排的共同命运，亦是《水浒传》故事情节的"主线"。但是，不容忽略的是，倘若细读全书，其中真正被官府逼上梁山的好汉，似乎只是极少数，如林冲即是一显著例子。其他英雄好汉，有的乃是或因不满现实，或因仰慕宋江之名，而自愿落草，有的却是为其他梁山好汉的招募所逼，令其无法继续在社会上作良民，无路可走之下，只得入伙梁山。

值得注意的是，水浒故事的说话人或作者，似乎是为了讨好听众或读者的"嗜血"口味，乃至往往津津乐道这些梁山英雄好汉一些野蛮甚至残忍的行为举止，仿佛只有如此才算英雄好汉。不过，尽管众英雄好汉表现出种种反社会或反文明的行径，却又并非倡导革命的造反者。他们举着"替天行道"的旗号而反抗的，并不是朝廷本身，而是那些蒙骗朝廷，危害社会，欺压百姓的奸臣恶吏。又由于梁山好汉多属万不得已才入伙梁山，因此，在作者笔下，通过宋江的意识，时时刻刻又希望朝廷来招安，以便能够重回社会，可以在有生之年建功立业，甚至图个封妻荫子，或许还可以青史留名。由此可见，梁山好汉虽沦为盗贼，成为官府捉拿的对象，其实他们的生命历程和人生理想，与《三国演义》中的英雄人物颇为相若，始终未曾摆脱中国传统文人士大夫的两大包袱：亦即建功立业与留名青史。这或许多少反映出《水浒传》一书之编撰者内心深处的潜在意识吧！

《水浒传》故事，一再强调梁山英雄好汉的"忠义"精神，可谓是作者于全书中刻意点出的主题意识。首先，其宣扬之忠义，主要乃是指众英雄好汉之间兄弟友朋如何讲义气的团队精神，表现的是浓厚的江湖义气的"群体意识"。换言之，有福同享，有难同当，是梁山英雄的共同口号，大秤分鱼肉，小秤分珠宝，则是他们不分彼此的共同生活理想。"忠义"的概念，不但支配梁山英雄好汉的思想，而且领导他们的言行举止。但是，不容忽略的是，"忠义"在梁山好汉心目中，不但是大伙兄弟彼此之间的行规，更包含对其首领大哥宋江类似"君臣"关系的忠贞义气。这些梁山英雄，可谓是为忠义而生，为忠义而杀人反叛，最后也为忠义而随着首领宋江接受了朝廷的招安，并且误以为通过招安，表示对朝廷的忠义，则可以达到建功立业、留名青史的梦想。当然，作者在宣扬忠义之际，毕竟留下一些令读者深思惋叹之处，例如，将鲁智深与武松的结局，作为少数的例外。透过他们最后离开梁山团队的选择，作者清醒地表示，只有远离奸官污吏充斥的朝廷，才能保留个人的独立人格。因为，对奸官控制的朝廷表示忠义，必然不会有好结果，只会为梁山的英雄好汉带来灾难。

当然，以男性角色为中心的《水浒传》故事，其实还有另一暗藏的，且不容忽略的"副题"，颇值得重视，亦即"女色"的可怕与可恶。尽管梁山好汉纵欲于大块吃肉，大碗喝酒，对女色则往往摆出清教徒的嘴脸，不但抗拒，还表示嫌恶。在众多梁山好汉中，除了被其他英雄经常嘲笑的王矮虎王英之外，均明显表示不好女色，甚至畏惧或憎恨女色。女性角色在《水浒传》中地位之低下，在中国小说史中，可谓绝无仅有。除非像孙二娘或顾大嫂那样，跟众好汉一般剽悍残酷，杀人不眨眼，本身已经是合格的英雄，其他大凡具有姿色，可令男人动心的平凡女性，在说话人口中或作者笔下，均属淫妇荡女，一再受到英雄好汉的怀疑、憎恨与敌视，而且结果均不得好下场。就如宋江的姘头阎婆惜、杨雄的妻子潘巧云，均以"淫荡"之罪，分别惨死在宋江与杨雄刀下，即是显著的例子。当然，众好汉中在言行上表现得最"憎恨"女色者，莫如深受一般读者偏爱的武松、鲁智深、李逵。按，武松乃是怒杀其嫂，亦即与西门庆通奸的潘金莲者。鲁智深则每逢碰到有和尚道士居然与年轻女人在一起，就会怒火万丈，杀机顿起。李逵则一看到美貌姑娘，就不胜厌烦嫌恶。如《水浒传》第三十八回中，叙述李逵与宋江正在酒楼开怀豪饮之际，偏偏来了一名歌女，为了取悦酒客而过分殷勤，打岔之间，竟然惹恼了李逵，一怒之下就把这可怜的歌女粗暴地推得跌倒地上，昏了过去。女性角色在《水浒传》中，所以全无受尊敬的地位，不单单由于她们的美色会令这些好汉产生防卫性的畏惧，更因为她们的柔情，或甜言蜜语，也可能破坏英雄好汉勇猛的人格豪气。这显然与当今流行文坛的刀光剑影与柔情蜜意融为一体的武侠小说，有很大的差异。

此外，《水浒传》最令历来论者称赞的艺术成就，主要还是表现在叙述语言的生动活泼，以及人物形象的塑造上。虽然《水浒传》与《三国演义》同样缘起于历史人物事迹，但是《三国演义》的语言显然深受文人撰写的史传影响，故而主要还是以浅近的文言叙述，偶尔夹杂白话口语；可是《水浒传》的叙述语言，则已经是民间说话人口述的纯粹白话，其间甚至不避俚俗，这在章回小说史上乃是一大跃进。唯在人物形象塑造方面，则和《三国演义》类似，突出的主要还是人物性格的某种典型特征。当然，书中一百零八条英雄好汉，并非每个人物都写得精彩，由于涉及的人物实在太多，偶尔也会有形象类似，甚至重叠的现象。不过，其中至少有十几个主要人物，其形象塑造之生动传神，在历代读者心目中留下深刻的印象。按，水浒故事作者，主要乃是依据个别人物不同的身份、经历和遭遇，通过其言语对话与行为举止，来表现不同人物的性格特征。最令历代读者欣赏者，诸如：林冲的坚忍，鲁智深的侠义，李逵的鲁莽，武松的疾恶如仇，吴用的机智巧谋，宋江的仁厚与矛盾，都是通过生动活泼的对话，以及戏剧性的行动中传达出来。就看其中几个人物初见闻名遐迩的宋江之际的说话，即十分精彩，例如：贵族出身的柴进，殷勤礼貌地称："大慰平生之愿，多幸！多幸！"鲁智深则豪爽干脆地说："多闻阿哥大名！"李逵则兴奋地嚷道："我那爷！你何不早说些个，也教铁牛欢喜欢喜！"像这样生动传神的语言，是人物形象塑造成功的标志。惟有趣的是，《水浒传》中一些主要人物的形象，在某些言行举止上，会令读者产生似曾相识的感觉。例如：宋江与刘备，吴用与诸葛亮，李逵与张飞，朱仝与关羽，在人物性格特征上，仿佛有依循模仿的痕迹。

就全书组织结构的安排观察，《水浒传》编撰者显然是有意围绕着"逼上梁山"这条总线索，来展开故事情节。书中人物与情节的叙述，不是多场景、多方面同时推进，主要还是改人换将的单线发展。例如：由高俅发迹，导致王进出走，继而引出史进，再出现鲁智深、林冲、杨志、武松等。换言之，乃是随着个别人物的出场与行动，出现一组一组的情节故事。每组情节故事宛如一篇个别英雄人物的传记，而且有相当的独立性，但又凭"逼上梁山"这条总线，将每组的故事情节彼此串联起来。不过，除了宋江、李逵等少数例外，大部分有关众英雄好汉最令人难忘的经历，均发生在上梁山之前。一旦奔上了梁山，遂成为区别不大的带兵头领，其个人的轮廓形象与性格特色就此消失在团队中了。作者随即转头叙述另一好汉如何奔上梁山的故事。

整体视之，《水浒传》全书故事情节的高潮是在第七十一回。亦即众英雄好汉大伙一起聚集在梁山的"忠义堂"，论功行赏，分别排座次，决定领军的名分高低。此时的梁山泊，已然由原先一个简陋的绿林团队，演变成一个有组织、有纪律，而且独立自主的"政治军事集团"。在这之前，各英雄好汉体行的主要还是一种单纯的，以追求个人生存命运的自主为目的，包括逃离朝廷贪官污吏的压迫，挣脱文明社会礼制的束缚，转而寻求大块吃肉、大碗喝酒、无拘无束的快活过日子。不过，当各英雄好汉先后分别都上了梁山，达到特定的共同目标之后，梁山泊整体势力的扩张，则已到了极致。无可避免地，必须面对全体人马的生存问题。首先，开始与其他类似的团体组织相冲突，包括两个主要不过是地方乡民为自卫而团结形成的庄园，亦即祝家庄与曾头市，均先后在梁山好汉残酷的杀戮之下彻底毁灭。其次，必须开始走向与朝廷妥协，甚至投降的途径。最后，随着朝廷招安的成功，宋江把梁山弟兄重新带回到现实的文明社会，成为受朝廷利用来征讨其他反叛势力的武器，遂使得当初缔造梁山泊的理想成了幻影，而梁山好汉以往为争取个人自由快活而奋斗厮杀的血泪和呐喊，也成了一场荒谬无稽的噩梦。

《水浒传》刊行问世之后，在文坛引起很大的回响。从明末到清初，出现了一系列的"续书"与"仿作"，纷纷交代梁山英雄好汉受招安之后的各种结局发展。首先如《水浒后传》四十回，作者陈忱（1615—1670？），乃是紧接百回本《水浒传》而写。其次是《后水浒传》四十五回，署名"青莲室主人辑"，大概写于清顺治或康熙初年间，乃是接续一百二十回《水浒传》而写。再者，另外还有《荡寇志》七十回，作者俞万春（1794—1849），书名虽异，主要内容上则是接金圣叹七十回本而写。这些续书，或许可以满足许多读者，对《水浒传》故事情节"欲知后事为何"的期待，毕竟已是强弩之末，始终未能成为小说史上的主流。

《水浒传》和《三国演义》这两部比较早期形成的长篇章回小说，虽然分别属于英雄传奇与历史演义两种不同的小说类型，不过两部作品，同样强调兄弟友朋或君臣上下的群体意识，重视儒家推崇的传统伦理道德，而且均以其中主要角色努力奋斗一生，却无法臻至个别人生理想的憾恨，作为最后的结局。像这样在人间世界"悲观"的生命体味，将会继续流荡在以后的章回小说故事情节中。当然，其间才子佳人小说的作者，则会在悲观的生命体味中，幻想出美满的人生理想，以慰心怀。

第四章

章回小说的繁荣
——嘉靖、万历年间

✦

第一节
通俗小说地位的提升

　　模仿民间说话人口吻叙述人物故事，且用白话撰写的小说，主要属于一般通俗读物，在那些以正统文士自居者的心目中，始终还是不入流之作。不过，明中叶以后，经过一些前卫文人士子的推崇，加上商业利益的鼓励，出版业的发达，则产生了显著的变化，从而提升了通俗小说的地位。以下试从两方面来观察。

✤ ｜ 一、前卫文人士子推崇通俗小说

　　明中叶以后，尤其是嘉靖（1522—1566）、万历（1573—1620）年间，长篇章回小说进入空前繁荣的阶段。值得注意的是，就是在这期间的文人士大夫阶层当中，有少数前卫之士开始站出来，不惜余力为通俗小说争取认可的地位。其中著名者，例如：提倡童心、真心的李贽（1527—1602），言论间首先主张要扫除文体有尊卑之别的传统偏见，于其《忠义水浒传·序》文中，即援引太史公说，直指《水浒传》乃为作者"发愤之所作"，并将《水浒传》和《史记》《杜子美集》《苏子瞻集》《李梦阳集》合称为"宇宙内"的"五大部文章"，甚至还亲笔评点《水浒传》《三国志通俗演义》。爰及明末清初的金圣叹，更进一步试图提高通俗小说的地位，并于其《第五才子书施耐庵水浒传·序三》中，把《离骚》《庄子》《史记》《杜诗》《水浒传》《西厢记》，合称为"六部才子书"，且特别指出"天下文章，无有出《水浒》右者；天下之格物君子，无有出施耐庵先生右者"。尽管李贽与金圣叹等前卫人士，在推崇通俗小说之际，仍然必须借助传统认可的雅文学，诸如《离骚》《史记》《杜诗》等为后盾或作陪衬，其卓识对白话长篇章回小说在文坛地位的提升，实贡献匪浅。

✚ | 二、小说的撰写与刊行臻至高峰

虽然一般保守人士对通俗小说仍然难免抱持轻视的态度，小说的地位也不过在少数前卫文人士大夫圈内受到重视，但是，在社会经济发展的过程中，小说的读者层面则扩大了，喜欢以阅读小说作为日常消闲娱乐者毕竟越来越多，于是就在商业利益与小说传播的双重需求之下，小说的撰写与刊行达到空前繁荣的地步。除了著名的《三言》《二拍》等短篇白话小说的撰写与刊行之外，各种历史演义，如《东周列国志》《隋唐两朝志

传》，以及英雄传奇，如《水浒传》的各种续书，还有民间流传的有关南宋杨家将系统的《杨家府演义》等长篇章回小说，纷纷涌现。尤其值得注意的是，在这期间，除了一般历史演义和英雄传奇之外，还有新类型小说的产生，无论在质或量上，更进一步增强了章回小说的阵容。如《平妖传》《西游记》《封神演义》之类的神魔小说，还有以社会人生、日常家庭生活为背景的世情小说《金瓶梅》。其中最受文学史家瞩目的，当然是《西游记》与《金瓶梅》。

✤

第二节

神魔小说《西游记》—— 第一部具诙谐趣味之作

"神魔小说"这个称号的使用，乃始自鲁迅《中国小说史略》。有关《西游记》的作者，过去虽颇有异说，不过经胡适的考证，学界如今已认定为吴承恩（1510？—1582？）。按，《西游记》全书共一百回，主要是叙述唐僧玄奘为超度冤魂，在徒弟孙悟空、猪八戒、沙和尚等的护送之下，前往天竺（印度）去取佛经的故事。按，历史上的唐代高僧玄奘（602—664），俗名陈祎，洛州人，十三岁即出家，法名唐三藏。大约于贞观元年（627）离开长安，前往天竺，长途跋涉，历尽艰辛万苦，经十九年后，终于取得佛经六百五十七卷。玄奘返回长安之后，终其生均致力于佛经的翻译工作，并创立了中国佛教的唯识宗。唐僧玄奘西行取经的壮举，从此在民间广为流传，并衍生出许多有趣的传闻故事，乃至有关其西行的史实逐渐减弱，又经过民间艺人的夸张虚构，以及文人作家的渲染润色，终于形成一部充满神奇幻想与幽默诙谐趣味的长篇章回小说。值得注意的是，在《西游记》中，“猴行者”孙悟空，则成了取经故事中的主要角色，而历史上真正的取经英雄唐僧，不但退居于次要的地位，甚至还往往成为作者不时调侃揶揄的对象。《西游记》虽然取材于唐代高僧玄奘西行取经之史事，显然并非一部历史小说，亦非以弘扬佛法为旨归的宗教小说，而是一部糅杂着神话、寓言、喜剧、讽刺意味之作。

其实远在《西游记》一书写定之前，如前面章节中所述，已经有宋元间的说经话本《大唐三藏取经诗话》，继而有元末明初的《西游记平话》（残），以及一些有关唐僧“西游”故事的诸杂剧剧本。作者吴承恩主要还是在现有资料的故事基础上，加工润色，采用章回小说的形式，以丰富的想象力，创造出一个充满神魔妖怪且趣味横生的世界。

✥ | 一、与诗话本、平话本比照

现存最早且完整的《西游记》刊本，分二十卷，共一百回，乃是明万历二十年（1592）金陵唐氏世德堂刻印的版本。倘若与较早时期出现的“诗话本”“平话本”以及有关西游故事的杂剧剧本等相比照，则可明显看出以下的改变：

首先，在叙述的文字语言方面，《大唐三藏取经诗话》及《西游记平话》均显得文笔粗率，叙事简略。《西游记》的文笔，则生动活泼，流利自然，而且故事情节的叙述有更多的细节描写。

其次，在人物形象塑造方面，主要角色如唐僧、悟空、八戒、沙僧等，爰及《西游记》中，性格才更为清晰，形象业已定型。就看《大唐三藏取经诗话》本中的"猴行者"，乃是以一个"白衣秀士"的形象出现，八百岁时，曾在西王母池偷过仙桃，可是在护送唐僧取经途中，遇到妖魔，竟然还会感到害怕。至于那些有关"西游"故事的杂剧中，孙悟空本身还带有妖性，甚至还想吃唐僧肉，而且还嗜好女色！这些当然都有损"齐天大圣"孙悟空的英雄形象，在吴承恩的《西游记》版本中，均予以删改。

再者，旧有的诗话、平话西游故事，尚有比较单纯且更为浓厚的宗教或神怪色彩，吴承恩却在《西游记》西行求取佛经的神奇外壳内，注入了时代生活的内涵，展现出显著的明代社会生活的时代意味。细读全书，作者笔下调侃讽刺的，不单单是玉皇大帝统辖天庭的专制愚昧无情，还有人间世界朝廷帝王和官员的昏庸愚蠢，以及明代社会的世态人情。《西游记》虽然属于充满奇幻意味的神魔小说，且无论其描绘叙述的是天上人间或地府龙宫，却反映了现实的社会人情百态，以及普遍的人性，这是以往有关"西游"故事所不曾出现的。

吴承恩的《西游记》写定并刊行之后，从此西游故事即以此为定本。

✤ ｜ 二、《西游记》概览

《西游记》最初虽然是由历史上的高僧玄奘取经的真实事迹演化而成，不过在演化过程中，增添了民间的传说与想象，大大改变了历史的真实性，遂成为一部具有神奇色彩与虚构性质的小说。在中国古典小说中，《西游记》是一部非常特出的作品，全书虽然充满神奇怪异的幻想，却不失浓厚的人间趣味，笔墨间又不时流荡着作者俯瞰俗世人间之际，油然而生的诙谐与风趣，在文学史上，可说是第一部通篇均流荡着诙谐趣味的作品。

《西游记》的叙述语言，可谓流畅、明快、生动，乃是口语式的白话与朗诵式的诗词韵文之综合体。故事叙述与人物对话，均采用口语白话，故而显得明快流畅，不过，夹杂其间的诗词韵文分量极重，几乎每回都有，全书多达一千多首。作者显然有意保留了民间说唱文学散韵兼备的特色。

　　全书在故事情节结构的安排上，或可概略分为三个部分：（一）前七回主要写孙悟空的诞生，尤其以其"大闹天宫"为笔墨重点，叙述孙悟空如何挑战天宫玉帝及诸神的权威，及至终于被如来佛降伏的经历。可谓是孙悟空的个人英雄传奇，也是全书的序幕。（二）第八至十二回则介绍唐僧玄奘，主要写其"取经缘起"，并交代玄奘的出身背景，及其如何应唐太宗之诏，而动身西行。（三）第十三至一百回，则写"西天取经"的种种经过，亦是《西游记》整个故事情节的主体。叙述唐僧、孙悟空、猪八戒、沙和尚师徒四人，于西行取经十四年中①，沿途如何面临各种离奇神异的遭遇，总共经历了大小八十一难，其间多亏三个徒弟的法力与合作，一次一次征服群妖怪魔，总算到达了天竺，取得佛经而返。最后唐僧与孙悟空成了佛，猪八戒与沙和尚则成了菩萨罗汉。就小说情节结构视之，取经途中每一个冒险故事，长则三四回，短则一二回，或涉及人间国度，或有关黑山白水，或云国有妖孽，或称山有恶魔，叙述均有起有讫，自成格局。其实，综观全书，这三大部分本身，均由若干小故事组成，其中每个小故事也都有相对的独立性。这种串珠式的结构，与《水浒传》颇相若，显然是受民间说话艺术的影响。

　　就小说中的主要"人物"观察，单就其西行取经师徒四人各具特色的

---

① 按，《西游记》书中，唐僧赴天竺取经，离开长安是"贞观一十三年九月望前三日"，回来时则"已贞观二十七年矣"，凡十四年。实与历史上唐僧取经时间首尾十九年有出入。

形象面貌，就是一个颇为奇妙有趣的组合。按，孙悟空显然是取经的最主要角色，唐僧则是取经团队的精神领袖，猪八戒、沙和尚，以及其他种种妖魔鬼怪，似乎都是为衬托孙悟空的英雄行为与唐僧的取经决心而设置的。严格说来，取经师徒四人中，真正有坚毅求经朝圣之心者，只是唐僧一人而已。孙悟空，如果没有受骗戴上紧箍，经唐僧一念咒语即疼痛难挨，可能早已重归水帘洞去享受逍遥自在的快活日子。猪八戒从头到尾都表现得十分明显，是一个心不甘、情不愿的求经朝圣者，动不动就嚷着要分家散伙，要回高老庄去看老婆。沙和尚呢，完全是为了将功折罪，重返天庭之一念，只得挑着大伙的行李西行。可是，唐僧除了有一颗坚决朝圣取经之心，实在是一个不怎么讨喜的人物。生就的肉眼凡胎，不识妖魔鬼怪，而且动不动就生气，缺少风趣感，是非不分，又爱听信谗言，且懦弱无能，胆小怕死，一遇妖魔来犯便吓得浑身发软，"徒弟救我！"几乎成为唐僧的口头禅。其实唐僧最严重的毛病还是，过分执着于"取经"的念头。孙悟空与唐僧对比之下，各方面都居于超然的地位。孙悟空乐观、开朗、风趣、诙谐，除了"好名争胜"的缺点之外，几乎没有任何现实世界的牵挂和欲念。因此，能以超然的态度、冷静的头脑，观察四周环境，运用智谋神通，凭借无畏的精神、昂扬的斗志，甚至带有"猴性"的顽皮手法，一次次克服师徒团队所处的灾难困境。作者创造的猪八戒形象，在各方面都是孙悟空的绝妙对比。猪八戒肥胖呆蠢，自私自利，又忌贤妒才，没人把他当取经的英雄。但是，猪八戒滑稽的相貌，诙谐的谈吐，逗人发笑的憨直甚至愚蠢的举动，则获得一般读者大众的喜爱。又因为在猪八戒身上反映的，正是我们凡夫俗子的普遍人性，比方说，贪小便宜，怕麻烦，会偷懒，一遇危险或挫折就想打退堂鼓。此外，再加上贪吃、贪睡、爱财、好色等等。在取经途中，孙悟空与猪八戒经常会发生冲突，可是，每遇妖魔鬼怪的灾劫，孙悟空在别无选择之下，不得不靠猪八戒为助手。因为他力气大，高兴起来，也肯手挥一柄九齿钉耙，猛斗一场，何况猪八戒的武功本事远比沙和尚为高。至于沙和尚，则缺少主见，显得呆板老实顺从，与其他两个师兄比起来，似乎只是一个没有什么性格，没有什么趣味的陪衬角色。

随着一路西行，相处年月的增加，师徒四人之间的情谊，相互之间的了解，也逐渐加深了。全书的主旨似乎是，就取经团队，师徒之间的关系而言，只有在患难与共、相互扶持的群体意识之下，才能达到取经的目的。

《西游记》故事虽然取材于五花八门的神魔世界，其旨趣却落实于人间，可谓是一部借写神魔以展现人间百态之作。作者笔墨下的讽刺揶揄，乃针对当时的世态人情。犹如吴承恩于其《禹鼎志序》中指称："不专纪鬼，明纪人间变异，亦微有戒鉴寓焉。"值得注意的是，《西游记》中已经不时流露出的，重视个体意识的痕迹。当然，就其全书故事情节的发展，作者强调的仍然是，师徒四人必须同心协力方能取得真经，修成正果；但是，参与西行取经团队的成员，却各有其一己之私的动机。尽管取经团队中每个成员都必须克服个人人格中某些缺陷，才能消除魔障，完成取经大业，然而作者着墨最多的，则还是展现在孙悟空身上，高度的个体人格。孙悟空讨厌束缚，追求个人自由，任性自在，又最受不得他人的气，有强烈的自尊心，这些在作者笔下，都是孙悟空个体意识伸张的表现。孙悟空之所以愿意护送玄奘西行取经，乃是出于无奈，因为他本事再好，也无法跳脱如来佛的掌心。哄套他带在头上的紧箍，原是观世音用来帮助唐僧约束孙悟空野性之物，同时也成为压抑个体意识伸张的象征。

《西游记》全书展示的，乃是神怪传说与人间喜剧连理生长、互相辉映，而且作者对书中各类大小角色的讽刺与调侃，一概平等对待。除了取经师徒本身，以及沿途想吃唐僧肉以求长生不死的妖魔鬼怪之外，对一些人间俗世的和尚与道士，也会开开玩笑。甚至在小说最后，对佛祖的侍从，在天竺交给唐僧真经时，竟然还会索取贿赂，亦不放过。不容忽略的是，即使作者对其书中人物事件语含讽刺或调侃，显然均不带恶意，亦不怀愤恨，甚至面带微笑。《西游记》可谓是一部具有智慧，且充满诙谐趣味，令读者开怀的作品。继其风行之后而问世的神魔小说，诸如《封神演义》《西游补》等，显然都是模仿之作，虽承其余绪，并也各有所发挥，不过在文学史上的地位，均无法超越《西游记》。

第三节

世情小说《金瓶梅》—— 第一部个人独自经营之作

在《金瓶梅》问世之前的长篇章回小说，基本上均属于继承民间说书体的小说，主要还是由其作者，整理改编经过数代累积的前人之作，再加工修补润色而成。严格说来，还属于众多作者"集体"创作的成果。不过，爰及《金瓶梅》，则发生了巨大的转折，开始由个人独自经营创作。按，《金瓶梅》的作者真实姓名不可考，仅知署名"兰陵笑笑生"，大约于明朝万历中期前后写成。兰陵是山东峄县的古称，书中经常出现山东方言，所写事件也以山东地区为主要场域背景，作者当属山东人。《金瓶梅》一书乃是借《水浒传》中武松怒杀西门庆和潘金莲的情节，作为引子，继而发展成为一百回的长篇巨著。《金瓶梅》可说是第一部由个人积章经营，独自创作的章回小说，也是第一部针对现实社会与家庭生活兴衰的长篇小说，这在中国小说发展史上，乃是划时代的大事。

一、流传与刊行

《金瓶梅》最初乃是以手抄本流传于少数文人士子之间，大约是万历二十年（1592）前后，是手抄本流传的最早纪录，其成书当在这之前。当然，手抄本已经散逸，目前所见的均属刊行本，主要有：

（一）万历本《新刻金瓶梅词话》一百回

是现存最早的版本，卷首有“东吴弄珠客”于万历四十五年（1617）序。

乃是从“景阳冈武松打虎”写起，内文存有许多诗词曲韵文，文字比较粗疏，且回目字数参差，对仗尚不工整。

（二）崇祯本《新刻绣像原本金瓶梅》一百回

仍然有“东吴弄珠客”序，但却不称“词话”，亦不用“且听下回分解”的陈套，文辞也有所修饰，且删去不少诗词，唯回目对仗工整。内容与万历本则稍有所不同，乃是由“西门庆热结十兄弟”开头。

(三) 《张竹坡批评金瓶梅》一百回

当属崇祯本的系统。清康熙三十四年（1695）刊行，乃是通行最广的版本。按，张竹坡的评论，尤其是"读法"一百零八条，视为是研究《金瓶梅》的重要材料。

✚ │ 二、《金瓶梅》概览

《金瓶梅》主要是透过亦商亦官的市井人物西门庆之发迹：如何由破落户发达为乡绅，进而官吏，以及他的妻妾、奴婢、亲戚、朋友之间的种种日常琐屑活动，生动地描绘出一幅丑恶社会图卷。在反映现实社会百态与家庭生活细节的逼真描写，情节的细腻安排上，《金瓶梅》是中国章回小说的一种首创性的尝试。

全书使用活泼流利的白话叙述，又大量吸收北方方言（山东）、行话、谚语、俏皮话，并穿插当时流行市井间的词曲小调，遂增强了小说的通俗性。

作者虽然借用《水浒传》中潘金莲故事为开端，可是一旦潘金莲故事接近尾声，立刻从暴露丑态的闹剧中走出来，抛开《水浒传》中带有憨态的稚拙风格，将笔端沾上辛辣，冷然地作讽刺文章。表面上看，《水浒传》中的潘金莲故事和《金瓶梅》同样展示出世情的卑琐妄蠢，可是，前者毕竟不过是带有喜剧性的嘲弄，后者则是悲剧性的冷讽。

整体视之，《金瓶梅》似乎在描述潘金莲、李瓶儿、庞春梅这些妇女的故事，但却以西门庆一生的发迹和败亡作为全书的骨干，并且毫无顾忌地暴露当时社会的种种病态，揭示"世纪末"的荒唐和堕落，也尽情讽刺了人的劣根性。

在《金瓶梅》的世界里，生活在冷酷现实的大气压之下，所谓道德意识或良知自省，似乎已不存在了，就连愤怒怨怼，也下沉为阴谋鬼祟。书中人物的调笑，并不能使读者也笑，往往这些人物笑得越热闹的时候，也就是令读者最感觉齿寒心冷之时。《金瓶梅》显然是财富的腐化生活之写照，书中人物以财富追逐肉欲和权力。结果一方面是纵欲之后的无聊，一方面则是沉溺于权力欲中的丧失自我。于是，就这样日以继夜过着一种表面繁富热闹而内心却空虚贫乏的生活。在这种生活之下，人的良知本能丧失了，甚至陷入一种半意识状态中，西门庆机械性地放纵色欲，妻妾们无聊地大吃小宴，勉强行乐度日，处处表现人类自取灭亡的可怕倾向。传统推崇的公平正义，儒家强调的伦理道德，在《金瓶梅》的世界里，已经完全失去了束缚人性、匡正人心的力量，或许只有生命最后的毁灭和死亡，才能终止人欲的横流，才能唤起人们的醒悟。

✚ | 三、小说史上的意义

《金瓶梅》的故事，是从《水浒传》中"武松杀嫂"一段情节演化而成。表面上是叙述宋代的事情，实际上乃是"借宋喻明"，是一部针对当下生活现实，反映晚明官商社会现况的作品。主角虽然是西门庆，不过书名却隐含潘金莲（妻）、李瓶儿（妾）、庞春梅（婢），亦即围绕在西门庆身边三个女性的名字。明显表示这三个女子在全书中占有重要的地位，同时亦反映长篇章回小说在内涵情境与人物角色方面的一大转移，亦即从单纯以男性活动为中心，开始朝向以女性人物为中心的转移，虽然这些女性人物乃是以卑微可憎可怜的面目出现。

全书主要是通过西门庆的日常腐朽生活，妻妾的争风吃醋，恶棍的吃喝嫖赌，官吏的贪婪欺诈，描绘出一卷市井社会败坏的风俗画，同时展现出晚明社会的官僚制度、讼狱制度、商业活动、文化娱乐、风俗习惯。当然，《金瓶梅》在小说写作艺术上并非完美无缺，但在章回小说发展史上，则是一座里程碑，已经显示开始尝试摆脱民间小说话本故事影响的痕迹。或许可分别从以下诸点，论其于小说史之意义。

（一）题材内容

《金瓶梅》是中国长篇章回小说中，细笔叙述世态人情与日常生活的开山之作，标志着章回小说在题材内容方面的重大变化。

首先，由之前的章回小说通常取材自历史故事或神话传奇，转而为取材自当代现实社会普通男女的世俗生活，遂为章回小说的题材，开辟了新的领域。其次，题材变化也带来主题内容方面的巨大变化。在《金瓶梅》之前，章回小说诸如《三国演义》《水浒传》《西游记》等，着重叙述朝代兴亡、英雄成败、神魔变幻，其作品视野通常投向高远之处；可是《金瓶梅》却面向眼前的世俗社会，现实人生，叙述在官商勾结、权钱交易中，一个普通家庭的兴衰，记述凡夫俗子的日常生活，包括饮食、言谈、笑闹、戏谑、怨骂、斗争，甚至性爱，以反映当时的种种世态人情，乃至焕发出浓厚的世俗生活气息。再者，过去的章回小说，主要是以男性人物的世界，以及男性角色的抱负野心，为关注焦点，女性人物可说毫无地位可言。或者只是男人政治斗争中利用的工具，如《三国演义》中的貂蝉；或视女性为消磨英雄气概的害人精，必须铲除，如《水浒传》中的阎婆惜与潘巧云。但是，《金瓶梅》却将女性人物，无论其是非善恶，则已经"抬高"至书中主要角色的地位，并且尝试从这些女性人物的立场角度，刻画她们的性格形象，描述她们的生活态度与心情欲望。这是章回小说在题材内容方面的一大突破。

㈡ 作品立意

由题材内容的改变，可以看出作品立意也产生很大的变化。首先，一般历史演义或英雄传奇，关注的主要是"大场面"或"大主题"，包括朝代的盛衰兴亡或英雄的成败得失，往往流露作者在政治和道德方面怀抱的高远"理想"，因此，其笔墨重点通常投射在那些掌握平民百姓生活与命运的帝王将相，或英雄豪杰的升沉荣辱。可是，《金瓶梅》关注的，则是一般凡夫俗子的日常生活与命运，诸如个人的欲望，人生的悲欢，世态的炎凉，人心的险诈，社会的黑暗，包括金钱的万恶与官场的腐败。其次，以前的章回小说，虽然也不乏针对社会黑暗或官场腐败层面的讽刺或批判，不过其作品立意，作者的眼光，主要还是投向美好的人生理想与愿景，故而会推崇传统的伦理道德，歌颂明君贤相，赞美忠臣义士，称羡英雄豪杰。但《金瓶梅》则以西门庆这个亦商亦官的市侩暴发户为中心人物，通过他的日常活动，写出官场社会的黑暗，市井社会的糜烂，世道人心的堕落，展现的却是"世情之恶"，一个背弃伦理道德，人欲横流的世界。尽管小说最后结局以因果报应作为全书的"教训"，但作品的立意，主要乃是"暴露"一个看不到一点光明和希望的社会恶相，以及生活在这样社会中人物的种种无可救药的愚蠢与丑恶。

（三）　人物塑造

首先，由于小说题材内容的变化，《金瓶梅》已经不再用惊心动魄的故事，或传奇性的情节，来塑造人物形象，而是十分耐心地，通过日常生活场景中各种琐屑细节的"细腻"描写，来刻画人物的性格特征。其中包括用白描手法写出人物神态，或通过旁人的议论，介绍人物的特性，或透过室内陈设，或衣着穿戴，来衬托人物性格，甚至用谶语来橥栝人物行径，暗示人物的结局。当然，尤其不容忽略的是，作者经常运用个性化的语言，放在小说人物口中，表现不同的人物性格或心理状况。这些都丰富了中国古典小说塑造人物形象的艺术手段，为以后的《儒林外史》《红楼梦》等巨著，开辟先路。

其次，《金瓶梅》之前的章回小说，所写主要人物，实际上大多是经过作者的视镜放大者。通常表现杰出的政坛人物或英雄豪杰，其形象性格无论善恶美丑，往往属于某种类型化的典型。可是《金瓶梅》所写，则主要是市井社会的凡夫俗子，除了西门庆和其妻妾，还包括泼皮无赖、帮闲狗腿、娼妓优伶、家奴婢仆，以及僧道尼姑之类。大凡这些人物，都有七情六欲，是活生生的"人"。尤其在几个主要人物的性格塑造上，《金瓶梅》可谓改变了以往章回小说人物性格的单色调，而呈现出了"杂色"，明显表现人物由类型化典型，朝向性格化典型的转变痕迹。就如像西门庆那样，身兼恶霸、富商、官僚三重身份，为了在社会阶梯上向上爬升，精于计算，且粗鄙不堪，厚颜无耻，却又仿佛总是欠缺安全感的人物典型，在《金瓶梅》之前，尚未出现过。又如与西门庆通奸而谋杀亲夫的潘金莲，就其案情，虽是罪不可赦，但是在作者宽恕的笔墨下，潘金莲原来是被情况所逼，无法自主，方嫁给相貌与事业均无可取的武大郎，才会导致其对婚姻生活的种种不满。继而在嫁给西门庆为妾之后，偏偏又身处西门庆众多妻妾的明争暗斗中，其个人的妒恨酸楚，内心的寂寞空虚，情欲的难以满足，在当今为女性呼吁身心自主权者的观察下，显然是一个十分令人同情，值得翻案的角色。

（四） 结构组织

《金瓶梅》以前的章回小说，如《三国演义》《水浒传》《西游记》等，主要是从"说话"艺术演变而来，故而不但须注重故事性，而且在整体结构组织上，仿佛是由一个接一个的短篇故事连缀而成。每个故事大多是依循时间的顺序，纵向直线推进，可说是短篇加短篇串联起来的"线型结构"。爰及《金瓶梅》，虽然以今天的标准，其每每叙说日常生活琐屑细节的方式，遂令其结构似乎显得松散，不过，全书故事情节已经不再是以单线发展，而是从日常生活的复杂琐屑面出发。换言之，每一段情节在直线推进之际，又将时间顺序打破，作横向穿插以拓展空间，如此时空纵横交错，遂形成一种类似所谓的"网状结构"。倘若就整体结构组织视之，《金瓶梅》全书主要是写西门庆一家的兴衰，其中以主角西门庆的活动为中心，形成一条主线，而与此同时并行的，则有潘金莲、李瓶儿、庞春梅等人物故事，虽然都可以单独连成一线，却又在一个家庭内纠葛交织成一体。此外，这个家庭，又还与外面的市井、商场、官府等横向相连，于是形成各色人物与故事情节相互交叉，共同组成一个复杂多面的生活网。

正由于《金瓶梅》书中充满贪婪色情、谋财害命的描述，因此历来被许多道学之士视为败坏人心的"淫书"，或足以令青年学子沉沦的"坏书"；但是在文学史上，却有其不容忽略的地位。《金瓶梅》不但是第一部由个人独自经营创作的章回小说，实际上也是一部对人性看透，不再怀有希望，对生命已丧失热诚的小说。即使小说最后交代的因果报应结局，也只不过是在读者面前，口头上不得不提出的软弱无力的道德教训而已。不过，其故事情节与人物言行的表现，则明显展示，中国古代传统小说已经由重视群体意识，转而强调个体意识的变化痕迹，尽管书中人物个体意识的伸张是自私自利的，阴谋邪恶的，是踩在他人身上而暂时获得的满足。总之，在长篇章回小说发展史上，无论题材内容、作品立意、人物塑造、结构组织，《金瓶梅》均无愧是一座耀眼的里程碑。

第五章

章回小说的鼎盛

—— 明末清初至晚清

　　自世情小说《金瓶梅》的问世，中国小说史发生了巨大的变化，从此开启了文人作家独自经营创作章回小说的新时代。遂令明末至有清一代，成为章回小说的鼎盛时期。此时期由文人独自创作章回小说的风气已经形成，内容题材也更为广泛，诸如演义小说、神魔小说、人情小说、讽刺小说、狭邪小说、侠义小说、公案小说、谴责小说等，应有尽有。不仅数量激增，而且风格新颖多样。其中最值得注意的现象，就是才子佳人小说的涌现，以及讽刺小说《儒林外史》和人情小说《红楼梦》两部巨著的产生。

第一节
才子佳人小说的涌现

✤ | 一、绪说

所谓"才子佳人小说"，即是指叙述才貌双全的青年男女之间，曲折跌宕的爱情与婚姻为主题的作品，或亦可归类于描述人情世态（世情）的小说[①]。鲁迅于《中国小说史略》则称之为"言情小说"。

才子佳人小说的涌现，主要发生在明末清初时期。当然，早在唐人传奇中，就已出现一些叙述才子佳人悲欢离合的言情故事，诸如《莺莺传》《李娃传》《霍小玉传》等名篇即是，其中主人公皆因郎才女貌而彼此相慕相爱，遂引出一番波折迭起的故事情节来。继而晚明的拟话本如《三言》《二拍》中，亦有不少关于才子佳人的婚恋故事，情节甚至更为丰富曲折。惟爰及明末清初，章回形式的才子佳人小说之创作与刊行，开始风行一时，甚至绵延至晚清，历久不衰。根据孙楷第《通俗小说书目》的"才子佳人"类，共收有书目七十五种，其中能够确定成书于明末清初（顺治、康熙）年间者，就有二十七种。在文学史上，才子佳人小说之所以能成为一种具有自身特殊性质的小说类型，自然有其不容忽略的类型特点。

---

① 将明清才子佳人小说作为一种特殊文类的通盘研究，详见周建渝：《才子佳人小说研究》，台北：文史哲出版社1998 年版。

（一） 内涵旨趣

由于才子佳人小说主要是叙述在传统社会中，才子与佳人之间的爱情婚姻故事，乃至往往会引起当今一些读者，认为作品主旨是"反对封建婚姻，争取恋爱自由"的联想。但不容忽略的是，这类小说更重要的旨趣则是，传达了作者心中盼望的，甚至梦想的，"功名与佳人兼得"之理想化的人生。当然，作品内容大多类似，都是有关才子与佳人自己求偶择婚的故事。譬如，一对郎才女貌的青年，因彼此心仪，又由于双方皆具文才，故以诗词为媒介，互通款曲，表达两人的思慕爱恋之意；或因偶然相遇，彼此吸引，而一见钟情，进而遂私订终身。不过，无论才子佳人如何相互爱慕，彼此心许，其后通常或遭奸恶小人破坏，或受时局动乱牵连，乃至必须历尽不少磨难，经过几番波折，证明二人的爱情已通过考验，方能有情人终成眷属。故事最后安排的圆满结局，显然未能"免俗"：往往因才子一举登科，又遇贤明天子赐婚，遂替代了父母之命与媒妁之言，终于结为美满姻缘。值得注意的是，这类小说，无论是佳人配才子，或二美侍一夫，大都写到"金榜题名时，洞房花烛夜"，功名与佳人兼得，就此打住。至于才子佳人婚后必须面对的日常现实生活，或未来的下场，作者就没兴趣多所着墨了。不过，为了凸显才子佳人的才学胆识，推崇他们对爱情的执着追求，坚贞不渝，小说中亦往往反映社会的人情冷暖，世态炎凉，以及权势或奸诈之人的残忍破坏，遂使得故事内涵情节波澜起伏，增添了阅读的趣味。此外，又或许为传达作者对官场的疏离感，或对仕途险恶多棘的体认，小说的结局，有时会为才子在功名与佳人兼得之后，开辟另外一条辞官还乡，或归隐林泉之路。

(三) 人物形象

才子佳人小说中的男女主角，从作者为人物设计的形象观察，当然一方必是才子，另一方则必是佳人，乃至难免在不同小说中男女主角的形象经常会出现类似之处。因此，男女主角人物形象的"类型化"，几乎是才子佳人小说的通例。惟值得注意的是，在作者笔下，男女主角的人物形象中"色、才、情"三合一的人格理想。首先，"色"即美貌，属佳人与才子双方先天具有者，也是令双方互相吸引的先决条件。其次，小说中一再标榜的才子之"才"，并非传统儒家推崇的圣贤之才，亦非在政治上能辅佐朝廷的宰相之才，而是诗人之才，词人之才；换言之，非关世俗社会公认的政教伦理的实用之才，而是集辞采与灵性于一身的文人之才。再者，故事中强调的"情"，主要是出自男女双方个人真情的爱悦喜好；换言之，此情没有现实条件要求，不受世俗观念干扰，不屈服于传统道德礼俗的规范，而且是此生不渝的。

不过，倘若自男女主角的社会阶层或出身地位的角度观察，则颇有值得玩味之处。首先，小说中的女主角，几乎都是出身于官宦世家的女儿，或名门望族的大家闺秀，不但年轻貌美，性情聪慧，而且皆知书能文，才学兼具，有的甚至还胆识过人，勇于在困境中争取自择佳偶的机缘。更重要的是，能令佳人欣赏爱慕者，不是靠男方的社会地位权势，而是其"文才"。能获得如此佳人的芳心，对于期望或梦想求得佳偶的男主角来说，真是太理想了。其次，至于男主角的才子形象，则似乎隐约浮现着小说作者意念中其本人的影子。按，故事中的男主角，即使原来或许也出身官宦或书香世家，却往往因家道衰落，或父母早亡，遂成为流落无依、穷愁潦倒的一介书生，或是一个不幸科举落败，无颜回家，几乎无路可走的穷秀才，幸亏巧遇慧眼识才的佳人，命运遂从此得以改观。其实，爱情婚姻故事中男女主角双方社会地位的悬殊，在唐人传奇作者笔下，除了少数例外，往往会成为美满姻缘的绊脚石，乃至造成劳燕分飞的悲剧收场；可是在才子佳人小说中，由于出身"高贵"的美貌女主角，偏偏既"爱才"又"重情"，全然不在意双方社会地位的悬殊。具有这样的慧眼与勇气，遂令女主角成为才子佳人故事中，为追寻个人幸福，不惜挣脱社会传统观念枷锁的真正"英雄"，显然也是失意于功名仕途的作者心目中的理想对象与人生，亦是导致小说中男女主角之间的爱情婚姻故事，更为"圆满"、更具"佳话"的吸引力。当然，更为一般读者带来欣慰与悦喜。

㈢ 格式体制

明末清初涌现的才子佳人小说，虽沿袭传统，以章回的格式叙述故事，但其篇幅则较之前的章回小说为短，大多在十几至二十几回之间，实际上属于今天所谓的"中篇小说"。不过，乾隆以后继续出现的才子佳人小说，由于作品在内容上逐渐扩充，故事情节亦更趋复杂，遂加长了叙事的长度，甚至出现如晚清的《玉燕姻缘全传》，已是长达七十七回的长篇。

㈣ 作者身份

关于才子佳人小说的作者，由于作品多署以笔名或假名，确实身份大多不详。虽然经过不少学者的努力考证或推测，也仅得出极少数作者的身份姓名；并且发现，其作者多属科举或仕途的失意者。倘若综观才子佳人的作者群，仿佛是刻意隐名埋姓，不愿露面于世，亦无意于通过自己的小说创作"留名青史"，只不过借此抒发一些个人在失意潦倒生活中的所见所思所想而已。即使才子佳人小说多以美满的姻缘为结局，其故事中隐约流露的，往往是作者对个人理想人生的向往，以及对所处现实社会生活的质疑与不满。

✚ | 二、代表作概览

在明末清初出现的才子佳人小说中，有三部是当今学界公认的代表作。从作品故事内涵与人物形象方面，已经可以看出其作者意图求新求变的痕迹。

（一） 《平山冷燕》

这是第一部刊行于清初，问世较早的才子佳人小说。全书共二十回，题"荻岸散人编次"，篇首有"天花藏主人"写的《四才子书序》，当今学界一般认为，荻岸散人与天花藏主人两者，可能乃属同一人，亦即刻意隐名的作者。按，书名《平山冷燕》，就是把四个男女主人公的姓氏连缀而成，显然与《金瓶梅》取主要人物名字为书名相仿佛。惟由于小说主角共有男女才子四人，所以又称《四才子书》。

全书主要是叙述平如衡与冷绛雪，以及燕白颔与山黛，这两对才子佳人的恋爱故事。平如衡"自幼父母双亡"，燕白颔虽出身世家，但其父亦早已去世。两个穷书生，却能分别获得两个出身官宦世家，且年轻貌美的佳人青睐，的确令人称羡。不过，其间却因山黛、冷绛雪二女的才貌过人，遂屡次遭受奸险小人的忌恨与破坏，于是引出几番情节的波折起伏。及至燕白颔与平如衡二才子，分别以状元、探花及第，方经皇帝做媒，奉旨成婚，于是燕白颔娶山黛，平如衡娶冷绛雪，以两对有情人终成眷属的大团圆为美满结局。其实，综观全书，作者的笔墨重点似乎旨在推崇冷绛雪与山黛二位佳人的才华，这或许与明清时期出现不少才女诗人辑集刊行诗集，令文人士大夫欣赏称许不已有关。作者对佳人才华的极力推崇，亦突破传统的男尊女卑，以及"女子无才便是德"的故旧观念；进而亦对那些自己平庸无才，却又忌贤的官吏，予以谴责。此外，故事最后由皇帝赐婚，乃至大团圆的欢喜结局方式，正巧妙地替代了父母之命与媒妁之言，成为后出的同类小说追随模仿的模式。

总之，《平山冷燕》为才子佳人小说奠定了题材、体例、人物，以及观点立场与表现手法的基础。

（三）　《玉娇梨》

全书四卷共二十回，题"荑秋散人编次"，一般认为其作者就是"天花藏主人"。当然，"天花藏主人"的真实身份姓名亦不可考。

《玉娇梨》主要是叙述苏友白与两位佳人的爱情故事。其书名则取自女主人公白红玉（后改名吴娇）、卢梦梨的名字。由于小说中涉及男女才子三个人，故亦称《三才子书》，又因苏友白最终是和白红玉、卢梦梨两个才女成婚，有些版本就改题为《双美奇缘》。小说的时代背景，设立在明朝正统十四年至景泰二年（1449—1451）之间，故事中所涉及的一些政治事件显然均史有其事，不过，其故事情节主干，亦即三个男女主角的爱情婚姻纠葛，则是虚构的。作者笔墨重点在于政治陷害以及阴谋诈骗，对美好姻缘的阻挠与破坏。在婚姻问题上，则强调才貌和感情的契合，遂将权势财富排除在选择配偶的条件之外。值得注意的是，故事中乃是男主角苏友白，为追求自主婚姻，不惜违抗上司抚台杨延昭的逼婚，而挂官求去；女主角卢梦梨，则因心慕才子风流，竟然女扮男装，托妹自嫁。在在皆显示与传统父母之命与媒妁之言的婚姻观念迥然不同。

不过，作者津津乐道最后白红玉、卢梦梨二女侍一夫乃是"风流之福"，显然出自作者自己的人生理想，同时也展现其尚未能超越"一夫多妻"时代观念的局限。惟值得注意的是，其故事情节间所述"考诗择婿"的方式，充满戏剧趣味，至于定情后的种种离散与磨难，最终又得以团圆的情节，尤其是借助人物之间的误会而造成故事曲折的表现手法，均为不少后起的才子佳人小说所仿效。

三 《好逑传》

全书四卷十八回，又名《侠义风月传》《第三才子书》，也是才子佳人小说的典范之作。作者身份不详，惟题"名教中人编次""游方外客批评"。主要叙述大名府才子铁中玉，风姿俊秀，文武双全，好侠尚义，不畏强权，游学山东时，与山东历城兵部侍郎水居一之女，美貌如花且才智胆识过人的水冰心的恋爱故事。书名取自《诗经·周南·关雎》"窈窕淑女，君子好逑"之意。不过，作者旨在宣扬名教，于序中即宣称："宁失闺阁之佳偶，不敢作名教之罪人。"惟故事情节构思巧妙，将铁中玉和水冰心之间的爱情婚姻，与朝政的风云，大臣的斗争，结合在一起，遂令故事内容更为丰厚，人物形象亦予人以新鲜感。

男主角铁中玉，不同于一般文弱的书生才子，他"既美且才，美而又侠"，且"有几分膂力""人若缓急求他……慨然周济"。女主角水冰心也有异于那些只会赋诗写文的佳人，而是一个既聪明机智，有胆有识，不畏强权，又才智兼美的女性。当然铁中玉和水冰心二人的爱情，必须经过一番考验：一名显宦子弟过其祖，看中了水冰心的美貌，乘冰心的父亲充军在外，买通其叔父水运，并勾结趋炎附势的官府，几次三番来逼婚，均被水冰心机智地一一挫败了。书中写水冰心曾将铁中玉接到自己家中养病，两人虽彼此心仪，却仅隔帘对饮，"无一字及于私情"；不过水冰心的名誉却因救助铁中玉而受奸人造谣中伤。始终不肯放过冰心的过其祖，即妄奏二人有奸情，有伤名教！幸亏经皇后验得冰心还是"处女"，于是清名恢复，最后终于能和铁中玉奉天子之旨"结花烛，以为名教之宠荣"。作者的"处女情结"，当然并非其个人独有，而是传统社会对女性贞操的一致要求。

明末清初的才子佳人小说，是在长篇章回小说脱离了"历史""传奇"与"志怪"等的传统，逐渐走向社会人生的写实风气之后而产生。小说虽多有仿照《金瓶梅》的命名法，通常取书中主要人物姓名中的一个字，凑成书名，而且同样重视女性的生活经验与感受。但是，才子佳人小说基本上却雅而不俗，男女主角追求的往往是，超乎一般世俗生活中个人情欲的理想，重视的是男女彼此的"才"和"情"。书中的"才子"，自然大多是文学才士，而"佳人"，则不仅貌美，还很有才华，除了作诗的文才，还具有智慧，乃至处事应变，显得灵敏机智。更重要的是，她们对于爱情的态度，都是一往情深，至死不渝。这些才子佳人小说，尽管在情节发展上，有明显的程序化倾向，但大多笔墨清新，文字雅丽，且在描写世态人情，刻画人物性格方面，提供了新的艺术经验，新的审美趣味。尤其值得注意的是，才子佳人小说中，男女主角重才重情，彼此心慕的婚恋关系，为以后《红楼梦》中贾宝玉和林黛玉之间的"知己之情"的珍惜，铺上先路。

中国长篇章回小说，从《金瓶梅》开始，走向文人独立经营创作，开始着重生活写实的倾向，在《金瓶梅》与《红楼梦》之间，才子佳人小说显然扮演了承先启后的角色。

✤

第二节

讽刺小说《儒林外史》——第一部针对文士儒生行径之作

《儒林外史》是中国小说史上第一部以文士儒生的行径作为叙述重点的小说，也是一部笔墨沾满辛辣的讽刺与风趣的挖苦之作。作者是吴敬梓（1701—1754），全书共五十五回。最初仅以手抄本流传于文人士大夫之间，现存最早的刊行本，乃是嘉庆八年（1803）的"卧闲草堂本"，共有五十六回。不过由于末回与全书的主题及写作风格并不相合，学界一般认为可能是后人所加，并非出自原书作者吴敬梓之手。

✤ | 一、《儒林外史》概览

《儒林外史》乃是一部由一位作者独自匠心经营的讽刺小说，其中表现的，不再是说话人、听众、文人的集体意识，而是出身为一介文士的作者，基于个人的人生观察，与一己的生活经验。书中情节故事发生的年代，虽然假托在明朝，实际上反映的，乃是作者吴敬梓所身处的清代康熙、乾隆时期，文士儒生阶层表现的种种行径状况。书中叙述的人物事件，主要取材自作者熟习的一般文士儒生的思想观念和生活百态，加上一些相关传闻和野史笔记，并以这些文士儒生对功名富贵的生命态度，为讽刺调侃的笔墨重点。

全书在情节的结构组织方面，主要乃是以走马换将的方式，来处理故事情节的转换，以及新旧人物的逐次出场，实与《水浒传》辑集个别英雄好汉经历的串联式结构相类似。不过，《儒林外史》中没有贯串全书的主要人物，也没有作为全书骨干的主要情节，而是分别由一个或几个人物为中心，加上其他一些配角人物作陪衬，组成一个一个相对独立的故事。每个故事随着主要人物的出现而展开，又随着此人物的隐去而结束。乃至形式上虽然是长篇章回小说，实际上则近乎许多短篇小说的集锦。从今天的标准看，在结构组织上显得松散凌乱，但在创作宗旨上，却是统一集中的：亦即借诸文士儒生对功名富贵的汲汲追求，表达对束缚人性的传统礼教之不满，以及对于朝廷以八股取士的科举制度之抨击。其中第三十六回"泰伯祠名贤主祭"，或许可视为是全书宗旨的高潮，写一群文士儒生在泰伯祠举行对传统文化的敬礼，表示对传统文化形式上的膜拜与珍惜。不过，整个祭祀过程，显然只是形式的追溯和模拟，已经缺少生命的热诚，宛如一次告别的仪式。于是，泰伯祠很快就颓坏了，仅仅数页之后，当初祭祀大典的庄严与热闹，只剩下布满灰尘的仪注单和执事单而已。全书收尾的时候，最后呈现的泰伯祠，已经是一片废墟的荒凉。值得注意的是，第一章"楔子"中出现的隐士画家王冕，以及最后一章中出现的，四位分别精于琴棋书画的艺术家，均属无意于世俗功名富贵的"奇人"，均拥有独立自主的人格，可以随性选择自己的生活方式与人生途径。在作者笔下，他们显然是其心目中的理想人物，也是具有审美生命情调者的化身。在全书情节旨趣的安排上，作者显然是以这几位理想人物的人品行径作为准则，以此比照衡量那些只知盲目服膺传统礼教、唯举业为务的可怜复可笑的文士儒生。

书中出现的人物众多，单就出现的姓名而言，大约有两百七十多人。主要的人物类型大概包括：迷恋功名富贵的文士儒生，倚仗功名地位的作恶官僚，自命清高而浅薄无聊的名士，其中当然还有一些值得敬重的"真儒"贤士。由于作者自身即属于文士儒生阶层，其笔下诸多文士儒生的人物形象，难免会以其认识的或听闻的当代人物为"模特儿"，有的甚至被学者考证出来，应当是吴敬梓的朋友某某某。不过，众多人物中，最值得注意的则是杜少卿，当今学界几乎一致同意，杜少卿的原形就是作者自己，而杜少卿的故事就是作者的自叙。按，杜少卿出身名门望族，傲视一般官吏，只顾"逍遥自在，做些自己的事"，即便是杜少卿的生活理想，他的言行举止，也处处展现独立自主的人格。在作者笔下，杜少卿具有《儒林外史》中其他文士儒生所欠缺的一种品质，亦即一种率真与浪漫的情感品质。杜少卿对大凡有求于己者的慷慨，对先祖的追念，对妻子的情爱，对忠仆故旧的关怀，都令人可敬可亲可感。不过，杜少卿这种人物，却生不逢时，仅仅成为受人利用，甚至被欺骗蒙蔽的对象。在家产挥尽之后，只得过着越来越艰难的卖文生活，最后竟然追随着别人漂流寄生去了。跟小说中其他文士儒生一样，在时光推移中，命运安排下，为现实社会的洪流所吞没。

杜少卿的故事，可谓是对传统礼教，僵化制度叛逆的人生，同时却又是因为背离了传统，而无所依归，彷徨苦闷中，乃至找不到合理出路的悲剧人生。《儒林外史》或许可说是作者对他自己所属的文士儒生阶层行径的谴责与讽刺，以及其内心深处所感的愧疚，也是对一般文士儒生阶层最关怀的功名富贵之质疑和否定。通过杜少卿的故事，流露出一个知识分子对生命意义的反思，对理想人生的探索，虽然在反思与探索过程中，充满了伤痛。

✤ ｜ 二、小说史上的意义

就内涵宗旨与体制格式而言，《儒林外史》是小说史上第一部针对文士儒生知识阶层行径的小说，也是第一部正式摆脱话本传统体制的影响，消除说唱痕迹，纯粹为飨读者阅读而撰写的案头文学，换言之，属于真正的文人独立经营创作的作品。

按，前述《金瓶梅》，虽然已堪称是第一部由文人独自创作之章回小说，但其故事的开头，仍用取材自《水浒传》中的武松杀嫂情节作为引子，故事中也有几处，显然乃是借用以前的"小说"话本故事情节，而且书中不时出现大量的诗词小曲诸韵文，模仿说唱文学的痕迹，依然相当明显。可是《儒林外史》，除了每回仍以"话说"一词开端，结尾皆用四句韵文，伴随"欲知后事如何，且听下回分解"的套语，全书实际上并无借用话本故事或前人笔记为材料，而是根据作者本人的实际生活经历与观察为创作源泉。

就叙述语言视之，《儒林外史》才是小说史上第一部纯粹以白话散文撰写成书的作品。以前的章回小说，虽然主要也是以白话散文叙述，却往往散韵夹杂，且多引用前人诗词韵文来描写人物形貌，或展示场景状况，不过在《儒林外史》中，夹杂韵文的形式，亦即讲唱文学的痕迹，已经完全消失。换言之，在《儒林外史》中，描写语态和叙述语态已融成一体。

此外，从《儒林外史》的叙述过程中，其间展现的人物形象与故事发展，几乎已经完全脱离流行民间的宗教信仰。作者显然不再制约于因果报应的说教需要，来作为人物故事的最终结局，而是凭借其个人对人生社会的经验认知，叙述对当世一般文士儒生阶层行径的写实之作。《儒林外史》显然是一部文人写给文人看的章回小说，属于为知识阶层提供阅读兴趣的案头读物。

✤

第三节

人情小说《红楼梦》—— 第一部含有浓厚自传意味之作

《红楼梦》又名《石头记》，全书一百二十回。当今学界的共识是：前八十回，当属曹雪芹（1715？—1763？）所写，后四十回，根据学者的考证和推测，则可能是高鹗根据曹雪芹留下的手稿资料所续。

✤ ｜ 一、版本与流传

《红楼梦》前八十回最初乃是以手抄本的形式流传。这些手抄本录有脂砚斋等人的评语，书名则题为《脂砚斋重评石头记》。由于曹雪芹的稿本经过脂砚斋等人数次的"评阅"，之后又辗转传抄，所以流传下来的各种抄本相当复杂，在正文和评语方面并不完全一致。就现存资料所知：主要有："甲戌本"（1754），残存十六回；"己卯本"（1759），残存四十一回又两个半回；"庚辰本"（1760），残存七十八回；"甲辰本"（1784），存八十回，书名首度改为《红楼梦》。最早的刊本则是"程本"，乾隆五十六年（1791）由程伟元、高鹗以活字排印一百二十回的《红楼梦》，称"程甲本"；不过，第二年，程、高二氏对"程甲本"又加以修订后再排印，遂称"程乙本"。程刻本不仅增补了后四十回，对前八十回也作了修改。此后出版的大量木刻本、石印本、铅印本，大都是以程本为母本派生出来的。

整体视之，《红楼梦》的版本大致可分为两个系统。一是八十回的脂砚斋等评语抄本系统，另一则是一百二十回的程本系统。脂评系统的版本，源出曹雪芹的手稿，虽然经过辗转传抄，难免出现一些差错，但应该与曹雪芹原著比较接近。同时又因其中保留了大量脂砚斋、畸笏叟等人的评语，也为研究作者的家世生平提供珍贵的资料。不过，程本系统的版本，遂令《红楼梦》成为一部首尾完整的巨著。

《红楼梦》自问世以来，就引起读者很大的回响，对其评析、考证不绝如缕，包括对作者曹雪芹的生平，书中人物的影射，至今不衰。乃至有所谓"红迷""曹迷"，以及"红学""曹学"的产生。继而其后续之作亦绵延不绝，如《续红楼梦》《后红楼梦》等亦多达三十余种。在中国文学史上，一部书，又是一部作者未完成的书，引起如此深远的回响，是空前的，可能也是绝后的。

《红楼梦》和《金瓶梅》一样，主要叙述一个家庭由盛到衰的沧桑，但是《红楼梦》一书却充满了柔情和悲悯。这或许是曹雪芹暮年穷途潦倒时，对自己少年生活的回忆，虽然是辛酸的，却也掺杂了不少甜蜜。

《红楼梦》乃是第一部带有浓厚自传意味的小说，是唯一的以青少年的成长过程为故事中心的小说，同时也是仅有的一部，对男女爱情心理作深入分析与探测的作品。虽然书中不乏饮食男女的描写，但真正强调的，歌颂并且珍惜的，却是男女之间，尤其是贾宝玉和林黛玉之间一份"知己之情"。因此，《红楼梦》也可说是第一部把男女爱情提升到双方心灵层面的小说。

作者在语言表现上，也是卓越的。叙述部分不仅通俗流畅，而且又不失典雅。为书中人物在不同情境场合所作的诗词，不但流露该人物的人格特质与心情意念，同时显示作者不凡的才情。此外人物对话生动自然，并且几乎每句对白都建立在发言人的心理基础上，一开口就表露说话者的身份和个性。

书中人物性格形象的塑造，也极为成功。整体视之，《红楼梦》可说是一个写生的"人像画廊"，展示出一幅幅栩栩如生的人物画像，且每个人物形象，不再是类型化的平扁典型，而是复杂的、多层面的，各有其特殊的个性。每个人物的刻画，又跟故事情节的发展息息相关。尤其值得注意的是，在作者笔下，书中的女子远在男人之上，无论才貌、见解、能力、性情，都胜过男人。这与《三国演义》视女人为政治斗争的工具，《水浒传》视女人为祸水，《金瓶梅》视女人为贪淫无知的可怜虫相比，真有天壤之别。《红楼梦》中的女子，非但诗写得比男人好，连办事能力也可以比男人强。至于性情、体贴、操守更不在话下。另一方面，《红楼梦》中的男人，大多只知吃喝嫖赌，娶小老婆，玩骗女性，甚至敛财贪污和欺压良善，令人觉得是一批言语无味、面目可憎的混蛋或蠢材。

当然，全书的故事情节相当复杂，何况人物繁多，但却清楚地以贾宝玉、林黛玉、薛宝钗之间的三角爱情关系，以及贾府由盛转衰的局面，为两条相互交错的主线。正当宝玉、黛玉、宝钗表兄妹三人，在为他们之间的亲情和爱情备尝甜酸苦辣之时，贾府其他人物，则在凭权势和金钱，竭力追求物欲，以致走向毁灭。

《红楼梦》整体表现的仿佛是一种"出世"的人生观。在内容方面，归纳其主题，可说是透过：（一）贾府人物的盛衰；（二）大观园中青春与美的理想生活之破灭；（三）宝玉对情爱，对人生的看破；来表现人生如梦、世事无常的永恒道理。在布局方面，作者将《红楼梦》故事背景安置在一个以佛、道思想为注解的神话框架中：宝玉原是一块修炼成果的顽石，下凡人间，经历一遭欲海情天的冲击；黛玉原是一株曾受顽石照顾过的绛珠草，为报答灌溉之情，遂下凡人间，以其一生的眼泪相还。此外，宝玉梦中所见"金陵十二钗"手册，说明大观园中诸女子的来历和去向，都一再表现出一种因果轮回的观念。

作者借宝玉乃顽石下凡的特殊来历，来塑造他在思想观念上如何不同于一般凡夫俗子，甚至意图颠覆传统谨守的一些价值。宝玉鄙视功名利禄，厌恶礼教虚伪，而且不受经世致用之学。唯一系住他的则是对情爱的痴迷，以及对人间的悲悯，而情爱与悲悯之情，在人生各种牵挂和痛苦中，是最难看破的。整本《红楼梦》，也就是通过宝玉的一生，而着重于写"情"、叙"情"，到破"情"的过程，来表现个人在情爱与悲悯中的迷惑、痛苦，以至觉悟。

《红楼梦》是一部严肃的、带悲剧性的作品，从故事情节发展过程中，表现了一种趋向败亡毁灭命运的无可抵御的力量，同时，在命运的席卷之下，显示个人的微弱挣扎，个人意志的徒劳与无奈。书中主要人物，仿佛都在一种定命的意识中，不由自主地选择了个人特殊的苦难：黛玉的绝粒殉情，宝玉的破情出家，宝钗的接受空虚无实的婚姻……《红楼梦》叙述的，不只是贾府的沧桑，也不只是几个男女主角的沧桑，而是在整个现实人生中，普遍的沧桑感。

✚ | 三、小说史上的意义

《红楼梦》是学界公认的，中国文学史上最"伟大"的小说，代表中国古典小说发展的巅峰。它对过去的传统，有所继承，同时也有更多突破性的表现。或许可从以下四个方面来观察其于小说史的意义。

(一) 题材内容

过去的长篇章回小说，大多并非以作者个人亲身经历过的人生为笔墨重点，其作者主要是站在旁观立场角度，叙述一些富有历史根据或传奇色彩的人物故事。就如《三国演义》，主要是记述历史上朝代与政权的兴衰，帝王将相的霸业和丰功伟绩；《水浒传》写的是传说中绿林英雄好汉与官府的冲突与梁山的聚义，以及他们的豪言壮举；《西游记》用神奇幻化的故事形式，来表现取经人物的智慧和愚蠢；《金瓶梅》则以暴露市井社会及官商阶层的丑恶为宗旨；《儒林外史》虽然在杜少卿的生涯中，浮现作者的身影，但其旨趣主要还是讽刺一般文士儒生知识阶层在行径与思想方面之愚蠢与荒诞。可是《红楼梦》却不一样了，非但没有借助历史人物或民间传闻，而且作者毫不讳言，乃是直接取材于作者个人的亲身经历，以及亲见亲闻。

按，《红楼梦》虽然不是以"第一人称"自述，却带有浓厚的"自传"色彩。男主角贾宝玉的故事，与作者曹雪芹年轻时代的生活经历颇有雷同之处。当然，《儒林外史》中的杜少卿，虽多少也有作者吴敬梓的影子，但在全书中，只不过是众多文士儒生故事中的一小部分而已。此外，《红楼梦》中没有叱咤风云的英雄，没有大忠大贤的臣子，甚至也无朝代纪年可考，所写完全是日常生活，叙"家务事"，谈"儿女情"，均来自作者亲身经历的日常生活琐事，包括吃穿住行、酒宴行令、作诗猜谜等，种种应酬行乐。当然，《金瓶梅》已经开始以日常家庭生活琐事，为小说中描述的主要场景，但是《金瓶梅》强调的是，生活的无聊与人性的丑恶；而《红楼梦》却是通过日常家庭生活场景，写个人在命运中的甜美与痛苦，也写个人对理想的追求与幻灭。

全书内容庞杂，情节头绪交错，试将其重点大概，整理如下：

1. 叙述一个贵族官宦家庭，如何在腐败中走向破落，传达繁华成空，世事无常，人生如梦的主题。

2. 回顾如梦人生时，唯一值得怀念的是一群"闺阁女子"，因此，最令人悲悼的，也就是她们走向悲剧的命运。

3. 贾宝玉、林黛玉、薛宝钗三人的爱情婚姻关系中，宝玉、黛玉追求、珍惜的，乃是一份"知己之爱"。

4.通过宝玉天赋的秉性和独特的品位，不时强调其痴狂、呆傻、疯癫，以推崇其与众不同的特立独行作风，强调个人独特人格的尊严。

5.从宝玉鄙视功名利禄，厌恶虚伪礼节，珍视己身情怀，以凸显个人与家庭及社会传统要求之相背离，乃至人生失落，无所依归。

（三）作品立意

作者于《红楼梦》开卷第一回，即明确交代此书之立意本旨：

作者自云：因曾历过一番梦幻之后，故将真事隐去，而借'通灵'之说，撰此《石头记》一书也。故曰'甄士隐'云云。但书中所记何事何人？自又云："今风尘碌碌，一事无成，忽念及当日所有之女子，一一细考较去，觉其行止见识，皆出我之上。何我堂堂须眉，诚不若彼裙钗哉？实愧则有余，悔又无益之大无可如何之日也！当此，则自欲将已往所赖天恩祖德，锦衣纨袴之时，饫甘餍肥之日，背父兄教育之恩，负师友规训之德，以至今日一技无成、半生潦倒之罪，编述一集，以告天下人：我之罪固不免，然闺阁中本自历历有人，万不可因我之不肖，自护己短，一并使其泯灭也。……虽我未学，下笔无文，又何妨用假语村言，敷演出一段故事来，亦可使闺阁昭传，复可悦世之目，破人愁闷，一亦宜乎？"故曰："贾雨村"云云。

此回中凡用"梦"用"幻"等字，是提醒阅者眼目，亦是此书立意本旨。

由作者所言"此书立意本旨",以及书中人物故事情节的发展,《红楼梦》可谓是一部作者对过往一生的"忏悔录"。惭愧自己一事无成,半生潦倒,堂堂须眉,行止见识却不若平生所遇的一些闺阁女子,因此将其一生如梦似幻的经历,记述下来,目的是,抒情言志,以解心中郁结,或可得知音于读者。

三 人物塑造

过去长篇章回小说中的人物形象,如前面章节所述,即使是成功的艺术典型,也往往比较单一平扁,多数人物通常未能充分个性化,而带有类型化的特点。在《金瓶梅》之前,人物性格大多通过政治、军事等大事件、大场面中的行动与对话来表现,很少通过日常生活琐屑细节来描述人物。而《红楼梦》中有四百多个人物,其中许多人物形象,无论主角、配角、老人、小孩,都是充分个性化的,就像现实生活中的人物那样复杂、矛盾,均具有个人性格的独特性。作者刻画人物的性格,不是从概念、类型出发,不会简单地把人物二分为"好人""坏人",而是如实描写,并无讳饰,乃至就在一个人物身上,可以展现好坏兼具的人格特质,可谓还给人物以生活的本来复杂面目。因此,《红楼梦》的人物塑造,已经不单单靠人物表面的行动和对话。其中与过去的章回小说相比,最引人瞩目的是:

首先,将环境描写与情节发展交融在人物性格的刻画中。如写贾府的种种排场,通常与写王熙凤的才干与逞强好显的性格相连;写潇湘馆的竹林秋色、清幽雅致,往往和林黛玉的悲剧性格及孤高心情合而为一。其次,过去的章回小说,很少有单独的环境描写和心理描写,《红楼梦》中则出现了类似现代小说那样，单独成段的环境描写和心理刻画，遂令人物性格表现得更为深刻、细腻。

（四）　结构组织

《红楼梦》的整体结构组织，虽同样有类似"楔子"的章节开头，却有异于《水浒传》的"串联式"，或《西游记》的"念珠式"，也不同于《儒林外史》的"集锦式"。而与《金瓶梅》的"网状式"相仿佛，但却更为复杂紧凑。可谓是一个具有完整、有机、宏伟、严密、多层次、多线索组成的错综复杂的"网状结构"。其中几条线索交错重叠进行，犹如前面论全书内涵重点已点出，包括（一）贾府逐渐由盛转衰的演变史；（二）宝玉、黛玉、宝钗三人的爱情和婚姻之纠葛；（三）理想生活乐园"大观园"的缔造与幻灭，包括青春、童真，一切美好事物的消失，以及一群闺阁女子的悲剧命运；（四）大观园外，以贾家为主，薛家为辅，连带史家、王家，四大既富且贵家族的破落。

这几条线索，均非独立存在，而是相互纠结，彼此交错，其间还有无数大小场景，点面结合，环环相牵。如此宏伟复杂，却又条理可循的结构，在中国小说史上是空前的。其展示的是，作者驾驭故事情节的大将风度。难怪《红楼梦》成为当今学界公认的中国古典小说中最"伟大"的作品。以后则须在晚清风行的谴责小说中，观察章回小说最后的夕阳余晖。

第六章

章回小说的夕阳
—— 晚清谴责小说的风行

♣

第一节
谴责小说风行的背景

历史上所称的"晚清",大抵以 1840 年中英鸦片战争为开端,到 1911 年辛亥革命导致大清王朝的灭亡。这段时期,是中国社会面临惊天动地的大变动时期,也是新旧思想观念彼此撞击交互掺和的时代。在西方势力对中国的冲击日甚的情况下,传统的社会秩序与政治体制势必难以抵制,长久积压的各种社会问题纷纷涌现。就在此时期间,中国古典文学之发展演变逐渐进入尾声,中国古典小说则于此期间焕发出最后的夕阳余晖。尤其自光绪"庚子事变"(1900)至辛亥革命前夕这十年间,小说作品迅速增加,平均每年达百种左右;从事小说创作和出版成了一种新兴行业,以致形成了中国小说史上第一支专业的小说作家队伍。谴责小说之大放异彩，正是这时期特定的历史与文化背景的产物。

✤ ┃ 一、西方政经文化的冲击

鸦片战争的失败，清政府饱受内忧外患，连年开战，屡次挫败。于是在外国强权的压迫下，只得开阜通商，割地赔款，丧权辱国。加上咸丰以后捐纳制度积弊深重，吏治腐败，贿赂公行，乃至官场仕途更为浮滥冗杂。伴随着列强势力的入侵，西学来势的凶猛，西方政经文化的冲击，结束了中国孤立于世界潮流之外独自发展的道路，也冲破了古老的中国在政治、经济、文化上孤芳自赏的美梦。拥有数千年政经文化传统的中国，突然发现，自己不但于科技上居于劣势，甚至在文化上，也居然会不占优势。这一历史变局，对中国社会固有的传统文化观念之冲击，是前所未有的，对那些以天下为己任的知识阶层之震撼，更是空前的。于是，除了从政治制度上感觉不足，发动"变法维新"运动，他们还进一步从文化根本上要求全民人格的觉醒。其中最令文学史家注意的，就是有心人士在小说对政治制度的革新，以及对社会人心匡正的实用功能之呼吁与倡导。

✤ ┃ 二、小说政教功能的倡导

一般传统文人士大夫心目中，小说涉及的不过是一些"小道"，属于消闲娱乐的读物，与经、史的崇高地位相去甚远。当然，明中叶以后，少数前卫的知识人士，如李贽、金圣叹等，已经公开推崇《三国志演义》《水浒传》等通俗小说，不过，他们真正欣赏的，还是这些作品的文学性，以及作者的文章才华。爰及晚清，主张维新的知识分子，因目睹中国在列强侵辱之下，国势日弱，于是重新反省传统文化的利弊，在幡然思变的心理推动下，深信拥有普遍读者的小说，以其通俗性质，应该可以负起改革政治社会与教化民风的实用功能。小说的"地位"，就在这些维新派文学巨子的大声疾呼中，臻至前所未有的"高峰"。

最早公开将小说与政治及民风的变革相提并论者，首先是严复（1854—1921）与夏曾佑（1863—1924），二人在《1897 年 11 月 18 日 <国闻报>附说部缘起》一文中提出：

> 夫说部之兴，其入人之深，行世之远，几几出于经史之上，而天下之人心风俗，遂不免为说部之所持。……且闻欧美、东瀛，其开化之时，往往得小说之助。

所言主要是呼吁重视小说可以教育人心、改变风俗的功能。因为欧美、日本就是得助于小说的传播，而"使民开化"。

其次是梁启超（1873—1929），在戊戌变法前也提出小说与政治的密切关系。曾于1897年所写《<蒙学报><演义报>合叙》一文中，即云："西国教科之书最盛，而出以游戏小说者尤夥。故日本之变法，赖俚歌与小说之力。"及至戊戌变法失败后，他进而意识到小说的政治宣传功能，于是又发表《译印政治小说序》（《清议报》1898 年 11 月 11 日），阐述小说与政治社会变革的关系，认为"在昔欧洲各国变革之始，其魁儒硕学、仁人志士，往往以其身之经历，及胸中所怀政治之议论，一寄之于小说……每一书出，而全国之议论为之一变。彼美、英、德、法、奥、意、日本各国政界之日进，则政治小说为功最高焉"。因此呼吁外国小说的翻译，"采外国名儒所撰述而有关切于今日中国时局者，次第译之"。当然，此文发表后，在小说创作上其实并未引起多大的回响。真正影响深远者，还是梁启超于 1902 年创办《新小说》杂志，于创刊号上发表其著名的《论小说与群治之关系》一文，将小说的政治教化功能，夸大到前所未有的程度：

> 欲新一国之民，不可不先新一国之小说。故欲新道德必新
> 小说，欲新宗教必新小说，欲新政治必新小说，欲新风俗必新小
> 说，欲新学艺必新小说，乃至欲新人心、欲新人格，必新小说。
> 何以故？小说有不可思议之力支配人道故。

所言一方面阐明小说的重要价值与地位，也表明《新小说》创办的宗旨。盖原本出身于为一般市民大众提供消闲娱乐的小说，负起了改革政治制度、匡正社会人心的重大使命。除此之外，创办小说刊物蔚然成风，亦促成谴责小说之兴盛。

✦ | 三、小说刊物的风起云涌

宋代民间"说话"属于娱乐大众的专业，同时也是一种商业行为。宋元话本之流传，明清小说之盛行，则有赖印刷术的蓬勃，以及读者层面的扩大与书商的敦促。爰及晚清，借助于传播媒体的发达，专载小说的刊物，如雨后春笋不断涌现，各种报刊亦辟有小说专栏，为小说创作者提供了耕耘的园地。自《新小说》于 1902 年创刊后，其他如《绣像小说》《浙江潮》《江苏》《新新小说》《醒狮》《民报》《月月小说》《小说月报》等刊物，继相发行。这些刊物的创刊宗旨与编辑方针，显然多受梁启超《小说与群治之关系》一文的影响。犹如李伯元于其《编印<绣像小说>缘起》一文

中所云编辑之宗旨："察天下之大势，洞人类之颐理……抒一己之见，著而为书，以醒齐民之耳目。或对人群之积弊而下砭，或为国家之危险而立鉴……无一非裨国利民。"（1903 年 5 月《绣像小说》第一期）这不仅是创办小说刊物的宗旨，也是编辑者对小说家所提出的创作要求。"谴责小说"之应运而生，乃是时代的产品。

♣

第二节

四大谴责小说概览

晚清"谴责小说"之名称，始于鲁迅《中国小说史略》。为有别于讽刺小说如《儒林外史》，鲁迅为谴责小说所下的类型定义是：

> 虽命意在于匡世，似与讽刺小说同伦，而辞气浮露，笔无藏锋，甚且过于其辞，以合时人嗜好，则其度量技术之相去亦远矣，故别谓之"谴责小说"。

这样的观点，已大致为学界所普遍接受。

按晚清谴责小说最具代表性的作品，当属《官场现形记》《二十年目睹之怪现状》《老残游记》《孽海花》，共同号称晚清"四大谴责小说"，且均由报纸杂志连载出生。

✦ | 一、《官场现形记》

作者李伯元（1867—1906），字宝嘉，虽出身官宦家庭，因逢世乱，却厌弃仕途，光绪二十二年（1896）为生计所迫，移居上海，遂开始此后十年的报业生涯。先创办《指南报》《游戏报》，后又创办《世界繁华报》，并连载其《庚子国变弹词》及《官场现形记》。光绪二十九年（1903），应商务印书馆之聘，主编《绣像小说》半月刊，其《文明小史》即连载于此。按，令其在晚清小说史上著名的《官场现形记》，是李伯元的代表作。此书一问世，在文坛引起很大的回响，模仿之作接踵而至，各种各样的"现形记"充斥书市。

《官场现形记》全书六十回，共写了三十几个官场故事。着力暴露晚清官场的丑恶与黑暗，官僚的贪婪与腐败。加上清廷捐官制度的弊病，不但令官府可以卖官发财，甚至文理不通、举止失措的市井纨绔人物，也可以买官而摇身一变成为朝廷或地方官员。在作者笔下，上自军机大臣、总督、巡抚，下至县吏僚佐，几乎无人不贪污行贿，钻营蒙混，或明码卖缺，或横断冤狱，有时甚至到了丧心病狂的地步。例如：何藩台与其胞弟三荷包，连档标价买府县官缺，毫不避"臣门如市"之嫌，兄弟俩竟然又还因分赃不匀，而在家中大打出手。又如试用知州王柏诚为了留任，多捞一季钱粮漕米外快，而匿瞒父丧，且向手下师爷下跪，企求帮忙隐瞒。还有炮船管带冒得官，为了保住职位，假装寻死，胁迫亲生女儿作为贿赂物，送给顶头上司羊统领去糟蹋，而且还要感恩戴德。此外还有道台、统领借"剿匪"为名，"洗灭村庄，奸淫妇女"，事后则"奏凯班师"，"破格保奏"，个个升官。更糟的是，这些大小官僚，平日或许作威作福，可是一见洋人，就吓得浑身发抖。如文制台先听说有客来访，雷霆火炮地打骂巡捕，之后一听说来的是"洋人"，"不知为何，顿时气焰矮了大半截，怔在那里半天"。

李伯元的《官场现形记》，主要以漫画的笔法，来勾勒官僚群的各种可恶可笑的人物形象，又借夸张的语调，来凸显官场人物事件之荒唐。作者对晚清官场予以无情的谴责之后，似乎意犹未尽，恨犹未泄，于是又借作品中人物的梦，将晚清官场比喻为"畜生的世界"。《官场现形记》是一部对官僚体制深恶痛绝，对现实社会不怀希望的小说。

❖ ┃ 二、《二十年目睹之怪现状》

作者吴趼人（1866—1910），又名沃尧，先后主编过《消闲报》《采风报》《汉口日报》《月月小说》等刊物，同时从事长篇、短篇小说的创作。《二十年目睹之怪现状》则是其代表作，自1903年在《新小说》上连载，以后陆续撰写并刊行单行本，至1910年，全书出齐，共一百零八回，叙述的时代背景是1884年至1903年前后二十年间作者"目睹"的晚清社会"怪现象"。书中以自号"九死一生"者为中心线索，从其奔父丧开始，至帮助弃官从商的朋友吴继之经商，而最终以商业失败告终，将其在各地所见所闻贯穿成书，描绘成一幅行将崩溃的大清帝国的社会图卷。作者开宗明义就借"九死一生"之口宣称："我出来应世的二十年中，回头想来，所遇见的只有三种东西：第一种是蛇虫鼠蚁；第二种是豺狼虎豹；第三种是魑魅魍魉。"这与李伯元在《官场现形记》中描述的那个"畜生的世界"，可谓不谋而合。不过，李伯元主要是指责晚清的官场，吴趼人谴责的则是整个晚清的社会。

全书反映的领域，远比《官场现形记》更为广阔，除了暴露官场的黑暗为主轴之外，还涉及洋场、商场，乃至奸商巨贾、洋行买办、地痞流氓、医卜星相、和尚道士等三教九流的生活面相，均难逃作者的挞伐。读者从中的确可以"目睹"晚清社会的诸般"怪现象"。作者借书中卜士仁（"不是人"的谐音）告诫其侄孙卜通（"不通"的谐音）所说："至于官，是拿钱捐来的，钱多官就大点，钱少官就小点。……至于说是做官的规矩，那不过是叩头、请安、站班。……第一个秘诀是要巴结……你千万记着'不怕难为情'五个字的秘诀，做官是一定得法的。"继而又借九死一生之口说道："这个官竟不是人做的。头一件要先学会了卑污苟贱，才可以求得差使。又要把良心搁过一边，放出那条杀人不见血的手段，才弄得着钱。"例如江苏制台大人将全省县名，开成手折，注明钱数，到处兜揽，公开卖官。闽浙制军送给太监九万两银子，换来两广总督。另外，苟观察苟才（"狗才"的谐音），捐官出身，无学无才，为了达到钻营的目的，胁迫守寡不久的媳妇给好色的制台为妾。还有一个候补道，为谋差事，竟然送自己的妻子为制台"按摩"。

官僚体系的腐败，必然导致军事上的无能，以及外交上的丧权辱国。陆军营盘里"差不多只有六成勇额"，大小将领长期吃空额，还时时想"借个题目招募新勇，从中沾些光"。水军也是黑幕重重，不堪一击。中法战争时，驶远号军舰的管带，"遥见海平在线一缕浓烟，疑为法军舰"，竟下令开放水门，将舰沉没，坐舢板逃命。事后又谎报："仓促遇敌，致被击沉。"马江一战，有个钦差坐镇督战，"只听见一声炮响"，便吓得光着一只脚狼狈逃窜。在作者笔下，大清官僚与外国人办交涉，总是"见了外国人，比老子还怕些"。另外，至于那些洋行买办之流，在他们眼里，"外国人好，甚至于外国人放个屁，也是香的。说起中国来，是没有一样好的"。

作者对这些"怪现象"笔沾辛辣，谴责讽刺，毫不留情。不过，《官场现形记》中并无一个"好人"，而《二十年目睹之怪现状》毕竟还出现了一些正派人物。例如亦官亦商的吴继之；洁身自好、见义勇为的"九死一生"；落魄时一介不取，为官后爱民如子的蔡侣笙；轻财重义、古朴忠厚的乡下人悻阿来父子等。可是，这些正直、善良的人物，身处社会道德大崩溃的时代，最后的结局却都没有好下场。吴继之经商破产；"九死一生"身为吴继之的助手，自然也走投无路；蔡侣笙以落魄开始，以丢官告终。小说中大凡正派人物的不幸下场，似乎说明身处这个时代，好人并无立锥之地。犹如作者所浩叹的："不知此茫茫大地，何处方可以容身！"

其实，《二十年目睹之怪现状》最大的特点就是采用第一人称角度叙事。"九死一生"既是全书的叙述者，其经历又是全书的主干。在这之前，只有文言小说中偶尔出现，如唐传奇小说《游仙窟》即是以第一人称角度叙述，但在白话章回小说中，则是首创。由于小说中有一个贯串全书的"我"，使得分散的人物故事可以连缀成一个属于个人经验与观感的整体，在结构上显得比《官场现形记》较为紧凑。

此外值得一提的是，在晚清小说家中，吴趼人还是一位喜欢不断尝试创新的作者，除了《二十年目睹之怪现状》之外，另外还撰有《九命奇冤》，开创了全书倒叙法的先例，《恨海》则是近代言情小说的滥觞。

✤ | 三、《老残游记》

作者刘鹗（1857—1909），笔名"鸿都百炼生"，全书二十回，之后又写了二集九回，外编残稿约一回。于 1903 年 8 月开始连载于《绣像小说》，1907年在上海刊印单行本。二十回中，有十五回后面都有作者自己以第三者口吻写的"原评"，作为所述故事进一步的补充说明。全书主要乃是记述主人公江湖医生铁英号老残者，游历山东途中所见所闻，以及所思所感。按，刘鹗乃因眼见清末朝廷的积弱，政治的腐败，社会的混乱，于是在沉痛的心情下撰写《老残游记》，正如其于《自叙》中所云："吾人生今之时，有身世之感情，有家国之感情，有社会之感情，有种教之感情。其感情愈深者，其哭泣愈痛；此洪都百炼生所以有《老残游记》之作也。棋局已残，吾人将老，欲不哭泣也得乎？"

小说第一回是全书的楔子，主要写老残的梦境，概述老残对当时政局的观点和立场。梦中把中国比做一艘浑身伤痕，破旧不堪的大船，负担沉重，在风浪中颠簸，随时可能翻覆沉没。可是船上的水手（喻各级官吏），却趁着危乱，搜括乘客的钱财衣物。乘客中还有一些"高谈阔论的演说者"（喻革命党人），正在那里煽动和敛财。虽然掌舵管帆者（喻当政者），"认真在那里照管"，可惜风浪实在太大，何况装备又差，"心里不是不想往好处去做，只是不知东南西北，所以越走越远"。当老残等人送上外国罗盘（喻治国之方）时，舵工原是很想用的，却被下等水手视为卖船的汉奸，而赶下船来。

其实《老残游记》最引人瞩目的，就是塑造了两个名为"清官"实为"酷吏"的人物，他们在政坛上都拥有清官能吏的美誉，但是在一般百姓眼里，却是残酷恐怖的化身。按，玉贤（暗指毓贤）是山东曹州府的知府，行事作风"赛过活阎王"，老百姓"碰着了就是死"。上任"未到一年，站笼站死两千多人"。其中"大约十分中九分是良民"。例如于朝栋一家三口，因强盗栽赃而被玉贤下令站笼而死，于学礼妻子在将死去的丈夫面前自杀，有人前来为于学礼求情，玉贤则宣称："这人无论冤枉不冤枉，若放下他，一定不能甘心，将来连我前程都保不住。俗语说得好：斩草除根，就是这个道理。……你传话出去，谁再来替于家求情，就是得贿赂的凭据，不用上来回，就把这求情的人也用站笼站起来就完了。"在如此残酷官员的恐怖统治下，百姓只有忍气吞声，甚至还得含着眼泪称他为"清官"。另一个酷吏刚弼，一向以"清廉"自命，行事武断，刚愎自用。到齐河县会审一件毒死十三口人的命案，既不仔细研究案情，也不深入查访，单凭自己的主观臆测，认定魏谦父女是毒死人的凶手，而且一意孤行，不与齐河县知县会商，就给父女二人戴上手铐脚镣，并滥用重刑，企图屈打成招。同时还摆出一副"清官"面目，把魏家仆人托人向他说情行贿的银票，当作魏氏父女杀人的证据，再一次严刑拷问，逼取口供。

至于百姓是否冤枉，对这些名为"清官"实为"酷吏"者而言，均无所谓，重要的是，必须不顾是非黑白，以保住"清誉"，且保住官位。正如老残在第六回中针对这些酷吏人格行径的分析："只为过于要做官，且急于做大官，所以伤天害理的做到这样。……赃官可恨，人人知之；清官尤可恨，人多不知。盖赃官自知有病，不敢公然为非；清官则自以为我不要钱，何所不可，刚愎自用，小则杀人，大则误国。吾人亲目所睹，不知凡几矣。……历来小说皆揭赃官之恶，有揭清官之恶者，自《老残游记》始。"

此外，作者也塑造了两个给百姓带来无穷灾难的"庸吏"，庄宫保与史钧甫。按，庄宫保是山东巡抚，史钧甫则是其幕僚、候补道台。二人治理黄河水患不得法，乃至"三年两头的倒口子"。光绪己丑年（1889）那次"治"水，轻率做出废弃土坝，退守大堤的决定，以致黄河决口，洪水吞噬了十几个县，造成几十万百姓家破人亡。即使偶有侥幸未死者，也是流离失所，活着的妇人甚至还被迫沦落为妓女，进入"一天没有客，就要拿火筷子烙人"的火坑里。小说即通过被迫沦落为妓女的翠环与翠花，描述了这次大半因官府人为的无知，而造成百姓生命财产的巨大灾难，同时传达了作者对庄巡抚和那些"总办、候补道、王八蛋大人们"的"庸吏"的无比愤恨与严厉的谴责。

《老残游记》不同于其他谴责小说之处，还是在其"写景状物"方面描写艺术的成就。就如写大明湖上千佛山的倒影，桃花山的月夜，黄河冰岸上的雪景，还有在明湖居听白妞说书等几个片段，历来脍炙人口。尽管这些写景片段，不一定和全书的主旨都有密切关系，却在充满谴责讽刺气氛的叙事中，点缀一些个人抒情散文的意味，流露一些对自然美景和休闲生活的审美情趣。

✤ │ 四、《孽海花》

全书共三十五回，作者曾朴（1872—1935）。其实《孽海花》原先计划写六十回，后二十五回仅只有回目尚存。就是这三十五回之成书，也是两易作者，三易书稿，跨越清朝和民国两个时代，历时长达二十七年（1903—1930），才告完成。作者原署名"爱自由者发起，东亚病夫编述"。按，"爱自由者"实即金天翮（字松岑，1874—1947），最初是应《江苏》杂志之约而写，却只写了开头六回，标"政治小说"。兹因小说非其"所喜"，故而于1904年，将《孽海花》前六回交给曾朴续写，二人并共同商定了六十回的回目。不过，由于曾朴对此书的构思与金天翮不尽相同，于是将前六回大刀阔斧地修改之后，再续写下去。其后又再次修改过，因此现今所见《孽海花》，可说是曾朴一人的作品。《孽海花》于 1905 年由小说林社出版，标"历史小说"。1907 年《小说林》杂志创刊后，曾朴又续写了五回。1927 年曾朴创办《真善美》杂志，陆续在杂志上发表《孽海花》原有内容的修改与续写的回目，稍后即印成三十回本出版，但在杂志上发表的第三十一至三十五回并未收入。1959 年，中华书局上海编辑所印行的《孽海花》增订本，共三十五回，是为足本。

《孽海花》从表面上看，类似才子佳人小说，因其主要以状元金雯青与名妓傅彩云的姻缘为叙事线索，不过全书展现的故事情节，则囊括从同治初年到甲午战败（1862—1894）这三十年间的重要历史事件。按，自 1904 年曾朴开始接手续写并修改《孽海花》，也正是日俄战争在中国国土上打得激烈的时候，于是以奴东岛沉入"孽海"为全书之象征意义。曾朴撰写此书，目的是"想借用主人公做全书线索，尽量容纳近三十年来的历史，专把些有趣的琐闻轶事，来烘托出大事的背景"。就如第一回楔子中，作者开宗明义，对强权的侵略，朝廷的无能，即表示极大的愤慨，其回末诗即云："三十年旧事，写来都是血痕。四百兆同胞，愿尔早登觉岸。"

《孽海花》犹如鲁迅《中国小说史略》所称，是晚清四大谴责小说之一。与另外三部谴责小说相比照，虽然同样都是针对晚清政府，"揭发伏藏，显其弊恶，而于时政，严加纠弹"之作。但是，《孽海花》却自有其个别突出的特点。

首先，其他谴责小说之取材，虽有一定程度的事实根据，惟"臆测颇多，难云实录"，其至"亦贩旧作，以为新闻"。《孽海花》则不同，"书中人物，几无不有所影射"。乃至引起对学界对《孽海花》书中人物事件的相继考证推测，至今未止。其实，书中共写了近三百个人物，上自太后、皇帝，中经官员、小吏，下至婢仆、妓女，可谓三教九流，应有尽有。相形之下，乃至其他谴责小说，只能算是一般性的，针对某个社会阶层人物或事迹的小说，而《孽海花》，却是严格意义上为当代历史为证的"历史小说"。

其次，虽然四部谴责小说，同样都针砭时弊，暴露晚清王朝的腐朽没落，但是《孽海花》的笔墨重点，则主要集中在于描述上层社会中一些高级知识分子与达官要人的生活面貌。作者谴责讽刺的对象，除了皇族之外，还包括权势足以主导朝政、坐拥高位而不务正业的达官名流；以及那些终日沉迷金石古玩、辞章考据，或忙于饮酒狎妓，过着醉生梦死的学士儒者；还有一些的确倾心洋务，处理外交事务的官员，天真地认为，只需购买船炮、勤练新军，即可以救中国于存亡之秋，最后却落得不但自己身败名裂，而且国家割地赔款而告终。《孽海花》作者集中笔墨对晚清政坛知识阶层的谴责与讽刺，或许可视为《儒林外史》的续篇。

再者，前三部著名的谴责小说之作者，其视野主要集中于清政府的腐败、社会的黑暗，以及人物言行的丑恶与可恨，读之令人心灰气短。惟《孽海花》写作时间稍晚，其作者的视野胸襟，则较为宽广，遂能在大清王朝的腐朽没落过程中，观察到一些"可喜"的现象。就作者立场态度视之，《孽海花》其实是第一部以同情的角度描述主张改革与革命运动的作品，包括维新运动与民主革命运动，乃至令读者在黑幕重重中，仿佛窥见一丝曙光。例如：在作者笔下，唐犹辉（影射康有为）、戴胜佛（影射谭嗣同）、孙汶（影射孙文）、陆浩冬（影射陆皓东）等，均是热心为国为民，言行光明磊落的人物。而且从曾朴和金松岑于1904年拟定的第三十六回至六十回的回目看，作者原来计划是写到"专制国终撄专制祸，自由神还放自由花"为止。显示早在辛亥革命数年之前，作者已经预料到清政府最终的败亡以及民主革命的成功。这应该是可以令主张国民革命者欣悦的。

最后，晚清谴责小说作者，为了集中笔墨谴责时弊，往往把许多不相关的丑恶现象汇集于一书，因此普遍采用《儒林外史》式的结构，亦即鲁迅《中国小说史略》所谓："全书无主干，仅驱使各种人物，行列而来，事与其来俱起，亦与其去俱讫，虽云长篇，颇同短制。"诚如鲁迅的观察，《孽海花》亦有"张大其词，如凡谴责小说通病"，唯在情节结构的安排上，实可谓"结构工巧"。当然，《孽海花》全书的结构组织，仍然是依循传统章回小说连缀多数短篇成为长篇的格式，而且予人以头绪既繁、角色复夥、若断若续的印象；但是曾朴却刻意以影射当时名妓赛金花的傅彩云之生涯为全书主线，把所要写的各种零星传闻掌故，集中拉扯在女主人公生涯的一条在线，有意识地尝试，将全书形成一个有机整体。曾朴对其在《孽海花》结构上的改变，颇为得意，曾在其《孽海花代序》中特意说明《孽海花》的结构处理，如何不同于其他传统作品：

> 譬如穿珠，《儒林外史》等是直穿的，拿着一根线，穿一颗算一颗，一直穿到底，是一根珠链。我是蟠曲回旋着穿的，时收时放，东西交错，不离中心，是一朵珠花。譬如植物学里说的花序，《儒林外史》等是上升花序或下降花序，从头开去，谢了一朵，再开一朵，开到末一朵为止。……我是伞形花序，从中心干部一层一层的推展出各种形象来，互相连结，开成一朵球一般的大花。

的确，《孽海花》中叙述的众多故事，主要乃是围绕着金雯青与傅彩云二人的生涯为圆心，继而将其他相关故事情节分别交错连缀起来，比起前面介绍的另外三部谴责小说，《孽海花》已经比较接近现代长篇小说的复杂章法了。

小结

晚清这四大谴责小说，其作者均在全书的卷首撰写一篇楔子，作为开场白，从中透露整部小说的主题大纲，并且明确宣布其创作的宗旨动机。例如：李伯元写《官场现形记》，主要就是为了揭发官场的"隐微"；吴趼人写《二十年目睹之怪现状》，则意欲借此唤起国人，恢复固有道德以济世拯民；刘鹗写《老残游记》，乃是为痛憾清廷的"棋局已残"，故而借小说抒发其"身世之感情""家国之感情""社会之感情"而"哭泣"者；继而曾朴写《孽海花》，旨在唤醒"四百兆同胞，愿尔早登觉岸"。值得注意的是，这些主要生活于晚清末期的小说作者，都寄存了希望，可以借其笔墨来反映当前面对的政治社会现实，为历史留下见证，并且把小说作品视为可以移风易俗，改革政治社会的媒介。这样的创作态度与立场，宛如当初瓦舍勾栏的说话人，每每在其故事中向听众宣传一些道德教训，其实并未脱离唐宋时代讲经与说话的传统，甚至与汉儒说诗，强调"经夫妇，成孝敬，厚人伦，美教化，移风俗"（《诗大序》）的观点，仍然遥相承传。同时也证明，本书于总绪中尝提及的，政教伦理色彩浓厚乃是中国文学的一大传统特质。换言之，中国文学经过数千年的发展演变，即使在西方文化的冲击中，却始终保持与政治教化、伦理道德维系着相当密切的关系。

后　记

独自完成一部中国文学史，虽然稍嫌寂寞，总算了却多年的夙愿。忍不住想要交代一些渊源背景，以及比较个人的经验感受。

犹如在总绪章中已经提及，本书实源自曾经先后在新加坡大学及台湾大学分别为中文系与外文系同学讲述中国文学史之际，边讲边写而发端。不过，在新加坡大学任教十七年中，前十年却始终主要只能用英语讲授"中国文学概论"之类的通论课程，虽然学生的求知欲强，颇认真用功，反映亦佳，但对于向来喜欢"发挥"的我而言，总觉得意犹未尽。尤其是诗歌，通过英文翻译版本来讲述，音韵与文字的美，都消失了，即使后来又另外开设我衷心喜爱的"陶渊明诗选读"，也还是觉得好像在隔靴搔痒。直到1992至1994学年度，一些大陆留学英美的学生，学成后纷纷前来新大任教，我终于能够在系中开设完全用中文（华语）讲述的高级课程，其中包括"韵文选读"与"中国文学史"。两门课均分别与两位客座教授合开，前者与叶嘉莹师合开，上学期我讲唐诗，下学期嘉莹师讲清词；后者乃是与北大袁行霈教授以及其他同仁合开，我负责汉魏六朝，袁教授则负责唐宋以后部分。这就是我涉猎中国文学史的渊源。1994年秋天，兹因念及家父年迈体衰，乏人照顾，遂辞去新加坡大学教职返回母校台大任教，于是在中文系与老同学齐益寿教授合开文学史课程，益寿兄负责先秦汉魏六朝，我则负责隋唐以后。也就是在这为时两年期间，始将自己的文学史知识逐步拓展到古文、词曲、戏曲、小说的领域。此后两年，又在中文系课程委员会的要求之下，转而为外文系同学讲授中国文学史，而且是一人从头到尾独讲。这才是真正触发我不妨独自撰写一部文学史的原动力。

其实，本书所以能撰写成书，也受益于台大教学之余先后两次的休假研究，方能在总共约一年半的期间内，享有无须备课授课之"暇"，可以专心致力著述。回顾撰写期间的岁月，真是欣慨交心。所欣者，乃每当自认为有新见解、新观点，或许可以补前人论述之不足；所慨者，自己的专业有限，专业之外的部分，必须重新读书：从参考他人的研究著作开始，经过细读、思考、融会、消化之后，才敢动笔。

动笔写一部完整的文学史，不但需要个人的傻劲，更需要亲人的体谅。所幸家父王叔岷与外子萧启庆，均属学术界中人，眼看我轻忽日常家务，只顾坐在计算机面前或沉思默想或按键敲打，从来未曾责怪。启庆甚至还经常玩笑地点出：我们两人，自从身为研究生赶写报告的时代，生活品质就始终没有怎么改善。的确，这是选择学术研究为生涯志业的必然结果，也是我欣然接受的人生途径。本书《中国文学史新讲》的撰写，就是在温馨体谅的环境氛围中完成。

王国璎谨记

2006 年 4 月 15 日

时寓居台北

参考书目

（仅举主要参考书目，单篇论文从略。）

中国文学通史

王文生等主编，《中国文学史》（北京：高等教育出版社，1989）二册。

王忠林、左松超等合撰，《增订中国文学史初稿》（台北：福记文化，1983）二册。

中国社会科学院文学研究所编，《中国文学史》（北京：人民文学出版社，1962）三册。

冷成金，《中国文学的历史与审美》（北京：中国人民大学出版社，2003）。

周扬、钱仲联、王瑶、周振甫等，《中国文学史通览》（上海：东方出版中心，1996）。

林传甲，《中国文学史》（台北：学海出版社，1986）。

前野直彬等撰，《中国文学史》（骆玉明等译，上海：上海古籍出版社，1995）。

袁行霈等主编，《中国文学史》（北京：高等教育出版社，2002年重印）四卷。

陈玉刚，《中国文学通史简编》（北京：大众文艺出版社，1992）二册。

陈伯海，《中国文学史之宏观》（北京：中国社会科学出版社，1995）。

章培恒、骆玉明，《中国文学史》（上海：复旦大学出版社，1996）三册。

游国恩、王起，《中国文学史》（北京：人民文学出版社，1964）四册。

叶庆炳，《中国文学史》（台北：台湾学生书局，1987）二册。

刘大杰，《中国文学发展史》（上海：上海古籍出版社，1982）三册。

郑振铎，《插图本中国文学史》（台北：庄严出版社，1911）。

裴斐，《中国古代文学史》（北京：中央民族大学出版社，1996）二册。

台静农，《中国文学史》（台北：台湾大学出版中心，2004）二册。

钱基博，《中国文学史》（北京：中华书局，1993）三册。

罗宗强、陈洪主编，《中国古代文学发展史》（天津：南开大学出版社，2003）共三册：
上册（张峰屹、赵季撰）；中册（张毅撰）；下册（宁稼雨、李瑞山撰）。

断代文学史

王士菁，《唐代文学史略》（长沙：湖南师范大学出版社，1992）。

王瑶，《中古文学史论集》（上海：上海古籍出版社，1982）。

李从军，《唐代文学演变史》（北京：人民文学出版社，1993）。

吴舜庚、董乃斌主编，《唐代文学史》（北京：人民文学出版社，1998）二册。

胡国瑞，《魏晋南北朝文学史》（上海：上海文艺出版社，1980）。

郭预衡主编，《中国古代文学史长编》（北京：首都师范大学出版社，1992—2000）。共五卷：《先秦卷》（熊宪光执笔）；《秦汉魏晋南北朝卷》（万光治执笔）；《隋唐五代卷》（林邦钧执笔）；《两宋辽金卷》（赵仁珪执笔）；《元明清卷》（段启明执笔）。

徐北文，《先秦文学史》（济南：齐鲁书社，1981）。

曹道衡、沈玉成，《南北朝文学史》（北京：人民文学出版社，1991）。

程千帆、吴新雷，《两宋文学史》（上海：上海古籍出版社，1991）。

乔象钟、陈铁民，《唐代文学史》（北京：人民文学出版社，1995）二册。

邓绍基主编，《元代文学史》（北京：人民文学出版社，1991）。

詹杭伦，《金代文学史》（台北：贵雅文化，1993）。

赵明主编，《先秦大文学史》（长春：吉林大学出版社，1993）。

褚斌杰、谭家健，《先秦文学史》（北京：人民文学出版社，1998）。

刘明今，《辽金元文学史案》（上海：上海古籍出版社，2004）。

刘持生，《先秦文学史稿》（西安：西北大学出版社，1991）。

刘师培，《中国中古文学史》（北京：人民文学出版社，1962）。

聂石樵，《先秦两汉文学史稿》（北京：首都师范大学出版社，1994）二册。

分体文学史

诗、赋史

丁成泉，《中国山水诗史》（武汉：华中师范大学出版社，1990）。

王国璎，《中国山水诗研究》（台北：联经出版公司，1986）。

朱则杰，《清诗史》（南京：江苏古籍出版社，1992）。

李文初，《中国山水诗史》（广州：广东高等教育出版社，1991）。

孟二冬，《中唐诗歌之开拓与新变》（北京：北京大学出版社，1998）。

周伟民，《明清诗歌史论》（张松如主编"中国诗歌史论丛书"，长春：吉林教育出版社，1995）。

周啸天，《唐绝句史》（重庆：重庆出版社，1987）。

洪顺隆，《由隐逸到宫体》（台北：文史哲出版社，1984）。

郭杰、李炳海、张庆利，《先秦诗歌史论》（张松如主编，长春：吉林教育出版社，1995）。

郭结、郭维森，《中国辞赋发展史》（南京：江苏教育出版社，1996）。

马海英，《陈代诗歌研究》（上海：学林出版社，2004）。

马积高，《赋史》（上海：上海古籍出版社，1987）。

陶秋英，《汉赋之史的研究》（台北：新文丰出版社，1980）。

张晶，《辽金元诗歌史论》（长春：吉林教育出版社，1995）。

程章灿，《魏晋南北朝赋史》（南京：江苏古籍出版社，1992）。

傅刚，《魏晋南北朝诗歌史论》（张松如主编，长春：吉林教育出版社，1995）。

葛晓音，《八代诗史》（西安：陕西人民出版社，1989）。

简宗梧，《汉赋史论》（台北：东大图书公司，1993）。

赵敏俐，《汉代诗歌史论》（张松如主编，长春：吉林教育出版社，1995）。

赵义山、李修生，《中国分体文学史 —— 诗歌卷》（含词曲）（上海：上海古籍出版社，2001）。

卢清青，《齐梁诗探微》（台北：文史哲出版社，1984）。

霍然，《隋唐五代诗歌史论》（张松如主编，长春：吉林教育出版社，1995）。

钟优民，《中国诗歌史——魏晋南北朝》（长春：吉林大学出版社，1989）。

萧涤非，《汉魏六朝乐府文学史》（北京：人民文学出版社，1984）。

聂永华，《初唐宫廷诗风流变考论》（北京：中国社会科学出版社，2002）。

罗根泽，《乐府文学史》（北京：东方出版社，1996）。

词、曲史

木斋（笔名）、王洪，《唐宋词流变》（北京：京华出版社，1997）。

王星琦，《元明散曲史论》（南京：南京师范大学出版社，1999）。

李昌集，《中国散曲史》（上海：华东师范大学出版社，1991）。

金启华，《中国词史论纲》（南京：南京出版社，1992）。

孙康宜，《晚唐迄北宋词体演进与词人风格》（台北：联经出版公司，1994）。

许宗元，《中国词史》（合肥：黄山出版社，1990）。

陶尔夫，《南宋词史》（黑龙江：教育出版社，1992）。

杨海明，《唐宋词史》（南京：江苏古籍出版社，1987）。

刘扬忠，《唐宋词流变史》（福州：福建人民出版社，1999）。

谢桃坊，《中国词学史》（成都：巴蜀书社，1993）。

严迪昌，《清词史》（南京：江苏古籍出版社，1990）。

戏曲史

王国维，《宋元戏曲史》（上海：上海古籍出版社，1998）。

李修生、赵义山，《中国分体文学史——戏曲卷》（上海：上海古籍出版社，2001）。

李修生，《元杂剧史》（南京：江苏古籍出版社，1996）。

青木正儿，《中国近世戏曲史》（王吉庐译，台北：台湾商务印书馆，1965）二册。

周贻白，《中国戏曲发展史纲要》（上海：上海古籍出版社，1979）。

张庚、郭汉城，《中国戏曲通史》（北京：中国戏剧出版社，1980）二册。

张敬师，《明清传奇导论》（台北：华正书局，1986）。

张燕瑾，《中国戏曲史》（台北：文津出版社，1993）。

黄卉，《元代戏曲史稿》（天津：天津古籍出版社，1995）。

曾永义，《参军戏与元杂剧》（台北：联经出版公司，1992）。

小说、文章（散文、骈文）史

石昌渝，《中国小说源流论》（北京：生活·读书·新知三联书店，1994）。

吴小林，《唐宋八大家》（合肥：黄山书社，1984）。

阿英，《晚清小说史》（香港：香港中华书局，1973）。

李修生、赵义山，《中国分体文学史——小说卷》（上海：上海古籍出版社，2001）。

李修生、赵义山，《中国分体文学史——散文卷》（含辞赋）（上海：上海古籍出版社，2001）。

李祥年，《汉魏六朝传记文学史稿》（上海：复旦大学出版社，1995）。

吴兴人，《中国杂文史》（上海：上海人民出版社，2002）。

苗壮，《笔记小说史》（杭州：浙江古籍出版社，1998）。

侯忠义，《汉魏六朝小说史》（沈阳：春风文艺出版社，1989）。

姜书阁，《骈文史论》（北京：人民文学出版社，1986）。

陈平原，《中国小说叙事模式的转变》（上海：上海人民出版社，1986）。

陈汝衡，《宋代说书史》（上海：上海文艺出版社，1979）。

陈书良、郑宪春，《中国小品文史》（长沙：湖南出版社，1991）。

陈兰村，《中国传记文学发展史》（北京：语文出版社，1999）。

徐君慧，《中国小说史》（桂林：广西教育出版社，1991）。

程毅中，《唐代小说史话》（北京：文化艺术出版社，1990）。

张梦新，《中国散文发展史》（杭州：杭州大学出版社，1996）。

董乃斌，《中国古典小说的文体独立》（北京：中国社会科学出版社，1994）。

齐裕焜，《中国古代小说演变史》（兰州：敦煌文艺出版社，1990）。

鲁迅，《中国小说史略》（香港：三联书店，1958）。

刘一沾、石旭红，《中国散文史》（台北：文津出版社，1995）。

宁宗一，《中国小说学通论》（合肥：安徽教育出版社，1995）。

钟涛，《六朝骈文形式及其文化意蕴》（北京：东方出版社，1997）。

相关英文参考资料（包括专书与单篇论文）

Allen, Joseph R. *In the Voices of Others: Chinese Music Bureau Poetry* (Ann Arbor: University of Michigan Press, 1992).

Birch, Cyril (ed.) *Studies in Chinese Literary Genres* (Berkeley, Los Angeles & London: University of California Press, 1974).

Birrell, Anne. "The Dusty Mirror: Courtly Portraits of Women in Southern Dynasties Love Poetry," in Robert E. Hegel and Richard C. Hessney, (ed.) *Expressions of Self in Chinese Literature* (New York: Columbia University Press, 1985), pp. 33—69.

Chang, Kang—I Sun. *The Evolution of Chinese Tz'u Poetry, From Late Tang to Northern Sung* (Princeton: Princeton University Press, 1980).

————. *Six Dynasties Poetry: From T'ao Ch'ien to Yu Hsin* (Princeton: Princeton University Press, 1986).

Chaves, Jonathan. *Mei Yao—ch'en and the Development of Early Sung Poetry* (New York and London: Columbia University Press, 1976).

Ch'en, Li—li. "Some Background Information on the Development of the Chu—kung—tiao," *Harvard Journal of Asiatic Studies*, 33: 224—237 (1973).

Ch'en, Shih—hsiang. "The Genesis of Poetic Time: The Greatness of Ch'u Yuan, Studied With a New Critical Approach," *Tsing—hua Journal of Chinese Studies*, n.s.10, no.1 (1973), pp. 1—45.

————. "The Shih Ching: Its Generic Significance in Chinese Literary History and Poetics," in Cyril Birch (ed.) *Studies in Chinese Literary Genres* (Berkeley: University of California Press, 1974), pp. 8—41.

Dolby, William. *A History of Chinese Drama* (London: Paul Elek, 1976).

Dudbridge, Glen. *The Hsi—yu chi: A Study of Antecedents to the 16th Century Novel* (Cambridge: Cambridge University Press, 1970).

Fong, Grace S. *Wu Wenying and the Art of Southern Song Ci Poetry* (Princeton: Princeton University Press, 1987).

Frankel, Hans H. "The Legacy of the Han, Wei, and Six Dynasties Yueh—fu Tradition and Its Further Development in T'ang Poetry," in Lin Shuen—fu and Stephen Owen (ed.) *The Vitality of the Lyric Voice: Shih Poetry from the Late Han to T'ang* (Princeton: Princeton University Press, 1986).

Frodsham, J.D. "The Origins of Chinese Nature Poetry," *Asia Major* (N.S)8.1(1962), pp. 68—104.

Hanan, Patrick. *The Chinese Short Story: Studies in Dating, Authorship, and Composition* (Cambridge: Harvard University Press, 1973).

————. *The Chinese Vernacular Story* (Cambridge: Harvard University Press, 1981).

————. "The Development of Chinese Fiction and Drama," in Raymond Dawson (ed.) The Legacy of China (Oxford: Oxford University Press, 1964), pp. 115—143.

Hawkes, David. *Classical, Modern and Humane: Essays in Chinese Literature* (ed. by J. Minford & S.K. Wong, Hong Kong: the Chinese University Press, 1989).

Hightower, James Robert. "The Wen—hsuan and Genre Theory," in *Studies in Chinese Literature.* (ed. by John L. Bishop, Cambridge: Harvard University Press, 1966).

Holzman, Donald. *Landscape Appreciation in Ancient and Early Medieval China: The Birth of Chinese Landscape Poetry* (Hsin—chu: Tsing—Hua University Press, 1996).

Hsia, C.T. *The Chinese Classic Novel: A Critical Introduction* (London and New York: Columbia University Press, 1968).

Idema, W.L. "Storytelling and Short Story in China," in W.L. Idema. *Chinese Vernacular Fiction: The Formative Period* (Leiden: E.J. Brill, 1974), pp.1—67.

Knechtges, David. *The Han Rhapsody: A Study of the Fu of Yang Hsiung (53BC—AD18)* (London & Cambridge: Cambridge University Press, 1976).

Levy, Dore J. *Chinese Narrative Poetry: the Late Han through Tang Dynasties* (Durham and London: Duke University Press, 1988).

Lin, Shuen—fu. *The Transformation of the Chinese Lyrical Tradition: Chiang K'uei and the Southern Sung Tz'u Poetry* (Princeton: Princeton University Press, 1978).

Liu, James J.Y. *The Chinese Knight—errant* (Chicago: University of Chicago Press, 1967).

————. *Major Lyricists of the Northern Sung (AD 960—1126)* (Princeton: Princeton University Press, 1978).

Liu, Wu—chi. *An Introduction to Chinese Literature* (Bloomington and London: Indiana University Press, 1966).

Mair, Victor H. (ed.) *The Columbia History of Chinese Literature* (New York: Columbia University Press, 2002).

Mather, Richard B. The Poet Shen Yueh(441—513): *The Reticent Marquis* (Princeton: Princeton University Press, 1988).

Owen, Stephen. *The Poetry of Early Tang* (New Haven: Yale University Press, 1977).

————. *The Great Age of Chinese Poetry: The High Tang* (New Haven: Yale University Press, 1981).

————. *Traditional Chinese Poetry and Poetics: Omen of the World* (Madison: University of Wisconsin Press, 1985).

————. *Remembrances: The Experience of the Past in Classical Chinese Literature* (Cambridge: Harvard University Press, 1986).

—— ——. *The End of the Chinese Middle Ages* (Stanford: Stanford University Press, 1996).

Shih, Chung—wen. *The Golden Age of Chinese Drama: Yuan Tsa—chu* (Princeton: Princeton University Press, 1975).

Wagner, Marsha L. *The Lotus Boat: The Origins of Chinese Tz'u Poetry in T'ang Popular Culture* (New York: Columbia University Press, 1984).

Wang, Kuo—ying. "Poetry of Palace Plaint of the Tang: Its Potential and Limitations," in David Knechtges & Eugene Vance (ed.) *Rhetoric & the Discourses of Power in Court Culture: China, Europe, & Japan* (Seattle and London: University of Washington Press, 2005), pp. 260—284.

Watson, Burton. *Early Chinese Literature* (New York: Columbia University Press, 1962).

—— ——. *Chinese Lyricism: Shih Poetry from the 2nd to the 12th Century* (New York: Columbia University Press, 1971).

—— ——. *Rhyme—Prose: Poems in the Fu Form from the Han and the Six Dynasties Periods* (New York: Columbia University Press, 1971).

Wu, Fusheng. *The Poetics of Decadence—Chinese Poetry of the Southern Dynasties and Late Tang Periods* (Albany: State University of New York Press, 1998).

Yu, Pauline. *The Reading of Imagery in the Chinese Poetic Tradition* (Princeton: Princeton University Press, 1987).

—— ——, (ed.) *Voices of the Song Lyric in China* (Berkeley: University of California Press, 1994).